ullstein

## Das Buch

Das Ermittlerduo Ruth und Becht wird zum Zirkus Träume gerufen, der in Fels gastiert. In der Manege liegt die tote Artistin Wilhelmine Tomtschuk alias Luzie van Elms, die vom Trapez gestürzt ist. Als die Kriminaltechnik bestätigt, dass es Mord war – eins der Seile des Trapezes wurde angeschnitten –, beginnen Ruth und Becht zu ermitteln. Alles deutet darauf hin, dass der Täter ein Mitglied der Zirkustruppe gewesen sein muss – jemand, der Zugang zum Zelt hatte und sich mit der Technik auskannte. Bloß wer?

Die notorisch schlechtgelaunte, aber mit einem guten Herzen ausgestattete Kommissarin Ruth und ihr Chef Becht, der nicht mehr der Dünnste, nicht mehr der Jüngste, aber herzerwärmend wunderlich ist, verlieren sich in der bunten Zirkuswelt, wo nichts so ist, wie es scheint. Dabei kommt die Gefahr aus einer ganz anderen Ecke ...

## Die Autorin

Katia Weber, 1978 in Bonn geboren, lebt nach Auslandsaufenthalten in Australien, Venezuela und Frankreich wieder in ihrer Heimatstadt. Sie ist freie Übersetzerin und Lektorin.

Von Katia Weber sind in unserem Hause bereits erschienen:

*Nachts kommt der Frost. Ein Fall für Ruth und Becht*
*Kleine Lügen erhalten die Familie*

KATIA WEBER

# OHNE DOPPELTEN BODEN

Noch ein Fall für Ruth und Becht

Kriminalroman

Ullstein

Besuchen Sie uns im Internet:
www.ullstein-taschenbuch.de

FSC
www.fsc.org
MIX
Papier aus verantwortungsvollen Quellen
FSC® C083411

Originalausgabe im Ullstein Taschenbuch
1. Auflage Januar 2018

Umschlaggestaltung: bürosüd° GmbH, München
Titelabbildung: Johnér Images/© Lena Granefelt
Satz: LVD GmbH, Berlin
Gesetzt aus der Scala und Helvetica
Druck und Bindearbeiten: CPI books GmbH, Leck
ISBN 978-3-548-28961-8

Für meinen Vater, der mich 2016
am letzten Vorstellungstag in Bonn in
den Zirkus Flic Flac geschickt hat.

# PROLOG

In dem Moment, als das Seil riss, konnte sie nicht einmal richtig schreien. Sie gab eher so etwas wie *Rrrrrruuuu* von sich, einen kehligen, rauen Laut, der weh tat und überrascht klang. Als ob ein Tier schreien würde.

Sie hatte auf der Stange gesessen, das Metall an ihrem Gesäß gespürt und die Muskeln in ihren Beinen und den Schultern angespannt. Sie hatte die Fußrücken nach oben gewölbt und den Rumpf aufgerichtet. Die Energie war bis in ihre Zehen gedrungen, pures Leben, die Kraft des Seins. Auch in die andere Richtung strömte das Leben, die wilde Leidenschaft für die Bewegung, das Vergessen und das Glück, das der Flow mit sich brachte: Die Fingerspitzen und der Haaransatz kribbelten, ihre Schulterblätter rückten dichter aneinander, ihr Brustbein hob sich und mit ihm das Kinn.

Der Kopf.

Ihr Geist.

Da oben, da wollte sie sein. Dem Himmel ein Stück näher.

Sie hatte Schwung geholt, war rhythmisch vor- und zurückgeschaukelt, gerader Rücken, Gesäßmuskeln fest, Sitzhöcker geerdet, Leben.

Mein Leben, hatte sie gedacht, und das Glück gespürt wie Zucker und Konfetti auf ihrem Scheitel. Es rieselte auf sie hinab und erfüllte sie mit einer honigsüßen Zufriedenheit. So durfte es sein, so konnte es bleiben. Jetzt. Morgen. Immer.

Da bemerkte sie die erste Erschütterung. Und in demselben Moment war es bereits zu spät. Sie konnte nicht mehr anhalten. Das Zeltdach kam näher, entfernte sich wieder, kam näher. Volle Kraft voraus.

Als das Seil riss und sie fiel, strampelte sie mit den Beinen, als hätte sie einen Sprung beim Ballett gemacht, nur dass dieser Sprung in die andere Richtung ging, nicht gegen die Schwerkraft, sondern mit ihr. Und sie dachte: Zu fallen ist leichter, als hochzuspringen.

Federleicht.

Sie fiel durch Raum und Zeit. Sie fiel durch einen Lichtersturm, einen Funkenregen. Jemand hatte tausend Wunderkerzen entzündet, nur für sie. Sie verstand nicht, warum, womit sie das verdient hatte. Silvester, Weihnachten. Geburtstag. Tod.

Zu sterben. Wer hatte es verdient, zu sterben?

Ich bin noch jung, dachte sie. Ich bin noch so jung. Und meine Pläne! Ohne mich gibt es meine Pläne nicht. Was wird dann?

Alles verloren, dachte sie. Alles fort und ausradiert.

Als sie auf dem Boden aufschlug, war der Krach in ihrem Kopf für einen kurzen Moment ohrenbetäubend. Knochen, dachte sie. Das sind meine Knochen, die zerbrochen sind. Wenn mich meine Haut nicht zusammenhalten würde, läge ich jetzt in Scherben.

Ich bin aus Glas, dachte sie erstaunt, ohne Schmerzen, einfach nur kaputt.

Nein. Ich bin nichts.

Dann Stille.

# TEIL I

# 1

## Simon bekommt Hitzeflecken

»Ruth, du musst sofort kommen. Es ist wer abgestürzt!«

Mariechens Stimme überschlug sich fast, und Ruth vernahm ein eigenartiges Schlürfen. Wahrscheinlich kaute Mariechen auf einem Kaugummi herum und produzierte zu viel Speichel für ihren kleinen Zuckerpuppenmund.

Ruth blinzelte ein paar Mal oder versuchte es zumindest. Ihre Wimpern klebten aneinander. Das hatte sie davon, dass sie auf Simon gehört und Mascara aufgetragen hatte. Jetzt konnte sie nicht mal mehr richtig gucken.

»Wer ist abgestürzt? Und wo?«, fragte sie schroff.

»Eine Trapezkünstlerin. Im Zirkus.«

Der Zirkus. Ruth kniff die Augen zusammen. Sie war gestern noch an ihm vorbeigelaufen, auf dem Weg zum Friseur. Er gastierte schon seit ein paar Tagen im Ort, an den Namen konnte sie sich aber nicht erinnern. Irgendwas mit *Traum*. Das Zelt war blau-gelb gestreift und stand auf dem Felsner Acker, der vielmehr eine sorgfältig gemähte Wiese war und gleich hinterm Rathaus lag.

»Sollte da nicht lieber ein Rettungssanitäter kommen?«, bemerkte sie trocken.

Ruth konnte förmlich sehen, wie Mariechen mit den Augen rollte, als sie konterte:

»Mann, Ruth, sie ist natürlich tot. Und es sieht so aus, als wenn es kein Unfall gewesen wäre. Becht ist schon da.«

»Ah«, machte Ruth.

Dann warf sie einen Blick in die Küche, in der ihr Stiefsohn Simon, fertig angezogen mit Hemd und Jackett, im Halbdunkel auf der Eckbank saß und sich zur Seite beugte, um Lina, Ruths Pudel-Pointer-Mischling, hinter den Ohren zu kraulen. Der Hund machte, was Hunde machten, weil sie nicht schnurren konnten: Er brummte wohlig. Simon redete leise mit dem Tier. Obwohl Ruth nicht verstand, was er sagte, wusste sie, dass er dabei lächelte.

Ruth war zwölf Jahre mit Simons Vater Mauricio – Maui – zusammen gewesen. Sie hatten sich 1998 auf einer Hochzeit kennengelernt. Damals war Simon gerade vier Jahre alt. Seine Mutter war mit einem anderen Mann durchgebrannt, und Maui zog den Jungen allein groß. Das hatte Ruth damals nachhaltig beeindruckt.

Drei Jahre später hatten sie geheiratet. Doch schon nach weiteren drei Jahren hatte Maui die erste Affäre. Er hatte sich nicht einmal besonders viel Mühe gegeben, sie zu verheimlichen. Der Seitensprung lag in seiner Natur. Später fragte sich Ruth oft, wie sie es so lang mit ihm hatte aushalten können, die Scheidung hatte sie nämlich erst vor etwas über vier Jahren eingereicht – nachdem Maui ihr offenbart hatte, dass er sich unsterblich in eine jüngere Frau verliebt hätte. Die Antwort saß auf Ruths Eckbank. Simon war inzwischen einundzwanzig und studierte in Wien Philosophie und Politik.

»Aber es ist Samstagabend! Simon und ich sind auf dem Sprung in die Oper«, sagte Ruth und ärgerte sich, vor allem über ihren Tonfall.

Sie unternahm nie etwas. Warum musste ausgerechnet dann jemand sterben, wenn sie einmal in ihrem Leben etwas vorhatte? Noch dazu mit Simon, dem einzigen

Menschen, der ihr völlig uneingeschränkt etwas bedeutete.

Und den sie immer wieder enttäuschte.

Mariechen erwiderte nichts. Sie atmete und schmatzte, geradezu penetrant. Ohne Zweifel. Ihre Zähne wühlten sich durch eins dieser Kaugummis, die nach süßen roten Früchten rochen, die zu lang in der Sonne gelegen hatten. Ruth kannte diese Art Machtkämpfe mit der guten Seele der Kriminalkommission schon. Mariechen war der liebste Mensch der Welt, aber wenn sie einen bockigen Moment hatte, war sie ungefähr so kompromissbereit wie ein Esel.

»Gut. Sag Becht, dass ich komme«, seufzte Ruth.

Simon hob den Kopf. Er hatte langes Deckhaar bekommen, für Ruths Geschmack zu lang. Es war so schwer, dass es sich nicht auf seinem Kopf halten konnte, rutschte ihm weich und wellig in die Stirn und erinnerte Ruth an den eingetopften Thymian auf ihrer Fensterbank. Simons Gesichtsausdruck verhieß nichts Gutes. Da zog ein Unwetter auf.

»Du kannst nicht mitkommen«, meinte er tonlos.

Ruth zuckte hilflos die Achseln.

»Wie lange weißt du schon, dass wir in die Oper gehen? Ich hab dir die Karten zu Weihnachten geschenkt. Das sind fünf Monate. Fünf!«

Simon hob eine Hand und spreizte die Finger. Eins, zwei, drei, vier, fünf, alle da. Vorwurf. Enttäuschung. Ein langes, blasses Gesicht und eine je nach Perspektive moderne oder zerstörte Frisur.

Ruth schluckte. Mist. Das war aber auch ein dämlicher –

Sie schnitt ihren Gedanken ab, indem sie sagte:

»Na ja. Mörder nehmen selten Rücksicht auf meine Abendplanung.«

Ihr Versuch, einen Witz zu machen, schlug fehl. Aber immerhin sah Simon jetzt nicht mehr enttäuscht und wütend, sondern neugierig aus.

»Jemand ist umgebracht worden?«

»Ja. Scheint so.«

Auf Simons Wangen hatten sich innerhalb von Sekunden Hitzeflecken gebildet. Sie leuchteten rot und waren kreisrund wie kleine, feste Äpfel. Schon als kleiner Junge hatte er sie bekommen, wenn er sich ärgerte oder unbändig auf etwas freute. Oder Angst hatte. Ruth erinnerte sich noch gut daran.

Zitternde Knie am Tag der Einschulung. Selbst die Schultüte wackelte. Ruth hatte gesagt »Wenn du nicht sofort aufhörst zu zittern, steck ich dir einen Backstein in die Tüte.« Und Simon hatte sie mit großen Augen angesehen und »Warum?« gefragt. »Dann ist sie so schwer, dass du sie nicht mehr zum Zittern bringen kannst.« Da hatte Simon gelacht. Und dann abrupt aufgehört und gefragt, ob sie das ernst meinte. Anscheinend hätte er es ihr wirklich zugetraut.

Dann sein Lampenfieber vor seinem ersten Auftritt im Schultheater. Eine kleine Rolle mit zwei Sätzen, der Kilometerstein am Wegesrand, der davor warnte, der falschen Abzweigung zu folgen. Ein analoges Navi.

Oder die Panik vor der Matheklausur im Abitur. Simon war immer gut in Mathe gewesen, aber an diesem Tag hatte er zum ersten Mal in seinem Leben eine Fünf geschrieben, ausgerechnet, und in die Nachprüfung gemusst.

Wenn Simon seine roten Flecken bekam, hatte Ruth stets das Verlangen gehabt, ihn hochzuheben und zu herzen. Doch aus dem Alter, in dem man ihn einfach so vom Boden hätte pflücken und in die Luft stemmen können, war er ja leider raus.

»Fährst du da jetzt hin?«, unterbrach Simon ihre Gedanken.

Ruth nickte.

»Ich muss.«

»Kann ich mitkommen?«

Ruth hätte ihren Monatslohn darauf verwettet, dass er ihr diese Frage stellen würde. In Simons Stimme schwang jetzt etwas Lauerndes mit. Ruth musste an Morten Ernst denken, einen zweitklassigen Journalisten, der für den *Felsner Kurier* arbeitete und mit dem sie in den letzten Monaten ein paar Mal zu tun gehabt hatte. Der stellte auch gern Fragen in dieser Tonlage, dumpf, unauffällig und eine Spur zu gleichmütig. Es waren lapidare Sätze, einfach so dahingespuckt, Wörter in unauffälliger Nullachtfünfzehn-Kleidung, die darauf abzielten, seinen Gesprächspartnern Informationen zu entlocken, ohne dass sie es merkten. Ahnungslose, naive Opfer gingen ihm ohne zu zögern ins Netz. Sie plauderten munter drauflos, bis sie irgendwann aufwachten und begriffen, dass sie sich verplappert hatten. *Oh, aber das wollen Sie jetzt nicht drucken, oder?* Doch da war es meist schon zu spät.

»Nein. Ich kann dich nicht an den Tatort mitnehmen.«

Simon machte ein langes Gesicht.

»Mann. Und mit wem geh ich jetzt in den *Troubadour?*«

Ruth zuckte erneut die Achseln.

»Hast du keine Freunde?«

Ui. Ruth zog den Kopf zwischen die Schultern. Das hätte sie generell nicht sagen dürfen und *so* schon mal gar nicht. Immerhin merkte sie es.

»Entschuldigung«, schob sie schnell hinterher, »du weißt, wie ich's meine.«

Simon ließ seinen Oberkörper gegen die Rückenlehne der Eckbank fallen.

»Ja, ich weiß, wie du's meinst. Aber wenn ich mit meinen Freunden gehen wollte, hätte ich die von vornherein gefragt. Und dir ein Buch zu Weihnachten geschenkt. Ich wollte aber mit *dir* in die Oper gehen. Ich wollte mal wieder Zeit mit dir verbringen, was Schönes unternehmen ...«

Simon verschränkte die Arme vor der Brust.

»Wir sehen uns so selten«, meinte er dann.

Ruth stemmte die Hände in die Hüften und seufzte.

»Ich weiß. Das war auch eine tolle Idee und furchtbar lieb von dir. Ich hatte mich ja auch drauf gefreut. Wirklich.«

Und in Gedanken ergänzte sie: Aber die Arbeit geht nun mal vor.

# 2

## Becht steht im Rampenlicht

*Zirkus Träume*, so hatte der Name gelautet. Einfach nur Träume.

Die beiden Worte schwebten in blauen Lettern auf einer riesigen Wolke. Darunter war ein Schloss abgebildet wie aus dem Märchen. Und noch ein paar Meter tiefer stachen die Türme des Zirkuszelts in den Himmel. Ruth blieb einen Moment stehen, mitten auf dem Gehweg.

So ein Zirkuszelt, das hatte schon was.

Dieses hier besaß drei Spitzen, aus denen silbern glänzende Metallpfeiler in die Höhe ragten. Dazwischen waren Seile gespannt, an denen blaue Wimpel flatterten. Auf Kinder musste die Konstruktion wirken wie eine überdimensionierte, blau-gelb gestreifte Bonbonschachtel, bunt, groß und verheißungsvoll. Sie strahlte, als hätte sich jemand die Mühe gemacht, die Planen abzuwaschen und zu polieren. Dabei war es im Zweifel nur der Mairegen gewesen. Wenn es diesen Monat nicht so viel geregnet hätte, wäre das Zelt von einem feinen Film aus Pollen und Blütenstaub überzogen gewesen, wie sonnengelber Zuckerguss.

Ruth erblickte die beiden Streifenwagen vor dem Eingang; einer stand viel zu weit auf dem Gehweg. So bescheuert konnte nur Ferdinand parken. Der Bürgersteig vor dem Eingang zum Zirkuszelt war mit rot-weißem Plastikband abgesperrt. Dahinter standen mehrere neugierige Passanten mit ihren Kindern, die die Köpfe reckten und sich auf die Zehenspitzen stellten, um sehen zu können, was da vor sich ging.

Heute keine Vorstellung, dachte Ruth.

Sie lief ein paar Schritte über den Rasen, um an der Absperrung vorbeizukommen, und nahm dann die Rampe für Rollstuhlfahrer. Sie hatte sich nicht umgezogen; ihre kleinen, dicken Füße (Becht sprach immer von ihren Hufen) steckten noch immer in ihren »feinen Schuhen«. Viele Frauen hätten für Ruths Schuhe gewiss nur ein mitleidiges Lächeln übriggehabt. Blockabsatz, keine fünf Zentimeter hoch. Aber dafür ließen sie ihr genug Platz für ihre tiefliegenden Knöchel und die dicken Zehen. Ihr letztes Paar schicke Schuhe hatte Ruth im Januar wegwerfen müssen, nachdem sie an einem Tatort unverhofft und deshalb völlig unpassend gekleidet durch den Matsch gerobbt war.

Plötzlich stand Ferdinand vor ihr.

»Wie siehst *du* denn aus?«, fragte er und lächelte freundlich.

Ruth bekam sofort schlechte Laune. Ihr war klar gewesen, dass ihr Aufzug nicht unkommentiert bleiben würde, aber dass sie ausgerechnet Ferdinand als Erstes in die Arme laufen musste.

Ferdinand Maier (mit ai) war die Sorte Kollege, die Ruth lieber nicht gehabt hätte. Er war eitel, unerfahren, dreist und laut. Er vergriff sich im Ton, ohne es zu merken, hielt sich für witzig und trug immer viel zu viel Aftershave auf. Darüber hinaus dachte er meistens, er wäre im Recht, weil er so wahnsinnig von sich überzeugt war. Und wenn er tatsächlich einmal recht hatte, sonnte er sich in seinem

Erfolg und sagte Dinge wie: »Da hab ich wohl mal wieder zufällig den richtigen Riecher gehabt, was?«

*Zufällig mal wieder.* Diese Formulierung brachte Ruth regelmäßig auf die Palme. Fast noch schlimmer als Selbstbeweihräucherungen dieser Art war aber der stille Triumph, wenn Ferdinand einfach nur jovial lächelte.

»Guten Abend, Ferdinand. Wie sehe ich denn deiner Meinung nach aus?«, fragte Ruth liebenswürdig.

Vielleicht merkte Ferdinand manchmal doch, wenn er etwas Dummes gesagt hatte. Jetzt machte er jedenfalls ein betretenes Gesicht und murmelte:

»Äh. So schick?«

Ruth überlegte, ob sie etwas über seine neongrünen Sportschuhe sagen sollte, entschied sich aber dagegen. Sie ging wortlos an ihm vorbei und betrat die Vorhalle des Zirkuszelts.

In dem hohen Raum standen ein zur Wurstbude umfunktionierter Wohnwagen und eine ausladende Getränketheke. An zwei Metallstangen, die sich über ihrem Kopf im Dunkel verloren, waren große Strahler angebracht. Einer davon blendete Ruth, als sie einen weiteren Schritt nach vorn machte. Sie wandte den Blick ab. Da entdeckte sie den altmodischen Kaugummiautomaten neben der Theke und musste an Mariechen denken.

Es ist so still, dachte Ruth.

Normalerweise wäre dieser Raum wenige Minuten vor der Abendvorstellung gefüllt mit Menschen und erwartungsvoller Vorfreude. Kinder, Erwachsene, Senioren, die durcheinanderredeten und Popcorn knusperten. Als wollten sie ihren Gedanken stützen, knurpsten in diesem Moment mehrere vergessene Popkörner unter Ruths

Schuhsohlen. Sie stellte sich vor, wie Mitarbeiter die Kühlschranktüren hinter der Bartheke öffneten und wieder schlossen, um Flaschen herauszuholen und die Kronkorken zu entfernen. Das Geräusch, klein, kurz, metallisch. Plopp, zisch, Prost.

Ruth drehte den Kopf. Ein paar Meter von ihr entfernt stand ein junger Streifenpolizist, den sie zuvor nicht bemerkt hatte. Er nickte ihr zu. Ruth erwiderte den stummen Gruß.

»Die Spurensicherung ist noch nicht da«, meinte der junge Mann.

Das hätte er ihr nicht sagen müssen. Helene Maletta, die Leiterin der KTU, hätte Ruth schon draußen auf der Rampe gehört, wäre sie anwesend gewesen. Helene brauchte keinen Verstärker. Helene war die Pauke unter Ruths zahlreichen Kollegen.

»Warum stehen Sie hier rum?«, fragte Ruth ruppig.

»Ich musste austreten«, antwortete der junge Mann verdattert.

»Und haben Sie das erledigt?«

»Ja.«

»Na, dann können Sie doch wieder nach draußen gehen.«

»Äh ... ich wollte ja gerade ...«

Ruth hatte keine Lust, sich sein Gestottere weiter anzuhören. Sie ließ den jungen Mann stehen und ging auf den Eingang zum Hauptzelt zu, tauchte in die Dunkelheit eines unbeleuchteten Durchgangs und fand sich ein paar Schritte weiter auf einem Stahlgitter wieder, das offenbar entlang der Außenwände des Hauptzelts einmal rundum verlief. In Abständen von vielleicht zwanzig Metern führten Treppen zu den Sitzrängen hinauf. Weit oben an den Wänden hingen mit Draht eingefasste Lampen wie in einem Bergstollen.

Ruth betrachtete das Stahlgitter eingehender. Darunter befand sich der Rasen des Felsner Ackers, ausgedünnt und mit vielen kahlen Stellen dazwischen. Die Streben des Gehstegs waren sehr dünn. Nichts für nackte Fußsohlen, dachte sie.

Und Tierpfoten. Ist das überhaupt ein Zoo mit Tieren?

Zirkus, nicht Zoo.

Ruth schüttelte verwirrt den Kopf. Sie war nicht ganz bei der Sache. Simon hatte sich schmollend von ihr verabschiedet und dabei irgendetwas gemurmelt, das sie nicht verstanden hatte, aber sie hatte so ein Gefühl, dass es eine bissige Bemerkung gewesen war. *Warum geb' ich mir das überhaupt immer wieder.* War es das gewesen? Hatte er das gesagt?

Und wo zum Teufel ist der Weg in diese dämliche Manege?

»Becht!«, brüllte sie unbeherrscht.

»Ich bin in der Manege«, erscholl die Stimme ihres Chefs jenseits der Zeltwand, die die Sitzränge verdeckte.

Ruth stapfte los in Richtung der nächstgelegenen Treppe und schleppte sich mühsam die Stufen hinauf. Ihr schwarzes Abendkleid hatte zwar einen hohen Stretchanteil, war aber dennoch nicht für größere Schritte gemacht. Sie trat auf den Mittelrang in Block C. Links und rechts erstreckten sich die Sitzplätze, einfache schwarze Stühle mit dünnen, speckigen Auflagen, und eine schwarz gestrichene Holztreppe führte zur Manege hinab. Dort stand Becht, etwa zehn Reihen weiter unten und vergleichsweise klein aus ihrer Perspektive, im Spotlight. Der zerzauste, dünne Haarkranz um seinen Glatzenspiegel schien in Flammen zu stehen, denn das Flutlicht, in dem er badete, war rötlichgelb.

»Eine neutrale Lampenfarbe wäre gut«, bemerkte Becht mit seiner kräftigen Bärenstimme.

Ruth schaute sich um. Sie und ihr Chef waren offensichtlich allein mit der Leiche. Und Becht sah aus, als trüge er einen Heiligenschein.

Ein Wunder. Ein Engel ward gekommen, den Leichnam zu holen.

Das Opfer, eine Frau, war ganz in Weiß gekleidet und hatte nackte Unterschenkel und Füße. Rings um den reglosen, kleinen Körper waren lange, dunkle Haare ausgebreitet, wie ein faseriger Fächer. Davon abgesehen, konnte Ruth von ihrer Position aus nicht sehr viel erkennen.

Becht hob den Arm und bewegte seine Finger. Komm her, schienen sie zu sagen. Optisches Locken. Ruth setzte sich in Bewegung. Die mit schwarzem Tape abgeklebten Stufenkanten erzeugten einen Bremseffekt wie Stoppersocken. Schließlich stand sie vor der Absperrung zur Manege. Sie endete bei ihr etwa auf Hüfthöhe; Ruth war nicht besonders groß.

Und auch nicht besonders gelenkig.

»Wie soll ich denn da rüberkommen?«, fragte sie missmutig.

»Spring«, sagte Becht.

Ruth grunzte und legte kurzentschlossen ihren Oberkörper auf die schmale Mauer, verlagerte das Gewicht nach vorn und schwang ihre Beine auf die andere Seite.

»Uff«, machte sie dabei.

Als ihre Füße aufkamen, stolperte sie zwar, konnte sich aber wieder fangen. Sie wischte sich die widerspenstigen Haare aus der Stirn, richtete sich auf und ging auf Becht zu, der sie erstaunt und voller Anerkennung ansah, da stolperte sie erneut. Dieses Mal hatte sie die Kante des Podests übersehen, auf der sich Becht und das Opfer befanden.

»Die Manege ist beweglich. Das ist so eine Art Drehscheibe«, erklärte Becht.

»Toll«, meinte Ruth, »brauche ich Überzieher?«

Kommentarlos reichte Becht Ruth ein Paar Einwegüberziehschuhe, die sie sich ächzend anzog. Ihr Bauch war im Weg, sie musste dringend ein paar Kilo abnehmen. Bechts Blick blieb derweil an ihren Waden in den blickdichten Strumpfhosen hängen.

»Warst du auf dem Sprung wohin?«

»Ich war auf dem Weg in die Oper. Simon ist stinkwütend.«

»Oh«, machte Becht, »stimmt ja. Der *Troubadour*.«

Ruth wollte nicht darüber reden. Sie deutete auf den Leichnam, der keine zwei Meter von ihr entfernt auf dem Rücken lag. Der Flutlichtstrahler über ihnen erfasste den Körper, aber ein Teil der langen Haare verlor sich außerhalb des Lichtkegels in der Dunkelheit.

»Wieso ist nur die eine Lampe an?«, fragte Ruth und hob den Kopf, um die Lichtquelle ausfindig zu machen.

»Genau so war die Beleuchtung, als man sie fand«, erklärte Becht. »Das war vor 45 Minuten.«

Ruth sah auf ihre Armbanduhr.

»Also gegen 18.30 Uhr?«

Becht nickte.

»Und wer ist sie?«

Becht zückte seinen Notizblock und kniff die Augen zusammen. Wahrscheinlich konnte er seine eigene Handschrift nicht entziffern.

»Luzie van Elms, zweiundzwanzig Jahre alt, Trapezkünstlerin. Sie gehört erst seit dieser Saison zum Ensemble. Gebürtiger Name Tomtschuk, Wilhelmine. Im Zirkus hat sie einen Künstlernamen benutzt.«

»Wilhelmine klingt ganz schön altmodisch für so ein junges Ding. Und Tomtschuk klingt nach Russland. Oder Ukraine. Da so.«

Ruth deutete in der Luft auf eine imaginäre Landkarte.

»Oben rechts, ich versteh schon«, feixte Becht. »Ihre Familie stammt aus der Ukraine, sie ist aber in Dresden geboren. Ausbildung an der Staatlichen Ballettschule Berlin, danach Engagement am Opernhaus in Leipzig.«

Ruth starrte ihren Chef ungläubig an.

»Das alles hast du in so kurzer Zeit über sie herausgefunden?«

Becht grinste verschmitzt.

»Nein. Das hat ein alter Bekannter von dir herausgefunden. Tobias Weiher vom *Rädtinger Echo*.«

Ruth wusste sofort, von wem er sprach. Tobias Weiher arbeitete in der Außenstelle des *Rädtinger Echos* in Fels. Sie kannte ihn von einem früheren Fall. Seine breiten Koteletten waren ihr besonders in Erinnerung geblieben.

»Ah ja?«, sagte sie neugierig.

»Ja. Er hat vor zwei Tagen ein Interview mit Luzie van Elms geführt. Stand alles in der Zeitung.«

Becht versuchte immer wieder, Ruth dazu zu bringen, die Lokalzeitung zu lesen, aber Ruth brachte es einfach nicht über sich. Wenn es zu lokal wurde, schlief sie regelmäßig ein.

»Und warum liegt sie jetzt tot in der Manege?«, wollte Ruth wissen.

Becht zuckte die Achseln, dann legte er den Kopf in den Nacken.

»Sie hat da oben trainiert.«

Ruth legte ihren Kopf ebenfalls in den Nacken und überlegte, wie der Plural von Hans Guck in die Luft lautete.

Hoch oben in der Manege war eine Schaukel angebracht oder besser das, was einmal eine Schaukel gewesen war: Zwei Seile hingen schlaff hinab, und an dem Ende des einen Seils wies eine schmale Stange lotrecht auf den toten Körper der jungen Frau. Wie ein sehr langer, ausgestreckter Finger. Die Sitzfläche der Schaukel war abgerissen.

So sah es zumindest von weitem aus.

»Sie ist von ganz da oben runtergefallen?«, murmelte Ruth.

Es schauderte sie. Ein Sturz aus dieser Höhe dauerte lang genug, um noch darüber nachzudenken, dass das nicht gut ausgehen konnte.

»Ja«, gab Becht zurück.

Dann kamen die Stille und der Moment, in dem Ruth zum ersten Mal ganz bei dem Opfer war. Davor hatte sie den leblosen Körper zwar gesehen, aber nicht weiter beachtet (sofern das möglich war). Natürlich waren ihr bereits Gedanken gekommen wie: schon wieder so eine junge Frau. Erst vor fünf Monaten hatten sie und Becht den Mord an einer Dreiundzwanzigjährigen untersucht,

Therese Schimmelpfeng. Wilhelmine Tomtschuk sah Therese nicht ähnlich. Sie sah aus wie ... Bevor sich Ruth in ihren Überlegungen verstricken konnte, hatte sie im Stillen rasch *Pschhhht* gesagt, jetzt noch nicht.

Als sie zu Becht hinübergestolpert war, hatte sie gedacht: Eine Trapezkünstlerin bewegte sich mit Anmut, nicht wie ein Elefant. Aber warum war die junge Frau dann vom Himmel gefallen? Und da war Ruth dieses Sprichwort in den Sinn gekommen: Es ist noch kein Meister vom Himmel gefallen. Doch hier lag eine Trapezkünstlerin, eine Artistin, tot am Boden. Meister fielen doch vom Himmel.

Ausnahmen bestätigten die Regel.

Oder die Frau war einfach nicht gut gewesen.

Und auch in diesem Augenblick hatte Ruth sich selbst ermahnt. Und *Stopp* gedacht.

Nicht jetzt. Später.

Normalerweise musste Ruth sich laut ermahnen, damit ihre Gedanken wirklich gebremst wurden, aber es gab Situationen, in denen Selbstgespräche zu verwundertem Stirnrunzeln geführt hätten. Deshalb maßregelte sie sich zuweilen im Stillen und hoffte auf das Beste.

Ruth brauchte die Distanz, um ihren Beruf ausüben zu können. Wenn sie sich vom ersten Moment an auf die Tote konzentriert hätte, wäre alles andere um sie herum versunken. Das konnte sie sich aber nicht erlauben. Wollte man ein Verbrechen aufklären, brauchte man den Überblick und musste alles erfassen, von der Temperatur im Raum über den Geruch des Bodens und der Luft bis hin zum Arrangement des Tatorts. Sie wusste, dass sie lieblos wirkte, wenn es um die Toten ging, doch das war wohl eher eine Typfrage. Man sah ihr nicht an, wenn sie schockiert oder traurig war, weil sie ihre Gefühle schlecht in Mimik übersetzen konnte. Aber das hieß nicht, dass ihr nichts naheging. Mordfälle machten sie betroffen. Sehr sogar. Nur konnte sie nicht zulassen, ihr Urteilsvermögen von emotionalen Gedanken wie »Schon wieder so ein junges Ding!«, »Vor nicht mal einem halben Jahr der letzte Mord!« oder »Was ist nur los mit der Welt?« trüben und ihre Aufmerksamkeit vernebeln zu lassen. So ging sie in mehreren Schritten an das Problem heran. Erst nahm sie den Tatort in Augenschein, als Nächstes machte sie eine Art Bestandsaufnahme und als Letztes widmete sie sich dem Opfer. Voll und ganz.

Und anschließend machte sie sich an die Arbeit, um den Täter zu finden.

»Bist du schon näher rangegangen?«, wollte Ruth wissen.

Becht verneinte.

»Ich wollte auf dich und die Maletta warten.«

»Wo bleibt die?«

»Sie war wohl gerade auf dem Weg in die Oper, als ich angerufen habe. Sie wollte sich noch schnell umziehen.«

Bechts Mundwinkel deuteten den Hauch eines Lächelns an, und auch Ruth musste lächeln, als sie sich die Ränge im Rädtinger Opernhaus vorstellte. Unter den vielen Zuschauern Simons Wuschelhaar, daneben ihr leerer Sitzplatz. Und irgendwo anders in dem Saal saß noch jemand und grummelte, weil der Platz daneben frei war. Die Maletta hatte heute Abend wahrscheinlich auch jemanden enttäuscht.

»Wer hat sie gefunden?«, wollte Ruth wissen.

»Beppo, der Clown.«

Ein Clown, eine Trapezkünstlerin. Keine Frage, das würde ein interessanter Fall werden, mit vielen Berufsbezeichnungen, die nicht in Ruths aktivem Wortschatz waren.

»Was hat er gesagt?«

»Dass er den Schrei gehört hat, als Luzie gefallen ist. Er ist direkt in die Manege geeilt und hat sie auf dem Boden liegend gefunden.«

»Wer hat sie hochgezogen?«

»Hochgezogen?«

Ruth verdrehte die Augen. Mit diesem Zirkuskram kannte sie sich nicht aus. Ihr fehlten die Worte.

»Na, sie ist doch nicht allein da hochgekommen, von wo sie abgestürzt ist, oder?«

»Ach so. Das wissen wir noch nicht. Aber stimmt, irgendjemand muss bei ihr gewesen sein.«

»Und hat möglicherweise gesehen, wie sie abgestürzt ist, aber keine Hilfe gerufen. Und er oder sie ist auch nicht bei ihr geblieben.«

»Das ist korrekt. Wahrscheinlich«, meinte Becht.

Es amüsierte Ruth, wenn er seine Aussagen noch während des Sprechens überdachte und sogleich wieder relativierte. Berufskrankheit.

»Und als dieser Clown gekommen ist, hat sie da noch gelebt?«

»Ja. Er hat nach Hilfe gerufen, weil er kein Handy dabeihatte, Luzie aber nicht allein lassen wollte. Einer der Motorradfahrer hat ihn schließlich gehört und ist losgerannt, um einen Krankenwagen zu rufen. Als der Mann zurückkam, war Luzie bereits tot. Sagt der Clown.«

Ruth biss sich auf die Unterlippe.

»Hat sie noch irgendetwas gesagt, bevor sie gestorben ist?«

Becht schüttelte den Kopf.

»Der Clown meinte, sie hat versucht etwas zu sagen, aber er hat sie nicht verstanden.«

Ruth betrachtete die schlanken Beine der toten Frau, die leicht angewinkelt nach links gekippt waren. Die Arme hatte sie zu beiden Seiten ausgestreckt, der Kopf war ebenfalls nach links und in Richtung Brust gerutscht. Als wenn sie bei einer Yogaübung eingeschlafen wäre.

»Das heißt, zwei Personen haben sich ihr genähert, nachdem sie gestürzt ist«, fasste Ruth zusammen.

»Zwei, von denen wir wissen, ja.«

»Haben wir schon die Fingerabdrücke von den beiden Männern?«

Becht nickte.

»Ferdinand fährt gerade mit ihnen aufs Präsidium.«

Ruth runzelte die Stirn.

»Aber der stand doch eben noch vorm Eingang, als ich gekommen ...«

Sie konnte den Satz nicht zu Ende bringen.

»Hereinspaziert, hereinspaziert«, dröhnte auf einmal Helene Malettas laute, rauchige Stimme durch den Raum.

Die Kriminaltechnikerin näherte sich mit strammen Schritten. Dabei rieben ihre Oberschenkel aneinander und das Material ihres weißen Arbeitsoveralls knisterte im Takt. Sie erinnerte an eine Astronautin. Verwirrt versuchte Ruth herauszufinden, welchen Zugang zur Manege sie benutzt hatte. War sie über die Ränge hinabgestiegen?

Der Boden schien unter Helenes Füßen zu vibrieren. Die Elefantennummer. Ruth stellte sich Helene am Trapez vor und schaffte es gerade noch, nicht in schallendes Gelächter auszubrechen.

»Guten Abend«, sagte Helene und stellte eine breite Tasche mit einem lauten Rums neben sich auf dem Boden ab.

»Hallo, Helene«, erwiderten Becht und Ruth gleichzeitig.

Helene lachte laut auf, mit weit aufgerissenem Mund.

»Ihr seid immer so lustig«, meinte sie, verschluckte sich an ihrem Lachen und begann zu husten.

»Wie lange ist Willi noch in Kur?«, erkundigte sich Becht.

Willi, der zweite alte Hase im Kriminaltechnikerteam, musste sich im April einer Bypassoperation unterziehen.

Helene verdrehte die Augen, immer noch hustend, und winkte ab. Das hieß wohl, dass mit ihm vorerst nicht zu rechnen war.

Sehr ärgerlich, dachte Ruth. Willi war gut.

»Wen haben wir denn hier?«, fragte die Kriminaltechnikerin und deutete auf den Leichnam hinter sich.

Becht erzählte ihr, was er aus der Zeitung und von Beppo, dem Clown, wusste. Helene hörte aufmerksam zu. Immerhin konnte sie auch leise sein und zuhören, wenn es drauf ankam. Sie fuhr sich durch ihre dichte Wuschelmähne und setzte sich eine Plastikhaube auf. Hinter ihr erschien Ilkay Bossert, ein schlanker, eher kleiner Mann mit dichtem schwarzen Haar und hübschen, dunklen Augen. Er lächelte freundlich und hob die Hand zum Gruß.

»Dann machen wir uns mal an die Arbeit«, sagte Helene und klatschte in die Hände, als Becht geendet hatte. »Ihr seid hier ja nicht rumgelatscht, oder?«

Becht und Ruth verneinten, unglücklicherweise wieder gleichzeitig. Das trug weiter zu Helenes Erheiterung bei.

»Macht was Schönes in der Zwischenzeit«, sagte sie und winkte Ilkay heran.

Obgleich Helenes Art gewöhnungsbedürftig war, gehörte sie zu den Kollegen, die Ruth schätzte. Sie war eine sehr gute Kriminaltechnikerin, findig, sorgfältig und durchorganisiert. Außerdem hatte sie ihr Team im Griff.

Wahrscheinlich traf das auch auf ihren Mann und ihre beiden Kinder zu.

Becht führte Ruth an der Leiche vorbei zum anderen Ende der runden Plattform. Ruth beobachtete, wie Helene einmal um den leblosen Körper herumspazierte. Ilkay machte bereits die ersten Fotos.

Wie Helene sie, Ruth, wohl beschrieben hätte? Als schrullig? Einsilbig? Oder kratzborstig vielleicht? Helene behauptete von sich selbst gern, dass sie als Privatperson ganz anders war als im Beruf. Niemand glaubte ihr. Davon abgesehen, lag es natürlich im Bereich des Möglichen.

Ruth war im Beruf genauso wie im Privatleben. Und Ferdinand war privat bestimmt auch genauso doof wie auf dem Präsidium. Doofheit war ja nichts, was man mit der Uniform abstreifte.

»Wo bist du denn schon wieder?«, riss Becht sie aus ihren Gedanken.

»Ich habe gerade überlegt, ob was dran ist, dass Helene privat anders ist als am Tatort. Oder im Labor.«

Becht grunzte.

»Ja, bestimmt. Privat ist sie ganz leise. Wie ein Mäuschen.«

Gemeinsam stiegen sie von der beweglichen Bühne herunter. Ruth hielt sich an Bechts Oberarm fest, weil sie im Halbdunkel nur wenig erkennen konnte. Vor ihnen war ein schmaler Durchgang zwischen den aufsteigenden Sitzreihen des B-Blocks mit den besten Plätzen. Dort befand sich eine schmale, hohe Tür, die schwarz gestrichen war und sich kaum von der schwarzen Wand abhob. Bevor Becht die Klinke herunterdrückte, zog er scharf die Luft durch die Zähne.

»Fingerabdrücke?«, fragte er, halb zu Ruth umgedreht.

Ruth lugte an Bechts breitem Kreuz vorbei und betrachtete das silberfarbene Stück Metall.

»Ja. Das wird ein Problem.«

Tatorte an stark frequentierten oder öffentlichen Orten waren ein Alptraum für die Kriminaltechnik.

»Warum haben die uns eigentlich direkt angerufen? Kann das nicht auch mal passieren, dass so eine Schaukel kaputtgeht? Materialermüdung oder wie man das nennt?«, fiel Ruth plötzlich ein.

Becht stülpte die Lippen vor.

»Ja, das kommt bestimmt vor ...«

»Und sie hat offensichtlich ohne Netz und Sicherung trainiert«, bemerkte Ruth.

So ein Leichtsinn. Ruth verfiel in dumpfes Grübeln.

Becht hatte sich an einem anderen Gedanken festgebissen.

»Es gibt so viele Zugänge zur Manege ... Aber wenn jemand von der Belegschaft das Seil manipuliert hat, ist es gar nicht so unwahrscheinlich, dass er durch diese Tür gekommen ist, oder?«

»Es ist auch nicht so abwegig, dass er sich Handschuhe angezogen hat. Wenn er nicht ganz blöd ist.«

Becht zögerte. Ruth wartete geduldig. Dann sagte sie:

»Spuck's schon aus. Ich sehe eine Tür, aber du siehst einen Tathergang. Stimmt's?«

»Findest du das albern?«, wollte Becht wissen.

Ruth schüttelte den Kopf.

»Überhaupt nicht. Was siehst du denn genau?«

Becht überlegte kurz. Dabei legte er seine hohe Stirn in Falten wie ein Bassett.

»Also, ich stelle mir vor, dass man hier wunderbar leise und unbemerkt reinschleichen kann. Viel besser als über den Weg, den du benutzt hast. Und auch leichter als von hinten, aus dem Backstagebereich hinter der Bühne.«

»Wer sagt, dass der Täter sich reinschleichen musste?«

Becht presste die Lippen fest aufeinander.

»Auch wieder wahr.«

»Wo ist überhaupt die Kurbel oder der Mechanismus, mit dem man das Trapez nach unten ablassen kann?«

Becht drehte sich jetzt einmal auf dem Absatz um, so dass sein dicker Bauch Ruth fast berührte.

»Da hinten. Hinter dem rechten Pfeiler der Hauptbühne.«

Ruth folgte Bechts Blick, streifte die Maletta und Ilkay, die jetzt neben und über der Toten Fotos machten, und entdeckte den Metallpfeiler, von dem Becht sprach.

Bevor Ruth einwenden konnte, dass der Zugang von der Hauptbühne her dann doch einleuchtender wäre, erklärte Becht:

»Die Tür sagt mir irgendwas. Das hat nichts mit wahrscheinlich oder nicht zu tun.«

Ruth machte den Mund wieder zu.

»Du bist eben durch diese Tür reingekommen?«

»Ja.«

»Dann lass uns doch jetzt mal gemeinsam rausgehen.«

»Du redest mit mir, als hätte ich sie nicht mehr alle.« Becht klang nicht verärgert. Er drückte die Klinke herunter und verschwand vor Ruth in einem schwarzen Tunnel, an dessen Ende sie auf dem Laufgitter, das als Gehweg zu den Tribünen diente, stehen blieben. Rechts ging es in die Vorhalle, links zum Block A und dem Artistenbereich.

Ruth folgte Becht mit einigen Metern Abstand. Schmucklos, zweckmäßig, sauber, dachte sie dabei. Bevor man das Zelt aufgebaut hatte, war der Felsner Acker noch einmal raspelkurz gemäht und von Abfällen befreit worden. Ruth entdeckte keinen einzigen Zigarettenstummel zwischen den Grashalmen.

»Wie heißt der Zirkusdirektor?«, erkundigte sie sich.

»Burkhard.«

»Mit Vor- oder Nachnamen?«

Becht drehte den Kopf zur Seite, so dass Ruth den verunsicherten Ausdruck in seinem flächigen Gesicht sehen konnte.

»Gute Frage. Weiß nicht.«

Becht war merkwürdig heute, dachte Ruth. So unstrukturiert kannte sie ihren Chef gar nicht. Es war selten, dass er Fragen mit »Weiß nicht« beantwortete. Sie beobachtete seine Bewegungen sehr genau. Behäbig war er schon, seit sie ihn kannte (und das war zugegebenermaßen noch nicht so lang), aber dass er seine Füße beobachtete, während er ging, war neu. Noch dazu war es unpraktisch, weil er sich nach vorn beugen musste, um seine Füße unter dem dicken Bauch überhaupt sehen zu können.

Sie hatten die Rückseite des A-Blocks erreicht. Rechter Hand hing ein Schild, auf dem in altmodischer Schrift »Künstler, Akrobaten & andere tolle Leute« stand. Dort befand sich eine Tür in der Zeltwand. Ein Schritt, und sie standen auf dem Rasen des Felsner Ackers. Vor und neben ihnen parkten mehr als zehn Wohnwagen in geringem Abstand nebeneinander. Sie hatten unterschiedliche Farben, und die Anzahl der Schrammen und Dellen an einigen Wagen ließ darauf schließen, dass sie schon etliche Kilometer hinter sich hatten.

»Der Wohnwagen dort« – Becht deutete auf den Wohnwagen ganz rechts – »gehörte Luzie van Elms. Das einzige Wohnmobil ganz links außen gehört dem Direktor.«

Sie wandten sich nach links. Bei dem letzten Vehikel in der Reihe handelte es sich ohne Zweifel um das älteste Modell, durch die Jahre mehr grau als weiß. Unter einem der Scheibenwischer klemmte ein Strafzettel, schlaff von der Feuchtigkeit. Auf dem Dach war eine Satellitenschüssel angebracht. Die Leiter, die früher einmal aufs Dach geführt hatte, war weg. Abgerissen vielleicht oder auch abgebaut.

Leitern waren sicher etwas, über das Artisten nur müde lächelten, dachte Ruth unwillkürlich. Sie stellte sich vor, wie Artisten einen Wohnwagen betreten. Man konnte zum Beispiel ein Fenster öffnen, Anlauf nehmen und eine Hecht- und Flugrolle ins Innere machen. Wie bei einem Sprung durch den Feuerreifen.

Ruth bekam einen Tropfen von oben ab. Es fing an zu regnen.

Sie klopften an die Wohnwagentür.

»Herein«, ertönte eine unerwartet junge Stimme, »ist offen.«

Ruth und Becht stiegen die beiden Stufen hinauf und erspähten eine überraschend geräumige Sitzecke. Dort hockte der Direktor des *Zirkus Träume*, als bekäme er den Rücken nicht mehr gerade.

»Ach, Sie sind's bloß«, sagte der Mann und lächelte schwach.

Ruth war enttäuscht. Einen Zirkusdirektor hätte sie sich anders vorgestellt. Er war viel zu jung und viel zu dünn, um dem Bild eines o-beinigen, untersetzten Mannes mit gezwirbeltem Bart, Frack und hohem Zylinder erecht zu werden, das sich Ruths Phantasie ausgedacht hatte. Burkhard saß an einem einfachen Tisch aus Birkenholzfurnier. Er trug eine Jeans mit Löchern an den Knien und ein rotes Sweatshirt, auf dem ein Markenschriftzug stand. Sein schmales Gesicht war unrasiert und stoppelig. Vor ihm lag ein Sudoku-Heft, in das er wohl gerade geschrieben hatte; er hielt den Kugelschreiber merkwürdig verkrampft in der linken Hand. Ruth brauchte einen Moment, um zu verstehen, dass ihm zwei Finger fehlten.

»Setzen Sie sich doch bitte«, forderte der Mann sie auf und wies auf die Sitzbank ihm gegenüber.

Er machte einen erschöpften Eindruck. Unter seinen Augen zeichneten sich tiefe Ringe ab.

Becht passte nicht an den Tisch. Das hätte Ruth ihm vorher sagen können. Er versuchte es einmal, dann noch einmal mit Schwung. Der Tisch knarzte, und der Direktor hielt die Tischplatte fest, als könnte sie herunterfallen.

Becht lief rot an.

»Ich bleibe wohl besser stehen.«

Ruth quetschte sich an ihm vorbei und nahm neben einem Turm aus bunten Wollknäuel Platz. Darin steckten hölzerne Stricknadeln. Der Direktor musste eine Frau haben, dachte Ruth. Er sah jedenfalls nicht aus wie jemand, der Spaß an Zopfmustern hatte.

Sie schaute zu Becht hoch und stellte fest, dass der Raum, der eben noch geräumig und gemütlich gewirkt hatte, jetzt durch Bechts Anwesenheit bedrückend eng geworden war. Ihr Chef musste den Kopf leicht nach vorn neigen, um nicht an die Decke zu stoßen. Er stellte sich zuletzt unter das Oberlicht im Dach. So gesehen, war er mit seiner Größe und seinen Maßen genau am richtigen Ort. Manege frei für den Giganten von Fels.

Der Direktor betrachtete Becht, als wäre ihm gerade ein ähnlicher Gedanke gekommen. Er räusperte sich.

»Ich könnte Ihnen einen Tee kochen, wenn Sie wollen.«

Sein Atem roch nach Alkohol.

»Nein danke«, sagten Ruth und Becht unisono.

Vielleicht war was dran an dem, was die Maletta gesagt hatte. Vielleicht waren sie und Becht tatsächlich ein ulkiges Gespann.

»Ich möchte gleich zur Sache kommen, Herr Burkhard. Von wem haben Sie erfahren, dass Luzie van Elms gestürzt ist?«

»Von Jurij. Er hat rumgebrüllt, als er aus der Manege kam. Minka ist tot, Minka ist tot. Ich brauche Handy.«

»Minka?«, fragte Becht.

»Ja. Luzie van Elms ist ihr Künstlername. Sie heißt eigentlich Wilhelmine. Wir haben sie alle nur Minka genannt.«

»Und wer ist Jurij?«, hakte Becht nach.

»Einer von den Motorradartisten. Beppo, äh, der Clown, hatte um Hilfe gerufen, und Jurij war der Erste, der ihn gehört hat.«

»Wo waren Sie da?«

»Hier, im Wohnwagen.«

»Sind Sie in die Manege gerannt?«, fuhr Becht fort.

Der Mann nickte und rieb sich mit den Zeigefingern über die Nasenwurzel.

»Kopfschmerzen?«, fragte Ruth.

»Ja. Schon seit Tagen.«

»Vielleicht sollten Sie weniger trinken«, bemerkte Ruth so liebenswürdig wie möglich.

Er erinnerte sie an ihren Vater – zu der Zeit, als dessen Alkoholsucht noch nicht so schlimm war. In den Anfängen hatte er sich immer heimlich betrunken, draußen, im Garten, und war anschließend beschwipst ins Haus zurückgekehrt. Manchmal hatte er den Türrahmen gerammt oder war gegen eine Kommode gestoßen, dass die Kerzenständer darauf wackelten und das Geschirr klirrte.

Burkhard erwiderte nichts auf Ruths Bemerkung und sah stattdessen beschämt auf seine Hände. Becht bedachte Ruth mit einem mahnenden Blick.

»Haben Sie die Leiche berührt?«, fragte Becht.

»Nein. Ich habe mich über sie gestellt, um ihr ins Gesicht schauen zu können. Ich wollte mich vergewissern, dass Beppo recht hat. Dann habe ich die Polizei angerufen.«

»Warum?«

Bechts Stimme klang so scharf, dass Ruth zusammenzuckte. Auch der Direktor wirkte eingeschüchtert. Der

Ausdruck in seinen Augen ließ Ruth an ein in die Enge getriebenes Tier denken. Er antwortete nicht. Becht half ihm auf die Sprünge.

»Frau van Elms hatte schließlich einen gefährlichen Beruf. Wie hoch über dem Boden schwebt sie bei ihren Nummern? Vierzehn Meter? Fünfzehn? Und eines Tages fällt sie runter, und Sie rufen gleich die Polizei. Warum?«

Burkhards Antwort kam zögerlich.

»Aber Sie haben doch die Schaukel gesehen. Das Seil ist durchgerissen. So ein Seil reißt nicht einfach. Und Minka hat ja auch nichts gewogen. Sie war leicht wie eine Feder.«

»Ich will auf etwas anderes hinaus. Als Sie gehört haben, dass Minka abgestürzt ist, was haben Sie da gedacht?«, bohrte Becht.

Burkhard machte ein tumbes Gesicht.

»Ich verstehe nicht.«

»Wäre der erste Impuls nicht gewesen zu denken, dass sie abgerutscht und deshalb gestürzt ist?«

Burkhards Miene veränderte sich.

»Minka wäre niemals abgerutscht und gestürzt! Es sei denn, jemand hätte gewollt, dass sie stürzt«, erwiderte der Zirkusdirektor entrüstet.

Becht sah zufrieden aus.

»Wer war bei ihr, als sie trainiert hat?«, mischte sich Ruth in das Gespräch ein.

Burkhard zuckte die Achseln.

»Keiner, nehme ich an. Die anderen haben sich ja schon langsam umgezogen und für die Show fertiggemacht.«

Ruth zog die Augenbrauen hoch.

»Niemand?«

Burkhard nickte langsam.

»Aber wie ist sie denn da hochgekommen?«

Der Gesichtsausdruck des Direktors veränderte sich erneut.

»Ach *so* meinen Sie das! Na ja, Sie wissen natürlich nicht, was wir hier machen. Kann schon sein, dass sie einer von den Jungs hochgezogen hat, aber sie brauchte eigentlich keine Hilfe. Sie ist meistens an einem Knotenseil hochgeklettert. Das hat sie als gutes Aufwärmtraining bezeichnet. Hochziehen lassen hat sie sich nur, wenn es schnell gehen musste. Oder wenn sie faul war.«

Über diese Antwort musste Ruth erst einmal nachdenken. Becht wechselte das Thema.

»Wann beginnt die Abendvorstellung? Um 20 Uhr?«

Der Zirkusdirektor nickte.

»Warum hat Minka erst so spät angefangen, sich aufzuwärmen? Und warum war niemand sonst da? Um zu proben oder noch irgendetwas vorzubereiten?«

Burkhard zuckte die Achseln.

»Ich weiß nicht. Hier ist jeder Tag anders. Minka hatte keine speziellen Trainingszeiten. Manchmal hat sie noch nach der Show geübt, wenn alle anderen schon geschlafen haben, manchmal hat sie morgens trainiert, zusammen mit Lai Lai, während die Jungs unten geturnt und Kraftübungen gemacht haben. Dass in dem Moment, als sie gefallen ist, keiner da war, ist in der Tat etwas ungewöhnlich, aber auch das kam schon mal vor. Hier hält sich niemand an irgendwelche Zeiten, mal abgesehen von den Auftritten. Da sind immer alle pünktlich. Ich habe eine sehr disziplinierte, ehrgeizige Truppe.«

»Wer ist Lai Lai?«, fragte Ruth schnell, bevor Burkhard fortfahren konnte.

Der Zirkusdirektor schien es verwirrend zu finden, von zwei Seiten befragt zu werden, noch dazu von einem dicken Hünen, der zu groß für sein Wohnmobil war, und einer Frau, die anscheinend nicht ganz so viel zu sagen hatte.

»Ähm. Das ist die andere Trapezkünstlerin. Die beiden hatten eine gemeinsame Nummer.«

Becht musterte den Zirkusdirektor ein paar Sekunden. Dann sagte er:

»Wir benötigen eine Liste aller Ihrer Mitarbeiter.«

Burkhard nickte.

»Besonders interessant ist für uns natürlich, wer die Möglichkeit und ein Interesse daran gehabt haben könnte, Minka loszuwerden.«

Der Zirkusdirektor kratzte sich am Kopf und plusterte die Backen auf.

»Also, da kann ich Ihnen gleich sagen, dass die Liste der Verdächtigen genauso lang ist wie die Liste meiner Mitarbeiter. Mit der Kurbel und dem Trapez können hier alle umgehen.«

»Alle?«

»Alle.«

Mist, dachte Ruth.

»Aber wer könnte ein Interesse daran haben, sie umzubringen?«, fragte sie.

Der Zirkusdirektor zuckte die Achseln und verzog das Gesicht zu einer eigenartigen Grimasse. Ruth bekam mehr und mehr das Gefühl, dass er viel betrunkener war, als er wirkte.

»Das weiß ich nicht.«

»Hatte sie einen Freund?«

»Ja. Sie ist mit Gil zusammen gewesen, unserem männlichen Trapezstar.«

»Weiß er schon, dass seine Freundin tot ist?«, wollte Becht wissen.

»Ja. Ich glaube, er ist in seinem Wohnwagen und weint.«

Ruth versuchte herauszufinden, ob Burkhard den letzten Teil gehässig gemeint hatte, aber nichts ließ darauf schließen. Der Mann war fertig. Vielleicht weil eine geschätzte Mitarbeiterin gestorben war, vielleicht weil ihm die Einnahmen einer Wochenendvorstellung durch die Lappen gingen. Wer konnte das bei einem Fremden schon so genau sagen?

»Wie war denn Ihr Verhältnis zu Minka?«, fragte Ruth unvermittelt.

Der Zirkusdirektor hob den Kopf und brauchte eine Ewigkeit, um seinen Blick auf Ruth zu fokussieren. Seine Augen waren groß und grau und schienen von innen heraus zu leuchten. Das kam wahrscheinlich vom Alkohol.

»Gut. Wir haben uns gut verstanden. Fast freundschaftlich würde ich sagen. Sie hat sich letztes Jahr im Oktober bei uns beworben, und ich war begeistert von ihr. Sie ist eine großartige Akrobatin. Ich meine, war.«

Das Leuchten in seinen Augen erstarb.

»Sie hat uns eine Nummer vorgeturnt, der gesamten Belegschaft, und uns ist die Spucke weggeblieben. Sogar Lai Lai hat zugegeben, dass Minka die bessere Trapezkünstlerin ist, obwohl ihr das sicher nicht leichtfiel.«

»Vielen Dank, Herr Burkhard. Wenn wir noch weitere Fragen haben, melden wir uns bei Ihnen«, sagte Becht.

Er verließ das Wohnmobil vor Ruth und war offensichtlich erleichtert, sich wieder auseinanderfalten und zu seiner vollen Größe aufrichten zu können.

# 3

## Gil van Sant kommt aus dem Allgäu

Sie schlenderten durch den sanften Regen an den Wohnwagen der Akrobaten und anderen Zirkusmitarbeitern vorbei zurück zum Zirkuszelt. Ruth freute sich dabei insgeheim darüber, dass Becht sie ungehindert hatte Fragen stellen lassen. Das war nicht immer so gewesen. Bis vor kurzem noch hatte sie so etwas wie Redeverbot im Beisein von Zeugen und Geschädigten gehabt. Aber vielleicht war Becht auch gar nicht so richtig aufgefallen, dass sie den Zirkusdirektor mitbefragt hatte. Wie gesagt: Er war anders als sonst.

Ruth blieb abrupt stehen. Sie bildete sich ein, ein gedämpftes Schluchzen gehört zu haben. Sie machte Becht ein Zeichen und deutete auf das Wohnmobil neben sich. Becht neigte den Kopf zur Seite.

»Wollen wir nicht erst mal gucken, wie weit Helene und Ilkay sind?«

In dem Wohnmobil putzte sich in diesem Moment jemand geräuschvoll die Nase.

Gil, der Trapezstar, weint, weil seine Freundin tot in der Manege liegt, dachte Ruth.

War er automatisch fein raus, weil er Minkas Freund gewesen war? Was, wenn er gelauscht hatte, so wie Ruth eben? Gelauscht, bis er sie und Becht gehört hatte, um dann zu schluchzen und geräuschvoll heiße Luft in ein Taschentuch zu pusten?

Ruth zog die Stirn kraus.

»Ich würde ihn mir gern mal angucken«, flüsterte sie. »Ich will wissen, ob er wirklich weint.«

Becht machte eine auffordernde Geste.

Sie klopfte an die Tür des blauen Wohnmobils. Als sie einen Spaltbreit aufgezogen wurde und den Blick auf Gils nasses, aufgequollenes Gesicht freigab, winkte Ruth sogleich ab.

»Hat sich schon erledigt. Wir haben uns in der Tür geirrt.«

Der Mann schaute sie fragend an, dann drückte er die Tür wortlos und mit Kraft wieder ins Schloss. Becht hatte seine Brauen so dicht zusammengezogen, dass sie jetzt wie ein einzelner Balken aus langen grauen Haaren aussahen.

»Was war das denn?«, fragte er verblüfft.

»Da will jemand in Ruhe trauern«, erklärte Ruth sachlich und marschierte energisch an Becht vorbei.

»Willst du mir etwa sagen, dass du jemanden schon nach einem flüchtigen Eindruck vom Mordverdacht freisprechen kannst?«

Ruth drehte sich zu ihrem Chef um. Er wies mit dem Daumen nach rechts, auf das Wohnmobil von Gil, dem Trapezstar.

»Nein. Aber ich weiß, wie es aussieht, wenn jemand aufrichtig traurig ist«, entgegnete sie kühl.

Becht kniff die Lippen zusammen.

»Wie du meinst«, sagte er knapp.

Sie kehrten ins Hauptzelt zurück.

»Lass uns durch den Backstagebereich laufen«, bat Ruth, »dann habe ich alle Teile des Zelts zumindest oberflächlich gesehen.«

Hinter der Manege mit den Bühnenaufbauten herrschte geordnetes Chaos. In einer Ecke standen um die zehn Paar Ballettschuhe fein säuberlich nebeneinander aufgereiht, auf drei großen Holzkisten lagen allerlei Overalls, Hemden, Bandagen und Kostüme. In der anderen Ecke hingen mehrere Perücken, Hüte und Handtücher an der Wand, und in einem Regal standen zahlreiche unterschiedlich volle, beschriftete Wasserflaschen. Ruth entdeckte den Pfeiler mit dem Schaltkasten, über den man die Geräte unter der Decke rauf- und runterfahren konnte. Es stimmte, was der Zirkusdirektor gesagt hatte. Sogar sie hätte dieses Ding auf Anhieb bedienen können. Die relevanten Knöpfe waren mit Aufklebern versehen, Hebebühne, Käfig, Trapez ... Sie wollte gerade Becht heranwinken, doch ihr Chef stand bereits hinter ihr.

»Ich seh's«, murmelte er.

Ruth legte den Kopf in den Nacken. Über ihnen hing ein Metallkäfig, den man in die Manege fahren und unters Dach steigen lassen konnte.

»Alles ziemlich einfach und selbsterklärend, findest du nicht?«, meinte sie.

Becht nickte.

»Ich könnte mir vorstellen, dass die Belegschaft öfter mal wechselt. Dann darf's nicht zu kompliziert sein. Außerdem muss man ja regelmäßig wieder alles einpacken und mit dem Zirkus weiterziehen«, meinte er.

Ruth nickte.

»Nomaden«, sagte sie nachdenklich.

»Seid ihr das? Da tuschelt doch irgendwer hinter der Bühne!«

Das war Helene.

»Ihr dürft ruhig rauskommen. Wir sind hier fertig«, fügte die Kriminaltechnikerin hinzu.

Die Bühne war jetzt hell erleuchtet. Ruth hob die Hand vors Gesicht und kniff die Augen zusammen.

»Die Scheinwerfer haben ordentlich Bums, was?«, feixte die Maletta.

Sie hatte die Plastikhaube vom Kopf genommen und ihre dunkle Löwenmähne rauschte um ihre Ohren (die man im Übrigen nicht sehen konnte). Ruths Blick ruhte auf den Trapezseilen, die neben Ilkays Kopf sanft hin und her baumelten. Auf einer Seite war das Seilende deutlich sichtbar ausgefranst.

»Was habt ihr rausgefunden?«, wollte Becht wissen.

»Das Seil wurde angeschnitten. Es war um mehr als die Hälfte durch. Ziemlich hinterhältig gemacht. Die Schnittstelle hat man mit einem schmalen Streifen weißem Tape umwickelt. Das wurde von der Metallstange verdeckt.«

»Keine Materialermüdung?«, fragte Becht.

Die Maletta schüttelte den Kopf.

»Nein. Es sei denn, ein sehr einfältiger Mensch hat gesehen, dass das Seil nicht mehr intakt war, und gedacht, es würde reichen, die Stelle mit ein bisschen Kreppband zu fixieren.«

Becht nickte langsam.

»Fingerabdrücke auf dem Tape?«

»Schwer zu sagen. Irgendwas war drauf, ja. Wir haben es eingepackt. Mal gucken, was wir herausfinden können.«

»Und darüber hinaus?«

»Haben wir wenig, befürchte ich«, gab Helene zurück. »Keine nennenswerten Faserspuren oder Fingerabdrücke. Und ob die Todesursache ein Genickbruch oder das

Schädeltrauma war, muss die Rohloff euch sagen. Ich tippe auf die Wunde am Hinterkopf. Man sieht das nicht so gut von hier, aber ihre Haare sind gar nicht so dunkel, sondern feucht. Sie haben das ganze Blut aufgesaugt, das aus ihrem Kopf gelaufen ist.«

Ruth verzog das Gesicht. Manchmal drückte sich Helene für ihren Geschmack zu plastisch aus.

»Mir ist auch aufgefallen, dass sie ungewöhnlich viele Blutergüsse an den Armen und Beinen hat, aber das ist in ihrem Job wohl normal«, fuhr Helene fort. »Den Rest erzählen wir euch, wenn wir die Proben ausgewertet haben.«

»Okay. Dann können wir jetzt also ganz nah rangehen?«

»Ja. So nah ihr wollt.«

Um ihren Worten Nachdruck zu verleihen, trat Helene so dicht an Becht heran, dass Bechts Nasenspitze beinahe ihre Stirn berührte.

»Gute Arbeit«, stieß er gequetscht hervor.

Helene grinste zufrieden und verabschiedete sich mit den Worten:

»Wir sind dann mal in ihrem Wohnwagen.«

Ilkay drehte sich noch einmal um, bevor er seiner Chefin folgte. Er machte ein entschuldigendes Gesicht.

»Also wirklich«, meinte Becht kopfschüttelnd, als sie wieder allein in der Manege waren.

Ruth trat an Luzie van Elms' Körper heran. Helene hatte recht. Die Naturhaarfarbe des Opfers war wahrscheinlich blond oder dunkelblond. Das Blut erweckte den Eindruck, sie sei brünett.

»Eine hübsche Frau, findest du nicht?«

Becht brummte und trat ebenfalls näher. Ruth besah sich die Fingernägel der Toten, kurz geschnitten, aber gepflegt. Schmale Hände und Finger. Sehnige, muskulöse Arme. Blutergüsse, so wie Helene es gesagt hatte. Kein Schmuck.

»Wie hieß sie noch mal richtig?«

»Wilhelmine Tomtschuk«, gab Becht zurück, »Minka.«

»Minka.«

Ruth beugte sich vor. Minka hatte ein hübsches, ebenmäßiges Gesicht: recht breit, schmale Stupsnase, volle Lippen, hohe Wangenknochen, ein Muttermal über dem linken Mundwinkel, hohe Augenbrauenbogen, eine offene Stirn. Das Haar war lang, aber eher dünn. Minkas Augen blickten trüb nach oben. Bevor das Licht dahinter ausgegangen war, waren sie braun gewesen. Braun mit ein bisschen Grün. Unter dem spitzen Kinn und dem langen, schlanken Hals zeichneten sich die Schlüsselbeine ab, darüber spannte sich glänzende milchweiße Haut. Ein Stück weiter unterhalb erhob sich der schmale Brustkorb. Durch das weiße, ärmellose Top konnte man die Rippen einzeln abzählen.

»Sie hat gar keine Brüste«, bemerkte Ruth sachlich.

»An ihr ist auch kein Gramm Fett«, gab Becht zu bedenken.

»Sie sieht viel jünger aus, als sie ist, findest du nicht?«

Becht betrachtete das Gesicht einen Moment und überlegte.

»Jünger als zweiundzwanzig sicherlich.«

Ruth musterte den Bauch der Frau. Er wölbte sich ein wenig.

»Denkst du auch, was ich denke?«

Becht nickte.

»Schwanger?«

»Das müssen wir die Rohloff fragen.«

Ruth schloss die Augen, um besser nachdenken zu können. Gab es schon irgendetwas, das sie mit Sicherheit sagen konnten? Außer, dass Minka Tomtschuk nicht gestürzt, sondern zum Abstürzen gebracht worden war?

Das war nicht viel.

Ruth öffnete die Augen wieder und sagte:

»Wir sollten mit ihrem Freund sprechen. Und mit dem Clown. Und wir müssen uns ihre Sachen ansehen.«

Becht nickte.

»Dann also Gil.«

»Dann also Gil.«

Gil, der Trapezstar, war ein Muskelpaket, nicht besonders groß, schlank, durchtrainiert. Ein kerniger Typ mit einem kantigen Gesicht, kurzen schwarzen Haaren und langen Wimpern. Er war weder hübsch noch hässlich, aber Ruth dachte gleich, dass seine Statur und seine Gesichtszüge so ungewöhnlich waren, dass er einem im Gedächtnis blieb. Er wirkte wie eine Karikatur, irgendwie überzeichnet, und man konnte nicht mit Gewissheit sagen, ob sein Schöpfer ihn mit Liebe und Zuneigung im Kopf erschaffen hatte oder eher mit Wut im Bauch.

»Mein herzliches Beileid, Herr … äh«, begann Becht.

Kein besonders souveräner Auftakt. Der Mann hob den Kopf, seine Wangen glänzten tränennass.

»Gil van Sant«, sagte er tonlos.

Er saß auf der Eckbank seines Wohnwagens, ähnlich wie der Zirkusdirektor zuvor, hatte die Arme auf den Tisch aufgestützt und weinte beharrlich, fast schon trotzig. *Schaut her, ich bin traurig, ein gebrochener Mann*. Aber immerhin weinte er jetzt nicht mehr so laut wie vorhin. Ruth atmete insgeheim auf. Mit Tränen konnte sie nicht gut umgehen.

Noch nie.

War Simon als Kind gestürzt, hatte Ruth immer die Luft angehalten und gebetet, dass er nicht anfangen würde zu weinen. Wenn er dann aufgestanden und sie unvermittelt wieder angelächelt hatte, hatte sie sich bei dem überirdischen Wesen bedankt, das ihr zu Hilfe gekommen war. War Simon hingegen in Tränen ausgebrochen, hatte sie sich hilfesuchend nach Maui umgesehen. Ihr Exmann war ein begnadeter Tröster. Wenn er mal nicht in der Nähe gewesen war, hatte sich Ruth widerwillig erhoben, gegen die Schwerkraft angekämpft und sich durch eine Art unsichtbare Gallertmasse gekämpft, den kleinen Jungen mit steifen Armen hochgehoben und sich darüber gewundert, wie nah einem ein anderer Körper sein konnte, ohne dass man Nähe spürte. Simons kleiner Kopf hatte auf ihrer Schulter gelegen, und sie hatte ihm sanft mit der Hand auf den Rücken geklopft, aber trotzdem war eine unsichtbare Mauer zwischen ihrem und seinem Körper gewesen – die anscheinend nur Ruth bemerkte, denn Simon beruhigte sich immer sehr schnell.

Wenn andere Menschen (also Menschen, die nicht Simon waren) zu weinen begannen, war Ruths erster Impuls, sich die Ohren zuzuhalten und irgendein Lied vor sich hin zu summen, bis das Geschluchze vorüber war. Aber dem konnte sie natürlich im Arbeitsalltag nicht nachgeben. Stattdessen hatte sie sich angewöhnt, in solchen Momenten an etwas anderes zu denken. An das Frühstück zum Beispiel (eine Tasse schwarzer Kaffee und ein halber Apfel von gestern, braungeädert, leicht mehlig, was aber eher auf die Sorte als auf das Alter zurückzuführen war. Besser nicht mehr kaufen.). Oder an die fünf Lieblingsorte ihrer Kindheit (der Pflaumenbaum im Garten, Omas Schoß, die Eisdiele im Ort, der See und, ja, tatsächlich –)

Ruth lächelte. Witzigerweise war der Zirkus auf Platz fünf ihrer persönlichen Hitliste.

Gil weinte nicht mehr. Offenbar hatte sich Ruth lang genug in ihre Gedankenwelt zurückgezogen.

»Luzie van Elms und Gil van Sant?«, fragte Becht zweifelnd.

»Ja«, gab Gil patzig zurück, »wir waren einfach das perfekte Paar, von Anfang an.«

Ruth war nicht überzeugt. Luzie – Minka – hatte optisch definitiv in einer anderen Liga gespielt als Gil. Er musste also verdammt nett sein. Oder reich. Oder ein fantastischer Liebhaber.

Oder Minka hatte Komplexe gehabt und sich weit unter Wert verkauft.

»Ist das Ihr richtiger Name, Gil van Sant?«, wollte Becht wissen.

Gil verzog das Gesicht.

»Nein, natürlich nicht. Luzie heißt ja auch nicht Luzie. Aber für die Show war es natürlich super, dass wir zwei so ähnliche, klangvolle Namen hatten.«

»Wie ist denn Ihr bürgerlicher Name?«

Gils Miene verdüsterte sich.

»Robert Schmidt«, brummte er nach einer Weile, und

es hatte den Anschein, als wäre ihm sein Name peinlich, »aber so nennt mich niemand mehr. Schon seit Jahren.«

Robert Schmidt plus Minka Tomtschuk und schon klang es gar nicht mehr nach perfektem Paar, dachte Ruth nüchtern.

»Woher kommen Sie denn, äh, Gil?«

»Gil ist okay. Aus dem Allgäu.«

Ruth stülpte die Lippen vor. Auf einer grünen Alm zwischen Butterblumen und dem Läuten der Kuhglocken konnte sie ihn sich ganz gut vorstellen, den Robert Schmidt.

»Sie sagten, Sie und Minka wären von Anfang an ein perfektes Paar gewesen. Wie lange waren Sie denn schon zusammen?«, fragte Becht.

Gil drehte den Kopf zur Seite und schaute durch die altmodischen weißen Gardinen nach draußen. Es regnete immer noch.

»Seit November«, antwortete er leise.

»Das heißt, dass Sie ziemlich bald, nachdem Minka im Zirkus angefangen hat, ein Paar geworden sind«, stellte Becht fest. »Wie hat der Rest der Truppe darauf reagiert?«

»Unterschiedlich. Die meisten fanden es nicht so toll. Ein Liebespaar schafft immer Unruhe in der Truppe. Und dann hatten wir noch das zusätzliche Problem, dass Lai Lai eifersüchtig auf Minka war.«

»Lai Lai, die andere Trapezkünstlerin?«, fragte Becht.

»Ja. Mit der habe ich ursprünglich die Paarnummer am Trapez gemacht. Und Lai Lai und ich, na ja, also, wir hatten auch mal was miteinander. Es war etwas kompliziert am Anfang. Wir mussten uns alle erst mal an die neue Situation gewöhnen.«

»Welche Situation genau?«, bohrte Becht.

Gil wirkte genervt. Ruth hatte das Gefühl, dass er nicht besonders gut denken konnte. Offenbar ging er davon aus, dass Becht und Ruth schon bestens über die Liebeleien und Beziehungskonstellationen in der Zirkustruppe im Bilde waren.

»Nun, Minka war die Neue und trotzdem besser als Lai Lai. Sie hat uns umgehauen mit ihrem Können! Sie ist die beste Akrobatin, die ich je gesehen habe. Außergewöhnlich. Unglaublich talentiert.«

»Und sie hat Lai Lai gewissermaßen vom Thron gestoßen. Das war die neue Situation«, warf Becht ein.

Gil befeuchtete seine Lippen mit der Zunge.

»Das Seil wurde angeschnitten. Jemand hat gewollt, dass Minka stürzt«, erklärte Becht jetzt mit ernster Stimme.

Gils Blick flackerte.

»Das sehen Sie vielleicht falsch, Herr Polizist. Immerhin üben auch Lai Lai und ich am Trapez. Und da wir keine geregelten Übungszeiten haben, hätte dieser Jemand es auch auf mich oder Lai Lai abgesehen haben können.«

Ruth hatte das Gefühl, ihr hätte jemand mit einem Hammer auf den Kopf geschlagen. Der Mann hatte recht. Darüber hatte sie sich noch gar keine Gedanken gemacht!

»Haben Sie denn heute am Trapez geübt?«, wollte Becht wissen.

Gil verneinte.

»Ist Ihnen bewusst, dass Sie sich damit zum Hauptverdächtigen machen?«, fragte Becht provozierend.

Gil sah ihn trotzig an.

»Ah ja? Und wieso das?«

»Wenn Sie das Seil manipuliert hätten, hätten Sie sicher davon abgesehen, am heutigen Tag zu trainieren. Und gerade haben Sie Ihre Kollegin Lai Lai belastet, indem Sie uns ein Motiv geliefert haben: Lai Lai ist neidisch auf ihre Konkurrentin Minka, die nicht nur besser turnt als sie, sondern ihr auch noch den Mann ausgespannt hat.«

»Und was meinen Sie, warum ich das getan habe?«, fauchte Gil.

»Weil Sie von sich selbst ablenken wollen. Oder weil Sie denken, dass es genauso gewesen ist«, mutmaßte Ruth.

Gil nickte langsam.

»Wenn jemand in der Truppe Grund hatte, Minka umzubringen, dann Lai Lai.«

»Und was ist mit Ihnen?«, fragte Becht, »hatten Sie vielleicht auch Grund, Minka umzubringen? So eine schöne Frau ist sicher schwer zu halten.«

Ruth meinte, Verständnislosigkeit aus dem Gesicht des Trapezkünstlers zu lesen. Er schien zu denken, dass Becht den Verstand verloren hatte.

»Nein, ich hatte keinen Grund. Ich habe Minka geliebt. Da können Sie jeden fragen.«

Becht schien zu überlegen, wie er weitermachen sollte. Ruth dauerte die Pause, die dabei entstand, zu lang. Deshalb übernahm sie das Ruder wieder.

»Erzählen Sie uns doch etwas über Minka«, forderte sie Gil auf und versuchte es mit einem Lächeln.

Becht hatte er schon gefressen, vielleicht war es daher nicht unklug, wenn Gil Vertrauen zu *ihr* fasste, auch wenn sie generell nicht der Typ Mensch war, der Instant-Sympathiepunkte sammelte. Gil betrachtete sie misstrauisch. Dann seufzte er.

»Letztes Jahr im Herbst stand Minka plötzlich eines Morgens im Zelt und fragte, wo sie den Direktor finden könnte, sie würde gern vorturnen. Wir haben erst mal nur gelacht, das kommt schließlich öfter vor – wir kennen das Spiel schon. Plötzlich tauchen irgendwelche Mädchen auf und sagen, dass sie bei uns mitmachen wollen, weil sie das Wort Zirkus fasziniert. Aber wenn sie zeigen sollen, was sie draufhaben, kommt nichts. Im Endeffekt wollen sie, dass wir ihnen alles beibringen, aber das geht natürlich nicht. Wir sind eine professionelle Truppe, wir stammen aus Artistenfamilien. Wir haben alle viele Jahre Erfahrung, sind gut ausgebildet. Minka sah zwar toll aus, aber richtig was zugetraut hat ihr von uns keiner. Burkhard hat sie überraschend machen lassen, wahrscheinlich weil er sie scharf fand. Und uns sind fast die Augen aus dem Kopf gefallen! Sie hat am Trapez getanzt, als stünde sie auf der Erde. Sie ist von links nach rechts geflogen, durch die Luft, Hände vom Trapez. Sie konnte die waghalsigsten Kunststücke, es war atemberaubend. Mir ist zwischendurch das Herz stehengeblieben. So etwas hatte ich noch nie gesehen. Sie war einfach perfekt. Sie hatte überhaupt keine Angst.«

»Sie hat ohne Netz vorgeturnt?«, fragte Ruth dazwischen.

»Ja, natürlich!«, rief Gil aus.

Er klang beinahe entrüstet.

»Sie hat keins gebraucht. Sie konnte das einfach.«

Aus seinen Worten sprach grenzenlose Bewunderung und ein geradezu kindlicher Stolz. Wahrscheinlich hatte er sie wirklich geliebt.

»Wie ist sie da hoch gekommen? Heute, vor der Vorstellung. Aufs Trapez, meine ich. Ist sie allein hochgeklettert?«

»Keine Ahnung. Vermutlich. Sie hat mir nicht Bescheid gesagt, als sie rübergegangen ist.«

»War sie denn vorher noch bei Ihnen?«

Gil wich Ruths Blick aus.

»Nein.«

Diesen Gesichtsausdruck wollte sich Ruth merken. Er erzählte ihr etwas. Ruth tippte auf einen Streit.

»Wann haben Sie Minka denn zum letzten Mal gesehen?«

»Gesehen? So gegen 17 Uhr. Wir hatten eine Teambesprechung.«

»Haben Sie da auch mit ihr gesprochen?«

»Nein.«

»Warum nicht?«, fragte Ruth unschuldig.

»Wir hatten uns gestritten.«

Ruth klopfte sich in Gedanken lobend auf die Schulter.

»Wann denn?«

»Gestern.«

»Und worüber?«

Die Fragen und Antworten gingen jetzt so schnell hin und her, dass Becht mit seinen Blicken kaum nachkam.

»Ach, über irgendeinen Blödsinn«, rief Gil aus. »Glauben Sie mir, wenn ich gewusst hätte, dass es das letzte Mal ist, dass wir miteinander reden, hätte ich eingelenkt.«

Ruth beschloss, es erst einmal gut sein zu lassen. Sie wechselte das Thema.

»Sie sagten, Sie stammen aus einer Artistenfamilie.«

Gil senkte den Kopf.

»Ich ... also, das gilt für meine Kollegen.«

Aha, dachte Ruth.

»Wie lange sind Sie beim Zirkus?«

»Bei diesem hier? Oder insgesamt?«

»Beides.«

»Das ist jetzt meine vierte Saison beim *Zirkus Träume*«, erklärte Gil stolz, »und beim Zirkus bin ich schon, seitdem ich sechzehn bin. Warum wollen Sie das wissen?«

Ruth zuckte die Achseln.

»Einfach nur so. Danke, Herr Schmidt.«

»Van Sant«, korrigierte er sie.

Mit einem feinen Grinsen auf den Lippen nahm Ruth sich vor, dass sie Gil van Sant von nun an immer mit dem Namen Schmidt ansprechen würde.

Mal gucken, wie stark sein Geduldsfaden war.

# 4

## Beppo schält eine Orange

Da Helene und Ilkay noch nicht mit der Untersuchung von Minkas Wohnwagen fertig waren, beschlossen Ruth und Becht, zum Präsidium zurückzulaufen und sich dort mit Beppo, dem Clown, zu unterhalten. Sie hatten ihre Autos im Hof des Präsidiums geparkt, das keine 200 Meter Luftlinie vom Tatort entfernt war. Zum Glück machte der Regen gerade eine Pause.

Sie waren ein eher fußlahmes Duo. Becht wiegte sich gemächlich in den Hüften und schob seinen Bauch wie eine Rettungsboje vor sich her, unsinkbar und erhaben, während Ruth Krach machte: Sie hatte zu wenig Körperspannung, um ihre Füße geräuschlos aufzusetzen. Außerdem zwickte ihr Kleid, und sie hätte nichts lieber getan, als sich den Schlüpfer zurechtzuzupfen.

Auf den Straßen rund um das Rathaus war nicht sehr viel los. Es war zwar Samstagabend, aber das Wetter lud nicht dazu ein, sich im Freien aufzuhalten. Dafür waren die Kneipen entlang der Friesenstraße voll besetzt. Ruths Augen erfassten ein Pärchen im Fenster des *Café Colonial*, das sich händchenhaltend an einem kleinen Tisch gegenübersaß und mit Blicken auffraß.

»Wenn wir nicht arbeiten müssten, würde ich dich jetzt auf ein Bier in den *Unwirsch* einladen«, sagte Becht unvermittelt.

»Wenn wir nicht arbeiten müssten, würde ich mir gerade im Opernhaus einen Pausensekt zu Gemüte führen«, erwiderte Ruth.

»Das ärgert dich richtig, was?«, meinte Becht mitfühlend.

»Nicht wegen der Oper. Wegen Simon.«

»Verstehe. Was ist eigentlich mit Maui?«

»Ach, der ist immer noch in Stuttgart und heilt Leute. Ich glaube, er hat eine neue Freundin, aber so genau weiß man das bei dem ja nie.«

Becht lachte in sich hinein. Sein Bauch bebte leicht.

»Einen Clown hatten wir noch nie als Zeugen«, bemerkte Ruth, um rasch das Thema zu wechseln.

Sie mochte Becht, und wenn sie irgendjemandem etwas Privates hätte erzählen wollen, dann wohl ihm, aber sie redete nur ungern über Maui. Maui – oder besser *die Lücke* namens Maui – hatte in der letzten Zeit wieder manchmal weh getan.

»Das stimmt«, bestätigte Becht, »das ist was ganz Neues. Auch optisch.«

Ruth starrte Becht verwundert an.

»Du meinst, er ist verkleidet?«

»Ja«, sagte Becht schmunzelnd, »ich hatte ja eben schon die Ehre, bevor du gekommen bist. Er sieht aus wie ein richtiger Harlekin.«

Ruth versuchte, sich einen Harlekin vorzustellen, und scheiterte kläglich. Ihre Phantasie hatte zuweilen eng abgesteckte Grenzen.

»Du hast Gil eben ganz schön hart rangenommen«, meinte sie. »Warum? Auch so ein Gefühl, wie mit der Tür im B-Block? Bei der du eben gedacht hast, dass der Täter die passiert haben muss?«

»Ja. Ich lasse mich heute von meiner Intuition tragen.«

Ruth runzelte die Stirn. Das war kein Becht-Satz.

»Das ist nicht deine Art.«

Becht lächelte geheimnisvoll.

»Nein, das ist wirklich nicht meine Art.«

Ruth blieb stehen. Dieser Gesichtsausdruck, so wissend und klüger als der Rest, den hatte sie schon mal gesehen, aber nie an Becht. An anderen.

»Muss ich das verstehen oder hast du gerade einen Insiderwitz gemacht?«

Ihre Stimme klang gereizt. Becht merkte es.

Immerhin.

»Du hast gute Fragen gestellt eben«, wechselte er schnell das Thema.

Sie hatten den Eingang zum Präsidium erreicht, und Ruth schien es, als käme der Anblick des Gebäudes Becht gerade recht.

»Willst du die Befragung übernehmen?«

»Vom Clown? Komplett meinst du?«, fragte Ruth ungläubig.

»Ja. Ich muss noch telefonieren. Mit der Bernd und so.«

*Mit der Bernd und so.* Ruth äffte Bechts Satz in Gedanken nach.

»Okay«, antwortete sie gedehnt.

Sie trennten sich. Ruth nahm den Aufzug in den dritten Stock. Als sich die Türen öffneten, stand sie einem muskelbepackten Mann gegenüber. Er roch nach Diesel und Aftershave und seine Oberarme waren so aufgepumpt, dass die Bündchen seines weißen T-Shirts tief in seine Haut einschnitten. Das musste Jurij von der Motorradbande sein. Er nickte ihr mit finsterem Gesichtsausdruck zu. Ruth war sich sicher, dass seine Nase schon mehrfach gebrochen gewesen war.

Sie trat auf den Gang, der Mann stieg in den Aufzug. Ruth sah, wie Ferdinand aus der Kaffeeküche kam und die Glastür zu seinem Büro direkt gegenüber mit dem Fuß aufschob. Das war so eine Angewohnheit von ihm. Deshalb war das untere Drittel seiner Tür immer schmutzig. Ruth hatte schon mehrfach beobachtet, wie sich die Putzfrau ächzend auf die Knie hinuntergelassen hatte, um die Dreckspuren wegzuwischen.

Ruth hätte Ferdinand liebend gern einmal gefragt, ob er sich zu Hause auch so durch seine Wohnung bewegte, aber das hätte Ferdinand nur wieder falsch gedeutet und geglaubt, dass sich Ruth für sein Privatleben interessierte. Nichts lag ihr ferner.

Ruth blieb abrupt stehen und bewegte sich unauffällig zum Aufzug zurück. Sie wollte nicht von Ferdinand gesehen werden.

Wenn ihr Kollege Jurij hier oben befragt hatte, musste der Clown woanders sein. Das Verhörzimmer B lag ein Stockwerk tiefer. Da der Aufzug noch unterwegs war, nahm Ruth die Treppe; ihre Absätze hallten durchs Treppenhaus. Eine Etage tiefer klopfte sie an die Tür vor dem Verhörzimmer B.

»Herein!«

Ansgar! Ruths Miene hellte sich auf.

Ansgar Römer war in etwa so alt wie Becht und würde bald pensioniert werden, was ein Jammer war, wie Ruth fand. Sie mochte seinen staubtrockenen Humor und seine blitzgescheiten Augen. Leider war er, ebenfalls ähnlich wie Becht, nicht mehr gut zu Fuß und in erster Linie für die Recherche und Dokumentation verantwortlich.

»Hallo, Ruth, alles klar?«

»Du bist ja auch noch da«, erwiderte Ruth.

Ansgar lächelte.

»Irgendwer muss ja dafür sorgen, dass der Clown keine Faxen macht.«

Ruth blickte durch die verspiegelte Scheibe, die sich über die gesamte Länge der linken Wand erstreckte.

»Ach du liebes bisschen«, entfuhr es ihr.

Ansgar begann zu lachen.

»Eben hat er sogar eine Pantomime für mich hingelegt. Wenn ich es richtig verstanden habe, war seine Botschaft: Ich war's nicht, es war der Gärtner.«

Ruth musterte den Clown, der im Verhörzimmer stand und mit drei Orangen jonglierte. Er war ganz in Schwarzweiß gekleidet, bis auf die Schuhe (kanariengelbe Turnschuhe), und sein Gesicht war weiß geschminkt. Unter dem linken Auge hatte er sich eine schwarze Träne aufgemalt, die Haare steckten unter einem schwarzen Haarnetz. Dadurch wirkte sein Kopf sehr klein und leicht verformt.

»Hat Ferdinand schon mit ihm gesprochen?«

»Nein.«

Ruth zog ihre Regenjacke aus. Ansgar machte große Augen, als er Ruths Abendkleid sah.

»Steht dir super«, sagte er.

»Danke.«

Ruth wurde rot und wandte sich schnell ab.

»Na, dann geh ich da jetzt mal rein.«

»Du wirst ihn mögen. Er ist ein netter Kerl.«

Ansgar zwinkerte Ruth zu. Sie verließ den Raum und ging die wenigen Schritte über den Flur zur nächsten Tür. Als sie anklopfte, stellte sie sich vor, wie der Clown gerade vor Schreck die Orangen fallen ließ. Sie trat ein. Der Clown stand mit ausgebreiteten Armen vor ihr, den Mund zu einem O geformt, die Stirn vor Überraschung krausgezogen. Auf dem Boden lagen zwei Orangen, die dritte war wahrscheinlich unter den Tisch gekullert.

»Guten Tag«, sagte sie, ohne eine Miene zu verziehen.

»Hallo«, erwiderte der Clown, eher leise.

Da die Lachfalten überschminkt waren (ein Clown musste Lachfalten haben!), fiel es Ruth schwer, sein Alter zu schätzen. Seine Haut war spiegelglatt.

»Nehmen Sie doch bitte Platz«, forderte Ruth den Mann auf.

Er sammelte die beiden Orangen auf und setzte sich Ruth gegenüber hin.

»Darf ich eine Orange essen?«, bat der Mann.

Sein kreideweißes Gesicht irritierte Ruth ein wenig, genau wie seine Stimme. Er sprach immer noch recht leise und eigentümlich leiernd. Er sang die Wörter mehr, als dass er sie sprach.

»Nur zu.«

»Unter Ihrem Stuhl liegt auch noch eine«, sagte der Clown.

Ruth blickte auf den Boden.

»Möchten Sie die hier haben?«, fragte Ruth und wies auf die Orange zu ihren Füßen.

»Nein. Die ist für Sie.«

Ruth neigte den Kopf zur Seite und grinste.

»Danke sehr. Wie heißen Sie?«

»Beppo.«

»Und Ihr vollständiger Name?«

»Das ist mein vollständiger Name.«

Ruth legte die Handflächen auf den Tisch.

»Ein vollständiger Name besteht aus zwei Namen«, sagte sie.

»Da wo Sie herkommen. Da wo ich herkomme nicht.«

Ruth blinzelte.

»Wo kommen Sie denn her?«

»Aus Sizilien.«

»Sie wollen mir nicht erzählen, dass in Sizilien niemand einen Nachnamen hat.«

»Doch, natürlich haben die Leute Nachnamen, schöne, klangvolle sogar. Aber die Clowns nicht.«

»Sizilianische Clowns haben also keinen Nachnamen«, fasste Ruth zusammen.

»Genau genommen nicht. Es sei denn, Sie lassen ›Clown‹ gelten. Aber so sehen Sie mir nicht aus.«

Ruth konnte sich ein Lächeln nicht verkneifen.

»Dann darf ich Sie also Herr Clown nennen?«

Beppo lächelte zurück.

»Ja, aber das wäre albern. Nennen Sie mich doch einfach Beppo.«

»Und schon sind wir wieder am Anfang, nicht wahr?«

Beppos dunkle Augen blitzten schelmisch. Er begann, eine seiner Orangen zu schälen. Die Schalenstücke türmte er sorgfältig vor sich auf und die Luft war sogleich von dem feinen, frischen Zitrusduft erfüllt.

»Rennen Sie immer so herum?«, fragte Ruth.

Beppo stellte die fertig geschälte Orange wie ein kleines Kunstwerk neben den Schalenhaufen und musterte erst sie, dann Ruth.

»In diesem Outfit, meinen Sie? Ja, stimmt, das ist ziemlich unpassend. Ungefähr so unpassend wie ein Abendkleid auf dem Polizeipräsidium.«

Beppo zwinkerte Ruth zu.

»Wer hat denn behauptet, dass ich Ihren Aufzug unpassend finde?«

»Ich«, gab der Clown zurück.

»Und wenn ich das gar nicht unpassend finde?«

»Dann habe ich Sie falsch eingeschätzt.«

Was für ein Früchtchen, dachte Ruth, lehnte sich zurück und streckte die Beine unterm Tisch aus.

»Halten die Menschen Sie manchmal für dumm, weil Sie ein Clown sind?«

»Ja, das kommt vor.«

»Und sind Sie dumm?«

Jetzt zögerte Beppo, der Clown, zum ersten Mal.

»Hmm. Nicht dümmer als der Rest, denke ich.«

»Dann geht es uns doch ganz ähnlich, Herr Clown. Ich habe zwar ein Kleid an, aber ich bin trotzdem Polizistin, und ich werde herausfinden, wer Minka Tomtschuk umgebracht hat.«

Manchmal war Ruth schnell, klar und überzeugend. Beppo betrachtete sie sichtlich beeindruckt.

»Erzählen Sie mir bitte, wie Sie Minka gefunden haben.«

Der Clown fing nicht sofort an zu erzählen. Erst wanderte sein Blick noch für ein paar Sekunden hin und her.

»Ich habe einen komischen Schrei gehört«, begann er schließlich. »Es war eigentlich kein Schrei, sondern ein

Gurgeln, sehr laut, aber ohne Richtung. Es klang unmenschlich …«

Beppos spielerische Coolness war wie weggeblasen.

»Wann war das?«

»Ich weiß es nicht genau. Vielleicht so gegen halb sieben. Ein paar Minuten früher oder später.«

»Haben Sie die Stimme erkannt?«

»Ja. Ich wusste sofort, dass es Minka war.«

»Wussten Sie, woher der Schrei kam?«

»Nicht Schrei«, korrigierte Beppo.

Ruth schob den Kopf leicht vor.

»Ich habe verstanden. Aber können wir der Einfachheit halber von einem Schrei reden?«

Beppo nickte zögerlich.

»Wo waren Sie, als Sie den Schrei hörten?«

»Ich war gerade von draußen reingekommen. Bin durch den Artistenbereich in Richtung Backstage-Area gegangen, hinter der Bühne. Auf Höhe der letzten Treppe habe ich den schrillen Ton gehört.«

»Dem letzten Aufgang zum A-Block?«

»Genau.«

»Und dann?«

»Ich bin in die Manege gerannt.«

»War außer Ihnen und dem Opfer noch irgendjemand in der Manege?«

Beppo schüttelte den Kopf.

»Wir waren allein.«

»Sind Sie sicher?«

»Ja. Ich meine, wenn sich jemand zwischen den Rängen versteckt hätte …«

Ruth vollendete den Satz:

»Sie waren so mit Ihrem eigenen Schock und Minka beschäftigt, dass Ihnen durchaus etwas entgangen sein könnte.«

»Ja. Aber ich glaube, dass wir allein waren.«

Ruth versuchte, sich die Situation vorzustellen.

»Gut«, fuhr sie fort, »aber wie kann es sein, dass so kurz vor der Abendvorstellung niemand in der Manege war? Draußen, vorm Zelt, lief doch sicher schon der Kartenverkauf, in der Vorhalle waren Menschen, die den Imbiss und die Getränkebar vorbereitet haben –«

Beppo zuckte die Achseln.

»In der Manege und hinter der Bühne war alles vorbereitet. Wir kümmern uns meist schon am Vormittag darum. Dann werden die Ränge saubergemacht, die Bühne gewischt und so. Wir hatten um 17 Uhr ein Treffen mit der gesamten Truppe, danach haben sich alle zurückgezogen, um noch was zu essen, sich zu schminken, umzuziehen.«

»Worum ging es bei dieser Teambesprechung?«

Der Clown zuckte die Achseln.

»Ach, alles Mögliche. Irgendein Larifari, wenn Sie wissen, was ich meine. Der Direktor fand es wichtig, uns alle paar Tage zusammenzutrommeln und nachzufragen, wie die Stimmung im Team ist. Ob wir was brauchen und so.«

»Und?«

Beppo blinzelte.

»Na ja, das Übliche halt. Egal, was wir gesagt haben, welche Anregungen wir hatten, geändert hat sich doch nichts. Also, es wurde eh nichts gemacht. Der Direktor hat immer nur so getan als ob. Es war ihm ziemlich egal, wie es uns ging. Und die Stimmung im Team hat ihn auch nicht weiter interessiert.«

Ruth schwieg einen Moment und versuchte, diese Beschreibung mit ihrem Eindruck von Direktor Burkhard zu vereinen.

»Er hat ein Alkoholproblem, Ihr Chef, nicht wahr?«

Beppo nickte.

»Ich weiß ehrlich gesagt nicht, wann ich ihn das letzte Mal nüchtern gesehen habe.«

Ruth nickte langsam.

»Ich verstehe. Die Truppe hat sich also nach der Teambesprechung zurückgezogen, Minka ist trainieren gegangen. Dann hörten Sie den Schrei. Sie sind in die Manege gelaufen und haben Minka auf dem Boden liegend vorgefunden.«

»Ja. Sie lag auf dem Rücken. Ich habe ihren Namen gerufen, aber sie hat nicht geantwortet. Als ich mich über sie gebeugt habe, hat sie versucht, etwas zu sagen, aber ich habe sie nicht verstanden.«

»Irgendwelche Silben? Tonfall?«

Beppo schüttelte den Kopf.

»Was war Ihr erster Gedanke, als Sie sie so gesehen haben?«, wollte Ruth wissen.

Beppos Augen glänzten eigenartig. Ruth verstand nicht sofort, was sie sah. Aber als er mit bebender Stimme antwortete, begriff sie: Die Erinnerung an das Geschehene machte ihm Angst.

»Ich habe nichts gedacht. Ich war fassungslos und überfordert. Ich habe gedacht, ich kann ihr nicht helfen. Ich weiß nicht, was ich tun soll. Es war konfus.«

Beppos Stimme begann zu zittern.

»Wie sah sie aus?«

Beppo runzelte die Stirn.

»Wie meinen Sie das?«

Ruth überlegte kurz. Sie wollte ihm keine Worte in den Mund legen.

»Sah sie verängstigt aus? Überrascht?«

Beppos Mund verzog sich zu einem unsagbar traurigen Lächeln.

»Sterbend.«

Alle Spannung wich aus Ruths Körper. Sie sackte auf ihrem Stuhl zusammen.

»Gut«, sagte sie leise und suchte nach einem neuen Einstieg.

»Wie war Ihr Verhältnis zu Minka Tomtschuk?«

Beppos Blick wanderte über den Tisch zu der Orange hinüber. Er nahm sie in die Hand und beugte sich vor, um sie Ruth zu reichen.

»Danke, ich möchte nicht«, sagte sie verwirrt.

»Doch, nehmen Sie sie bitte. Und stellen Sie sich vor, die Orange wäre mein Herz.«

Ruth zögerte, dann nahm sie die Frucht in die Hand.

»Und jetzt stellen Sie sich vor, Sie sind Minka«, flüsterte der Clown.

Jetzt verstand Ruth.

»Sie haben sie geliebt?«

Beppo nickte.

»Sie war mein Ein und Alles.«

»Hat sie das gewusst?«

»Ja. Wir waren eine Zeitlang ein Paar.«

»Ich dachte, sie war mit Gil van Sant zusammen?«

Beppo schnaubte entrüstet.

»Gil van Sant«, murmelte er abfällig.

»Sie mögen ihn nicht?«

Ein paar Sekunden schien sich Beppo an einen anderen Ort zurückzuziehen, an dem Ruth ihn nicht erreichen konnte.

»Ja, vielleicht«, antwortete er schließlich.

»Vielleicht was?«, fragte Ruth verwirrt.

»Vielleicht waren sie doch wieder zusammen.«

Jetzt war Ruth noch verwirrter.

»Sie wollen sagen, dass die beiden nicht mehr zusammen waren?«

»Nein. Ich will damit sagen, dass ich es nicht weiß.«

Ruth schüttelte unwirsch den Kopf.

»Das glaube ich Ihnen nicht, Herr Clown! Sie arbeiten doch mit diesen Leuten zusammen, Sie sehen sich jeden Tag, Sie haben diese Frau geliebt. Da müssen Sie doch wissen, wer aktuell mit ihr zusammen war!«

Beppo lächelte erneut auf diese schwermütige, deprimierende Weise.

»In Ihrer Welt ist alles schwarz oder weiß, nicht wahr?«

Jetzt schnaubte Ruth.

»Eine interessante Bemerkung von einem Harlekin.«

Beppo reagierte nicht darauf und schien davonzudriften. Während Ruth ihn beim Brüten beobachtete, fiel ihr auf, dass sie noch immer die Orange in der Hand hielt.

Beppos Herz.

Sie steckte ihren Daumen und Zeigefinger in die Mitte der Frucht und zog sie auseinander. Sie hatte doch Hunger. Eine Hälfte schob sie über den Tisch, die andere stopfte sie sich in zwei Bissen in den Mund. Die Säure kribbelte auf ihrer Zunge.

»Wer hatte Gründe, Minka zu hassen?«, fragte Ruth, nachdem sie fertig gekaut hatte.

»Gil, Burkhard, Lai Lai, der Große Voltano, Jin. Und ich.«

Die Namen sprudelten nur so aus Beppos Mund.

»Wie ... Moment mal ... Sie?«, stotterte Ruth.

»Sie hat mich verschmäht. Sie hat mit mir geflirtet und mich manchmal auch an sich rangelassen, aber zuletzt ist sie doch mit denen gegangen, die Einfluss hatten. Die wichtig waren. Und ich bin nur der Clown. Natürlich hatte ich gute Gründe, sie zu hassen«, erläuterte Beppo ungerührt. »Aber das heißt noch lange nicht, dass ich sie deshalb umbringen wollte.«

Ruth dachte, dass er wirklich schwer zu fassen war, dieser Clown.

»Was ist mit den anderen Personen, die Sie genannt haben? Was für Gründe hatten die, Minka zu hassen?«

Beppo zuckte die Achseln.

»Nun, Gil war natürlich nicht erfreut darüber, dass Minka hin und wieder mit dem Direktor geschlafen hat. Er war rasend eifersüchtig und, falls Sie schon mal die Ehre gehabt haben, er ist nicht der Hellste. Er gehört zu der Sorte Mensch, die sich zu Dummheiten hinreißen lässt. Jemand, der erst handelt und dann denkt.

Der Direktor hingegen war nicht besonders froh darüber, dass Minka manchmal mit Gil geschlafen hat. Und mit mir. Auch er hat öfter dumme Dinge getan. Bei ihm liegt es aber weniger am mangelnden Intellekt als am Alkohol. Er trinkt einfach zu viel. Und seitdem er Liebeskummer hatte wegen Minka, hat er noch viel mehr getrunken, als er es sonst schon tat. Ein unglücklicher Mann ist das.

Lai Lai ist der Prototyp der eifersüchtigen Geliebten. Sie hasste Minka dafür, dass sie die bessere Artistin und noch dazu die schönere Frau ist. Sie hat Gil und ihre Rolle im Rampenlicht an Minka verloren. Nach außen hat sie zwar immer so getan, als wenn sie ihr den Erfolg gönnen würde, aber sobald Minka ihr den Rücken zugedreht hat, hat sie ihr wahres Gesicht gezeigt. Sie hat mit dem Direktor geschlafen, um ihre alte Zirkusnummer wiederzubekommen, aber als der dann Minka ins Bett bekommen hat, war Lai Lai passé. Ich hätte an ihrer Stelle längst meine Koffer gepackt und mir einen anderen Zirkus gesucht. Aber das ist ja jetzt gar nicht mehr nötig. Denn ab heute ist Lai Lai wieder die Nummer eins.

Der Große Voltano hat derweil wieder und wieder versucht, Minkas Herz für sich zu gewinnen, aber sie hat ihn abblitzen lassen und ihn einmal im Beisein der Belegschaft bloßgestellt. Wie Sie sich vermutlich vorstellen können, ist ein Mann, der sich der Große Voltano nennt, niemand, der gut mit Kränkungen umgehen kann.«

»Den Namen höre ich zum ersten Mal. Wer ist der Große Voltano?«, wollte Ruth wissen.

»Der Zauberer«, gab der Clown Auskunft, »ein Riesenarschloch.«

»Fehlt noch Jin«, bemerkte Ruth.

Beppo sah sie verständnislos an.

»Jin? Wer soll das denn sein?«

»Den Namen haben Sie doch eben selbst erwähnt«, meinte Ruth verwirrt.

Beppo grinste.

»Ich mach auch bloß Spaß. Jin ist die Schlangenfrau. Ich weiß nicht, weshalb sie Minka hassen sollte, aber Fakt ist, dass es so war. Minka hat es auch gespürt. Sie hat mich immer gefragt, ob Jin sie wieder böse anfunkeln würde, wenn wir irgendwo zusammenstanden. Ich habe Jin dann mehrmals dabei beobachtet, wie sie Minka hasserfüllt angestarrt hat. Ihre Blicke trafen sie wie Dolche.«

»Na, da arbeiten Sie ja in einer richtig netten Truppe«, sagte Ruth ironisch.

Beppos Gesicht wirkte unbeeindruckt.

»Och, die Motorradjungs sind in Ordnung. Und Putzi auch.«

Ruth blinzelte.

»Wer ist Putzi schon wieder?«

»Die Frau vom Direktor. Sabine. Aber die ist immer nur zwischendurch ein paar Tage da, putzt den Wohnwagen vom Direktor, macht die Finanzen und fährt wieder.«

Ruth dachte an die Wollknäuel in Burkhards Wohnwagen.

»Strickt sie?«

Die Frage war draußen, bevor Ruth zu Ende gedacht hatte. Beppo musste lachen.

»Ist das wichtig für Ihre Ermittlungen?«

»Beantworten Sie bitte die Frage, wenn Sie können.«

»Ich weiß nicht. Kann sein. Sie wirkt aber auf mich eher wie eine Frau, die fertig produzierte Waren kauft, statt sie selbst herzustellen. Sie ist so ein bisschen von der Sorte husch, husch, keine Zeit, wissen Sie?«

»Putzi hätte doch auch ein Motiv«, bemerkte Ruth, »falls sie mitbekommen hat, dass ihr Mann sie mit Minka betrügt.«

Beppo wiegte den Kopf hin und her.

»Stimmt. Die hätte ich beinahe vergessen. Gestern und heute war sie allerdings nicht da.«

»Wo ist sie denn, wenn sie nicht hier ist?«

»In München.«

Das war nicht allzu weit weg. Putzi hätte von dort aus bequem anreisen, das Trapez manipulieren und wieder nach Hause fahren können.

»Wissen Sie, Gil hat meinen Kollegen und mich auf einen interessanten Punkt aufmerksam gemacht.«

»Ah ja?«

»Ja. Er sagte, dass es so, wie der Mörder es angestellt hat, auch die anderen beiden Trapezkünstler hätte treffen können, Lai Lai und Gil.«

Beppo stutzte, dann fing er an zu lachen.

»Na ja, aber so gesehen, hätte es ja nie den Falschen getroffen«, stellte er fest.

Ruth zog die Augenbrauen zusammen.

»Wissen Sie, Herr Clown, dafür, dass Sie diese Frau geliebt haben wollen, wirken Sie erstaunlich gefasst.«

Beppo legte die Arme auf den Tisch und beugte sich weit nach vorn, als wollte er jetzt endlich Tacheles reden.

»Hätte es Gil oder Lai Lai getroffen, hätte ich mich tatsächlich gefreut«, gestand er.

»Und was ist mit Minka?«, fragte Ruth.

Beppo lehnte sich wieder zurück.

»Das ist eine andere Geschichte.«

Ruth schüttelte langsam den Kopf.

»Aber warum sitzen Sie dann hier und machen Ihre Späße, spielen den Unantastbaren und tun so, als würde Sie das alles völlig kaltlassen?«

»Was soll ich denn Ihrer Meinung nach tun?«

»Gil zum Beispiel, der hat geweint. Warum weinen Sie nicht?«, wollte Ruth wissen.

Da deutete Beppo mit dem Zeigefinger auf die Träne unter seinem Auge und sagte:

»Das tue ich doch die ganze Zeit.«

# 5

## Lai Lai spürt Minkas Seele

Inzwischen war es halb elf geworden. Ruth ließ den Clown ziehen. Sie blickte dem jungen Mann nachdenklich nach, wie er mit schwingenden Schritten den Flur hinunter zum Aufzug lief, ein drahtiger Mann mit breiten Schultern und schmalem Hintern.

Welcher Clown konnte ein Gewaltverbrechen begehen?

Sie dachte an den Clown aus Stephen Kings Roman *Es*. Das war kein netter Zeitgenosse, Ruth hatte sich furchtbar gegruselt. Beppo jedoch war kein böser Clown, sondern ein trauriger. Mit gebrochenem Herzen. Und wenn er die Wahrheit sagte, hätten eine ganze Menge Leute Gründe gehabt, die schöne Minka vom Himmel zu holen. Sogar er selbst, denn ein verschmähter Liebhaber konnte brandgefährlich werden.

Doch wenn Beppo sich sein Kostüm anzog, sah er nicht gefährlich aus.

Die Tür neben dem Verhörzimmer öffnete sich, und Ferdinand trat auf den Flur. Er hatte offenbar hinter dem venezianischen Spiegel im Nebenraum gestanden, während Ruth sich mit Beppo unterhalten hatte.

»Komischer Kauz, was?«, sagte ihr Kollege in leichtem Plauderton.

Ruth fühlte sich innerlich so ruhig nach dem Gespräch mit dem Clown, dass nicht einmal Ferdinand ihre Stimmung zu trüben vermochte. Sie musterte ihn unverhohlen, seine langen, hellen Wimpern, die blauen Augen, die hochgestylten Haare. Sie wusste nichts von ihm. Sie wusste nicht genau, wo er wohnte, ob er einen Goldfisch besaß und eine Freundin hatte. Oder mehrere. Vielleicht sollte sie ihm eine Chance geben. Vielleicht würde sie herausfinden, dass sie ihn mochte, wenn sie sich auf ihn einließ und versuchte, unvoreingenommen an ihn heranzutreten.

»Hast du das gesamte Gespräch mitverfolgt?«, fragte sie.

»Nicht ganz. Ansgar meinte, ihr wärt schon seit etwa fünf Minuten dran, als ich reingekommen bin.«

»Glaubst du ihm?«

Ferdinand wirkte überrascht.

»Fragst du mich etwa nach meiner Meinung?«, fragte er mit einem ironischen Lächeln.

Ruth ging nicht darauf ein. Ferdinands Lächeln verschwand. Er dachte kurz nach, dann nickte er.

»Ja, ich glaube ihm. Charismatisches Kerlchen.«

Ruth kaute auf ihrer Unterlippe herum.

»Ich geh mal Becht suchen«, meinte sie.

»Der ist schon weg.«

Jetzt war Ruth überrascht.

»Was?«

»Er hat sich eben verabschiedet mit den Worten, dass es schon spät sei. Wir sollen nach Hause gehen, Ansgar, du und ich. Ich soll dich von ihm grüßen und dir sagen, dass du dir den Kopf nicht so zerbrechen sollst.«

Ruth zog die Stirn kraus. Becht ließ sie grüßen? Was sollte das denn?

»Sonst hat er nichts gesagt?«

»Nein.«

Ferdinand machte ein hilfloses Gesicht. Ruth drehte den Kopf zur Seite und blickte aus dem Fenster in den Hof. Bechts mintgrüner Mercedes stand nicht mehr auf seinem angestammten Platz.

»Er wusste ja, dass du in der Befragung bist«, versuchte Ferdinand Becht zu entschuldigen.

Ruth winkte ab.

»Schon gut. Ich kann noch nicht nach Hause gehen, ich stehe total unter Strom. Ich sehe mir jetzt den Wohnwagen der Toten an.«

Ferdinand schien auf ihre Frage zu hoffen, ob er nicht mitkommen wollte, aber darauf konnte er lange warten. Für einen Abend war sie bereits freundlich genug zu ihm gewesen.

Dann fiel ihr noch etwas ein.

»Hast du ihre Eltern erreicht?«

Ferdinand schüttelte den Kopf.

»Ihre Eltern sind tot. Sie ist bei ihrer Oma aufgewachsen. Die wohnt in Nürnberg.«

»Hast du mit ihr gesprochen?«

»Ja, eine ziemlich rüstige Dame ist das. Sie hat gesagt, sie kommt morgen nach Fels.«

»Ah, das ist ja praktisch«, murmelte Ruth.

Darum mussten sie sich also nicht kümmern.

»Wie hat sie die Nachricht aufgenommen?«

Ferdinand suchte nach den richtigen Worten.

»Traurig, aber beherrscht. Sie klang nicht sehr überrascht, sagen wir mal so.«

Interessant, dachte Ruth.

»Sie will den Leichnam sehen«, ergänzte Ferdinand.

Er hob an, um weiterzureden, doch Ruth würgte ihn ab.

»Bis morgen«, sagte sie und ließ Ferdinand einfach stehen.

Sie verließ das Präsidium und marschierte mit beherzten Schritten los. Der Abendhimmel war sternenlos, die Luft frisch und feucht und roch nach nasser Erde und Gras. Sie spazierte die Friesenstraße hinauf Richtung Rathaus und lauschte dem Klappern ihrer Absätze. Bereits dort erspähte sie die Spitze des Zirkuszelts mit den flatternden Wimpeln.

Der *Zirkus Träume*. Was für ein eigenartiger Name, überlegte Ruth. Normalerweise wird ein Zirkus doch nach seiner Betreiberfamilie benannt.

Aber Zirkus Burkhard hatte nicht den gleichen Klang wie *Zirkus Träume*. Ein Ort, an dem man träumen konnte oder, noch besser, an dem Träume Wirklichkeit wurden.

Ruth dachte einen Moment über ihre eigenen Träume nach. Sie wünschte sich zum Beispiel einen Balkon vorm Schlafzimmerfenster und träumte von einer Fahrt mit der transsibirischen Eisenbahn. Und von einer Bootsreise durch die norwegischen Fjorde, gemeinsam mit ihrer Schwester und dem Hund, den Ruth nach ihr benannt hatte: Lina.

Ruth und ihre Schwester hatten kein gutes Verhältnis. Hätte Lina spitzbekommen, dass der Hund ihren Namen trug, wäre sie tödlich beleidigt gewesen, doch Ruth spendete es Trost, den Namen aussprechen zu können – und keine Ablehnung zu erfahren.

Als Ruth den Felsner Acker erreicht hatte, lag das Zirkusgelände still und verlassen vor ihr. Ein Streifenpolizist stand reglos vorm Eingang und wirkte, als wäre er mit dem Umfeld verschmolzen, eine uniformierte Statue des unbekannten Soldaten.

»Gehen Sie nach Hause«, sagte Ruth zu ihm und nickte wohlwollend. »Hier passiert heute nichts mehr.«

Der junge Mann sah sie dankbar an.

Im Vorzelt vernahm Ruth Stimmen in der Manege. Ein paar Männer unterhielten sich in einer Sprache, die sie nicht verstand. Sie klangen erregt, wütend vielleicht. Ruth beschloss, erneut die Treppe zum Block C zu benutzen. So leise wie möglich schlich sie die Stufen hinauf und spähte nach rechts, in die Richtung, aus der die Stimmen kamen.

Ein paar Reihen tiefer standen drei Männer im Mittelgang zwischen Block C und B. Zwei redeten hitzig auf Gil, den Trapezkünstler ein, der mit dem Gesicht zu Ruth stand, sie jedoch nicht bemerkte. Zwischen seinen Augen zeichnete sich eine steile Falte ab, sein Gesicht war wutverzerrt. Die beiden anderen Männer schienen ihn einschüchtern zu wollen. Sie hatten sich vor ihm aufgebaut und hielten die Arme ein Stück vom Oberkörper weg, als hätten sie Rasierklingen unter den Achseln. In einem von ihnen glaubte Ruth, Jurij wiederzuerkennen, den Mann mit den aufgepumpten Oberarmen, den sie im Präsidium vorm Aufzug getroffen hatte. Gil blickte vom einen zum anderen und zischte etwas. Die zwei Männer machten einen Schritt auf ihn zu.

Ruth meinte, das Testosteron riechen zu können, das ihnen aus den platzhirschgeweiteten Poren strömte.

Sie werden sich prügeln, dachte sie.

Wahrscheinlich glaubten die beiden Männer, dass der großartige Gil das Seil angeschnitten hatte, das Minkas tödlichen Sturz herbeigeführt hatte. Oder es gab einen völlig anderen Disput, von dem Ruth nichts ahnte. Schade, dass sie kein Russisch sprach. Oder was auch immer das für eine Sprache war.

Sie überlegte kurz, einzugreifen, entschied sich aber dagegen. Diesem Gil tat eine kleine Abreibung vielleicht ganz gut. Außerdem war sie hergekommen, um sich den Wohnwagen anzusehen. Sie zog sich in den Schutz des Treppenaufgangs zurück und machte sich auf den Weg zu den Artistenunterkünften.

Vor Minkas Wohnwagen lagen mehrere Blumen auf dem Boden, und jemand hatte ein paar Kerzen aufgestellt, die der Regen wieder gelöscht hatte. Ruth zückte ihr Handy und wählte Helene Malettas Rufnummer. Die Leiterin der KTU meldete sich nach dem ersten Klingeln.

»Ja?«

»Ich bin's, Ruth. Ich stehe gerade vor dem Wohnwagen des Opfers. Seid ihr damit fertig?«

»Du bist immer noch nicht zu Hause?«, fragte Helene überrascht.

»Ich bin viel zu aufgekratzt, um mich ins Bett zu legen, da kann ich doch auch was Sinnvolles mit meiner Zeit anfangen, oder?«

»Wie du meinst. Wir sind eigentlich fertig, aber lass uns lieber auf Nummer sicher gehen.«

»Okay. Irgendwas Interessantes gefunden?«

»Nichts Verdächtiges. Wir haben ein paar Fingerabdrücke genommen. Außerdem hat Minka Tagebuch geführt, das haben wir eingetütet. Ilkay hat angefangen, es zu lesen. Morgen gibt's ein Update. Um 10 Uhr ist Besprechung.«

Ruth stellte sich Ilkay Bossert vertieft in die Lektüre eines *Brigitte*-Magazins vor, denn ungefähr so musste es wohl sein, das Tagebuch einer jungen Frau zu lesen. Dann dachte sie seufzend, dass irgendjemand (ihr Chef) vergessen hatte, ihr von der Teambesprechung zu erzählen. Ruth ließ sich nicht anmerken, dass sie gerade zum ersten Mal davon hörte.

»Bis morgen«, sagte sie und beendete das Gespräch.

Sie hatte weder Gummihandschuhe noch Schuhüberzieher dabei. Verflucht. Auf dem Präsidium hatte sie noch daran gedacht. Und jetzt?

Taschentücher. In der Not ...

Sie legte ein Taschentuch auf die Türklinke des Wohnmobils und drückte sie hinunter. Dann ging sie die Stufen hinauf. Innen links neben der Tür befand sich ein Lichtschalter, den Ruth betätigte, sorgfältig darauf bedacht, das Taschentuch als Puffer zwischen ihren Fingern und den glatten Oberflächen zu benutzen. Die Maletta würde sie umbringen, wenn sie irgendetwas verunreinigte.

Ruth zog die Tür fest hinter sich zu und hatte mit einem Mal das Gefühl, sich in einem Vakuum zu befinden. Luftdicht verschweißt, abgetrennt und eingetaucht in eine andere Welt. Sie spürte sogar einen leichten Druck auf den Ohren.

Minkas Reich.

Ein Blick genügte, um zu wissen, dass Minka ein richtiges Mädchen gewesen war, eine kleine Prinzessin. Lieblingsfarbe: Rosa. In der linken hinteren Ecke hatte sie sich eine Art Himmelbett gebaut, mit einem Baldachin aus weißer Bauernspitze, besetzt mit kleinen rosafarbenen Stoffröschen. Ruth verzog den Mund. Sie war selbst eher der rustikale Typ.

Eiche natur.

Spitzenkissen türmten sich auf der Sitzbank in der rechten Ecke des Wohnwagens. Auf dem Tisch stand ein Strauß roter Rosen in einer Porzellanvase. Die winzige Küche befand sich direkt vor Ruth. Im Abtropfsieb neben der kleinen Spüle stapelte sich sauberes Geschirr.

Ruth wusste nicht, welche Dinge die Maletta und Ilkay eingepackt und zur genaueren Untersuchung mitgenommen hatten. Das war ungünstig. So konnte sie sich kein richtiges Bild von Minkas letztem Tag auf dieser Welt machen. Nur von Minkas rosaroter Persönlichkeit.

Aber das war ja auch schon mal was.

In Minkas Sitzecke fand Ruth einen Stapel Taschenbücher. Sie hatte billige Groschenromane oder etwas in der Art erwartet und wunderte sich deshalb umso mehr, als sie Titel las, die wahrscheinlich auch Lesemuffel schon mal gehört hatten. *Faust. Anna Karenina. Sinn und Sinnlichkeit. Der Kaufmann von Venedig.*

Hört, hört.

Ruth ging zum Bett hinüber und zog die Bauernspitze des Baldachins vorsichtig zur Seite. Neben dem Kopfkissen lag ein weiteres Buch. *Anatomie II.* Was vermuten ließ, dass Minka *Anatomie I* bereits gelesen hatte.

Ruth runzelte die Stirn. Eine schöne Balletttänzerin und begabte Trapezkünstlerin, die ein Faible für Rosa wie im Märchen und anspruchsvolle Literatur hatte. Aber nirgendwo entdeckte sie auch nur ein Foto.

Ruth musste an den letzten Mordfall denken, den

Becht und sie aufgeklärt hatten, den Tod von Therese Schimmelpfeng. In deren Wohnung hatten sie auch so gut wie keine Fotos gefunden. Dadurch wirkte ein Raum gleich so unpersönlich, fand Ruth.

Ich schnüffele gar nicht richtig, dachte sie unvermittelt. Ich bin wahrscheinlich viel müder, als mir bewusst ist.

So kam sie jedenfalls nicht weiter.

Manchmal war ihre Arbeit wirklich frustrierend! Da versprach man sich so viel davon, wenn man in die Privatsphäre des Opfers eindrang, und stand am Ende genauso schlau wie vorher da. Dabei war Ruth der Meinung, dass einzig der Fund von Hinweisen das Eindringen in die Privatsphäre des Opfers überhaupt legitimierte. Was hätte die Tote sonst gesagt? *Ihr lest mein Tagebuch und schaut euch meine Unterhosen an und am Ende findet ihr meinen Mörder doch nicht? Na, das habt ihr ja richtig gut gemacht!*

Vielleicht würde Oma Tomtschuk ihnen weiterhelfen können.

Ruth kniete mühsam nieder und sah unters Bett. Da lag ein Haargummi, das die Maletta anscheinend als unwichtig erachtet hatte. Ruth dachte nach. Keiner von Minkas Liebhabern aus dem Zirkusumfeld hatte lange Haare. Wahrscheinlich hatte die Maletta recht. Uninteressant.

Ruth richtete sich wieder auf. Sollte sie hier wirklich gar nichts finden?

Sie drehte sich einmal auf der Stelle im Kreis, dann gab sie auf.

Sie verließ den Wohnwagen und schloss die Tür sorgfältig hinter sich. Das gesamte Gelände war unbeleuchtet, mit Ausnahme der vereinzelten hellen, eckigen Augen in den Wohnwagenwänden. Gil war offenbar noch wach. Sie wollte noch einmal mit ihm reden. Und mit Beppo, dem Clown. Aber nicht jetzt. Jetzt musste sie erst mal schlafen.

Sie beschloss, ein letztes Mal durch das Hauptzelt zu gehen. Sie nahm die Tür zur Manege, die Becht so eingehend unter die Lupe genommen hatte. Erst als sie sie leise hinter sich zugeschoben hatte, erspähte sie die Frau auf der Bühne.

Sie saß im Schneidersitz im kreisrunden Lichtkegel eines Spots auf dem Boden und starrte auf einen unbestimmten Punkt vor sich. Die Ellbogen ruhten locker auf ihren Oberschenkeln, und sie machte einen runden Rücken. Sie hatte lange schwarze Haare, die ihr seidenweich und glänzend über die Schultern fielen, und ihre Gesichtszüge waren asiatisch. Mandelförmige Augen, ein kleiner Mund, eine kleine, platte Nase, eine hohe Stirn.

Der Zirkus der schönen Frauen, dachte Ruth fast ein wenig ehrfürchtig.

Sie näherte sich der Bühne auf leisen Sohlen, aber die Frau hörte sie dennoch. Sie hob den Kopf.

»Wer sind Sie denn?«

Sie hatte eine klare Stimme.

»Mein Name ist Ruth Winterscheidt. Ich bin von der Kripo, hier in Fels. Sie sind wahrscheinlich Lai Lai.«

Die Frau nickte. Ihr Alter war schwer zu schätzen.

Ruth achtete sorgsam darauf, nicht über die Kante der erhöhten Plattform zu stolpern und machte einen großen Schritt, dann stand sie auf der Bühne. Lai Lai ließ sie nicht aus den Augen.

»Das ist der erste ruhige Moment hier, seitdem sie gestorben ist. Erst waren Sie und Ihre Kollegen hier, dann kam Gil und ist eine Stunde lang um die Bühne herumgelaufen wie ein Irrer. Schließlich kamen die Jungs, um sich mit ihm zu *unterhalten.*«

Das letzte Wort hob sie besonders hervor und kicherte eigenartig.

»Sie waren ja auch da und haben zugeguckt«, fügte Lai Lai hinzu und zwinkerte verschwörerisch.

Ruth verzog keine Miene.

»Wie ist es denn ausgegangen?«

»Nachdem Sie weg waren, haben sie angefangen, sich zu prügeln. Zuerst hat sich Gil noch wacker gehalten, aber als Ramón auch noch dazukam, hatte er keine Chance mehr. Da bin ich dazwischengegangen. Ob sie denn gar keinen Respekt vor dem Tod hätten, habe ich sie gefragt. Ramón hat mich nur ausgelacht, aber der konnte mich noch nie leiden. Jurijs Reaktion hat mich hingegen gewundert. Er hat ihren toten Körper ja selbst gesehen. ›Der Körper ist doch gar nicht mehr hier‹, hat er nur gesagt. Den hatten sie ja schon abgeholt, die Leute von der Gerichtsmedizin. Doch ich habe dagegengehalten. Ihre Seele, die ist noch hier. Ich spüre sie. Immer noch.«

Jetzt wanderte Lai Lais Blick zurück zu dem Punkt vor sich auf dem Boden, und Ruth fragte sich, was die junge Frau in diesem Moment sah, das ihr entging. Sie selbst spürte nämlich nichts außer Leere und Müdigkeit.

»Sie war Ihre Konkurrentin«, bemerkte Ruth.

Lai Lai nickte.

»Ja. Das war sie wohl.«

»Mochten Sie sie?«

»Nein, das kann man nicht sagen. Wir waren sehr unterschiedlich, nicht nur optisch. Auch vom Naturell her. Minka war ein kleines Feenwesen, sie hatte so etwas Federleichtes. Ihre harte, ehrgeizige Seite passte nicht so recht dazu. Wenn sie sie nach außen gekehrt hat, waren alle ganz überrascht, das war wie ein Spezialeffekt. Die Leute waren so baff, dass sie gar nicht reagieren konnten. Diese Momente hat Minka schamlos ausgenutzt, um sich Vorteile zu verschaffen.«

»Das klingt nicht nach einem netten, sondern nach einem berechnenden Menschen«, warf Ruth ein.

»Oh doch, nett war sie! Sie verstehen nicht, wie ich das meine. Sie hatte zwei Seiten, das stimmt, aber die hat ja jeder. Und Minka konnte die einfach besonders wohldosiert und kontrolliert einsetzen. Aber ich glaube, das hatte gar nichts mit Boshaftigkeit zu tun. Ich glaube, das war so etwas wie Überlebenstrieb.

Als sie hier ankam – im *Zirkus Träume*, meine ich –, da hatte sie nichts. Sie ist wegen irgendetwas Dubiosem aus dem Leipziger Ballettensemble rausgeflogen. Sie hat uns nie erzählt, was es genau war. Vielleicht hatte sie Drogenprobleme. Jedenfalls brauchte sie ganz furchtbar dringend Geld. Deshalb hat sie bei ihrer Trapez-Demo alles aus sich herausgeholt. So was habe ich wirklich selten gesehen. Und ich habe gleich gewusst, dass ich meine Nummer los bin, ich musste mir nur die Gesichter von Gil und vom Direktor ansehen. Die haben sich gleich in sie verliebt. Die anderen im Übrigen auch. Sogar ich war ein bisschen in sie verliebt.«

Lai Lai stockte. Dann drehte sie ihre Handflächen nach oben und betrachtete sie eine Weile. Ruth wartete geduldig. Vielleicht würde Lai Lai ihr geben, was sie in Minkas

Wohnung nicht gefunden hatte – und das ganz ohne eigenes Zutun.

»Da vorn, da ist ein dunkler Fleck«, fuhr Lai Lai schließlich fort. »Das ist ihr Blut, wissen Sie. Aber es hätte auch meins sein können.«

»Sie meinen, ich soll Sie als potentielles Opfer und nicht als potentielle Täterin sehen?«, versetzte Ruth.

Lai Lai lächelte ungerührt.

»Nein, das wollte ich damit nicht sagen. Ich spreche nur meine Gedanken laut aus.«

Ruth wusste nicht, ob sie ihr glauben sollte. Ein Teil von ihr ließ sich gerade einlullen, ein anderer war in höchster Alarmbereitschaft. Diese Frau war clever.

»Ich freue mich natürlich darüber, dass ich jetzt wieder die Hauptnummer mit Gil machen kann. Und vielleicht gibt es jetzt sogar für mich und Gil noch mal eine Chance.«

Lai Lai gab sich sehr sachlich.

»Und es stimmt auch, dass ich meinen Job früher oder später ganz los gewesen wäre. Es war klar, dass ich Minka nicht mehr einholen würde, sie war einfach zu gut. Die klassische Ballettausbildung, wissen Sie?«

Lai Lai lächelte schief.

»Für so was habe ich damals keine Zeit gehabt.«

Ruth ging ein paar Schritte auf die Trapezkünstlerin zu.

»Wie meinen Sie das?«

Lai Lai seufzte und setzte sich etwas aufrechter hin.

»Ach, das ist eine lange Geschichte, die nichts mit Minkas Tod zu tun hat. Dabei sollte es heute doch um sie gehen, oder?«

Ruth lenkte ein:

»Ja, da haben Sie recht. Wo waren Sie denn, als Minka gestürzt ist?«

»In meinem Wohnwagen. Ich habe mich geschminkt. Das nimmt mittlerweile etwas mehr Zeit in Anspruch als früher.«

Ein erneutes schiefes Grinsen.

»Und wo waren Sie davor? Den Tag über?«

»Sie meinen, ob ich Gelegenheit gehabt hätte, das Seil anzuschneiden? Oh ja, das hatte ich, reichlich sogar. Ich war den Nachmittag über viel allein. Um 15 Uhr war der Große Voltano kurz bei mir. Wir hatten Sex, aber für die Zeit davor und danach gibt es keine Zeugen.«

Diese Information brachte Ruth aus dem Konzept. Lai Lai bemerkte es und genoss die Situation sichtlich.

Die hält mich für verklemmt, dachte Ruth.

Traf das etwa zu?

Nein! Ruth legte ein entschlossenes Veto ein. Von so einem überheblichen Hühnchen würde sie sich nicht ins Bockshorn jagen lassen!

»Schläft hier wirklich jeder mit jedem?«, konterte sie trocken.

»Überrascht Sie das etwa? Wir hocken hier ziemlich aufeinander und leben in unserer kleinen, engen Zirkuswelt, die nicht sehr viel mit der Wirklichkeit zu tun hat«, erwiderte Lai Lai.

»Nein, wenn Sie es so formulieren, klingt es logisch. Aber es verkompliziert das Zusammenarbeiten. Und das ist doch der eigentliche Grund, weshalb Sie hier so aufeinanderhocken, wie Sie sich ausdrücken.«

»Ich glaube ja, dass der eigentliche Grund für alles Sex ist.«

Ruth ließ diesen Satz unkommentiert stehen. Sie wechselte das Thema.

»Sie sagen, es gab keine Zeugen für das, was Sie heute so gemacht haben. Dann erzählen Sie es mir doch bitte.«

Lai Lai streckte sich und stand langsam auf.

»Gestern Nacht ist es spät geworden, Jurij hatte zum Kartenspielen eingeladen. Es gab Wodka und Gin und frische Feigen. Deshalb bin ich spät aufgestanden, so gegen 12. Ich habe draußen ein paar Kraftübungen gemacht. Zwischendurch kam mal jemand vorbei und hat hallo gesagt, ein paar von den Motorradjungs und Jin, unsere Schlangenfrau. Minka habe ich auch kurz gesehen.«

»Wie wirkte sie da?«

Lai Lai zuckte die Achseln.

»Normal würde ich sagen. Ein bisschen verkatert vielleicht.«

»Haben Sie das Trapez benutzt?«, fragte Ruth.

»Nein. Meines Wissens war nach der Vorführung gestern Abend niemand mehr am Trapez.«

»Gil auch nicht?«

Lai Lai lachte tonlos und sah dabei ziemlich hässlich aus.

»Ach, Gil, der trainiert doch nicht. Der denkt, dass er das nicht mehr nötig hat.«

»Ärgert Sie das?«

»Arroganz? Ja, die ärgert mich.«

Jetzt zog Lai Lai eine Schnute wie ein beleidigtes Kind.

»Sie selbst haben demnach viel am Trapez trainiert?«

»Ja. Eigentlich täglich.«

»Aber nicht heute.«

Die Luft schien diese drei Worte ganz besonders lang zu tragen. Lai Lai schwieg.

»Ist das nicht sonderbar?«, fügte Ruth nach einer kurzen Pause hinzu.

»Ja, so muss es jemandem, der eine Welt ohne feste Regeln nicht kennt, wohl vorkommen«, pflichtete ihr Lai Lai bei.

Ergriffen von bleischwerer Müdigkeit beschloss Ruth, das Gespräch an dieser Stelle zu beenden und verabschiedete sich. Es war inzwischen nach Mitternacht.

Schlaftrunken spazierte sie zum Präsidium zurück. Die Vorstellung von einer Welt ohne Regeln verfolgte sie noch eine Weile, aber spätestens, als sie in ihrem Wagen saß, konnte sie nur noch an eins denken: ihr Bett.

# 6

## Minka gewährt Einblicke in ihr Leben

»Ja!«, bellte Ruth in den Hörer ihres altmodischen Telefons.

Sie war genervt. Eine Wildente, die offenbar ihren Schwarm verloren hatte, kreiste seit etwa fünf Minuten über ihrem Haus und quakte. Es klang wie ein SOS in Intervallen von weniger als fünf Sekunden und versetzte Ruth in einen mütterlichen Stresszustand.

Am anderen Ende der Leitung war Becht. Er rief an, um ihr mitzuteilen, dass er mit der Staatsanwältin, Anne Bernd, gesprochen hatte, und dass für 10 Uhr eine Teambesprechung anberaumt war. Ruth hörte ruhig zu und sagte nicht, dass sie diese Information bereits am Vorabend von Helene erhalten hatte. Sie berichtete stattdessen kurz von ihrem Gespräch mit Beppo, dem Clown, Lai Lai und den Eindrücken, die sie in Minkas Wohnwagen gesammelt hatte. Nach seinem einleitenden »Aber du solltest doch nach Hause gehen –!«, lauschte Becht bedächtig.

»Gute Arbeit, Ruth«, sagte er schließlich.

Nach dem Telefonat blieb sie noch einen Moment in der Diele stehen, den kalten Hörer in der herabhängenden Hand. Sie hatte das Gefühl, dass ihr Becht noch etwas anderes hatte erzählen wollen. Bevor er sich mit den Worten »Wir sehen uns dann ja gleich« verabschiedet hatte, war eine klitzekleine, eigenartige Pause entstanden. Aber ob sie nun richtiglag mit ihrer Vermutung oder nicht, ihr Chef hatte es sich ganz offensichtlich anders überlegt.

Sie zuckte die Achseln und legte den Hörer auf die Gabel. Sie ging in die Küche und sah auf die Uhr. Es war kurz nach 9.

Die verfluchte Ente quakte immer noch. Ruth verdrehte die Augen.

Sie gab Lina zu fressen und verließ schnell das Haus, damit der Hund es nicht mitbekam. Ihr alter Peugeot sprang erst beim dritten Versuch an. Der Motor mochte keine Feuchtigkeit. Auf der Straße nach Fels war um diese Zeit an einem Sonntag so gut wie nichts los. Ruth drehte das Radio lauter. In den Nachrichten wurde vom Tod einer Artistin im *Zirkus Träume* berichtet. Die Sprecherin berichtete, dass es noch keine genaueren Informationen zu den Todesumständen gäbe und die Vorstellung am Abend jedoch wie gewohnt stattfinden würde.

*The show must go on*, dachte Ruth.

Wenn sie anstelle der Akrobaten und Zirkuskünstler auf dem dunklen Blutfleck einer frisch verstorbenen Kollegin ihrer Arbeit hätte nachgehen müssen, hätte sie das nervös gemacht. Aber sie war auch keine Trapezkünstlerin.

Gott sei Dank.

Sie fuhr auf den Hof des Polizeipräsidiums und parkte ihren Wagen. Bechts mintgrüner Mercedes stand gleich neben ihrer Parktasche. Sie betrachtete den Wagen nachdenklich und kaute auf ihrer Unterlippe herum.

Becht war verliebt.

Ein Gedanke, der so plötzlich kam wie ein wohlplatzierter rechter Haken und der Ruth vom Boden abheben und hintenüberkippen ließ. Das wäre die passende Erklärung für sein selbstvergessenes, abwesendes Grinsen, die Schusseligkeit, das Gefasel über Intuition. Gleichzeitig machte sich ein eigenartiges Gefühl in Ruth breit: Sie war eifersüchtig auf Becht. Schlagartig. Unvorbereitet.

Sie wollte auch mal wieder verliebt sein! Seit Maui hatte es keinen Mann mehr in ihrem Leben gegeben, der ihr etwas bedeutete. Und das mit Maui war schon eine Ewigkeit her, über vier Jahre.

Ruth stieg aus dem Wagen und rannte förmlich ins Präsidiumsgebäude, weg von der bösen, großen Zahl. Sie nahm die Treppe und kam völlig außer Atem in dem Flur an, von dem ihr Büro abging. Am Ende des Gangs stand Becht vor der Kaffeeküche und las ein Dokument. Außerdem konnte Ruth Ferdinand im Kopierraum pfeifen hören.

Becht hob den Kopf. Seine Haut sah ungewohnt frisch aus, selbst aus der Distanz. Seine Wangen hatten eine rosige Farbe. Er lächelte, als er Ruth entdeckte.

Sie presste die Lippen aufeinander und ging auf ihn zu.

»Ist alles okay?«, fragte er.

»Alles bestens«, stieß Ruth hervor, quetschte sich an Becht vorbei in die Kaffeeküche und riss die Tür des Oberschranks auf, um eine Tasse herauszuholen. Das Scharnier kreischte erschrocken.

»Hast du schlechte Laune?«, versuchte es Becht noch einmal.

Ruth sah ihn nicht an, als sie antwortete.

»Normal.«

Becht gab auf.

»Wir treffen uns in Saal A«, sagte er und ging.

Ruth goss sich einen lauwarmen Kaffee aus der Kanne ein und zog sich damit in ihr Büro zurück. Dort saß sie unproduktiv an ihrem Tisch, bis es an der Zeit war, sich in das Besprechungszimmer zu begeben. Sie hatte es nicht einmal geschafft, ihr Edellieschen zu gießen.

Die Tür zu Saal A stand offen. Schon vor dem Eintreten vernahm sie leises Stimmengewirr. Sie hörte Mariechen und die rauchige, laute Stimme von Helene Maletta heraus. Dann erscholl Ansgars trockenes, stoßweises Lachen, das an einen Hustenanfall erinnerte. Sie tauchte durch den Türrahmen. Der Raum war hell erleuchtet. Vorn stand Becht und wippte auf seinen Fersen vor und zurück.

Ihre übrigen Kollegen saßen an den Tischen wie gelangweilte Grundschüler. Ferdinand hatte die Arme auf der Tischplatte ausgebreitet und seinen Kopf darauf abgelegt, anstrengende Nacht anscheinend. Ilkay Bossert knabberte an seinen Fingernägeln. Neben ihm saß Tobi Aschmann, der junge Nachwuchstechniker, ein findiger Kerl, den man aber gern mal übersah, weil er so still und farblos war – passend zu seinem Nachnamen. Helene schüttelte ihre Wallemähne. Willi, der vierte Kriminaltechniker im Bunde, war seit einigen Wochen krankgeschrieben und wandelte inzwischen wahrscheinlich als Kurschatten durch die Gänge einer Reha-Einrichtung in Oberbayern. Ansgar tippte auf seinem Handy herum, langsam und bedächtig.

Was für ein Haufen, dachte Ruth amüsiert.

Hinter ihr betrat Wencke Rohloff, die Gerichtsmedizinerin, den Raum. Ihr haftete ein süßer Duft nach Vanille an, von der Sorte Kopfschmerz. Sie lächelte freundlich, aber Ruth fiel es schwer, das Lächeln zu erwidern. Sie setzte sich neben Mariechen, nachdem sie sich vergewissert hatte, dass ihre Kollegin kein Kaugummi im Mund hatte.

Fehlt nur noch die Bernd, dachte Ruth.

Becht ergriff das Wort.

»Guten Morgen. Tut mir leid, dass ich euch an einem Sonntag zusammentrommeln muss, aber es lässt sich manchmal nicht ändern. Wir kennen das ja.«

Becht lächelte aufmunternd in die Runde. Diese gute Laune, dachte Ruth und rümpfte automatisch die Nase.

»Ich fasse kurz zusammen: Gestern Abend fand Beppo, der Clown, die schwerverletzte Wilhelmine Tomtschuk alias Luzie van Elms in der Manege des *Zirkus Träume*, der zurzeit auf dem Felsner Acker gastiert. Sie ist vom Trapez gestürzt, fünfzehn Meter tief, war aber laut einhelliger Meinung ihrer Kollegen ein absoluter Profi, und es liegt nahe, dass hier jemand nachgeholfen hat. Alles deutet darauf hin, dass ein Seil des Trapezes angeschnitten wurde. Wir müssen also von einem vorsätzlichen Mord ausgehen. Es gab wohl mehrere Leute, die Grund gehabt hätten, sie zu ermorden. Aus Eifersucht, aus Neid. Wir werden gleich noch mehr dazu hören.

Brisant ist Folgendes: Die Ermordete ist nicht die einzige Trapezkünstlerin; rein theoretisch hätte es auch Gil van Sant oder Lai Lai Dao treffen können, die beiden haben ebenfalls an dem Trapez trainiert – allerdings nicht gestern. Vielleicht haben sich die beiden zusammengetan und ein Komplott geschmiedet? Da Minka Tomtschuk am gestrigen Tag als Einzige das Trapez genutzt hat, gehen wir zunächst einmal davon aus, dass der Mörder es tatsächlich auf sie abgesehen hatte. Dass er oder sie aber das Risiko in Kauf genommen hat, möglicherweise die falsche Person umzubringen, sollten wir bei unseren Ermittlungen nicht aus den Augen verlieren.

Nun zu den Fakten. Minka hat gestern Abend allein trainiert; sie brauchte keine fremde Hilfe, um aufs Trapez zu kommen. Als der Clown sie gefunden hat, war laut seinen Angaben niemand sonst in der Manege. Die nächste Person, die am Tatort eintraf, war Jurij Kapral, einer der Motorradartisten. Er hat Beppos Hilferuf gehört. Wir wissen, dass Minka ein Verhältnis mit ihrem Kollegen, Gil van Sant – bürgerlich Robert Schmidt – hatte. Ob die beiden aktuell noch zusammen waren, wissen wir hingegen nicht genau. Wencke, übernimmst du?«

Becht streckte die Hand aus, als wollte er die Rechtsmedizinerin zum Tanz auffordern. Sie erhob sich.

»Hallo, ihr Lieben. Also, ich habe die Leiche gestern Abend noch untersucht. Wilhelmine Tomtschuk ist an den Folgen ihrer schweren Kopfverletzung gestorben. Starkes Schädel-Hirn-Trauma. Sie ist hintenübergekippt und mit voller Wucht auf den Hinterkopf gefallen, die Schädeldecke war eingedrückt und das Gehirn ... Das erspare ich euch lieber. War nicht schön. Ich wundere mich, dass sie überhaupt noch bei Bewusstsein gewesen sein soll, als der Clown sie fand. Todeszeitpunkt zwischen 18 und 19 Uhr, das deckt sich mit den Aussagen der Zeugen und ... äh ... allem anderen auch.«

Wencke sprach genauso, wie sie aussah. Zerstreut. Sie nahm ihren Schnellhefter zur Hand, blätterte darin und fuhr mit ihren Ergebnissen fort.

»Ah ja. Weiter im Text. Frau Tomtschuk hatte keinen

Alkohol und auch sonst keine außergewöhnlichen Substanzen im Blut. Sie hatte vor ihrem Ableben keinen Geschlechtsverkehr. Eine Schwangerschaft liegt gegenwärtig nicht vor. Mageninhalt unauffällig. Zahlreiche Blutergüsse und Abrasionen an den Armen und Beinen, die aber allesamt schon etwas älter und höchstwahrscheinlich auf ihre Arbeit zurückzuführen sind.«

Wencke hob den Kopf.

»Also, nach zu fest angepackt sah mir da jedenfalls nichts aus«, fügte sie erklärend hinzu. »Das war's schon von meiner Seite.«

Sie nahm Platz und schlug ein Bein über das andere.

Kurz und schmerzlos, dachte Ruth.

Helene Maletta erhob sich und fragte:

»Sollen wir weitermachen?«

In diesem Moment betrat Anne Bernd den Raum. Ruth erschrak ein wenig. Was hatte die denn? Grippe?

Die Staatsanwältin war grau im Gesicht und hatte tiefe Ringe unter den Augen. Ihre dunkelblonden Haare klebten glanzlos und fettig am Kopf.

»Guten Morgen, entschuldigen Sie bitte die Verspätung.«

Sie setzte sich in die erste Reihe, neben Ansgar. Helene sprach weiter, nachdem wieder Ruhe eingekehrt war.

»Ilkay und ich haben am Tatort die Fingerabdrücke von Beppo, dem Clown, und Jurij Kapral gefunden. Davon abgesehen, war die Trapezstange mit Fingerabdrücken geradezu übersät, die aber größtenteils verschmiert sind und nicht wirklich etwas taugen. Wir müssen noch verschiedene Abgleiche machen, es ist noch nicht alles ausgewertet. Ilkay und Aschmann sind dran.«

Ilkay und der junge Aschmann schienen auf ihren Stühlen zu schrumpfen, vermutlich aus Angst, jemand könnte ihnen einen Vorwurf machen, weil sie mit ihrer Untersuchung noch nicht fertig waren.

»Das Seil wurde mit einer grob gezackten Klinge angeschnitten«, erläuterte die Maletta jetzt, »also vielleicht mit der Säge an einem Taschenmesser oder etwas in der Art. Die Klinge muss recht stumpf gewesen sein. Auf dem Tape, mit dem die angeschnittene Stelle verdeckt wurde, befand sich ein halber Fingerabdruck, mit dem ich aber leider nichts anfangen kann, untauglich für einen Abgleich. Ärgerlich, aber manchmal ist es nun mal so. Das verwendete Kreppband ist handelsüblich, kriegt man in jedem Baumarkt, Supermarkt oder bei der Post. Eher unergiebig, würde ich sagen. Im Wohnwagen der Frau haben wir dafür ein Tagebuch gefunden. Das hat endlich ein paar interessante Einsichten gebracht. Ilkay?«

Ilkay Bossert schob seinen Stuhl nach hinten, so dass die Stuhlbeine über den Boden quietschten. Ruth hatte sich schon häufiger mit ihm unterhalten. Er war ein lustiger Kerl und eigentlich nicht schüchtern, aber er fühlte sich nicht wohl, wenn er vor einer größeren Gruppe frei sprechen musste. Seine Augen fixierten eine Stelle auf der Tischplatte vor sich.

»Morgen. Ich habe das Tagebuch von Minka Tomtschuk gelesen. Es hat etwa einhundert beschriebene Seiten. Die Einträge sind sehr regelmäßig; sie hat fast täglich zumindest ein paar Sätze geschrieben.«

Ilkay räusperte sich, bevor er fortfuhr.

»Also, sie hat seitenweise über ihr Sexualleben geschrieben. Das war sozusagen ihr Hauptthema.«

Ruth hörte, wie der gesamte Raum den Atem anhielt. Ilkay bekam einen roten Kopf, machte aber tapfer weiter.

»Wie es scheint, hat der Zirkusdirektor die Artistin gezwungen, mit ihm zu schlafen. Er hat ihr angedroht, dass er Lai Lai wieder zur Nummer eins machen würde, falls sie sich weigerte. Sie war pleite und hatte furchtbare Angst davor, ihren Job zu verlieren. Nicht nur wegen des Geldes im Übrigen, sie hat die Arbeit geliebt. Ich zitiere eine Stelle.«

Ilkay zog mehrere klein zusammengefaltete Papierseiten aus der Brusttasche seines Hemds, faltete sie auseinander und strich sie auf dem Tisch mit der Handfläche glatt. Dann begann er vorzulesen.

»*Mir dreht sich der Magen um, wenn ich nur daran denke, aber ich habe keine Wahl. Ich muss es tun. Er ist widerlich, er stinkt, als wenn er in Schnaps gebadet hätte. Sein Atem ist warm und sauer. Danach möchte ich mich vor Übelkeit am liebsten immer übergeben. Aber dann denke ich an Mama und an die Dinge, die sie ausgehalten hat. Und ich denke an Oma. Das gibt mir Kraft. Das und natürlich Beppo.*«

Ilkay hob den Kopf.

»Aus den Tagebucheinträgen geht hervor, dass Frau Tomtschuk in den Clown verliebt war, aber sie hielten ihre Liebe geheim. Frau Tomtschuk wollte unter keinen Umständen mit ihm gesehen werden. Sie schreibt:

*Wenn der Burkhard herausfände, dass ich und Beppo zusammen sind, würde er ihn rauswerfen. An Gil traut er sich nicht ran, der ist schwerer zu ersetzen. Aber Beppo ist seiner Auffassung nach nur ein dummer Clown. Beppo hat fast noch weniger als ich. Er hat ja nicht mal eine Familie! Wenn ich bloß ein bisschen was gespart hätte! Wir würden einfach weg-*

*gehen. Nach Sizilien, zu Oma nach Nürnberg, egal wohin, Hauptsache weg.*«

Ilkay hörte auf zu lesen und starrte einen Moment unschlüssig auf seine Zettelwirtschaft.

»Wo war ich? Ach, genau. In einem Eintrag von vor circa einem Monat erwähnt Frau Tomtschuk einen bedeutsamen Zwischenfall. Sie beschreibt, wie der Große Voltano – das ist der Zauberer – wohl eines Nachts ohne anzuklopfen in ihren Wohnwagen gekommen ist. Er stand urplötzlich nackt vor ihrem Bett und sagte, dass er über ihre Liebschaft mit dem Clown im Bilde sei und zum Direktor gehen und ihm alles brühwarm erzählen würde, wenn sie ihm nicht einen kleinen Gefallen täte.«

Ruth konnte hören, dass Ilkay einen Kloß im Hals hatte. Er sagte:

»Ihr könnt euch sicher vorstellen, was er wollte.«

Das Schweigen im Raum war als Zustimmung zu verstehen.

»Frau Tomtschuk hat eingewilligt, um Beppo zu schützen. In den folgenden Tagen kommen immer mal wieder Einträge über den Großen Voltano. Er ist wohl nicht mehr in Frau Tomtschuks Wagen gekommen, hat sie aber unentwegt bedrängt und ihr gedroht, ihr Geheimnis doch noch zu verraten. Schließlich hat sie die Beziehung zu Beppo beendet, weil sie darin die einzige Möglichkeit sah, sich den Zauberer vom Leib zu halten.«

Ilkay setzte sich wieder.

»Hast du das gesamte Tagebuch gelesen?«, erkundigte sich Ruth.

Ilkay nickte.

»Hat Minka Lai Lai an irgendeiner Stelle erwähnt?«

»Ja. Sie schreibt, dass Lai Lai eine gute Konkurrentin ist und sie sich auf Augenhöhe und mit Respekt begegnet sind.«

Diese Aussage passte zu dem Eindruck, den Ruth während des Gesprächs mit der Trapezkünstlerin gewonnen hatte.

»Was ist mit Jin, der Schlangenfrau?«, fügte sie hinzu.

Ilkay schüttelte den Kopf.

»Die kommt in keinem einzigen Eintrag vor.«

»Und Gil? Gil behauptet immerhin, dass er mit Minka zusammen war?«

»Ach so, ja. Den habe ich fast vergessen.«

Ilkay zog einen Zettel hervor und überflog die Zeilen, bevor er antwortete.

»Sie schreibt, dass er ihr vom ersten Tag an Avancen gemacht hat und dass er ein guter Kerl ist, tiefergehende Gefühle hat sie aber nicht für ihn gehegt. Bereits im Dezember hat sie sich von ihm getrennt, doch Gil hatte Schwierigkeiten, das zu akzeptieren. Er sprach nicht von einer Trennung, sondern von einer Pause. Ein paar Monate später beschreibt Frau Tomtschuk in ihrem Tagebuch ihre Ratlosigkeit darüber. Sie wusste nicht, wie sie ihm noch deutlicher sagen konnte, dass wirklich Schluss war.«

»Wann hat sie diesen Eintrag verfasst?«, hakte Ruth nach.

Ilkay kratzte sich kurz am Kopf und las.

»Am 20. April.«

Das ist gerade mal vier Wochen her, dachte Ruth.

»Habt ihr sonst noch irgendetwas Auffälliges in dem Wohnwagen gefunden?«, meldete sich Becht zu Wort.

»Wir haben Beppos Abdrücke sichergestellt, das kann

ich euch jetzt schon sagen, aber das war ja zu erwarten, nach allem, was wir inzwischen wissen«, meinte Helene. »Darüber hinaus haben wir verschiedene Fasern zur Untersuchung mitgenommen, aber ehrlich gesagt, war nichts dabei, was Anlass zu großer Hoffnung gibt. Baumwollfussel, ein paar Haare. Es tut mir leid, aber das war von unserer Seite erst mal alles.«

Ruth versank in ihrer eigenen, kleinen Ermittlerinnenwelt. Lai Lai hatte ein anderes Bild von Minka gezeichnet als die Tagebucheinträge. Lai Lai hatte ihrer Konkurrentin ein gewisses Kalkül unterstellt. Von Überlebenstrieb hatte sie gesprochen, von zwei Gesichtern. Aber das, was in dem Tagebuch stand, deutete eher darauf hin, dass Minka wiederholt und von verschiedenen Männern genötigt worden war und sich nicht – oder nicht genug – gewehrt hatte. Warum? Laut eigener Aussage war es ihr darum gegangen, Beppo zu schützen, den Mann, den sie liebte, aber Ruth konnte das nur begrenzt nachvollziehen. Warum hatten sie und Beppo nicht einfach ihre Koffer gepackt und in einem anderen Zirkus – oder sonst wo – von vorn angefangen, finanzielle Not hin oder her? Da steckte noch irgendetwas anderes dahinter.

Minka hatte ganz offenbar das Gefühl gehabt, keine andere Wahl zu haben, als sich benutzen zu lassen und unterzuordnen. Was hatte sie so passiv werden lassen?

Zumal Minka durch ihr Verhalten nichts gewonnen hatte, im Gegenteil. Jemand hatte sie umgebracht. Für den Täter war die Rechnung am Ende nicht mehr aufgegangen.

Ruth dachte an den Zirkusdirektor und an Gil, mit denen Minka zwar intim gewesen war, für die sie aber nichts empfunden hatte. Denn sie hatte Beppo geliebt. Und sich von ihm getrennt, um ihn zu schützen, weil der Große Voltano ihn rauswerfen lassen wollte, wenn Minka dem Zauberer nicht gefügig wäre.

Kurios, dachte Ruth. Es gibt so viele andere Motive, die zum Ableben weiterer Personen eingeladen hätten. Beppo hätte einen Grund gehabt, den Zauberer um die Ecke zu bringen, weil er seine Geliebte erpresste – falls er denn davon gewusst hatte. Das galt ebenfalls für den Zirkusdirektor. Der wiederum hätte einen Grund gehabt, Gil und Beppo aus dem Weg zu räumen, falls er sich unsterblich in Minka verliebt hatte. Aber ohne Gil wäre seine Zirkusnummer im Eimer gewesen. Also blieb doch nur Beppo übrig. Gil hätte auch einen Grund gehabt, Beppo und den Direktor umzubringen. Gekränkter Stolz, Eifersucht und wie die Gefühle nicht alle hießen. Aber die Männer waren noch am Leben. Nur die Frau, um die es ging, die war tot.

»Heute Abend ist wieder *business as usual* im Zirkuszelt«, bemerkte Ferdinand jetzt. »*Showtime!*«

»Ja. Eigenartig, oder? Die machen einfach weiter, obwohl der Star der Nummer tot ist«, fügte Mariechen hinzu.

Anne Bernd, die Staatsanwältin, erhob sich.

»Ich muss wieder ins Büro«, erklärte sie entschuldigend, »oder gibt es noch irgendetwas Wichtiges?«

»Ich rufe Sie an«, meinte Becht.

Anne Bernd drehte sich noch einmal um, bevor sie den Raum verließ.

»Ich danke Ihnen für Ihre Arbeit«, sagte sie. »Ich fühle mich leider nicht so gut, aber ich verfolge den Fall mit größtem Interesse. Halten Sie mich bitte auf dem Laufenden. Wenn Sie irgendetwas brauchen, scheuen Sie sich nicht, zu mir zu kommen. Ich bin da.«

Sie rang sich unter Mühen ein Lächeln ab und verschwand. Ferdinand meldete sich zu Wort:

»Und wie machen wir jetzt weiter?«

»Ruth und ich unterhalten uns gleich mit der Oma der Verstorbenen. Sie kommt gegen Mittag aus Nürnberg. Helene, Ilkay, Aschmann, ihr wisst, was ihr zu tun habt. Und dann müssen wir uns natürlich noch mal mit dem Direktor, Gil und den anderen Verdächtigen unterhalten«, fasste Becht zusammen. »Mariechen, mach du doch mal eine Liste mit den Namen der verdächtigen Personen und versuche, so viele Informationen wie möglich über sie und über das Opfer zu sammeln.«

»Gern. Wer sind die Verdächtigen?«, entgegnete Mariechen.

Becht warf Ruth einen hilfesuchenden Blick zu.

»Der Direktor und seine Frau, Sabine Burkhard, Lai Lai, der Große Voltano, Gil van Sant und Jin, die Schlangenfrau«, zählte Ruth auf. »Was ist überhaupt mit den Motorradjungs?«

»Und was ist mit diesem Clown?«, warf Ferdinand ein.

»Der war's nicht«, gab Ruth zurück.

Sowohl Becht als auch Ferdinand starrten Ruth entgeistert an.

»Setz bitte den Clown auch auf deine Liste, Mariechen«, sagte Becht.

Ruth verzog beleidigt den Mund. Becht schien derweil zu überlegen, ob er noch etwas vergessen hatte.

»Ach so! Wir machen morgen früh um 11 Uhr eine Pressekonferenz. Wäre gut, wenn bis dahin alle Proben ausgewertet und alle Verdächtigen befragt wären. Schafft ihr das? Gut. An die Arbeit, würde ich sagen.«

Stühlerücken, Papier- und Jackengeraschel. Der Reihe nach erhoben sich Ruths Kollegen und suchten ihre Sachen zusammen. Allein Ruth blieb sitzen. Sie hatte nichts mitgebracht außer sich selbst. Becht wollte den Raum gerade verlassen, als er sie auf ihrem Stuhl erblickte. Er zögerte.

»Kommst du nicht?«

Ruth antwortete nicht. Becht drehte sich um und kehrte noch einmal an seinen Platz zurück.

»Sag mal, bist du irgendwie sauer auf mich?«

Jetzt wäre der geeignete Zeitpunkt gewesen, um Becht zur Rede zu stellen. *Warum bist du gestern Abend einfach verschwunden, ohne dich von mir zu verabschieden? Warum wusste die Maletta vor mir von der Teambesprechung heute Morgen? Warum bist du momentan so komisch?* Das waren keine schwierigen Fragen. Ruth hätte sie einfach stellen können, dann wäre es heraus gewesen. Aber es ging nicht. Die Stimmbänder versagten ihr den Dienst.

Ihre Ohren glühten. Bechts Privatleben ging sie nichts an. Sie kannte seine Frau, Hannelore, nur flüchtig, und falls Becht eine Affäre hatte, war das seine Sache.

Vielleicht lag sie auch komplett falsch.

Ruth rutschte unbequem auf ihrem Stuhl hin und her. Eine der Fragen, die ihr auf der Zunge lagen, *musste* sie Becht stellen, schon aus rein professionellen Gründen.

»Du bist gestern Abend einfach gegangen, ohne mir Bescheid zu geben. Dass heute eine Teambesprechung ist, habe ich eher zufällig von Helene erfahren. Warum wusste sie vor mir davon? Du bist mein Partner, nicht Helenes«, begann Ruth steif.

»Ach, daher weht der Wind. Tut mir leid«, sagte Becht

schlicht. »Ich hab's vergessen. Ich musste ein wichtiges Gespräch führen.«

»Ja, das hattest du erwähnt, als wir uns getrennt haben.«

»Aber es ist mir doch noch aufgefallen. Ich habe dich doch heute früh angerufen.«

»Reichlich spät, findest du nicht?«

»Ich habe mich bereits entschuldigt, Ruth«, erwiderte Becht beschwichtigend.

Er wechselte abrupt das Thema:

»Wie kannst du dir überhaupt so sicher sein, dass es nicht der Clown war? Er hat doch vielleicht auch ein Motiv gehabt. Eifersucht zum Beispiel?«

Ruth zuckte die Achseln.

»Ich weiß es einfach. Oder ich denke, dass ich es weiß. Ich kann mich natürlich irren. Deshalb ist es gut, wenn sich Mariechen sein Leben mal etwas genauer ansieht.«

Becht nickte und begann, sein schwammiges Kinn zu massieren.

»Wir tappen im Dunkeln, nicht? Viele Verdächtige, aber keine richtige Spur. Und eine irrwitzige Situation: Was, wenn der Täter tatsächlich Lai Lai oder Gil hat umbringen wollen? Was, wenn die Tomtschuk einfach Pech hatte?«

Ruth seufzte.

»Ich kann es nicht leiden, wenn Fälle nicht richtig ins Rollen kommen. Es reicht doch, wenn es danach irgendwann kompliziert wird. Aber wenn es gleich zu Beginn so lahm losgeht –«

»Ich weiß, was du meinst«, stimmte Becht ihr zu. »Warten wir mal ab, ob unser Opfer durch das Gespräch mit der Oma an Profil gewinnt.«

# 7

## Oma Tomtschuk erzählt Svetas Geschichte

Die Großmutter von Wilhelmine Tomtschuk alias Luzie van Elms war eine kleine Frau mit breiten Hüften und einem fein geschnittenen Gesicht. Sie trug ein braunbeiges Kostüm und fuhr sich immer wieder durch ihr dauergewelltes, strohiges Haar. Am Revers heftete eine goldeingefasste Brosche in Form einer Libelle. Jugendstil. Kitschig, aber hübsch. Die Lippen der Frau waren hellrot geschminkt, sie hatte leicht über die Ränder gemalt. Ruth hatte das Gefühl, dass Oma Tomtschuk nicht sehr oft unter Leute ging. Außerdem wirkte die Dame verängstigt.

Ruth bot ihr den Sitzplatz auf der anderen Seite ihres Schreibtischs an. Becht nahm neben der Frau Platz und lächelte sie freundlich an.

Das kann er gut, dachte Ruth, Menschen das Gefühl geben, dass sie keine Angst haben müssen.

Oma Tomtschuk versuchte zurückzulächeln.

»Wie war die Fahrt?«, versuchte es Becht mit einem lockeren Einstieg.

Die Frau nickte einmal schnell und eckig, irgendwie militärisch.

»Gut, danke.«

»Vielen Dank, dass Sie sich die Mühe gemacht haben, zu uns zu kommen.«

»Ich möchte meine Enkelin sehen.«

»Natürlich. Ich begleite Sie nachher in die Gerichtsmedizin.«

Oma Tomtschuk schluckte. Ihr Alter war schwer zu schätzen, Mitte sechzig vielleicht. Ruth suchte nach Ähnlichkeiten mit dem Opfer. Die Augenbrauen und der Mund. Die Form der Nase.

»Bitte nennen Sie uns Ihren vollständigen Namen«, bat Becht.

»Maria Elena Tomtschuk.«

Sie sprach nahezu akzentfrei, aber man konnte hören, dass sie aus dem slawischen Sprachraum stammte. Das R klang einen Hauch zu kräftig und die Vokale waren eine Spur zu kurz.

»Wohnhaft in?«

»Nürnberg.«

»Danke. Sie sind die Großmutter von Wilhelmine Tomtschuk?«

Die Augen der Frau füllten sich mit Tränen, und die Farbe der Iris wechselte zu einem strahlenden Blau. So als wären die Tränen kein Salzwasser, sondern Aquarellfarbe.

»Ja«, sagte Oma Tomtschuk mit zitternder Stimme.

»Es tut mir furchtbar leid«, erwiderte Becht und legte der Frau seine große Bärentatze auf die Schulter.

Er ließ die Frau einen Moment in Ruhe weinen. Ruth suchte in ihren Schreibtischschubladen nach Taschentüchern. Dabei zählte sie in ihren Gedanken von zwanzig rückwärts. Wenn sie bei null ankam und die Frau ihre Fassung noch nicht wiedererlangt hätte, würde Ruth auf Toilette gehen oder sich einen Kaffee holen.

Bei vier kramte Ruth immer noch vergeblich. Oma

Tomtschuk wischte sich die Tränen von den Wangen und richtete sich auf ihrem Stuhl auf.

»Entschuldigen Sie bitte«, sagte sie, »ich dachte, ich hätte mich schon leer geweint. Aber es ist etwas anderes, hier zu sitzen, als sich zu Hause vorzustellen, dass mein kleines Mädchen tot ist.«

Becht nickte verständnisvoll.

»Das kann ich mir vorstellen. Das muss ein ziemlicher Schock für Sie gewesen sein.«

»Sie war so ein liebes Mädchen«, sagte die Frau tonlos.

»Hatten Sie ein gutes Verhältnis zueinander?«

Frau Tomtschuk nickte.

»Ich glaube schon. Auf jeden Fall hat sie mir sehr viel bedeutet. Wir hatten ja nur uns.«

Sie zog ein Stofftaschentuch aus einer der Außentaschen ihres Kostüms und tupfte sich die Nase. Geräuschlos. Damenhaft.

»Bitte sagen Sie mir, was geschehen ist«, bat sie.

»Natürlich«, erwiderte Becht und schilderte die Geschehnisse des Vorabends mit einer so ruhigen, weichen Stimme, dass Ruth schläfrig wurde.

Frau Tomtschuk hörte aufmerksam zu. Dann sagte sie:

»Ja, so etwas in der Art hat der nette Beamte gestern am Telefon schon gesagt.«

Der nette Beamte hieß Ferdinand. Ruth registrierte das Lob mit einer gewissen Missgunst.

»Das heißt also, dass Minka vielleicht einfach bloß zur falschen Zeit am falschen Ort gewesen ist?«

Becht nickte.

»Ja. Wir können zum gegenwärtigen Zeitpunkt nicht

ausschließen, dass der Täter es auf einen der anderen beiden Trapezkünstler abgesehen hatte.«

Minkas Großmutter musste schlucken.

»Wann haben Sie denn das letzte Mal mit Ihrer Enkelin gesprochen?«, wollte er wissen.

»Am Montag.«

»Wie wirkte sie da auf Sie?«

Frau Tomtschuk dachte nach.

»Sie war fröhlich, aber das war sie immer, wenn sie mit mir gesprochen hat. Tatsächlich war sie immer traurig, aber sie konnte das gut verstecken. Ich habe es natürlich trotzdem gemerkt. Aber ich habe sie nie darauf angesprochen, sondern in dem Glauben gelassen, dass ich ihr das Theater vom Glücklichsein abnahm. Sie hat vom Zirkus erzählt. Sie hat immer nur vom Zirkus erzählt. Der Zirkus war ihr Leben.«

»Sie war immer traurig?«, hakte Becht nach.

»Ja. Sie war ein sehr trauriges Mädchen.«

»Warum?«

Oma Tomtschuk wand sich.

»Sie hatte Probleme«, stieß sie widerwillig hervor.

»Was für Probleme?«

Die Dame hob den Kopf und maß Becht mit Blicken.

»Ich müsste weiter ausholen, um Ihnen das begreiflich zu machen.«

»Erzählen Sie uns ruhig ein wenig von ihr«, ermunterte sie Becht.

Ruth fühlte sich komplett abgemeldet, aber es machte ihr nichts aus, im Gegenteil. Sie fühlte sich wie eine Zuschauerin in einem Kammerstück. Der Schreibtisch, der zwischen ihr und den beiden Statisten stand, verstärkte diesen Eindruck noch. Die Bühne war da hinten, und Ruth konnte sich auf ihrem Sitzplatz verzaubern lassen und in Minkas Geschichte versinken.

»Minkas Geschichte beginnt eigentlich mit meiner Tochter Svetlana«, hob die weißhaarige Frau an. »Svetlana ist 1991 aus der Ukraine nach Deutschland gekommen. Wir stammen aus einem kleinen Dorf in der Nähe der moldawischen Grenze, eine arme Gegend. Meine Eltern waren Gemüsebauern, mein Mann und ich haben den Hof von ihnen übernommen. Es war viel Arbeit, harte Arbeit. Sveta, meine Tochter, hat das Leben auf dem Land gehasst. Sie war siebzehn Jahre alt, voller Träume und ehrgeizig. Sie wollte Schauspielerin werden und Sängerin und weiß Gott, was noch alles.

Eines Nachts war sie weg. Sie hatte eine Tasche gepackt, alles Geld, was sie besaß, zusammengekratzt und war verschwunden. Außerdem hat sie Geld aus meinem Portemonnaie genommen.

Wir haben nichts mehr von ihr gehört, nur Gerüchte. Eine Freundin von ihr war ebenfalls verschwunden. Deren Mutter meinte, die beiden Mädchen hätten Kontakt zu Sasha gehabt, einem Kleinkriminellen aus dem Nachbarort. Mein Mann versuchte, ihn zur Rede zu stellen, mit dem Ergebnis, dass Sasha ihn von ein paar Schlägern verprügeln ließ und meinte, er solle sich besser nicht in anderer Leute Angelegenheiten mischen.«

Frau Tomtschuk hielt kurz inne.

»Entschuldigen Sie bitte, ich muss aufpassen, dass mir die bösen Erinnerungen nicht die Seele vergiften. Ich habe immer noch so viel Hass in mir. Diese Menschen ... Mein Mann und ich haben eine Vermisstenanzeige bei der Polizei aufgegeben. Ich weiß noch, wie der Beamte gesagt hat: ›Machen Sie nur, aber versprechen Sie sich lieber nichts davon. Gehen Sie davon aus, dass Sie Ihre Tochter nie wiedersehen.‹ Das war furchtbar für mich. Sveta war unser einziges Kind. Mein Mann ist daran zerbrochen, mehr noch als ich. Ich glaube, das lag daran, dass er wirklich die Hoffnung aufgegeben hat. Ich habe mich an ihr festgeklammert.

Haben Sie Kinder?«

Ruth fuhr zusammen. Die Frage galt ihr. Die tränengeweiteten Augen von Oma Tomtschuk hafteten fest an ihr. Ruth schüttelte den Kopf.

»Einen Stiefsohn. Aber das ist nicht dasselbe.«

»Nein, das ist nicht dasselbe«, stimmte Frau Tomtschuk zu.

»Ich habe Kinder«, meinte Becht leise.

Frau Tomtschuk sah ihn an und lächelte. Sie hatte einen Verbündeten gefunden.

»Ich konnte Sveta nicht einfach aufgeben«, sagte sie an Becht gewandt.

Dieser nickte.

»Ein Jahr später erhielt ich eine Postkarte, abgestempelt in Dresden. Darauf standen zwei Sätze. ›Hallo Mama und Papa, es geht mir gut. Macht euch keine Sorgen um mich.‹ Das war's. Das erste Lebenszeichen von meiner Tochter nach einem Jahr. Es war ihre Handschrift. Sveta lebte. Ich war überglücklich.

Mein Mann freute sich auch, aber nur im ersten Moment. Dann wurde er wütend. ›Das ist alles?‹, hat er immer wieder gefragt. Wir sterben fast vor Angst um sie, und dann kommt nach all dieser Zeit so etwas?

Mir war sofort klar, etwas war faul, und ich war mir sicher, ihr ging es alles andere als gut. Irgendwie ahnte ich damals schon, dass sie in etwas hineingeraten war, aus dem sie nicht mehr ohne fremde Hilfe herauskommen würde. Ich habe meinem Mann gesagt, dass ich glaubte, dass Sveta an die falschen Leute geraten war. Ich wollte das Wort nicht aussprechen. Mein Mann hat es dann selbst gesagt. Eine Hure? Er hat die beiden Wörter förmlich ausgespuckt und war eine Woche lang nur noch betrunken. Danach hat er Svetas Namen nie wieder erwähnt.

Eine Bekannte in Kiew hatte Familie in Deutschland. Ich erzählte ihr von der Postkarte und bat sie, mir zu helfen. Ihre Verwandten stellten den Kontakt zu einem evangelischen Pfarrer in Dresden her. In einem Brief schilderte ich ihm, was geschehen war. Erst kam lange Zeit nichts, doch dann hat der Mann geantwortet. Er schrieb, er werde tun, was in seiner Macht stünde.

Im November 1992 starb mein Mann an einem Herzinfarkt. Spätestens zu diesem Zeitpunkt war mir klar, dass ich nicht in der Ukraine bleiben würde. Ich wollte meine Tochter wiederfinden, koste es, was es wolle. Ich verkaufte den Hof und das Haus. Im Juni 1993 erhielt ich einen Brief von dem Pfarrer. Er hatte meine Tochter gefunden und half mir dabei, eine Reise nach Deutschland zu organisieren. Er schickte mir sogar Geld. Im August 1993 war es so weit, ich fuhr nach Dresden. Dort stellte mich der Pfarrer einem Sozialarbeiter vor, Jürgen Narwik. Jürgen und ich haben ein paar Jahre später geheiratet.

Er hatte meine Tochter auf der Straße gefunden. Sie war drogenabhängig und psychisch wie physisch ein Wrack. Ich habe sie kaum wiedererkannt. Die Männer, die sie verschleppt hatten, hatten ihr das Blaue vom Himmel versprochen. Dann nahmen sie ihr alles Geld ab, machten sie durch Drogen gefügig und hielten sie in einem Puff gefangen. Als es ihr wieder besserging, erzählte sie uns, dass sie manchmal monatelang das Haus nicht verlassen durfte.

Jürgen und der Pfarrer fanden einen Platz in einer Einrichtung für Gewaltopfer. Erst kam der Entzug, dann haben Jürgen, der Pfarrer und ich gemeinsam mit der Polizei versucht, die Menschen zur Verantwortung zu ziehen, die Sveta all diese furchtbaren Dinge angetan hatten. Wir mussten schnell einsehen, dass es hoffnungslos war. Dahinter stand eine mächtige kriminelle Organisation. Der Pfarrer erhielt Drohbriefe, Jürgen wurde abends auf der Straße von mehreren Männern überfallen und bedroht. Es war furchtbar. Wir haben schließlich eingewilligt, dass wir nichts weiter unternehmen würden, wenn sie nur Sveta in Ruhe ließen.

Meine Sveta war krank. Sie war so krank! Alles verschwindet im Nebel, hat sie manchmal zu mir gesagt, und ich glaube, dass sie froh war, dass ihr die Drogen die Klarheit genommen haben. Anders hätte sie das alles wohl nicht durchgestanden.

Der Grund, weshalb die Schweine Sveta hatten gehen lassen, war Minka. Sveta war 1992 schwanger geworden und hatte im April des folgenden Jahres ein Mädchen zur Welt gebracht. Sie konnte nicht mehr arbeiten, also hat man sie rausgeschmissen. Einfach so. Ohne Geld. Ohne Kleidung.

So hat Jürgen sie gefunden, die Kleine im Arm. Sveta hat gebettelt und geklaut und manchmal in leerstehenden

Häusern geschlafen. Es gab eine Gruppe von Obdachlosen, die ihr geholfen hat. Das größte Problem war ihre Drogensucht. Sie ging weiter anschaffen, um Geld zu verdienen. Es war, was soll ich Ihnen sagen, Sie können es sich vielleicht vorstellen? Erschütternd. Was Menschen anderen Menschen antun. Ich verstehe das einfach nicht.«

Frau Tomtschuk schüttelte den Kopf.

»Ein Jahr später ist Sveta gestorben.«

Ruth spürte, wie sich etwas in ihr heftig zusammenzog. Sie hatte zwar gewusst, dass Wilhelmine Tomtschuk nicht bei ihrer Mutter aufgewachsen war, aber während Oma Tomtschuk erzählt hatte, regte sich in Ruth jene Hoffnung, von der die Frau zuvor berichtet hatte. Die Hoffnung, dass doch noch alles gut würde.

»Jürgen hat Minka und mich bei sich aufgenommen. Die Kleine durfte bei uns bleiben. Sie war anfangs ein schwächliches Kind und litt unter dem Drogenentzug, doch irgendwann hat sie sich gefangen.

Viele Jahre war alles gut. Minka hatte eine glückliche Kindheit. Mein neuer Mann hat sie geliebt, als wenn sie seine eigene Enkelin wäre. Wir haben sie sehr verwöhnt. Sie entwickelte sich wunderbar, sie war gut in der Schule und hatte viele Freunde. Ihre Leidenschaft war das Ballett. Sie tanzte so wunderbar! Und sie nahm Akrobatikunterricht, für die Balance und das Körpergefühl. Zunächst hat sie nur am Boden geturnt, aber irgendwann ermutigte ihr Trainer sie, das Trapez auszuprobieren. Minka hat wie eine Besessene trainiert, obwohl ich mir immer furchtbare Sorgen gemacht habe.

Nach ihren Eltern hat sie nie gefragt. Ich habe mehrfach versucht, mit ihr über Sveta zu reden, aber sie wollte nichts davon hören. ›Ich habe keine Mutter. Das ist schon okay‹, hat sie einmal gesagt. ›Du bist meine Mutter. Und Jürgen ist mein Vater.‹ Sie war so ein ernstes Kind. Wenn sie gelacht hat, hat man immer das Gefühl gehabt, es koste sie Kraft.

Sie machte ihren Realschulabschluss und arbeitete eine Weile als Verkäuferin in einem Plattenladen, um ein bisschen Geld zu sparen. Dann begann sie, sich intensiv auf die Aufnahmeprüfung an der Staatlichen Ballettschule in Berlin vorzubereiten. Sie schaffte es auf Anhieb. Wir waren so stolz auf sie! Und ich hatte zum ersten Mal das Gefühl, dass sie glücklich war.

Als sie nach Berlin zog, habe ich Rotz und Wasser geheult, obwohl es nur zwei Stunden Fahrt dorthin sind. Aber ich hatte das Gefühl, schon wieder mein kleines Mädchen zu verlieren, wissen Sie? Etwa zeitgleich kam das Jobangebot: Mein Mann Jürgen hatte die Chance, Leiter einer Einrichtung für benachteiligte Jugendliche in Nürnberg zu werden. Vor fünf Jahren sind wir umgezogen. Der Kontakt zu Minka blieb zwar, lockerte sich aber spürbar. Wir sahen einander einfach nicht mehr so oft. Wir telefonierten viel, aber ich spürte, dass sie mir meist nicht sagte, was wirklich in ihr vorging.

Als mein Mann Jürgen vor drei Jahren überraschend starb, überlegte ich, nach Leipzig zu ziehen, um bei Minka zu sein. Sie hatte inzwischen ein Engagement an der Oper dort. Ich teilte meine Überlegungen mit ihr, aber ich merkte, dass es Minka nicht recht war. Das hat mich sehr verletzt, aber ich habe es akzeptiert. Es führte jedoch zu einem kleinen Bruch zwischen uns. Ich ... wie soll ich sagen? Danach war ich in Gesprächen mit ihr immer befangen und besuchte sie auch nicht mehr so häufig. Minka kam irgendwann gar nicht mehr zu mir.

Letztes Jahr dann rief sie mich eines Abends an und fragte unvermittelt nach ihren Eltern. Sie klang merkwürdig, war unruhig, irgendwie fahrig. Ich wollte wissen, wie sie auf einmal darauf käme? Das hätte sie doch früher nie interessiert? Da hat sie mich angefahren, dass es ja wohl immer noch ihre Sache sei, wann sie nach ihren Eltern fragte, und dass, falls ich ihr nicht helfen wollte, sie die Informationen anderswo einholen würde. Ich war völlig vor den Kopf gestoßen.

Ich erzählte ihr von ihrer drogenabhängigen Mutter, die als Zwangsprostituierte in Deutschland gearbeitet hatte. Und ich erzählte ihr die Wahrheit über ihren Vater.«

Frau Tomtschuk machte eine Pause.

»Meine Tochter war anscheinend die Lieblingsfrau eines der obersten Zuhälter dieses speziellen Rings gewesen. Sveta meinte, sie könne es zwar nicht genau sagen, vermute aber, dass er der Vater von Minka war. Als ich Minka das erzählte, wurde es ganz still am anderen Ende der Leitung. Irgendwann sagte sie dann: ›Er war hier.‹ Und ich habe gefragt: ›Was? Wer war da?‹ ›Mein Vater‹, hat sie geantwortet. Nach einer Vorführung hatte er sie in der Oper angesprochen und gesagt, dass sie ihrer Mutter wie aus dem Gesicht geschnitten wäre.

Minka ist in Panik geraten. Sie hat das Ballettensemble Hals über Kopf verlassen. Sie hat einfach gekündigt! Ein paar Tage nach diesem Telefonat stand sie abends bei mir vor der Tür, völlig aufgelöst. Ich habe versucht herauszufinden, ob der Mann sie bedroht hatte, aber sie wollte nicht darüber sprechen. Dann habe ich gesagt, dass sie zur Polizei gehen muss, wenn er sie bedroht habe. Das wollte sie nicht. Sie hatte Angst! Ich habe gesagt: ›Gut, dann gehe ich halt zur Polizei.‹ Da hat sie mich am Arm gepackt und mir tief in die Augen geblickt. ›Tu das nicht‹, hat sie gesagt. ›Du hast keine Ahnung, was das für Leute sind.‹

Am anderen Morgen war Minka weg. Verschwunden, wie meine Sveta. Ich bin fast umgekommen vor Sorge. Immerhin habe ich dieses Mal kein ganzes Jahr auf ein Lebenszeichen warten müssen: Minka hat mich eine Woche später angerufen und sich bei mir dafür entschuldigt, dass sie so überstürzt aufgebrochen war. Überstürzt aufgebrochen! Geflohen ist sie!

Sie war bei einer Freundin in Frankfurt am Main und wollte dort noch einmal neu anfangen. Sie wäre gerade auf Jobsuche, und ich sollte mir keine Sorgen machen. Wie ich diesen Satz inzwischen hassen gelernt hatte! Ich habe Minka gefragt, was aus ihren Träumen werden sollte: ›Was ist mit dem Tanzen? Du wolltest doch immer tanzen!‹ Ihre Antwort lautete: ›Ich werde jetzt etwas anderes machen, Oma. Alles wird gut.‹

Im Herbst hat sie einen Job im Zirkus angenommen. Als Trapezkünstlerin. Sie war ganz stolz, als sie mir davon erzählte. ›Wir werden durch ganz Deutschland reisen, vielleicht auch ins Ausland‹, verkündete sie am Telefon. Und sie sagte, dass ich unbedingt vorbeikommen und sie sehen müsste. Das habe ich auch getan. Der Zirkus gastierte Anfang des Jahres in Nürnberg. Minka war wirklich wunderbar.«

Die Erzählung von Maria Elena Tomtschuk endete abrupt. Ruth starrte sie an, ihr Kopf war leer. Auch Becht brauchte einen Moment, um wieder in die Wirklichkeit zurückzufinden. Dann räusperte er sich lautstark und fragte:

»Dieser Mann, von dem Ihre Tochter Sveta vermutete, dass er Minkas Vater war. Kennen Sie seinen Namen?«

»Janusz Lewandowski.«

Ruth kritzelte den Namen mit Kugelschreiber auf ihre Schreibtischunterlage.

»Hat Minka ihn irgendwann noch mal erwähnt?«, wollte Becht wissen.

»Nein. Nie wieder.«

»Hat sie irgendwann einmal erwähnt, dass sie sich bedroht fühlte?«

»Nein, das hätte sie auch nicht getan. Wir hatten diese Art Verbindung nicht mehr. Leider«, erwiderte sie wehmütig.

»Was hat Ihnen Minka von Ihren Kollegen im Zirkus erzählt?«

Frau Tomtschuk atmete laut aus und dachte nach.

»Ich weiß, dass Minka verliebt war. In einen Mann namens Beppo. Sie hat gesagt, dass er der Vater ihrer Kinder sein wird und dass sie nur noch auf den richtigen Moment warte, um auszusteigen. Ich habe sie gefragt, warum sie es nicht direkt täte. Aber darauf antwortete sie eher ausweichend. Ich glaube, es ging um Geld. Sie hatte nichts gespart. Und in dem Zirkus hat sie nicht die Welt verdient. Sie hatte Glück, dass sie so gut war.«

»Von wem hat sie sonst noch erzählt?«, bohrte Becht weiter.

»Von der Asiatin, der anderen Trapezkünstlerin. Minka hat ihr den Platz streitig gemacht. Aber Minka hat immer voller Bewunderung von ihr gesprochen.«

»Was hat sie genau über diese Konkurrentin gesagt?«

»Ich erinnere mich nicht an Einzelheiten. Minka erwähnte sie immer nur so am Rande.«

»Fällt Ihnen sonst noch irgendetwas ein?«

Oma Tomtschuk schüttelte den Kopf.

»Ich glaube, ich weiß sonst nichts, was Ihnen weiterhelfen könnte.«

Ruth ging es anders. Sie erinnerte sich an etwas, das Ferdinand gesagt hatte.

»Mein Kollege meinte, Sie hätten am Telefon gar nicht überrascht geklungen, als er Ihnen erzählte, dass Ihre Enkelin tot ist«, klinkte sie sich in das Gespräch ein.

Jetzt, da die Tränen verebbt waren, leuchteten Frau Tomtschuks Augen nicht mehr.

»Ich bin es einfach gewohnt, schlechte Nachrichten überbracht zu bekommen«, entgegnete sie.

# 8

## Ruth wird ein Geheimnis anvertraut

Becht hatte Ruth aufgetragen, Anne Bernd über das Gespräch mit Minka Tomtschuks Großmutter zu informieren. Ruth hatte sich nur einen kurzen Moment darüber gewundert, dass Becht sie allein losschickte, da war ihr eingefallen, dass ihr Chef ja momentan nicht ganz er selbst war. Sie hatte ihn nicht einmal gefragt, was er in der Zwischenzeit zu tun gedachte, sondern war einfach losmarschiert.

Anne Bernds Büro befand sich im Nebengebäude. Von ihrem eigenen Büro aus waren es etwa vier Minuten Fußweg.

Minka Tomtschuk, das Kind von der Straße, dachte Ruth.

Sie empfand so etwas wie Mitleid bei dem Gedanken, dabei hatte es für das Baby wahrscheinlich keinen großen Unterschied gemacht, ob es nun auf der Straße oder in einer Wohnung gestillt und gewickelt wurde. Sofern es dabei nicht gefroren hatte. Und selbst wenn, Ruth bezweifelte, dass sich die Erinnerungen an diese ersten Lebensmonate in Minkas Körpergedächtnis eingegraben hatten. Aber vielleicht verstand sie auch zu wenig von diesen Dingen.

Wo landeten Verletzungen, seelische wie körperliche, nachdem sie abgeklungen oder von der Zeit geheilt worden waren? In ruppigen Bemerkungen? In dem Unwillen, bei bestimmten Temperaturen vor die Tür zu gehen? In Schlaflosigkeit oder Alpträumen?

In dem Gefühl, nicht gut genug zu sein und sich nicht wehren zu können, so dass Männer Macht über einen hatten, denen man eigentlich kräftig hätte in den Hintern treten müssen?

Plötzlich kam Ruth nicht mehr weiter. Sie spürte eine Blockade in ihrem Kopf.

Noch mal von vorn.

Minka Tomtschuk war eine junge, hübsche Frau gewesen, die bewusst entschieden hatte, sich nicht mit ihrer Vergangenheit auseinanderzusetzen, und dann doch von ihr eingeholt worden war. Und sie hatte, mit Ausnahme von Beppo, wenig Glück mit Männern gehabt. Wie ihre Mutter vor ihr.

Sveta hatte nicht lang genug gelebt, um Minka in irgendeiner Form als Vorbild zu dienen und sie zu prägen. Misshandlungen und Vergewaltigungen waren ihr dennoch aus dem Lebenslauf ihrer Mutter bekannt gewesen, durch die Erzählungen der Großmutter. Minka musste das Gefühl gehabt haben, fortwährend unter einer dunklen, bedrohlichen Wolke zu stehen. Ein Schatten, den man nicht wieder loswurde.

Hatte Minka ihrer Mutter unbewusst nachgeeifert? Entschied man sich im Zweifel nicht immer für das, was man schon kannte, auch wenn es möglicherweise schlimmer war als das, was die unbekannte Alternative bereithielt? Oder hatte die Trapezkünstlerin einfach Pech gehabt und das Schicksal einen schlechten Tag, als es sich überlegte, was es mit Minka Tomtschuk anfangen sollte?

Ruth haderte mit dem Wort Schicksal. Es fiel ihr

schwer, daran zu glauben. Auch in Bezug auf Minka Tomtschuk kam sie nicht umhin, zu denken, dass die junge Frau verschiedene unglückliche Entscheidungen gefällt hatte, mit denen sie sich das Leben schwerer gemacht hatte als nötig. Die Männer hatten sie in der Hand gehabt, dabei hätte es bei einer derart hübschen, begabten Frau gerade andersherum sein müssen.

Gegen wen hatte Minka etwas in der Hand gehabt?

Gegen den Direktor. Vielleicht hatte sie ihm gedroht, seiner Frau alles über die Affäre zu erzählen, wenn er sie nicht in Ruhe ließe. Gegen den Großen Voltano. Vielleicht hatte sie ihm gedroht, dem Direktor davon zu erzählen, dass er sie belästigte, und der Zauberer fürchtete um seine Stelle.

Ruth atmete laut aus. Alles viel zu dünn! Noch mal von vorn.

Sie blieb stehen und stellte sich eine weiße Karte vor. Darauf schrieb sie die Namen der Verdächtigen, des Opfers und der potentiellen Opfer. Sie verband die ersten Namen mit imaginären Strichen, dann gab sie bereits auf. Das waren jetzt schon viel zu viele Striche!

Es gab zu viele Variablen. Sie mussten drei unterschiedliche Szenarien getrennt voneinander untersuchen. Wer hatte ein Interesse daran, Minka zu töten? Wer hatte ein Interesse daran, Gil zu töten? Wer hatte ein Interesse daran, Lai Lai zu töten?

Sie ging weiter und bog in den Flur ein, auf dem sich die Büros der Staatsanwaltschaft befanden. Sie klopfte an die Tür des Vorzimmers und trat ein, als sie keine Antwort erhielt. Die Sekretärin war nicht da, und die Tür zum Büro der Staatsanwältin stand offen. Ruth war so in Gedanken, dass sie einfach hineinspazierte, ohne zu klopfen oder sich sonst irgendwie bemerkbar zu machen. Anne Bernd saß an ihrem Schreibtisch, den Kopf in den Händen, die Ellbogen aufgestützt.

Weinte sie etwa?

Peinlich berührt schaute Ruth weg und drehte sich so leise wie möglich um. Doch nach drei Schritten Richtung Vorzimmer ertönte die müde Stimme der Staatsanwältin hinter ihr.

»Frau Winterscheidt. Bleiben Sie doch.«

Ruth machte auf dem Absatz kehrt und sah wahrscheinlich aus wie ein kleines Kind, das man beim Äpfelklauen erwischt hatte.

»Es tut mir leid, Frau Bernd, ich hätte anklopfen müssen. Ich kann gern später noch mal wiederkommen.«

»Nein, nein, schon gut.«

Anne Bernd lächelte schwach. Ihre Augen waren winzig.

»Setzen Sie sich. Worum geht es denn?«

Ruth nahm zögernd Platz und berichtete von Maria Elena Tomtschuks Aussage.

»Janusz Lewandowski, sagen Sie? Gut. Das schaue ich mir mal genauer an. Aber es klingt nicht so, als wenn er mit Minka Tomtschuks Tod in Verbindung steht, oder?«

»Nein. Es klingt nach einem separaten Fall.«

»Erst einmal muss dieser Fall gelöst werden«, meinte die Staatsanwältin bestimmt.

»Ich weiß.«

»Haben Sie schon eine Vermutung?«

Ruth verzog das Gesicht.

»Dieser Fall macht mich kribbelig. Wir haben uns schon mit so vielen Menschen unterhalten, aber irgendwie passt nichts richtig zusammen. Etwas Entscheidendes fehlt«, begann sie. »Diese ganzen Menschen reden und reden, sie sprechen offen darüber, was sie denken und fühlen, warum sie Minka mochten oder nicht mochten, aber tatsächlich sagen sie nichts *von Wert*. Wissen Sie, wie ich meine?«

Anne Bernd nickte kaum merklich. Ruth hatte den Eindruck, dass sie einen persönlichen Bezug zu dem herstellte, was sie gerade gesagt hatte.

»Gerade die Offenheit, die in den verschiedenen Aussagen steckt, verwirrt mich. Diese Leute scheinen nichts zu verbergen zu haben. Sonst herrscht immer Schweigen im Walde, wenn es um Mord geht, aber in diesem Zirkus sind Animositäten Alltag. Aber um Ihre Ausgangsfrage zu beantworten: Ohne je mit ihr geredet zu haben, tippe ich auf die Frau des Direktors.«

Anne Bernd zog die Augenbrauen hoch.

»Wirklich?«

»Nein. Aber sie klangen so, als bräuchten Sie eine Antwort von mir. Und davon abgesehen, hat Sabine Burkhard tatsächlich ein starkes Motiv für den Fall, dass sie von der Affäre ihres Mannes mit Minka gewusst hat. Und irgendwie setze ich meine Hoffnungen in sie, weil der Rest bislang so unerquicklich war. Aber wie gesagt, wir haben noch nicht mit ihr geredet. Becht und ich wollen gleich zum Zirkus gehen. Vielleicht ist die Frau ja zufällig da, sonst werden wir sie morgen nach Fels zitieren. Wir werden uns übrigens die Vorstellung heute Abend ansehen. Falls Sie mitkommen wollen? Um 20 Uhr.«

»Ich denke darüber nach«, gab die Bernd zurück, »danke für Ihren Bericht.«

Ruth wandte sich zum Gehen und war schon beinahe durch die Tür, als die Bernd sie noch einmal zurückrief.

»Ruth?«

Es war das erste Mal, dass die Staatsanwältin sie mit Vornamen anredete. Ruth wusste nicht so recht, wie sie das fand.

»Ja?«

»Setz dich doch bitte noch einen Moment. Und schließ die Tür hinter dir.«

Ruth zog die Bürotür ins Schloss und nahm wieder gegenüber der Staatsanwältin Platz. Die brauchte keine zwei Sekunden, um mit der Sprache herauszurücken.

»Ich bin schwanger.«

Anne Bernd sah sie entsetzt an, so als könnte sie selbst nicht glauben, was sie da gerade gesagt hatte.

Ruth war sprachlos. Was sagte man in so einer Situation, überlegte sie fieberhaft.

»Herzlichen Glückwunsch?«

Ruth formulierte den Glückwunsch nicht absichtlich als Frage, sondern so, wie sie ihn gedacht hatte. Sie erinnerte sich an Gerüchte, dass Anne Bernd vor einigen Monaten ein Techtelmechtel mit einem jüngeren Kollegen hatte.

Die Staatsanwältin starrte sie noch immer aus weit aufgerissenen Augen an.

»Deshalb habe ich die letzten Tage auch so scheiße ausgesehen«, sagte sie jetzt.

Ruth musste lachen, es ging nicht anders. Die Anspannung, Anne Bernds rustikale Sprache, die Situation. Leider fiel die Staatsanwältin nicht mit ein, sonst wäre dies vielleicht der Anfang einer wunderbaren Freundschaft gewesen, dachte Ruth später. Stattdessen schien die junge Frau noch bleicher und gleichzeitig grüner im Gesicht zu werden.

»Ist Ihnen schlecht?«, fragte Ruth vorsichtig.

»Die ganze Zeit.«

Jetzt fing die Bernd an zu lachen. Offenbar hatten sie zwar nicht denselben, aber zumindest einen gleichermaßen eigenartigen Sinn für Humor.

»Was soll ich bloß tun?«

Die Staatsanwältin schlug die Hände vor dem Gesicht zusammen.

Bitte nicht weinen, dachte Ruth. Alles, bloß das nicht.

»Na, Sie warten neun Monate und gehen in Elternzeit.«

Ruth hätte schwören können, dass jemand anderes als sie das gesagt hatte, aber es war so nüchtern, dass es eigentlich nur von ihr stammen konnte. Anne Bernd zog die Hände ein Stück auseinander und sah Ruth durch den Spalt ungläubig an.

»So einfach ist das?«, fragte sie.

Ruth zuckte die Achseln.

»Ja. Also nicht, dass ich mitreden könnte. Aber wenn die Kinder einmal gemacht sind, lassen sie sich für gewöhnlich nicht mehr aufhalten. Ihre Handlungsmöglichkeiten als Mutter sind recht beschränkt, wenn ich das mal so ausdrücken darf. Behalten oder zum Arzt gehen, viel mehr fällt mir nicht ein.«

Anne Bernd ließ die Hände auf die Tischplatte sinken, den Mund leicht geöffnet. Ihre Haare hingen wie mausgraue Spaghetti schlaff über ihre Ohren.

»Was sagt denn der Vater? Oder ist das genau das Problem?«

Auf einmal huschte der Name Becht durch Ruths Gehirn. Ihr Puls beschleunigte sich augenblicklich. Aber das konnte nicht sein, dachte sie. Das war unmöglich.

Oder?

Anne Bernd schloss ihren Mund wieder und musterte Ruth eindringlich.

»Das muss unter uns bleiben, Frau Winterscheidt.«

Und wieder zurück zum Sie, registrierte Ruth.

»Das war mir schon beim Schließen der Tür klar«, bemerkte sie trocken.

Anne Bernd grinste müde.

»Er weiß es noch nicht. Und ich weiß noch nicht, ob ich es behalten will.«

»Wegen des Kindes oder wegen des Vaters?«, fragte Ruth.

»Wegen des Jobs!«, rief Anne Bernd aus.

Ruth zuckte die Achseln.

»Der Job rennt Ihnen nicht weg. Als Staatsanwältin mit Ihren Referenzen können Sie auch nach fünf Jahren problemlos wieder einsteigen. Und erfolgreich sein.«

Jetzt erinnerte Anne Bernd an einen Vogel, der gerade von einer Fensterscheibe ausgebremst worden war.

»Stimmt«, sagte sie tonlos.

»Also noch mal: wegen des Kindes oder wegen des Vaters?«

»Wie würden Sie sich denn entscheiden?«, fragte Anne Bernd zurück.

Ruth musste lachen.

»Na, meine Frage muss es ja in sich haben, dass Sie

nicht darauf antworten können. Ich würde da mal dranbleiben.«

Das hatte vielleicht etwas überheblich geklungen, aber Ruth vermutete, dass sie ins Schwarze getroffen hatte. Der Vater. Es ging um den Vater.

»Wenn ich Ihnen sage, wer der Vater ist, kriegen Sie einen Lachkrampf«, bemerkte Anne Bernd nun mit Grabesstimme.

Da huschte Bechts Name noch einmal durch Ruths Kopf. Um Himmels willen, dachte sie. Sie hätte gelogen, wenn sie behauptet hätte, dass es ihr gleichgültig war. Dennoch erwiderte sie:

»Sie müssen mir das nicht erzählen. Das wäre auch dem Vater gegenüber nicht fair. Er sollte der Erste nach Ihnen sein, der es erfährt. Meinen Sie nicht auch?«

Sie selbst zählte ja nicht so richtig, dachte Ruth.

Anne Bernd nickte nach einer Weile.

»Danke, dass Sie mir zugehört haben.«

Ruth stand auf.

»Ich gehe dann mal wieder?«, fragte sie.

Anne Bernd lächelte.

»Ja, natürlich. Ich … es geht mir jetzt viel besser, danke. Ich musste es einfach irgendjemandem erzählen, wissen Sie?«

Auf dem Weg zurück in das andere Gebäude schüttelte Ruth ungläubig den Kopf.

Ruth Winterscheidt, Kriminalkommissarin und Lebensberaterin, dachte sie voller Ironie.

Wer hätte das gedacht.

Ruth steckte ihren Kopf durch die Tür von Mariechens Zimmer.

»Und?«, fragte sie erwartungsvoll.

Sie hatte Mariechen gebeten, bei ihrer Recherche mit Zirkusdirektor Burkhard und seiner Frau Sabine anzufangen. Mariechen saß auf ihrem Schreibtischstuhl und starrte angestrengt auf den Bildschirm ihres Computers.

»Ja, ich hab schon ein bisschen was«, murmelte sie gedankenverloren.

Die neue Kurzhaarfrisur stand ihr hervorragend. Überhaupt sah Mariechen heute ganz reizend aus. Sie trug eine helle Bluse und eine schmal geschnittene Bluejeans, die ihre langen, schlanken Beine betonte.

»Aber ich habe eben noch was ganz anderes herausgefischt, das ihr vielleicht interessant finden werdet. Warte –«, fuhr Mariechen fort.

»Ah ja?«

Ruth öffnete die Tür nun doch ganz und trat ein.

Mariechens Büro ließ an ein gemütliches Apartment für Wochenendtouristen denken. An den Wänden hingen gerahmte Kunstdrucke und ein großformatiger Sylt-Kalender. Auf dem Schreibtisch stand eine getupfte Teekanne auf einem Stövchen. Mariechen hatte sogar rote Kissen auf ihre beiden Bürostühle gelegt, damit es netter aussah. Ruth hätte sich in so einem Umfeld nicht konzentrieren können; sie wäre wahrscheinlich regelmäßig häuslich entspannt eingenickt.

Ein Mausklick, und der Drucker begann zu summen. Mariechen zog ein Blatt Papier aus dem Fach, mit nach hinten gerecktem Arm. Sie reichte es Ruth und wirkte ziemlich selbstzufrieden.

»Hier«, sagte sie.

Ruth überflog die Zeilen. Als sie fertig gelesen hatte, warf sie Mariechen einen anerkennenden Blick zu.

»Und das kam gestern Nacht rein?«

»Ja. Kurz nach Mitternacht. Höppner und Stadler waren auf Streife und sind rübergefahren, haben aber nichts Verdächtiges festgestellt.«

Ruth konzentrierte sich wieder auf die schwarzen Buchstaben auf dem warmen Papier.

»Sehr gut, Mariechen«, murmelte sie und drehte sich bereits wieder um.

Das musste sie Becht erzählen.

Die Mittagszeit war verstrichen, und Ruth hatte noch nichts Vernünftiges gegessen. Nur ein von der Hitze verformtes Stück Schokolade, das sie in der untersten Schublade ihres Schreibtischs gefunden hatte. Becht hatte sie in ihrem Büro abgeholt, damit sie gemeinsam zum Zirkus laufen konnten. Unterwegs knurrte Ruths Magen so laut, dass sie sich sicher war, dass Becht es auch hören musste. Der plauderte munter vor sich hin.

»So, lass doch mal kurz überlegen, wie wir es am besten machen. Wollen wir uns aufteilen?«

Ruth erzählte Becht von dem Ausdruck, den Mariechen ihr eben in die Hand gedrückt hatte.

»Ach was?«, machte Becht. »Das ist ja interessant! Dann reden wir wohl am besten als Erstes mit ihm, oder?«

Ruth nickte.

»Das sollten wir zusammen machen, denke ich.«

Becht stimmte ihr zu.

Sie hatten ihre Jacken auf dem Präsidium gelassen,

denn der Himmel war aufgerissen und kobaltblau. Die Sonne knallte auf die noch feuchte Erde, die sich aufzuladen schien wie eine Batterie. Ruth spürte die Wärme des Asphalts durch die Sohlen ihrer Turnschuhe. Der Boden schien zu dampfen. Die Strahlen der Sonne waren so heiß, dass Ruth immer wieder das Wort Hautkrebs durch den Kopf schoss. Sie rieb sich über die nackten Unterarme, als könnte sie die Haut damit vor einem Sonnenbrand schützen. Becht zog etwas aus der Gesäßtasche, das Ruth entgeistert als zusammengefalteten Stoffhut identifizierte. Er setzte ihn tatsächlich auf.

»Ich hab mir den Kopf nicht eingecremt«, meinte Becht entschuldigend.

Er sah unmöglich aus.

Auf dem Gelände des *Zirkus Träume* herrschte reges Treiben. Ruth zählte acht Männer in Motorradanzügen hinter dem Bauzaun neben den Wohnwagen. Ein paar von ihnen trugen Helme auf dem Kopf, die anderen fuhren sich durch das wirre Haar. Es war viel zu heiß für die dicken Ledermonturen.

Vor dem Eingang fegte ein Mann den Boden und unterhielt sich dabei mit einer Wasserstoffblondine, die offenbar für den Kartenverkauf zuständig war. Im Vorzelt trafen Ruth und Becht auf einen großen Mann mit dickem Bauch, bei dem es sich ohne Zweifel um den Großen Voltano handelte. Er musterte sie skeptisch.

»Wir suchen Beppo, den Clown«, sagte Ruth zu dem Mann.

»Sie sind die Polizisten?«

Er hatte eine schroffe, laute Stimme.

»Ja. Und Sie sind der Zauberer, nehme ich an?«

Der große, schwere Mann verbeugte sich mit einem künstlichen Lächeln. Seine Zähne waren gelb.

»Zu Ihren Diensten.«

»Ja, das ist gut«, erwiderte Ruth trocken. »Halten Sie sich bereit. Wir haben später noch ein paar Fragen an Sie.«

Das schien dem Großen Voltano den Wind aus den Segeln zu nehmen.

»Wieso das denn? Ich hab nichts damit zu tun.«

Ruth verdrehte die Augen.

»Wissen Sie jetzt, wo Beppo ist, oder nicht?«, fragte sie barsch.

»Er schläft, glaube ich.«

»Danke. Bis gleich, Herr Voltano.«

Der sollte ihr bloß querkommen.

Sie begaben sich zu den Unterkünften der Artisten. Ruth hatte keine Ahnung, welcher Wohnwagen Beppo gehörte. Sie versuchte es mit dem Wagen gleich neben Gils. Sie klopfte an die Tür. Eine zierliche Frau öffnete. Das musste Jin sein, die Schlangenfrau.

Sie hatte sehr kleine Augen und Pausbacken in einem herzförmigen Gesicht, das überhaupt nicht zu ihrer klapperdürren Statur passte. Die Schlangenmenschen hatten Ruth früher im Zirkus am meisten fasziniert. Sie wäre auch gern so gelenkig gewesen. Aber als sie einmal versucht hatte, ihr Bein über den Kopf zu heben und in den Nacken zu klemmen, hatte sie danach zwei Wochen lang nicht mehr richtig gehen können. Muskelzerrung. Es hatte sich angehört, als wenn jemand einen Reißverschluss zugezogen hätte. Damit war Ruths Turnerinnenkarriere beendet gewesen, bevor sie überhaupt angefangen hatte.

»Sind Sie Jin?«, fragte Ruth.

Die Frau zog die buschigen Augenbrauen zusammen.

»Wer will das wissen?«

»Ich bin Ruth Winterscheidt, das ist mein Kollege Becht. Wir sind von der Kripo und untersuchen den Mordfall an Ihrer Kollegin Luzie van Elms.«

»Wir waren keine Kolleginnen«, sagte die Frau hochnäsig.

»Wie bitte?«, fragte Ruth verdattert.

»Wir haben nicht zusammengearbeitet, deshalb waren wir auch keine Kolleginnen«, gab die Schlangenfrau patzig zurück.

»Wir müssten uns trotzdem einmal kurz mit Ihnen ...«, begann Ruth.

»Wenn Sie wissen wollen, ob ich was mit ihrem Tod zu tun hab, kann ich das guten Gewissens verneinen. Wenn Sie wissen wollen, ob ich sie gemocht habe, kann ich das ebenfalls verneinen. Und wenn Sie wissen möchten, wer's war, dann habe ich nicht genug Zeigefinger, um gleichzeitig auf die Verdächtigen zu zeigen.«

Ruths Mund klappte auf. Was war das denn für ein Gefühlsausbruch?

Becht kam ihr zu Hilfe.

»Sie scheinen ja bestens vorbereitet zu sein«, bemerkte er ironisch.

»Ich sage nur die Wahrheit«, erklärte Jin bestimmt.

»Das schätzen wir sehr in unserem Beruf«, fuhr Becht sachlich fort, »und es wäre schön, wenn Sie uns kurz erklären würden, warum Sie Luzie van Elms – Minka – nicht mochten.«

Jins Mausgesicht verzog sich zu einer Grimasse. Sie

war gar nicht so unansehnlich, dachte Ruth, sie gab sich nur einfach keine Mühe. Das kannte sie von sich selbst.

»Sie hat ihr Baby weggemacht«, sagte Jin jetzt.

Die Art, wie sie den Satz formuliert und ausgesprochen hatte, gepaart mit seinem Inhalt verschlugen Ruth und Becht gleichsam die Sprache. Jin schien den Effekt zu genießen. Sie sah beinahe triumphierend aus, als sie fortfuhr.

»Nachdem sie mir das erzählt hat, war sie einfach für mich gestorben, wissen Sie? Das ist auch kein Geheimnis. Also, der Grund, weshalb ich sie nicht leiden konnte, schon. Aber dass ich sie nicht mochte, wussten alle. Sie hat sich mir mal anvertraut, als sie besoffen war. Sie lallte mir ins Ohr, dass sie schwanger ist, aber dass sie das Baby wegmachen lässt. Das hat sie genauso gesagt, dabei wusste sie zu dem Zeitpunkt schon, dass ich keine Kinder bekommen kann. Das ist eine sehr persönliche Angelegenheit, wie Sie sich vorstellen können. Ein ganz persönlicher Grund, jemanden nicht zu mögen.«

Becht und Ruth redeten gleichzeitig los, unterbrachen sich aber sofort wieder. Manchmal klappte das mit der Abstimmung, manchmal auch nicht. Helene Maletta wäre vermutlich in Verzückung geraten.

Becht fing sich als Erster wieder.

»Wann war das?«

»Im Oktober, kurz nachdem sie bei uns angefangen hat. Es durfte natürlich kein Mensch wissen, dass sie schwanger ist, sonst wäre sie sofort wieder rausgeflogen. Keine Ahnung, warum sie es mir erzählt hat.«

Ruth musste an Anne Bernd denken. Und an das Gespräch mit Oma Tomtschuk. Minka hatte ihren Vater in

Leipzig getroffen und daraufhin das Weite gesucht. Hatte sie da schon von ihrer Schwangerschaft gewusst?

War das vielleicht der wahre Grund, weshalb sie Leipzig verlassen hatte?

»Hat Minka Ihnen erzählt, wer der Vater des Kindes ist?«, fragte Ruth.

Jin schüttelte den Kopf.

»Das hat mich auch nicht interessiert.«

Ruth überlegte, ob sie Jin noch etwas fragen wollte, aber ihr fiel nichts ein. Sie stand auf dem plattgetretenen Rasen vor der Eingangstür des Wohnwagens und wartete auf Bechts Unterstützung. Die nicht kam.

»Welcher Wagen gehört eigentlich dem Clown?«, fragte sie schließlich.

»Zwei weiter. Wenn ich mich jetzt wieder hinlegen dürfte?«

Jin schloss die Wohnwagentür, ohne sich von ihnen zu verabschieden.

Komische Frau, dachte Ruth. Sie drehte sich zu Becht um und sah ihm ins Gesicht.

»Was ist los mit dir?«

»Ich denke nach.«

Ruth stemmte die Hände in die Hüften.

»Brauchst du länger?«

Bechts gewaltiger Bauch begann, sich rhythmisch auf und ab zu bewegen. Er lachte in sich hinein.

»Witzig, Frau Winterscheidt. Hat Ilkay irgendwas über den Zeitraum gesagt, den das Tagebuch abdeckt?«

»Du meinst wegen der Schwangerschaft? Ja, das muss wohl in einem anderen Tagebuch stehen«, gab Ruth zurück.

»Genau. Jemand, der fast täglich Dinge aufgeschrieben hat, hat nicht nur ein Tagebuch, sondern viele. Und wo könnten diese anderen Tagebücher sein?«

»In ihrem Wohnwagen?«

»Nee, das hätten die uns doch bei der Teambesprechung erzählt«, hielt Becht dagegen.

»Und was, wenn sie sie versteckt hat?«

»Warum sollte sie das tun?«

Ruth hielt den Kopf schief.

»Okay, du hast schon eine Meinung.«

Becht nickte.

»Wir müssen Oma Tomtschuk fragen, wo Minkas Sachen sind. Sie muss doch mehr besessen haben als das, was in dem Wohnwagen ist.«

»Aber dir ist schon klar, dass Minkas Leben *vor* dem Zirkus nicht wirklich etwas mit unserem Fall zu tun hat, oder?«, lautete Ruths Einwand.

»Wieso bist du dir da so sicher?«

War sich Ruth gar nicht, sie wollte nur Widerworte geben.

»Dann ruf sie halt an«, meinte sie und zuckte die Achseln.

»Bist du grad bockig?«, fragte Becht mit gerunzelter Stirn.

»Nein. Ich würde nur gern ein bisschen was geschafft bekommen heute.«

Mit diesen Worten stapfte sie an Becht vorbei zum übernächsten Wohnwagen.

»Beppo«, rief sie, »sind Sie zu Hause?«

Aus dem Inneren des schiefergrauen Wohnwagens ertönte Beppos singende Stimme.

»Ah! Meine Lieblingskommissarin!«

Ruth gab sich die größte Mühe, sich nicht von charmanten jungen Männern einwickeln zu lassen, doch der Clown hatte sie längst an der Angel – seit sie sein Orangenherz bei ihrer ersten Begegnung auf dem Präsidium in der Hand gehalten hatte, genaugenommen. Die Tür seines Wohnwagens ging auf, und er sprang hinaus auf den Rasen. Er trug sein Clownskostüm. Schwarzweiß, wie am vorherigen Tag.

»Hallo«, sagte Ruth, »ziehen Sie Ihr Kostüm auch mal aus?«

»Höchstens zum Schlafen.«

Seine Augen blitzten. Er konnte nicht ahnen, dass das keine Aufwärmfloskel war und er sich bereits mitten im Verhör befand.

»Warum sind Sie gestern Nacht in Töpferrad durch den Garten von Frau Goldbacher gelaufen?«

Beppo hielt inne.

Die Augen, dachte Ruth, ertappt!

»Wie?«, fragte der Clown unschuldig.

Ruth zog den Ausdruck aus der Hosentasche, den Mariechen ihr in die Hand gedrückt hatte.

»Hier steht, dass Ursel Goldbacher sie gestern Nacht in ihrem Garten gesehen hat. Gegen Mitternacht.«

Der Clown hob die Arme in einer hilflosen Geste.

»Ich weiß nicht, wovon Sie reden, *commissaria*.«

Das »Commissaria« brachte Ruth erneut aus dem Tritt. Konnte er das nicht mal sein lassen!

»Nun kommen Sie schon. Frau Goldbacher ist zwar nicht mehr die Jüngste, konnte Sie aber sehr gut beschreiben. Der Bewegungsmelder ist angegangen, und da hat sie durch die Terrassentür in den Garten geschaut. Und einen schwarzweißen Harlekin gesehen.«

»Vielleicht gibt es ja noch einen Clown«, sagte Beppo provozierend.

Ruth verlor langsam die Geduld.

»Hören Sie mal, Sie Clown, ich muss mich nicht von Ihnen auf den Arm nehmen lassen. Was hatten Sie da zu suchen? Das ist Hausfriedensbruch!«

Beppo verschränkte die Arme vor der Brust.

»Ich bleibe dabei, ich war nicht dort. Die Dame muss sich verguckt haben.«

»Ich weiß, dass Sie lügen«, entgegnete Ruth barsch, »und ich verstehe nicht, wieso. Und solange ich das nicht verstehe, macht Sie das verdächtig, verstehen Sie das?«

Der Clown äußerte sich nicht dazu.

»Darf ich jetzt gehen?«

Ruth kniff die Augen zusammen.

»Ja, gehen Sie ruhig. Viel Erfolg heute Abend.«

»Wie meinen Sie das?«

Ruth wunderte sich über die eilig hervorgestoßene Frage.

»Wir schauen uns die Show heute Abend an«, erklärte sie.

»Ach so«, machte der Clown und schien sich augenblicklich zu entspannen, »na dann, viel Spaß.«

Mit einem Satz verschwand er wieder in seinem Wohnwagen. Ruth betrachtete die Tür, die er hinter sich zugezogen hatte. Ihre Gedanken drifteten ab.

Der führte doch irgendetwas im Schilde!

Auf einmal hörte sie Becht hinter sich glucksen. Er hatte ein rotes Gesicht.

»Was hast *du* denn?«, fragte Ruth entgeistert.

»Stell dir mal vor, grad würde kein Zirkus in Fels gastieren. Wie hättest du dann darauf reagiert, wenn die bekloppte Uschi Goldbacher dich nachts aufgescheucht hätte, weil sie einen Clown in ihrem Garten gesehen hat?«, kicherte Becht.

Gut, das war wirklich ein bisschen lustig. Ruths Mundwinkel zuckten.

»Spaß beiseite. Hast du auch das Gefühl, dass hier nichts vorangeht?«, fragte sie ihren Chef.

»Wir haben doch noch gar nicht mit allen Verdächtigen gesprochen«, meinte er. »Geht es dir nicht schnell genug?«

»Nein, das ist es nicht. Schnell geht es ja meistens nicht. Ich habe das Gefühl, dass wir irgendetwas vergessen haben.«

Oder falsch machen.

Becht stülpte die Lippen vor.

»Also, ich würde vorschlagen, wir knöpfen uns jetzt noch mal den Direktor vor und befragen ihn gleich mal nach seiner Putzi. Und danach schauen wir uns Gil genauer an. Das sind doch die zwei mit dem Eifersuchtsmotiv.«

Eifersuchtsmotiv, pah!, dachte Ruth.

»Okay«, willigte sie missmutig ein.

Sie fanden den Zirkusdirektor hinter seinem Wohnmobil. Er saß auf einem Campingstuhl und starrte durch den Bauzaun über den Felsner Acker. Sein Blick war wässerig. Er sah aus, als wenn er die Nacht über nicht geschlafen hätte, und hielt eine Flasche Wodka in der Hand. Am helllichten Tage.

Becht räusperte sich.

»Guten Tag, Herr Burkhard.«

Burkhard drehte sich langsam um. Als er Ruth und Becht wahrnahm, zeigte er keinerlei Reaktion.

»Sind Sie betrunken?«, fragte Becht.

Der Zirkusdirektor nickte. Heute trug er eine Uniform: einen blauen Frack mit goldenen Säumen und blankpolierten Messingknöpfen nebst weißer Reiterhose. So stellt man sich einen Zirkusdirektor vor, dachte Ruth. Nur, dass dieser hier keine Stiefel trug. Burkhards Füße steckten in zerlöcherten grauen Wollsocken. Er spielte mit seinen Zehen. Ruth und Becht gingen um den sitzenden Mann herum und stellten sich vor ihn.

»Sie blockieren meine tolle Aussicht«, pöbelte Burkhard, dann verzog er den Mund zu einem schiefen, besoffenen Grinsen.

»Wir wissen, dass Sie mit dem Opfer Geschlechtsverkehr hatten«, stieg Becht ohne Vorwarnung in das Gespräch ein.

Jetzt kam der Hauch einer Gefühlsregung. Ruth bemerkte ein schmerzliches Zucken um den Mund des Direktors.

»Es stand in Minkas Tagebuch«, fügte Ruth nachdrücklich hinzu.

»Ich habe es doch gar nicht abgestritten«, entgegnete Burkhard.

Seine Stimme klang rau. Ruth machte weiter:

»Wann hatten Sie das letzte Mal Verkehr mit Minka?«

Der Direktor antwortete nicht.

»Herr Burkhard, es wäre wirklich hilfreich, wenn Sie sich zusammenreißen könnten, auch wenn es schwerfällt.

Dann ist dieses Gespräch schnell vorüber, und wir können weitermachen mit unserer Arbeit.«

Und Sie dürfen sich den nächsten Drink genehmigen, fügte Ruth in Gedanken hinzu.

Der Zirkusdirektor bewegte sich schwerfällig. Er änderte seine Sitzposition und schlug das rechte Bein über das linke. Es kostete ihn sichtlich Mühe, dabei nicht das Gleichgewicht auf dem Campingstuhl zu verlieren.

»Wissen Sie, wie das ist, wenn man Alkoholiker ist?«, fragte der Mann unvermittelt.

Becht und Ruth warfen sich einen alarmierten Blick zu. Ging das in die richtige Richtung? Aber vielleicht war es gar nicht verkehrt, ihn reden zu lassen. In Wodka veritas.

Burkhard beantwortete seine Frage selbst:

»Nein, natürlich nicht. Sie sind ja Beamte. Kein Alkohol im Dienst.«

Er lachte freudlos und hob dazu seinen Zeigefinger. Es war die Hand, an der er nur drei Finger hatte, und es sah aus, als würde er eine Pistole pantomimisch darstellen; der Mittelfinger war am Abzug.

»Ich sag Ihnen mal, wie das ist: Es ist erleichternd. Weil man das Leben sonst nicht erträgt.«

Ruth mochte es nicht besonders, wenn Leute über die Vorzüge des Alkoholismus redeten, dazu hatte der Alkohol ihre eigene Kindheit zu sehr beeinflusst. Wenn sie mit Betrunkenen zu tun hatte, musste sie immer an ihren Vater denken, wie er mit offener Hose auf der Couch gesessen und ferngesehen hatte. Es war immer derselbe Ablauf: Griff zur Bierflasche, Kopf in den Nacken, langer Schluck. Dann Bierflasche auf dem Wohnzimmertisch absetzen, vielleicht laut rülpsen, Hand in die Hose. Er musste immer etwas in der Hand haben: entweder Alkohol oder seine Männlichkeit.

»Was ist an Ihrem Leben denn so unerträglich?«

Ruths Stimme klang ruppig.

»Meine Frau«, erwiderte Burkhard schlicht.

»Putzi?«, half Ruth dem Mann auf die Sprünge.

Burkhard wollte anscheinend nicht, musste aber über den Namen kichern.

»Putzi«, nuschelte er, »wo haben Sie das denn her?«

»Von einem Ihrer Mitarbeiter.«

Der Zirkusdirektor nahm einen großen Schluck aus seiner Flasche, dann wischte er sich den Mund mit dem Rücken seiner Drei-Finger-Hand ab.

»Ja, Putzi. Wenn wir doch bloß nicht geheiratet hätten. Aber hinterher ist man ja immer schlauer.«

Er wollte die Flasche erneut ansetzen, doch Ruth machte einen Schritt nach vorn und nahm sie ihm weg.

»He, was machen Sie denn da?«, rief Burkhard entrüstet.

Ruth warf die Flasche auf den Boden. Burkhard sprang wackelig auf die Füße und beugte sich nach vorn, die Hände nach der Flasche ausgestreckt.

»Wir führen hier eine polizeiliche Befragung durch, Herr Burkhard. Das ist kein Spaß. Setzen Sie sich sofort wieder hin.«

Bechts Stimme dröhnte laut und durchdringend wie ein Nebelhorn. Er konnte einem richtig Angst machen, wenn er böse wurde. Sein Bass zeigte auch bei Burkhard Wirkung. Er setzte sich ohne Umschweife wieder hin.

»Wusste Ihre Frau von Ihrer Affäre?«

»Kann schon sein, aber was ich in meiner Freizeit mache, ist ihr ziemlich wurscht. Sabine hat längst einen Neuen, in München. Wir waren nur noch auf dem Papier zusammen. Irgendwie schaffen wir es nicht, uns mal in Ruhe über eine Scheidung zu unterhalten.«

Wenn das stimmte, dann wackelte das Eifersuchtsmotiv der Ehefrau, dachte Ruth. Bedenklich sogar.

»Haben Sie deshalb angefangen zu trinken? Wegen Ihrer Frau?«

Burkhard nickte gedankenverloren.

»Am Anfang haben wir noch zusammen gesoffen, aber sie hat es schließlich drangegeben. Und mich fertiggemacht, weil ich nicht so diszipliniert war wie sie. Sie hat mich immer niedergemacht, mich gedemütigt und sich über mich lustig gemacht.«

»Dann können Sie doch froh sein, dass Sie sie los sind?«, bemerkte Ruth sachlich.

Der Direktor versuchte, sie anzusehen, aber sein schielender Blick verfehlte ihr Gesicht.

»Ja, das sollte man meinen. Aber die Wahrheit ist, dass ich ohne sie aufgeschmissen bin. Ohne sie läuft der Zirkus nicht. Sie macht die Buchhaltung und kümmert sich um die Bestellungen und so. Das kann ich nicht so gut, dieses ganze organisatorische Zeug. Und Sabine hat mir auch nicht mehr vertraut, nachdem ich … als ich –«

Zum Alkoholiker geworden war, vervollständigte Ruth in Gedanken.

»Deshalb kommt sie ab und an vorbei?«, wollte Becht wissen.

»Ja. Der Zirkus gehört ja zur Hälfte ihr. Wir haben ihn damals zusammen aufgebaut.«

»Wann war sie das letzte Mal hier?«

»Letzte Woche Dienstag«, antwortete der Zirkusdirektor. »Nein, Entschuldigung, Mittwoch.«

»Und wann ist sie zurückgefahren?«

»Mittwochabend.«

Schon wieder so etwas Unergiebiges, dachte Ruth.

»Wir bräuchten ihre Adresse und Telefonnummer«, bemerkte sie.

»Können Sie haben.«

»In ein paar Stunden müssen Sie wieder fit sein. Für die Abendvorstellung«, stellte Ruth fest.

Der Zirkusdirektor rülpste leise.

»Das schaffe ich. Ich trinke immer am Vormittag und nüchtere dann bis zum Abend aus. Nach der Vorstellung trinke ich dann noch etwas, bis ich einschlafen kann. Und am nächsten Morgen geht's wieder von vorn los.«

Ruth wandte sich ab. Vielleicht hatte der Zirkusdirektor wirklich ein Scheißleben.

»In Minkas Tagebuch steht, dass sie mit Ihnen geschlafen hat, weil sie Angst hatte, ihren Job zu verlieren. Sie haben Sie erpresst«, griff Ruth den Anfang ihrer Unterredung wieder auf.

»Hat sie das so geschrieben?«

Burkhard wirkte ehrlich verwundert.

»Ja. Sie hat geschrieben, dass Sie ihr angedroht haben, Lai Lai wieder zur Nummer eins zu machen.«

Burkhard starrte Ruth lange an, ohne etwas zu sagen.

»Herr Burkhard, haben Sie keine Meinung dazu?«, fragte sie ungehalten.

Der Direktor blickte zur Seite.

»Ich erinnere mich, ehrlich gesagt, nicht mehr daran«, murmelte er schließlich.

»Es wird Ihnen wenig helfen, sich mit Ihrem Alkoholproblem rauszureden«, bemerkte Ruth bissig.

»Das will ich gar nicht! Ich sage Ihnen einfach, wie es ist. Ich erinnere mich nicht mehr, wie es genau dazu kam, aber irgendwann war es dann so, dass ich Minka einmal in der Woche nachts besucht habe.«

»Wie lange ging das?«

»Ein paar Wochen.«

»Und ab wann?«

»Februar oder so.«

»Warum haben Sie erst so spät angefangen, Minka zu erpressen?«, fragte Ruth. »Ich meine, sie war doch schon eine Weile dabei. Warum also nicht früher?«

»Ich habe sie nicht erpresst«, meinte der Direktor schwach, »ich mochte Minka. Und ich wusste, dass Gil sie liebt. Die beiden waren meine wichtigsten Leute im Zirkus, die Stars! Die Zuschauermagneten! Klar hätte ich sie gern schon früher gevögelt, sie war ja eine schöne Frau. Aber ich habe mich zurückgehalten, weil sie mit Gil zusammen war. Irgendwann hat Gil mir erzählt, dass es zwischen den beiden kriselt, da hab ich es probiert. Aber ich erinnere mich nicht mehr genau daran. An irgendeinem Abend habe ich mich mit ihr unterhalten.«

»Unterhalten«, schnaubte Ruth, bevor sie fortfuhr. »Wussten Sie, dass Minka in Beppo verliebt war?«

Burkhard antwortete nicht sofort.

»Sagen wir mal so: Ich hatte eine Ahnung.«

»Waren Sie eifersüchtig?«

Jetzt verzog der Direktor das Gesicht zu einem abfälligen Grinsen.

»Auf einen Clown? Ich bitte Sie.«

»Sie hat ihn geliebt. Sie wollte mit ihm zusammen weggehen«, fuhr Ruth fort.

»Ach, so ein Unfug. Minka wäre nie vom Zirkus weggegangen«, winkte der Direktor ab, »die hat doch nur für ihre Nummer und für den Applaus gelebt! So verliebt konnte sie gar nicht sein, dass sie das aufgegeben hätte. Und was Ihren Vorwurf mit der Erpressung betrifft: Egal, wie es nun dazu gekommen ist, sie hatte jedenfalls ihren Spaß. Es hat ihr gefallen, wenn wir gebumst haben.«

Die Erinnerung zauberte dem Direktor ein seliges Lächeln ins Gesicht. Ruth hatte das Gefühl, dass sich ihr Magen umdrehen wollte.

»Sie hat Sie verabscheut, Herr Burkhard«, erwiderte sie trocken.

Burkhard starrte Ruth ungläubig an. Wahrscheinlich hatte er tatsächlich geglaubt, dass Minka Lust dabei empfand, unfreiwillig mit einem Mann zu schlafen, der immer stank, als wenn er in eine Wanne voller Mariacron gefallen wäre.

Männliche Egos, dachte sie, etwas, was man als Frau einfach nicht nachvollziehen kann.

»Ich glaube, wir haben alles«, murmelte sie und ging in Richtung des Hauptzelts davon.

Der Direktor widerte sie an, und sie wollte so schnell wie möglich weg von ihm und seiner Fahne. Aber traute sie ihm den Mord an Minka zu? Nein. Eigentlich nicht. Warum hätte er sie auch töten sollen? Er hatte ja seinen Spaß mit ihr. Es sei denn, Minka wäre so mutig gewesen, gegen ihn aufzubegehren, sich offen für Beppo zu entscheiden und damit gegen eine Fortführung ihres Arrangements.

Wir machen irgendetwas falsch, dachte Ruth gleichzeitig. Irgendetwas entgeht uns.

Ihr Blick fiel auf Beppos Wohnwagen. Was hatte er im Garten von Ursel Goldbacher zu suchen gehabt?

Sie fällte eine Entscheidung.

»Becht?«, fragte sie und drehte sich um, aber da war kein Becht.

Ach ja, sie hatte ihn ja bei dem besoffenen Direktor stehenlassen. Sie ging wieder ein Stück zurück. Ihr Chef schaukelte mit bedächtigen Schritten auf sie zu.

»Du bist einfach abgerauscht«, meinte er vorwurfsvoll.

»Ja, tut mir leid. Ich musste kurz nachdenken. Sag mal, wollen wir uns vielleicht aufteilen? Du befragst Gil und den Großen Voltano, und ich fahre mal kurz rüber nach Töpferrad und gucke mir den Garten von der Ursel genauer an?«

»Da pickt sich wohl jemand die Rosinen raus, was?«, feixte Becht.

Ruth machte dicke Backen und ließ die Luft geräuschvoll entweichen.

»Du kannst natürlich auch gern mitkommen.«

Becht sah auf seine Uhr.

»Es bleibt noch genug Zeit, um alles zu erledigen. Befragungen, Ursel und Zirkus.«

»Na dann mal los«, sagte Ruth.

# 9

## Ruth und Becht gucken in ein dunkles Loch

Normalerweise bestand Becht darauf, mit seinem Mercedes zu fahren. Er mochte Ruths alten Peugeot nicht.

»Seifenkiste«, hatte er erst neulich gebrummt, gerade so laut, dass Ruth es hören musste.

Heute verkniff er sich einen Kommentar, als Ruth wie selbstverständlich auf ihren Wagen zusteuerte und die Fahrertür aufschloss. Er folgte ihr und ließ sich schwerfällig in den Beifahrersitz plumpsen. Ruth hörte die Vorderachse ächzen. Becht war kein Fliegengewicht. Ruth lenkte den Wagen vom Hof des Präsidiums und fädelte sich in den Verkehr ein. Sie überlegte, dass sie und Becht die Strecke nach Töpferrad seit dem Mordfall Therese Schimmelpfeng nicht mehr zusammen gefahren waren.

In Saiblich bog sie auf die L27 ab, die durch den Hasenpfuhl zur Gotteshöhe hinaufführte und dort einen scharfen Knick nach rechts machte. Dahinter wurde die Strecke kurviger und es ging linker Hand den Töpferberg hinauf. Die Straße wand sich durch einen dichten Fichtenwald zur »Gemeinde auf dem Berg« hinauf; Ruths Peugeot wurde mit jedem Meter lauter, so dass sie irgendwann Mitleid mit dem Motor hatte und in den zweiten Gang runterschaltete.

Sie musste sich auf die Fahrbahn konzentrieren (diese dämlichen Serpentinen!), aber auf einem kurzen, geraden Straßenabschnitt traute sich Ruth, Becht einen Seitenblick zuzuwerfen. Dieser sah gedankenverloren aus dem Fenster.

Er war ungewöhnlich schweigsam. Normalerweise unterhielten sie sich im Wagen. Nicht notwendigerweise über die Arbeit, manchmal auch über belanglosen Kram. Über die aktuellen Nachrichten, das Wetter, Lina (den Hund, nicht Ruths Schwester) oder Hannelores Braten.

Becht hatte lang nicht mehr von Hannelore erzählt, fiel Ruth in diesem Zusammenhang auf.

»Ist komisch, nach all der Zeit wieder hier hochzufahren, oder?«, meinte sie in harmlosem Plauderton.

»Ich fahre die Strecke häufiger«, gab Becht zurück, den Kopf immer noch zur Seite gedreht.

»Ah ja?«

Warum? Die zweite Frage dachte sie nur.

Sie hatten den Fichtenwald hinter sich gelassen, der Motor des Peugeot wurde mit abnehmender Steigung wieder leiser. Sie passierten das Ortseingangsschild, auf dem

Willkommen in Töpferrad
Kreis Fels

stand, und Ruth hatte sogleich ein mulmiges Gefühl im Bauch. Sie mochte Töpferrad nicht besonders.

Die Töpferräder hielten sich für die Krone der Schöpfung, bloß, weil sie auf einem dusseligen Hügel wohnten – Hügel, richtig, denn ein Berg war das ganz sicher nicht. Da, wo sie herkam, in Österreich, da gab es Berge! *Hier* nicht.

Ruth war nicht in Österreich geboren, hatte aber über dreißig Jahre in Innsbruck gelebt und identifizierte sich mehr mit ihrer Wahlheimat als mit ihrem Geburtsort Katzbach in der Katzbacher Au, zu der auch Töpferrad gehörte. Zudem war ihre Mutter Agnes Linzerin gewesen, und Ruth war mit dem Klang ihres Dialekts groß geworden. Sie hatte ihre ersten zehn Lebensjahre in Katzbach verbracht, dann hatte sich schlagartig alles verändert. Der Vater hatte sich totgesoffen, die psychisch labile Mutter versuchte, sich das Leben zu nehmen, ihre Schwester, die inzwischen volljährig war, zog nach Hamburg. Das Jugendamt brachte die kleine Ruth in ein Kinderheim und fand zum Glück schnell eine nette Pflegefamilie. In gewisser Weise hatte Ruths Leben im Alter von zehn Jahren noch mal von vorn angefangen, zumal ihre neue Familie ihr eine Richtung gab: Ihr Pflegevater war Polizist.

Ruth merkte erst, dass sie sich in ihren Erinnerungen verloren hatte, als sie den ersten Kreisverkehr im Ort erreichten.

»Ich ... wo?«, stammelte sie.

»Geradeaus durch.«

Sie ließen die putzige Dorfkirche rechts liegen und bogen hinter dem Kirchplatz in den Langen Graben ab. Die Straße beschrieb einen Bogen, an dem sich niedliche Fachwerkhäuschen drängten, und traf nach etwa 500 Metern auf die Butterstraße. Diese bildete die Ostgrenze der Ortschaft. Jenseits der Häuser auf der rechten Straßenseite erhoben sich die dunklen Wipfel des Hakenforsts, die Gärten der Häuser grenzten unmittelbar an den Wald.

Wenn ihr jemand ein Haus an der Butterstraße *geschenkt* hätte, Ruth wäre nicht nach Töpferrad gezogen.

Sie parkte den Wagen vor dem Haus mit der Nummer 31. Sie und Becht waren noch nicht ganz ausgestiegen, da wurde die Haustür bereits geöffnet, und zwar von einer rundlichen Dame mit einer voluminösen Fönfrisur in einem hauchzarten Lilaton. Ursel Goldbacher war weit über achtzig, immer noch gut zu Fuß und kein bisschen niedlich. Sie musterte Becht und Ruth misstrauisch, als sie sich ihr auf dem Gehweg näherten. Die Bodenplatten wackelten und erzeugten dumpfe Geräusche, wenn sich die Schuhsohlen von ihnen lösten. Ruth musste an ein dilettantisch gespieltes Xylophon denken.

»Gestern Nacht ist keiner gekommen, als mich dieser Harlekin fast zu Tode erschrocken hat, aber jetzt, jetzt kommt ihr. Ich muss euch enttäuschen: Der Kerl ist nicht mehr da!«, begrüßte die alte Dame sie vorwurfsvoll.

Erschreckt, korrigierte Ruth in Gedanken.

»Hallo, Ursel, ich dachte Stadler und Höppner waren hier?«

»Das waren doch keine *Polizisten*!«, ereiferte sich Ursel. »Das waren ja Bengels allenfalls! Da wusste man ja nicht, vor wem man mehr Angst haben musste, vor dem Einbrecher oder diesen Halbstarken!«

Bechts Haaransatz rutschte nach hinten, als er die Augenbrauen hochzog.

»Eingebrochen? Der Clown ist bei dir eingebrochen?«

Ursel Goldbacher blickte peinlich berührt auf die Fußmatte, auf der sie in ihren fellgefütterten Hausschuhen stand.

»Was? Nein ... das habe ich nur so ...«, murmelte sie ausweichend.

»Wir sind ja jetzt da«, meinte Becht versöhnlich, »und möchten uns gern mal den Garten ansehen. Du kannst uns dabei noch mal in Ruhe erzählen, was passiert ist.«

Ursel Goldbacher bat sie herein und wies ihnen den Weg zur Terrasse. Dort stand ein roter Sonnenschirm über einem kleinen Holztisch mit zwei Stühlen. Auf dem Tisch lag eine aufgeschlagene Zeitschrift, daneben stand ein Glas mit einer gelben Flüssigkeit, wahrscheinlich Orangenlimonade. Der Garten war etwa dreimal so groß wie die Terrasse und von einem grünen Drahtzaun eingefasst. Die Äste der alten Fichten ragten bis auf Ursels Grundstück.

»Wo hast du den Clown denn gesehen? Und wo warst du?«, fragte Becht.

Es war erstaunlich, mit welcher Leichtigkeit Becht auch die betagteren Einwohner der Dorfgemeinden duzte. Becht schien wirklich jeden im Kreis Fels persönlich zu kennen.

»Also«, begann Ursel mit einer dramatischen Geste, »ich habe da neben dem Kamin gestanden und mir eins der Fotos auf dem Kaminsims angesehen, da ging der Bewegungsmelder an und der ganze Garten war hell erleuchtet. Das passiert schon mal, normalerweise sehe ich dann ein paar Wildschweine im Garten wühlen. Die reißen den Zaun nieder, als wäre er gar nicht da! Die machen alles kurz und klein, und am Ende steht man …«

»Verstehe«, grätschte Becht dazwischen, »und als Nächstes hast du gesehen, dass es dieses Mal kein Wildschwein war, sondern ein Mann.«

Ursel sah beleidigt aus. Sie hatte sehr wohl bemerkt, dass Becht ihr gerade über den Mund gefahren war, und das gefiel ihr nicht besonders. Sie strich sich eine zartlila Strähne aus der Stirn und machte einen Schritt nach vorn. Jetzt stand sie genau auf dem Übergang zwischen Terrasse und Rasen und zeigte mit ausgestrecktem Finger in den Garten.

»Er hat sich an meinem Brunnen zu schaffen gemacht.«

Ruth ging schnurstracks auf das kreisrunde Loch im Boden zu, das sich im hinteren Drittel des Gartens befand.

»Der Rasen«, rief Ursel hinter ihr, »ist ganz frisch nachgesät!«

Ruth überhörte den Kommentar geflissentlich. Sie hatte sich dem Brunnen auf fünf Schritte genähert, da entdeckte sie die Fußspuren in dem weichen Erdreich rings um das Loch. Der Brunnenrand bestand aus einem Kranz aus Backsteinen, die mit saftig grünem Moos überzogen waren. Das Loch hatte einen Durchmesser von etwas mehr als einem Meter. Es war ausgesprochen leichtsinnig, dass Ursel nichts darübergelegt hatte.

Wobei – es kam natürlich darauf an, wie tief das Loch war.

Becht war ihr gefolgt.

»Fußspuren«, sagte sie hektisch.

»Ich seh's. Sollen wir wirklich die Spusi holen?«, fragte Becht zögernd.

Ruth war ebenfalls unschlüssig. Durch einen fremden Garten zu laufen war an sich noch kein Verbrechen. Es war merkwürdig und Hausfriedensbruch, aber eigentlich kein Grund, die Kriminaltechnik zu bemühen und scharfes Geschütz aufzufahren.

»Ich weiß auch nicht«, gab Ruth zurück.

Becht deutete auf die linke Seite des Brunnenschachts.

»Guck mal, da. Der Fußabdruck ist doch ziemlich

deutlich. Wir bleiben einfach auf der rechten Seite vom Brunnen. Dann können wir hineinschauen und uns hinten im Garten umsehen und nachher noch mal überlegen, wie wir weiter verfahren.«

»Und wenn es später noch mal regnet, und der Abdruck verschmiert?«

»Wir legen irgendwas drüber. Es gibt doch bestimmt eine Abdeckung für den Brunnen.«

Der Plan war nicht besonders professionell, aber Ruth fiel im Moment auch kein besserer ein. Sie näherte sich dem Backsteinring von der rechten Seite und beugte sich dann so weit es ging vor.

Das war ein ziemlich tiefes, dunkles Loch.

»Ich seh gar nichts«, meinte sie enttäuscht.

»Ursel«, brüllte Becht, so laut, dass eine Amsel empört zwitschernd aus einer der Fichten am Rand des Grundstücks hinausflatterte, »wir brauchen eine Taschenlampe!«

Ursel schüttelte den Kopf und rief:

»Ich hab nur so einen Helm!«

»Einen Helm?«, flüsterte Becht Ruth zu. »Das gucke ich mir mal genauer an.«

Er stapfte zur Terrasse zurück. In der Zwischenzeit suchte Ruth den Boden und die Backsteine nach weiteren Spuren ab, konnte aber nichts Ungewöhnliches entdecken. Sie ging in die Hocke und hörte dabei ihre Knie knacken. Wahrscheinlich musste sie jetzt den Rest ihres Lebens in der Hocke vor Ursel Goldbachers Brunnen verbringen. Sie beugte sich noch einmal nach vorn und äugte vorsichtig in die Tiefe. Da war nichts als Dunkelheit.

Becht war zurück. In einer Hand hielt er eine viereckige Holzplatte, in der anderen eine Art verstaubten

Bergarbeiterhelm mit einer großen Stirnlampe daran. Ruth musste lachen.

»Würdest du den bitte kurz für mich aufsetzen?«

Becht war nicht zu Scherzen aufgelegt.

»Nicht jetzt, Ruthchen.«

Sie nahm die Holzplatte entgegen und legte sie über die Stelle mit dem Fußabdruck. Becht zog derweil die Lampe von dem Helm und betätigte einen Schiebeschalter an der Seite. Die Birne funktionierte und spendete ein unerwartet grelles Licht. Becht beugte sich vor und leuchtete in den Brunnenschacht hinein. Er war etwa zwei Meter tief, und man konnte bis zum Grund sehen, wo die nasse Erde feucht glänzte.

Der Schacht war leer.

Schweigend fuhren sie nach Fels zurück. Sowohl Becht als auch Ruth kämpften mit der Enttäuschung, überspielten ihre wahren Gefühle jedoch und taten so, als wären sie einfach nur nachdenklich oder ein bisschen müde.

Die Rückfahrt bergab durch den Fichtenwald fand Ruth noch anstrengender als den Hinweg. In engen Kurven ging es an zahlreichen Felsnasen vorbei zu Tal. Die Lenkung des Wagens war schwammig, was Becht glücklicherweise nicht bemerkte. Als sie den Fuß des Töpferbergs erreicht hatten und wieder auf die L27 bogen, atmete Ruth erleichtert auf.

»Was hat er da zu suchen gehabt?«, fragte Becht unvermittelt. »Vielleicht hätten wir doch die Maletta rufen sollen.«

»Noch können wir zurück«, entgegnete Ruth und nahm automatisch den Fuß vom Gaspedal.

Becht schwieg.

»Ein Brunnen«, begann Ruth, »eignet sich gut, um etwas verschwinden zu lassen. Ein Beweisstück zum Beispiel.«

»Ja, da habe ich auch schon drüber nachgedacht. Aber wie logisch ist es, dass man etwas so weit vom Tatort entsorgt? Ich meine, wenn der Clown zum Beispiel das Messer, mit dem das Seil angeschnitten wurde, hätte verschwinden lassen wollen, hätte es eine Mülltonne in der Fußgängerzone von Fels auch getan. Oder ein Gebüsch im Park. Warum nachts nach Töpferrad fahren und durch einen Garten streunen? Wie ist er da überhaupt hingekommen? Und warum kennt er sich in Töpferrad aus?«

Ruth hatte keine Antworten auf diese Fragen, aber sie war sich einer Sache ganz sicher: dass es tatsächlich Beppo gewesen war, den man mitten in der Nacht in Ursel Goldbachers Garten gesehen hatte.

»Was machen wir denn jetzt?«

Becht zuckte die Achseln.

»Das, was wir am besten können. Fragen stellen.«

»Zurück zum Zirkus?«

»Ja.«

In diesem Moment klingelte Bechts Handy. Es war Helene Maletta, die berichtete, dass sie gemeinsam mit Aschmann im Zirkus gewesen sei, um Fingerabdrücke von sämtlichen Verdächtigen zu nehmen. Anscheinend hatte niemand protestiert.

»Wenn es einer von denen war, hat er also Handschuhe getragen«, bemerkte Ruth trocken.

»Oder sie«, ergänzte Becht.

»Stimmt. Oder sie.«

»Mit wem müssen wir noch sprechen?«

Ruth dachte kurz nach.

»Mit dem Fiesen Voltano und mit Gil. Na ja, und eigentlich auch mit Putzi. Wobei ich das Gefühl habe, dass wir uns das sparen können.«

»Der Direktor hat die Wahrheit gesagt, oder?«

»Ja, ich denke schon.«

»Hast du grad *Fieser Voltano* gesagt?«

Ruth brummte.

»Passt besser«, meinte Becht.

»Den knöpf ich mir vor, okay?«

»Abgemacht. Dann nehme ich Gil. Und anschließend machen wir ein paar Stunden Pause, schlage ich vor. Und treffen uns um 20 Uhr wieder zur Vorstellung.«

Ruth war einverstanden. Dieses Mal fuhr sie direkt mit dem Wagen bis zum Zirkus und parkte vor dem Eingang. Die Wasserstoffblondine von der Kasse kam aus ihrem Tickethäuschen hervorgeschossen. Sie wollte gerade etwas sagen, als sie Becht und Ruth erkannte, und verkrümelte sich schnurstracks wieder in ihr Häuschen.

»Die müssten wir auch befragen«, bemerkte Becht mit zerknirschtem Gesichtsausdruck.

»Ich denke, wir sollten uns zunächst auf den verdächtigeren Täterkreis konzentrieren.«

»Dann gibt es also die Verdächtigen und die Verdächtigeren?«, meinte Becht amüsiert.

»Du weißt schon, wie ich das meine.«

Sie trennten sich im Vorzelt, da Ruth von einem der Motorradjungs die Information erhielt, dass der Große Voltano in der Manege war und seine Nummer probte. Sie ging durch die Tür zwischen den Rängen ins Hauptzelt hinein. Vor ihr stand der Zauberer im Rampenlicht auf der Bühne – in Boxershorts und mit nacktem Oberkörper. Er bemerkte Ruth nicht und redete laut mit sich selbst.

»Meine Damen und Herren, aufgepasst, so was haben Sie Ihr Lebtag noch nicht gesehen. Erst ist die Kugel in dieser Hand, dann in dieser Hand und dann …? Na, was haben Sie denn da hinter dem Ohr! Tut das nicht weh?«

Dann lachte der Zauberer laut. Es klang übertrieben und künstlich.

Der Große Voltano ging seinen Text durch.

Ruth beschloss, ihm eine Weile zuzusehen. Sie setzte sich leise auf einen Platz in der ersten Reihe. Sie gab es nicht gern zu, aber der Zauberer war gut. Er ließ vor ihren wachen Augen Dinge verschwinden und wieder auftauchen, verwirrte, jonglierte, quatschte unbekümmert und lachte.

Illusionen, dachte Ruth. Alles nur Illusionen.

Es dauerte fast zehn Minuten, bis der Große Voltano sie entdeckte.

»Ach, Frau Polizistin«, sagte er, »wie lange sitzen Sie denn schon da? Beobachten Sie mich etwa?«

Ruth nickte.

»Aus rein beruflichen Gründen, nehme ich an.«

»Da können Sie Gift drauf nehmen.«

Der Große Voltano lachte dreckig.

»Wer hat alles gewusst, dass Sie Minka erpresst haben?«

Ruth ließ sich nicht lang bitten.

»Erpresst? Ich habe Minka nicht erpresst!«

»Es stand so in ihrem Tagebuch. Sie haben ihr gedroht, sie und Beppo beim Direktor anzuschwärzen. Und Sie haben sie gezwungen, mit ihr … Dinge zu machen, damit Sie dichthalten.«

Der Große Voltano zog die Augenbrauen hoch.

»Dinge? Was denn für Dinge?«

Jetzt verließ er die Bühne und kam langsam auf Ruth zu. Er schlenderte, wiegte sich leicht in den Hüften und wirkte sehr selbstsicher, über alle Zweifel erhaben. Auf seinen grünen Boxershorts waren kleine fleischfarbene Penisse abgedruckt, ein Detail, das Ruth erst bemerkte, als der Zauberer nur noch einen Meter von ihr entfernt war.

»Ich würde es vorziehen, wenn Sie sich etwas anziehen würden, während wir uns unterhalten«, meinte sie kühl.

»Wenn Sie Ihren Besuch angemeldet hätten, hätte ich mich für Sie hübsch gemacht, Frau Kommissarin«, flüsterte der Zauberer anzüglich.

»Meine Güte, sind Sie widerlich«, entfuhr es Ruth.

Der Große Voltano zuckte zurück und legte seine großen Hände auf seine Brust.

»Wie bitte? Sie verletzen meine Gefühle!«

Er lachte über seinen Witz.

»Beantworten Sie einfach meine Frage. Ich möchte nicht mehr Zeit in Ihrer Gegenwart verbringen als nötig.«

»Wie war noch mal die Frage?«

Jetzt stand Ruth von ihrem Stuhl auf.

»Gut. Dann sind Sie morgen um 10 Uhr auf dem Präsidium. Wenn Sie nicht kommen, werde ich Sie vorladen lassen.«

Sie wandte sich zum Gehen.

»Keiner hat es gewusst«, antwortete der Große Voltano jetzt.

Na bitte, dachte Ruth. Geht doch.

»Wann haben Sie Minka zum letzten Mal gesehen?«

»Zum Bumsen oder wann insgesamt?«

Ruth dachte, dass Menschen wie der Große Voltano nur das Eine konnten. Aber jemanden wirklich lieben, das konnten sie nicht.

»Wenn Sie so fragen: beides.«

»Gefickt habe ich sie das letzte Mal am Sonntag. Und gesehen habe ich sie das letzte Mal bei der Teambesprechung gestern Nachmittag.«

Die Teambesprechung, huschte es Ruth auf einmal durch den Kopf.

»Hat bei der Teambesprechung eigentlich irgendjemand gefehlt?«, fragte sie alarmiert.

»Nee. Ich glaube nicht. Waren alle da.«

»Und kam irgendjemand zu spät?«

»Ja, Gil und Lai Lai. Wieso?«

Ruth wurde heiß. Sollte es wirklich so sein, dass ausgerechnet dieser Widerling von einem Zauberer ihr zu einem kleinen Durchbruch verhalf?

»Danke, das war's schon«, stammelte Ruth.

»Wie? Und jetzt lassen Sie mich hier einfach so stehen?«, feixte der Zauberer.

»Lassen Sie sich doch einfach verschwinden«, schlug Ruth vor, »das können Sie doch so gut.«

Damit schritt sie durch die schwarze Tür in der schwarzen Wand und ließ den Großen Voltano allein in der Manege zurück.

# 10

## Ruth findet einen geheimen Eingang

»Becht! Ich muss dir was sagen!«

Ruth hämmerte mit ihren Fäusten gegen die Tür von Gils Wohnwagen.

Becht öffnete die Tür selbst. Er sah Ruth an, als wäre sie nicht ganz bei Trost.

»Was brüllst du denn hier so rum?«, zischte er. »Ich bin mitten im Gespräch!«

Im Hintergrund erkannte Ruth Gil am Tisch sitzend. Er hatte ein großes Pflaster auf der Stirn und sein rechtes Auge war dunkel umrandet. Die Motorradjungs hatten ihm anscheinend ein Veilchen verpasst.

»Ich weiß, es tut mir leid. Aber ich muss dir dringend was sagen. Die Teambesprechung! Wir haben nicht richtig zugehört! Bei der Teambesprechung haben sich alle versammelt, alle Zirkusmitarbeiter waren anwesend. Und rat mal, wer zu spät gekommen ist: Gil und Lai Lai! In der Zeit konnten die beiden wunderbar das Trapez manipulieren.«

Becht machte nicht das Gesicht, das sich Ruth erhofft hatte, im Gegenteil. Er runzelte die Stirn.

»Das ist eine Möglichkeit, aber nicht des Rätsels Lösung«, meinte er nüchtern.

Ruth spürte, wie ihr angespanntes Gesicht schlaff wurde.

Nicht?

»Ich werde Gil fragen, warum er zu spät gekommen ist

und auch, ob er inzwischen wieder mit Lai Lai zusammen ist. Aber unser Problem bleibt bestehen, Ruthchen: die Beweislage. Wir können hier niemandem irgendetwas beweisen. Uns fehlt das Messer, wir haben kein wirklich überzeugendes Motiv und keine Zeugen.«

Er redete leise und schnell, beides eher untypisch für Becht. Ruth hing an seinen Lippen und fühlte sich schlecht. Er hatte recht. Sie war vorgeprescht, weil sie einen Strohhalm im Wasserglas erspäht hatte und sich daran festklammern wollte.

»Okay«, meinte sie kleinlaut, »ich wollt's auch nur gesagt haben.«

»Ich bin gleich fertig. Warte auf mich.«

Damit schloss Becht die Tür wieder, und Ruth blieb allein zurück. Die Sonne brannte in ihrem Nacken, ihr Poloshirt war unter den Achseln schweißnass. Sie schlenderte an den Wohnwagen der Artisten und am Wohnmobil des Direktors vorbei. Sie lief weiter, zwischen dem Bauzaun und der Außenwand des Hauptzelts entlang in Richtung Eingangsbereich.

Es war merkwürdig still – sommerstill –, und das mitten im Mai. Selbst die Vögel hielten ihre Schnäbel. Das einzige Geräusch, das Ruth begleitete, waren ihre Schritte. Das Leder ihrer Turnschuhe ächzte leise. Sie verlangsamte ihre Schritte.

Die Farben Blau und Gelb auf dem Zirkuszelt zu ihrer Linken wechselten sich ab. Kein skandinavisches Möbelhaus, sondern ein Fachmann für Kinderträume und staunende »Ohs« und »Ahs«. Jetzt schob sich die äußerste Ecke des Kassenhäuschens in Ruths Blickwinkel, sie hatte das Zirkuszelt fast komplett umrundet. Da entdeckte sie unverhofft den Riss in einem gelben Abschnitt der Zeltwand. Er war etwa einen Meter hoch und hatte ausgefranste Ränder, so dass weiße Fasern zwischen der gelben Beschichtung hervorlugten. Entweder hatte jemand einen bereits bestehenden, kurzen Riss durch Auseinanderziehen verlängert oder ein stumpfes Werkzeug benutzt.

Ein Messer mit einer gewellten oder gezackten Klinge zum Beispiel?

Ruth hielt inne. An dieser Stelle war man gut vor unliebsamen Blicken geschützt. Der perfekte Ort, um ungesehen in das Zelt einzusteigen.

Oder sah sie etwa Gespenster?

Ruth lief weiter Richtung Eingang. Hinter dem Kassenhäuschen war der Bauzaun aus dem Betonfuß gehoben worden, so dass ein Spalt frei war, durch den ein schlanker Erwachsener seitlich problemlos hätte hindurchschlüpfen können.

Ruth nicht. Sie blieb mit dem Po hängen. Der Bauzaun erzitterte und gab ein metallisches Sirren von sich. Sie schob den Zaun ein Stück weiter zur Seite und ging um das Häuschen herum. Die Blondine saß hinter einer halb geöffneten Glasscheibe und blätterte gelangweilt in einem Magazin. Als sie Ruth bemerkte, ließ sie das Heft schnell unter dem Tisch verschwinden.

»Hallo«, sagte Ruth knapp, »der Bauzaun hinter dem Häuschen ist verschoben. Da kann man seitlich durchschlüpfen.«

Die Blondine schaute sie neugierig an.

»Das ist unser inoffizieller Eingang.«

»Unser? Wer nutzt den denn alles?«, hakte Ruth nach.

»Na, wir alle.«

Ruth dachte kurz nach.

»Kommt man da immer durch?«

Die Blondine verstand nicht, worauf Ruth hinauswollte.

»Nee, wir machen da zu, wenn der Chef kommt.«

»Ach, der darf das nicht wissen?«

»Nee, natürlich nicht. Wir sind auch vorsichtig. Das wäre ja schlecht für den Zirkus, wenn die Leute wüssten, dass man da ohne zu bezahlen durchkommt. Also, ich meine, da hinten ist ja fast immer jemand. Hinten stehen ja die ganzen Wohnwagen und so. Aber trotzdem. Da könnten wir ja regelmäßig irgendwelche Kinder rausfischen, die nicht genug Taschengeld gespart haben.«

Die Frau lächelte. Ihre Zähne waren dunkelgelb, und Ruth sah eine Goldkrone im Unterkiefer aufblitzen.

»Gestern früh, war der Bauzaun da verschoben?«

»Gestern früh? Ich weiß nicht. Kann schon sein.«

Ruth schürzte die Lippen.

»Kommen Sie doch bitte mal kurz mit rum«, forderte sie die Blondine auf. »Keine Angst, ich will Ihnen nur etwas zeigen.«

Ruth führte sie zu dem langen Riss in der Zeltwand.

»Kennen Sie den?«

»Heijeijei, diese Kinder«, murmelte die Blondine und beugte sich vor.

Sie streckte den Arm aus, um die Stelle zu berühren; Ruth packte sie blitzschnell fest am Handgelenk.

»Nicht anfassen«, stieß sie hervor.

Die Blondine wirkte verwirrt.

»Warum nicht?«

»Ist der Riss neu?«

Die Frau dachte kurz nach.

»Arno hat noch in Augsburg ein großes Loch geflickt. Da waren wir vor Fels«, erläuterte sie. »Er kontrolliert die Zeltwände eigentlich täglich.«

Eigentlich täglich, dachte Ruth. Das hieß wahrscheinlich so viel wie einmal wöchentlich.

»Wer ist Arno?«

»Einer von den Motorradfahrern.«

»Und wo finde ich den?«

»Der sitzt wahrscheinlich auf der Wiese und raucht.«

»Danke.«

Ruth ließ die Blondine stehen und machte sich auf die Suche nach Arno.

Als Ruth nach Hause kam, freute sich Lina so sehr, dass sie ihre Blase auf den Küchenfliesen entleerte.

Glücksinkontinenz.

Ruth beruhigte das Tier mit einem Kauknochen und ging ins Obergeschoss, um sich umzuziehen. Dabei irrten wirre Gedanken durch ihren Kopf. Arno war nicht auffindbar gewesen, und niemand hatte gewusst, wo er steckte. Ruth wollte ihn im Anschluss an die Vorführung am Abend abfangen und fragen, ob er das Loch im Zelt kannte oder ob es neu war.

Bechts Gespräch mit Gil war erwartungsgemäß unergiebig gewesen. Der Trapezkünstler hatte nicht geglaubt, dass Minka etwas mit dem Zirkusdirektor, Beppo und dem Großen Voltano gehabt haben sollte. Er blieb dabei, dass er mit Minka zusammen und sehr glücklich gewesen war. Und zur Teambesprechung war er zu spät gekommen, weil er eine längere Sitzung auf der Toilette hatte.

Ruth verzog das Gesicht. Was für eine grandiose Ausrede. *Ich kann den Mord nicht vorbereitet haben, ich hatte nämlich Verstopfung und bin nicht vom Klo runtergekommen.*

Mein Darm ist mein Zeuge.

Ruth nahm ein frisches T-Shirt aus dem Kleiderschrank und sah aus dem Schlafzimmerfenster. Der Weizen auf dem Feld neben dem Haus stand schon fast hüfthoch. Die roten Punkte dazwischen waren Klatschmohnblüten. Sie wiegten sich sinnlich in der leichten Brise.

Hübsch, dachte Ruth.

An der Haustür im Erdgeschoss wurde der Schlüssel umgedreht. Lina fing an zu kläffen.

»Ruth?«

Ruths Miene hellte sich auf. Simon!

»Ich bin oben«, rief sie.

Simon marschierte in die Küche und wurde stürmisch von Lina begrüßt.

»Tritt nicht in die Pfütze, Lina hat sich eingepinkelt!«, warnte Ruth.

Doch da fluchte Simon bereits.

Ruth zog die Luft ein und machte den Knopf an ihrer Jeans zu. Sie stieg ins Erdgeschoss hinab und erspähte vom Flur aus, wie Simon auf den Knien durch die Küche robbte und den Boden mit einem Küchentuch trocknete. Lina stand wedelnd neben ihm.

»Das muss man eigentlich mit dem Schrubber machen«, bemerkte Ruth. »Was machst du denn hier?«

»Komme ich ungelegen?«

»Nein, nein«, beeilte sich Ruth zu sagen, »gar nicht. Schön, dass du da bist.«

Simon richtete sich auf.

»Hast du was zu essen? Ich sterbe vor Hunger«, meinte er.

Er war ein bisschen blass um die Nase.

»Ich hab noch einen Fertigsalat im Kühlschrank«, erwiderte Ruth und holte einen Teller aus dem Küchenschrank. »Geht's dir nicht gut?«

»Doch, doch, ich bin bloß müde. Ist spät geworden gestern.«

Simon setzte sich auf die Eckbank und starrte den Schokohasen an, der in einem Osternest mit grünem Papiergras auf dem Tisch hockte.

»Darf ich deinen Hasen essen?«, fragte Simon.

Ruth starrte erst Simon, dann den Hasen an, ein Geschenk von Becht. Sie machte sich nicht viel aus Süßigkeiten, obwohl ihre Figur etwas anderes vermuten ließ. Der Hase stand schon seit Wochen in der Küche herum. Ruth brachte es nicht übers Herz, ihn wegzuwerfen.

»Klar. Aber erst gibt's was Gesundes!«

Ruth setzte ihrem Stiefsohn den Salat, Teller, Messer und Gabel vor und nahm ihm gegenüber Platz.

»Warst du in der Nähe?«, wollte sie wissen, aber Simon reagierte ausweichend.

»Nee, nicht so richtig. Mehr so auf der Durchreise.«

Er war in erster Linie auf die Nahrungsaufnahme fokussiert.

»Ich habe gedacht, du wärst schon wieder nach Wien zurückgefahren.«

»Morgen.«

Ungefähr so muss es für Becht sein, wenn ich maulfaul bin, dachte Ruth und seufzte.

»Hast du Lust, nachher mit in den Zirkus zu kommen?«

Jetzt hob Simon den Kopf mit der lockigen Tolle.

»Zirkus? Wo du ermittelst?«

»Ja. Wir schauen uns die Vorführung heute Abend an. Als Teil der Ermittlungen.«

»Ich könnte also mit ermitteln?«

»Genau.«

Simon wischte sich einen Dressingklecks vom Kinn.

»Warum nicht?«, meinte er dann.

»Bist du noch sauer auf mich?«, wollte Ruth wissen.

Simon sah sie nicht an, als er antwortete.

»Ich war überhaupt nie sauer auf dich, Ruth. Ich war nur traurig.«

»Das ist viel schlimmer.«

Simon lachte.

»Ich komm schon drüber weg.«

»Wo übernachtest du eigentlich in Katzbach, wenn du nicht bei mir übernachtest?«, fragte Ruth unvermittelt.

»Ganz schön neugierig, was?«, konterte Simon amüsiert.

»Berufskrankheit.«

»Erzähl ich dir vielleicht ein andermal«, antwortete Simon und genoss es sichtlich, Ruth am ausgestreckten Arm verhungern zu lassen.

Er zog das Osterkörbchen mit dem Schokohasen zu sich heran, befreite die Ohren von der goldenen Einschlagfolie und biss hinein. Während Ruth ihren Stiefsohn beim Kauen beobachtete, kam ihr ein Gedanke:

Es gibt immer eine festgelegte Reihenfolge.

Osterhasen zum Beispiel hatten gewöhnlich als Erstes den Verlust ihrer Ohren zu beklagen. Zumindest hatte

Ruth noch niemanden getroffen, der zunächst beherzt in das Hasengesäß biss. Und die »Zerbrösler« konnte man auch an einer Hand abzählen – die, die Hasen gleich komplett opferten, in kleine Stücke zerbrachen und Gästen in einem Tonschüsselchen anboten. Schokoragout. Wenn das Ursprungstier nicht mehr zu erkennen war, tat einem der Verzehr nicht mehr so leid.

Simons Kiefer mahlten langsamer.

»Was guckst du denn auf einmal so?«

»Ach, nichts«, winkte Ruth ab.

»Ach! Das wollte ich dir noch zeigen!«

Simon zog sein Portemonnaie aus der Gesäßtasche und nahm ein Foto aus dem Geldscheinfach, das er Ruth über den Tisch reichte. Es war in der Mitte geknickt und zeigte Ruth als junges Mädchen. Sie musste unwillkürlich lächeln. Sie konnte sich gut an den Tag und den Ort erinnern, an dem das Bild aufgenommen worden war. Sie saß auf einem Holzsteg, ließ die Beine in den Chiemsee baumeln und drehte den Kopf über die linke Schulter nach hinten, um dem Fotografen zuzulächeln. Wilhelm hatte das Foto gemacht, ihr älterer Cousin.

Das war mehr als 40 Jahre her.

»Erinnerst du dich daran?«, fragte Simon.

Ruth nickte.

»Hat Maui dir das gegeben?«

Simon schüttelte den Kopf.

»Nein. Ich habe es gefunden. Und eingesteckt.«

Ruth sah Maui vor ihrem inneren Auge, wie er alle Erinnerungen an Ruth in einer Umzugskiste an den Straßenrand stellte. Auf Nimmerwiedersehen. Ihre Miene verdunkelte sich. Simon schien es nicht zu bemerken.

»Du hast mal richtig gut ausgesehen«, sagte er und strahlte Ruth an.

Ruth kräuselte die Lippen.

»Ich bedanke mich für das Kompliment und ignoriere die Beleidigung«, erwiderte sie.

Simon begriff erst nicht, dann fing er an zu lachen.

»Nein, ich ... So hab ich das doch gar nicht ...«, stammelte er.

Ruth winkte ab.

»Da kommst du jetzt nicht mehr raus.«

Simon brach in schallendes Gelächter aus. Als er sich beruhigt hatte, fragte er:

»Möchtest du es haben?«

»Möchtest du es behalten?«

Simon antwortete verlegen:

»Ich habe so gut wie keine Fotos von dir.«

»Dann behalt es.«

Simon steckte das Foto wieder ein.

Sie unterhielten sich noch eine Weile über dies und das, dann wurde es Zeit, zum Zirkus aufzubrechen.

# 11

## Ruth schnuppert Zirkusluft

*Das* ist Zirkus, dachte Ruth, als sie gemeinsam mit Simon und Becht das Vorzelt betrat. Bunte Lichter tauchten die Getränketheke und den Imbisswagen in rotes, grünes und gelbes Licht, Beppo, der Clown, ging zwischen den wartenden Gästen umher, schüttelte Hände und spritzte kleine Kinder mit der Scherzblume an seinem Kostüm nass. Eltern kauften große Tüten Popcorn, die so voll waren, dass sie überquollen wie zu voll gezapfte Biergläser – die weißen Körner rieselten zu Boden wie dicke Schneeflocken. Aus mehreren Lautsprechern dröhnte Musik.

In einer der Verkäuferinnen an der Bar erkannte Ruth Jin, die Schlangenfrau, wieder. Sie hatte sich die Haare zu einem dicken Zopf geflochten und am Hinterkopf hochgesteckt. Ihre Wimpern waren schwer von Mascara und sie trug ein fließendes Gewand, das wie Fischschuppen schimmerte. Sie sah wie ein völlig anderer Mensch aus. Falls sie Ruth erkannt hatte, ließ sie es sich nicht anmerken. Simon kaufte eine Flasche Cola und zwei Bier. Ruth griff automatisch nach der Colaflasche, aber Simon zog die Hand zurück.

»Es ist Sonntag. Du darfst heute ein Bier trinken«, sagte er.

»Ich bin im Dienst«, widersprach Ruth.

Simon schüttelte den Kopf.

»Du trinkst jetzt ein Bier. Keine Widerrede.«

Er nahm Ruths Hand und drückte ihr eine Bierflasche hinein.

Die Cola bekam Becht.

»Ich hol noch schnell Popcorn.«

Simon verschwand in der Menschenmenge.

Becht hatte Ruths Blick bemerkt. Er beugte sich zu ihr hinunter und flüsterte:

»Wir können uns das Bier teilen.«

Ruth hatte nichts (Halb-)Privates mehr mit Becht unternommen, seit seine Frau Hannelore sie im Februar zu Bechts Geburtstagsessen eingeladen hatte. Der jüngere von Bechts Söhnen, Moritz, war auch da gewesen. Er war in Bechts Fußstapfen getreten und arbeitete bei der Kripo in München. Zu viert hatten sie bis Mitternacht in der Küche zusammengesessen und trockenen Rotwein getrunken.

Ruth musterte ihren Chef. Er sah noch haargenau so aus wie am Nachmittag. Er hatte nicht einmal sein Hemd gewechselt.

»Warst du überhaupt zu Hause?«, fragte sie unvermittelt.

Becht schüttelte den Kopf.

»Ich war bei meiner Freundin.«

Ruth hätte sich dramatische Musik als Vorankündigung gewünscht oder sonst irgendeine Art von Einleitung. Sie fühlte sich vor den Kopf gestoßen und starrte ihren Chef mit großen Augen an. Ihr wollte keine sinnvolle Erwiderung einfallen.

»Ich habe gemerkt, dass du es gemerkt hast«, fuhr Becht fort. »Ich hätte auch gern früher mit dir darüber geredet, aber ich wollte warten, bis es offiziell ist.«

Ruth war noch immer sprachlos.

»Hannelore weiß schon eine Weile Bescheid, aber ich musste noch mit den Jungs reden. Das ist mir sehr schwergefallen. Gerade Moritz hängt ja sehr an seiner Mutter. Und an mir.«

»Ist es die Bernd?«, platzte Ruth heraus.

»Anne Bernd? Wie kommst du denn darauf?«

Ruth schüttelte den Kopf.

»War nur so ein Gedanke«, beeilte sie sich zu sagen, »vergiss es einfach schnell wieder.«

»Es ist Billa.«

Ruth schluckte. Sie war ein Idiot. Eigentlich hätte sie auch von selbst draufkommen können.

Sibylle Schimmelpfeng war die Großmutter von Therese, der jungen Frau, die im Januar ermordet worden war. Bei den Verhören war Ruth bereits aufgefallen, dass Becht von Billa sehr angetan war. Dass es sich andersherum ebenso verhielt, war ihr allerdings entgangen.

»Und wie lange geht das schon?«

»Seit Februar.«

Ruth dachte an das Geburtstagsessen und an Hannelores freundliches Gesicht.

»Wie hat deine Frau es aufgenommen?«

»Schlecht.«

Plötzlich stand Simon neben ihnen, und Becht wechselte sofort das Thema. Er stellte ihm Fragen zu seinem Studium, und Ruth tat so, als würde sie interessiert zuhören, aber in Gedanken war sie woanders. *Ich habe eine Freundin*. Becht hatte stolz geklungen. Oder bildete sich Ruth das bloß ein?

Ein paar Minuten später ertönte ein Gong, und die

Menschenmenge schob sich langsam an zwei Kartenabreißern vorbei ins Hauptzelt. Einer von ihnen war Jurij. Ruth nickte ihm kurz zu, und er erwiderte ihren stummen Gruß.

Ruth, Becht und Simon hatten Freikarten für den B-Block bekommen, mit direkter Sicht auf die Bühne. Als es in der Manege dunkel wurde, versank Ruth für zwei Stunden in einer anderen Welt. Zuerst hieß Zirkusdirektor Burkhard das Publikum willkommen. Was er während des letzten Verhörs über sein Trinkverhalten erzählt hatte, traf zu: Er wirkte nüchtern und souverän, als er seine Ansprache hielt, unterstützt von großen Gesten und einer theatralischen Mimik. Den Todesfall vom Vortag ließ er unkommentiert.

Der Gedanke, dass in einer der vielen Sitzreihen um sie herum möglicherweise irgendjemand ohne es zu wissen auf dem entscheidenden Beweis hockte und ihn gerade mit seinem Hinterteil zerstörte, bereitete Ruth nur einen Sekundenbruchteil Bauchschmerzen. Sie würden den Mörder auch so finden.

Koste es, was es wolle.

Ein Raunen ging durch die Menge, als die ersten Akrobaten über den Boden der Manege wirbelten und eine fünfstöckige menschliche Pyramide bildeten. Die Vorführung verging wie im Flug. Es wurde jongliert, getanzt, gezaubert und rumgealbert. Selbst Ruths sonst so kritischer Stiefsohn hatte Spaß.

Bei der letzten Nummer hingen Lai Lai und Gil gemeinsam am Trapez und vollführten waghalsige Kunststücke. Ruth verschlug es den Atem. Sie dachte an Minka. Und daran, wie die junge Frau plötzlich bei einer ihrer Drehungen gemerkt haben musste, dass das Seil ihr Gewicht nicht mehr hielt.

Ruth nahm einen großen Schluck Bier.

*Das* ist Zirkus, dachte sie noch einmal.

Becht tippte auf seinem Handy herum. Wahrscheinlich schrieb er Billa Schimmelpfeng. Ein eigenartiger Gedanke war das. Ihr Chef, von dem man sicher gesagt hätte, dass er die besten Jahre bereits hinter sich hatte, hatte eine Freundin. Er fing noch mal von vorn an, mit mehr als sechzig Jahren.

Und sie, Ruth? Sie dachte immer noch wehmütig an ihren Ex.

Plötzlich legte Simon seine Hand auf ihre und lächelte sie an. Wenn sie die Fähigkeit gehabt hätte zu weinen, hätte sie es in diesem Moment getan.

# 12

## Imina Kern hat einen nächtlichen Besucher

Die junge Frau saß weit vorgebeugt über dem Schreibtisch. Ihre Nasenspitze berührte fast die Seiten des Buchs, aus dem sie bis eben die Namen verschiedener Knochen herausgeschrieben hatte. Die, die sie sich am wenigsten merken konnte.

Ihre Brille rutschte Millimeter für Millimeter nach unten. Sie schob sie wieder hoch und hob den Kopf. Schon 2 Uhr. Zeit, ins Bett zu gehen.

Imina Kern richtete sich auf. Ihr gesamter Körper war steif geworden, alles tat weh. Das Steißbein, der Rücken, der Nacken, die Schultern. Wenn bloß die Prüfung bald vorüber war! Sie konnte sich nicht erinnern, wann sie das letzte Mal durchgeschlafen hatte.

Solange ihr Vater mit seiner neuen Frau im Urlaub war, nutzte Imina sein Büro zum Lernen. Auf dem Weg in ihr Schlafzimmer im Obergeschoss machte sie einen Umweg durch die Küche. Sie tapste auf nackten Füßen über die Fliesen und fragte sich, ob es ihre Füße oder doch die Fliesen waren, die so klebten und schmatzende Geräusche verursachten. Sie hielt ein Glas unter den Wasserhahn und ließ kaltes Wasser hineinlaufen. Sie trank viel zu wenig. Hatte sie nicht erst vorgestern etwas über die Folgen der Dehydratation gelesen?

Da vernahm sie ein eigenartiges Geräusch. Sie hielt mitten in der Bewegung inne und lauschte. Da. Schon wieder. Es war ein Scharren, gleichmäßig. Chrr. Chrr. Dazwischen immer wieder Ruhe.

Das Geräusch kam aus dem Garten.

Auf Zehenspitzen pirschte sich Imina an die Terrassentür heran. Hinten, im Garten, bewegte sich etwas. Die Haare an ihrem Unterarm richteten sich auf.

Sie stellte das Wasserglas auf dem Wohnzimmertisch ab und öffnete behutsam die Terrassentür. Sie glitt leise zur Seite.

Jetzt konnte Imina das Scharren noch deutlicher hören.

Chrr. Chrr.

Sie erkannte eine schemenhafte Gestalt, die sich immer wieder vor- und zurückbeugte. Und urplötzlich innehielt. Einige Sekunden lang Stille.

Iminas Herz begann zu rasen. Sie konnte es in ihren Ohren pochen hören.

Dann rührte sich die Gestalt wieder.

Imina nahm all ihren Mut zusammen und trat auf die Terrasse hinaus. Die Nacht war sehr dunkel. Sie konnte die Fichten am hinteren Ende des Grundstücks nur erahnen. Sie schlich über die Terrassensteine auf den Rasen und versuchte, ihre Angst hinunterzuschlucken.

Das Geräusch war jetzt ganz nah. Da stand ein Mann mit einer Schaufel. Er stemmte das Gerät in den Boden und schippte die Erde zur Seite.

Er buddelt eine Grube, dachte Imina.

Auf einmal drehte er sich um, ohne Vorwarnung.

Sein Gesicht war kalkweiß, sein Blick dunkel und böse. Imina wollte loskreischen, aber ihre Stimme versagte ihren Dienst. Sie drehte sich um und rannte zum Haus zurück, so schnell sie konnte.

Aber er war schneller.

Um 3 Uhr morgens klingelte es, entweder in ihrem Traum oder in ihrer Hosentasche. Der Klingelton gehörte jedenfalls nicht zum Telefon unten im Flur, sondern zu ihrem Handy.

Ruth schlug die Augen auf und starrte an die Decke. Es war stockfinster im Zimmer.

Das Geräusch kam tatsächlich aus ihrer Jeans – oder zumindest aus der Richtung, in der der Sessel stand, die Erweiterung von Ruths Kleiderschrank.

Das Klingeln verstummte.

Es dauerte keine zehn Sekunden, da schrillte das Telefon unten im Flur. Dieses Mal schlug Lina an. Das Bellen jagte Ruth den Rest Müdigkeit aus dem Körper. Sie stürzte beinahe auf den Bettvorleger und eilte die Treppe hinunter.

Es war Becht.

»Du musst sofort kommen. Nach Töpferrad. Butterstraße 45.«

Ruth dachte »Butterstraße?« und hustete in den Hörer.

»Bist du schon dort?«

»Ja, ich war sowieso in Töpferrad«, gab Becht zurück.

Ruth verstand. Er war bei Billa.

»Was ist passiert?«, wollte sie wissen.

»Eine junge Frau hat einen Eindringling auf ihrem Grundstück gestellt«, antwortete Becht.

»Einen Clown?«

»Einen verkleideten Mann, ja.«

»Ich bin in fünfzehn Minuten dort.«

Das würde Ruth vermutlich nicht schaffen, aber die

Zeitvorgabe half ihr dabei, sich zu sputen. Sie zog sich in Windeseile etwas über und packte kurzentschlossen den Hund ins Auto, bevor sie losfuhr. Simon ließ sich nicht blicken; er hatte schon als Kind einen beneidenswert tiefen Schlaf gehabt.

Auf der Serpentinenstraße den Töpferberg hinauf sprang ein Reh urplötzlich über die Straße. Ruth konnte rechtzeitig abbremsen. Lina rutschte auf dem Rücksitz so weit nach vorn, dass ihr Kopf zwischen den Vordersitzen zum Vorschein kam. Der schlechte Atem der Hündin stieg ihr in die Nase.

Die restliche Strecke fuhr Ruth exakt dreißig Stundenkilometer, auch als die Straße wieder eben wurde und sie das Ortseingangsschild passiert hatte. Vor dem von Becht bezeichneten Haus in der Butterstraße erkannte sie neben einem Streifen- und einem Krankenwagen den weißen Kastenwagen der Spurensicherung. Bechts mintgrüner Mercedes war nirgends zu sehen; anscheinend war er das kurze Stück von der Alten Brunnenstraße, in der Billa Schimmelpfeng wohnte, quer durch den Ortskern zu Fuß gelaufen.

Ruth parkte hinter dem Streifenwagen. Als sie ausstieg, sagte sie streng:

»Du bleibst hier und passt auf!«

Lina wedelte.

Das Haus der Familie Kern war ein moderner, zweigeschossiger Bau. Ein schmaler kiesbestreuter Weg führte um das Gebäude herum in den Garten. Die Steine knirschten unter Ruths Sohlen.

Im hinteren Teil des Gartens hatte die Spusi ihre großen Scheinwerfer aufgebaut. Sie erkannte Helene Malettas Wuschelkopf und Bechts dicken Bauch, der im Profil beinahe grotesk rund wirkte. Bei den beiden Streifenpolizisten handelte es sich um Hartmut Stadler und Ron Höppner. Ruth kannte die beiden flüchtig.

Auf der Terrasse, die ebenfalls beleuchtet war, saß eine junge Frau, eingehüllt in eine Decke, und wurde von zwei Sanitätern umsorgt. Die Frau wollte einen Schluck Wasser aus einem Glas trinken, musste es aber gleich wieder abstellen, weil ihre Hand wie verrückt zitterte. Das musste Imina Kern sein.

Ruth tippte Becht von hinten auf die Schulter. Ihr Chef zuckte erschrocken zusammen.

»Du kannst dich doch nicht einfach so anschleichen«, schimpfte er.

»Entschuldigung.«

Becht hatte ganz kleine Augen und blinzelte heftig, weil Helenes Scheinwerfer so hell waren.

»Die junge Frau steht unter Schock«, meinte er.

»Wo ist der Clown?«

»Weg.«

»Und was ist das da?«

Ruth deutete auf das Loch im Boden.

»Das war mal ein Brunnen«, erwiderte Becht.

Ruth trat einen Schritt näher. Von dem ehemaligen Brunnen war nicht viel mehr als ein zugeschüttetes Loch im Boden übrig, das mit einer Metallplatte abgedeckt gewesen war. Die viereckige Platte hatte zahlreiche Rostflecken und lag ein Stück weiter links im Rasen. Daneben steckte eine Schaufel in der Erde. Auch die war mit rostigen Stellen übersät.

»Ist die von uns?«, wollte Ruth wissen.

»Nein. Die hat der Clown aus dem Schuppen da hinten.«

Am Ende des Gartens stand ein kleines Holzhäuschen mit geteertem Dach. Die Tür stand offen.

Ruth zog die Stirn kraus.

»Warum Brunnenschächte?«, murmelte sie.

Helene Maletta trat hinzu und nickte Ruth verschlafen zu.

»Wir werden gleich für ihn weitergraben«, meinte sie und gähnte herzhaft. »Kann irgendwer vielleicht einen Kaffee kochen?«

Niemand reagierte auf ihre Frage.

»Hast du schon mit ihr gesprochen?«, fragte Ruth Becht und deutete mit dem Kopf in Richtung Terrasse.

»Ja, aber da ist nicht viel herauszubekommen. Anscheinend hat sie erst vor ein paar Tagen eine Wiederholung von *Scream* gesehen. Dementsprechend tief sitzt der Schock.«

»*Scream*?«, fragte Ruth.

Becht machte eine abwehrende Handbewegung.

»Ach, das ist so ein Horrorfilm mit einem verkleideten Serienmörder. Der hat eine Maske auf und sieht aus wie der Tod.«

Ruths Miene blieb ausdruckslos. Selbst schuld, wenn man sich so einen Mist freiwillig anguckte.

»Ich probier's trotzdem«, sagte sie und ging zur Terrasse.

Imina Kern zitterte noch immer, als hätte man sie gerade aus einem zugefrorenen See gezogen. Sie hatte blaue Lippen und ein blutleeres Gesicht, das unter anderen Umständen sicher sehr hübsch war. Sie war noch jung, so um die zwanzig, schätzte Ruth. Ihr glattes braunes Haar reichte bis über die Schultern, und sie trug eine auffällige schwarze Hornbrille.

»Hallo, Frau Kern«, sagte Ruth. »Mein Name ist Ruth Winterscheidt, ich bin von der Kripo.«

Die Rettungssanitäterin, die vor Imina auf dem Boden kniete, warf Ruth einen tadelnden Blick zu.

»Ich verspreche, es wird nicht lange dauern«, schickte Ruth rasch hinterher.

»Es geht schon«, sagte Imina heiser.

»Danke, Frau Kern. Erzählen Sie mir doch bitte kurz, was geschehen ist.«

Imina starrte auf den Fliesenboden, während sie mit tonloser Stimme erzählte.

»Ich habe in Papas Büro im Erdgeschoss gesessen und gelernt. Von dort aus bin ich in die Küche gegangen, um mir ein Glas Wasser zu holen. Da habe ich dieses eigenartige Geräusch gehört ...«

Imina schluckte.

»Verstehe. Und dann sind Sie auf die Terrasse hinausgetreten, um zu sehen, woher das Geräusch kam?«

Imina nickte, und Ruth dachte: Was sind die jungen Leute doch leichtsinnig!

»Ich habe erst vermutet, es wäre ein Tier, und wollte es verscheuchen, aber dann habe ich gesehen, dass es ein Mensch war. Ein Mann. Er stand über dem alten Brunnen und hat Erde aus dem Schacht herausgeschippt. Da habe ich richtig Angst bekommen und wollte mich gerade wieder zurückziehen, als er mich bemerkte. Er hat sich umgedreht und mich mit diesen funkelnden Augen angesehen ... Er ... er war ... kreidebleich im Gesicht. Und er hatte so was Komisches an ... Ich wollte schreien, habe aber keinen Ton rausbekommen, und bin zurück zum Haus gerannt. Er ist mir gefolgt. Er hat mich am Handgelenk gepackt und irgendwas gesagt, aber ich hab ihn nicht verstanden. Danach weiß ich nichts mehr.«

»Sie sind in Ohnmacht gefallen?«

Imina Kern nickte schwach. Ruth versuchte, sich die Situation vorzustellen.

»Wie hat er denn mit Ihnen gesprochen?«

»Wie meinen Sie?«

»Na, sein Tonfall. Klang der Mann böse oder aufgeregt? Verzweifelt vielleicht?«

Imina dachte nach.

»Ja, also, wenn Sie mich jetzt so fragen ... verzweifelt.«

Die Erkenntnis schien Imina Kern selbst zu überraschen.

»Ich glaube, er hatte Angst«, flüsterte sie.

Ruth nickte langsam.

»Es ging nicht um Sie, aber das wissen Sie wahrscheinlich schon, oder?«

»Na ja, also, er hat ja nach mir gegriffen«, hielt Imina dagegen.

»Hat er Ihnen denn weh getan? Oder Sie beraubt?«

»Ich glaube, er wollte mir nichts antun. Und ob etwas fehlt, habe ich noch nicht nachschauen können. Ich war ja eine ganze Weile bewusstlos. Und als ich wieder aufgewacht bin, habe ich erst einmal die Polizei angerufen.«

»Wo sind Ihre Eltern?«

»Mein Vater und meine Stiefmutter«, korrigierte die junge Frau. »Im Urlaub. Sie kommen erst in ein paar Tagen zurück.«

»Und die Nachbarn? Hat niemand etwas mitbekommen?«

Imina wusste darauf keine Antwort.

»Gut. Wissen Sie noch, wann Sie sich das Glas Wasser geholt haben?«

»Ja. Ich habe auf meinen Bildschirm geschaut. Es war 2.02 Uhr. Ich wollte schlafen gehen.«

»Wann ist der Notruf eingegangen?«, fragte Ruth die Sanitäterin.

»Um 2.28 Uhr«, antwortete die wie aus der Pistole geschossen.

Ruth bedankte sich bei Imina Kern und lief zurück zu Becht. Aschmann beugte sich gerade über den Rand des Brunnens. Die Maletta war damit beschäftigt, Schicht um Schicht von der Erde aus dem Brunnen zu heben. Sie keuchte.

»Lass mich das doch machen«, bot Aschmann an, doch Helene winkte ab.

»Ein bisschen Sport tut mir ganz gut.«

Stimmt, dachte Ruth.

An Becht gewandt sagte sie:

»Wir müssen die Nachbarn befragen. Vielleicht hat irgendwer den türmenden Clown gesehen. Und wir müssen der Sache nachgehen, wie er hierhergekommen ist. Er muss einen Wagen gehabt haben.«

»Ich habe Ferdinand gleich zum Zirkus geschickt, nachdem der Anruf reinkam, damit er nachsieht, ob Beppo dorthin zurückgekehrt ist. Fehlanzeige. Autos fehlen keine, hat der Direktor gesagt, aber ich glaube, der hatte schon wieder ordentlich Pegel«, gab Becht zurück und verdrehte die Augen.

Ruth ließ den Blick durch den Garten schweifen. Wo war Beppo hin? Er musste ja irgendwo sein.

»Wir müssen wissen, was für ein Fahrzeug er benutzt hat«, begann Ruth noch einmal, da legte Becht ihr sanft seine Hand auf den Unterarm.

»Ist angekommen. Wir wissen es nicht, aber wir finden es schon noch raus.«

Ruth fühlte sich gegängelt und zog ihren Arm mit einer heftigen Bewegung zurück. Becht wirkte verdattert.

»Warum rufst du nicht dein Schatzi an und bittest sie, vorbeizukommen? Vielleicht erkennt sie auf der Straße ein Auto, das nicht hierhergehört«, schlug sie vor.

Ihr war bewusst, dass sie zickig klang, aber ihre Idee war nicht schlecht. Das schien auch Becht so zu sehen.

»Ich rufe sie an.«

Becht verzog sich, um zu telefonieren. Ruth wandte sich derweil an Aschmann und Helene.

»Wo ist Ilkay?«, fragte sie.

»Der hat die längste Anfahrt«, gab Aschmann mit konzentrierter Stimme zurück. »Der wohnt doch jetzt in Rädtingen.«

Er untersuchte den Sand und das Erdreich, das Helene aus dem Brunnen heraushob. Im grellen Licht des Fluters konnte Ruth sehen, dass der Kriminaltechnikerin der Schweiß auf der Stirn stand.

»Helene, lass mich dich doch mal ablösen«, bat Aschmann flehentlich.

Doch die Maletta schüttelte nur genervt den Kopf. Sie machte Anstalten, etwas zu sagen, da veränderte sich ihr Gesichtsausdruck schlagartig.

»Ach du Scheiße«, sagte sie, »ganz vorsichtig jetzt.«

Ruth hielt vor Aufregung den Atem an.

»Oh Gott«, entfuhr es Aschmann.

»Was? Was?«, rief Ruth aufgeregt.

Aschmann befreite etwas in seiner Hand vom Schmutz und drehte sich dann damit zu Ruth um.

Es war ein Knochen.

# TEIL II

## 2006

# 13

## Eva Schneider verschwindet

Ende April hatte sie es einfach nicht mehr ausgehalten. Sie hatte einen Rucksack gepackt, die Wohnungstür hinter sich zugezogen und war losgelaufen. Sie hatte niemanden angerufen und auch keine Nachricht hinterlassen. Sie war einfach gegangen.

Die erste Nacht im Freien war beängstigend. Sie hatte sich in einer Schutzhütte im Wald auf eine Sitzbank gelegt und so gut wie kein Auge zugemacht. Am anderen Morgen hatte sie erschrocken die Augen aufgeschlagen, als sie Stimmen hörte. Sie musste also doch für einen Moment geschlafen haben. Vielleicht nicht sehr lang und tief, aber wenn man aufwachte, musste man zuvor geschlafen haben.

Vielleicht konnte ja doch noch eine gute Obdachlose aus ihr werden.

Ein paar Tage war sie ziellos durch die Wälder gelaufen in einer Gegend, die sie einigermaßen gut kannte. Früher war sie mit ihrer Familie viel gewandert. Manche Wege und Hütten kamen ihr vage bekannt vor.

Am fünften Tag hatte sie keine Müsli- und Schokoriegel mehr und alle Äpfel und Reiscracker im Rucksack waren aufgegessen. Ihr Magen knurrte. Sie hatte keine Ahnung, wie sie aussah, aber ihre Achseln verströmten einen intensiven Schweißgeruch und sie hatte einen sauren Geschmack im Mund. Sie fragte sich, wie viel sie noch abnehmen würde und wann sie wohl zum ersten Mal Zahnschmerzen bekäme.

Sie konnte sich die Zähne mit Ästen reinigen.

Und sie konnte anfangen zu stehlen.

Oder sie ging in eine größere Stadt, setzte sich an den Bahnhof und bettelte. Der Gedanke an die Stadt machte ihr keine Angst. Es würde sowieso niemand nach ihr suchen oder sie erkennen, außer vielleicht ihr Bruder. Aber sie konnte sich die Haare abschneiden.

Sie war in Sicherheit. Niemand würde sie finden. Oder gar vermissen.

Eva Schneider gab es nicht mehr.

In Frankfurt am Main lernte sie einen Monat später Elvis kennen. Er war ein komischer Kauz. Bevor er heroinsüchtig geworden war, hatte er sicher richtig gut ausgesehen. Jetzt fehlten ihm schon mehrere Zähne, er hatte ein Ekzem am Hals, wellige Fingernägel und seine Augäpfel waren gelblich verfärbt. Manchmal stylte er sich seine strubbeligen schwarzen Haare zu einem Iro, dann gefiel er Eva am besten.

Sie wurden nicht sofort ein Paar. Zunächst wurden sie ein Team. Sie wollten nicht klauen, aber manchmal, wenn sie zu wenig erbettelt hatten, ging es nicht anders. Eva schlug vor, in der Suppenküche zu essen, aber Elvis war strikt dagegen. Er wollte sich von niemandem abhängig machen, sagte er. Nicht mal von der Caritas.

Und das von einem Junkie. Doch Eva verkniff sich jeden Kommentar.

Elvis wollte sie dazu überreden, es auch einmal zu probieren, doch sie blieb standhaft: *No drugs*. Aber sie versprach, ihn zu unterstützen, wenn er ihr im Gegenzug versprach, für sie da zu sein. »Deal«, hatte er gesagt.

Sie verbrachten einen guten Sommer, aber Anfang September gerieten sie in eine brenzlige Situation, als sie einer älteren Dame das Portemonnaie stehlen wollten. Eva war unaufmerksam. Plötzlich stand ein Polizist neben ihr. Sein Arm schien übermenschlich lang zu sein. Er griff nach Evas Schulter, und seine Finger bohrten sich in ihre Haut.

Der lange Arm des Gesetzes, dachte sie und war wie gelähmt.

Der Polizist starrte Eva an. Er hatte schöne Augen und einen weichen Bartflaum am Kinn. Er war noch ganz jung, jünger als sie.

»Bitte nicht«, flüsterte sie.

Da wurde der Zug um seinen glatten Mund plötzlich hart und sein Griff fester. Er tat ihr weh.

»Aua!«, rief sie überrascht.

Elvis rettete sie. Er rempelte den Polizisten so heftig von der Seite an, dass der Mann stürzte, und zog Eva mit sich.

»Bist du bescheuert?«, brüllte er dabei.

Sie rannten die Kaiserstraße hinunter, weg vom Bahnhof.

»Scheiße, Mann. Hier können wir uns nicht mehr blicken lassen«, schimpfte Elvis, als sie ein paar Straßen weiter abgebogen waren und sich in einem Häusereingang verkrochen hatten.

»Hast du wenigstens das Portemonnaie?«

Eva schüttelte ängstlich den Kopf.

»Scheiße, Mann«, wiederholte Elvis, »wir müssen untertauchen.«

Zwei Wochen später erreichten sie Bayern. Sie waren mit verschiedenen Regionalzügen gefahren, schwarz natürlich, und hatten es bis Rosenheim geschafft. Dort war Elvis dann verschwunden. Einfach so.

Sie hatten sich ein Plätzchen am Hauptbahnhof gesucht und ein paar Stunden gebettelt, da war Elvis aufgestanden und hatte gesagt, er müsse pinkeln. Er kehrte nicht zurück. Nach einer Stunde wurde Eva unruhig. Sie machte sich auf die Suche nach ihm, aber ohne Erfolg. Sie setzte sich wieder hin und wartete noch bis zum Einbruch der Dämmerung auf ihn – vergeblich –, dann begriff sie, dass sie ihn nie wiedersehen würde.

Sie hatte in den Tagen davor bereits das Gefühl gehabt, dass er sie loswerden wollte. Sie wunderte sich zwar darüber, dass er die Tüte mit seinen wenigen Sachen bei ihr hatte stehenlassen, aber bei genauerem Hinsehen hatten diese Dinge sowieso keinen Wert. Ein paar Kekse, ein Tetrapak Orangensaft, ein schmutziges Laken, ein Comic, ein Paar Boxershorts.

Das war's.

Eva weinte ein bisschen, dann wischte sie sich das Gesicht mit dem Ärmel ab, setzte ihren Rucksack auf und lief los. Elvis' Tüte ließ sie stehen.

Inzwischen war es spürbar Herbst geworden, die Nächte wurden kühler. In der ersten Nacht ohne Elvis suchte sich Eva einen Schlafplatz in einer Unterführung. Sie schlief unruhig. Nach ein paar Stunden wurde sie wach, weil sie merkte, dass jemand ein paar Meter von ihr entfernt stand und sie beobachtete. Zunächst dachte sie an Elvis, aber dann merkte sie, dass der Mann viel größer war, und bekam Angst.

»Hau ab!«, brüllte sie, aber der Mann blieb reglos stehen.

Eva hatte ihren Rucksack geschnappt und war losgerannt. Der Mann verfolgte sie nicht. Siedend heiß fiel ihr ein, dass ihre Schlafmatte noch in der Unterführung lag. Sie erwog zurückzukehren, vermutete aber, dass der Mann die Matte mitgenommen hatte. Er war sicher ein anderer Penner gewesen, der Sorge hatte, dass Eva ihm seinen angestammten Schlafplatz streitig machen wollte.

In den nächsten Tagen war Eva hundeelend zumute. Sie fühlte sich einsam. Außerdem wurde das Geld knapp. Sie musste sich dringend etwas einfallen lassen.

Sie kam in eine Gegend, die sie noch nicht mal dem Namen nach kannte. Der Rädtinger Kreis war recht dünn besiedelt. Zwischen kleinen Ortschaften mit schmucken, kleinen Häuschen und gepflegten Gärten mit Rosenstöcken und Gemüsebeeten erstreckten sich ausgedehnte Felder, die um diese Jahreszeit zum Teil schon abgeerntet waren. Sie klaute vier Maiskolben von einem Feld und röstete sie abends über einem Feuer. Sie bekam Bauchschmerzen, weil sie zu schnell zu viel gegessen hatte. Neben dem Maisfeld stand eine verlassene Scheune, deren Tor unverschlossen war. Sie legte sich ins Stroh und versuchte zu schlafen. Sie hatte keine Ahnung, was sie tun sollte.

Sie war am Ende.

In der zweiten Nacht wurde sie von einem Geräusch geweckt. Es klang wie ein kehliges Gurgeln.

Sie schlug die Augen auf und sah die Holzbretter des Oberbodens über sich. Dort hätte sie auch schlafen können, allerdings ohne weiche Unterlage. Im Stroh war es gemütlicher.

Das Geräusch kam von draußen. Sie glaubte, das Schlagen einer Autotür gehört zu haben.

Eva war mit einem Mal hellwach.

Das waren vielleicht ein paar Jugendliche, dachte sie. Aber Jugendliche, die sich in Sicherheit wogen, würden sich wohl kaum so leise verhalten. Sie hätten wahrscheinlich schon ein paar Bier getrunken und wären in Angeberlaune.

Eva richtete sich auf und spähte über den Rand des Strohhaufens zum Tor hinüber. Es stand offen. Eva war sich sicher, dass sie es zugezogen hatte.

Jemand war in der Scheune.

Ihr Puls beschleunigte sich, und sie hörte das Blut in ihren Ohren rauschen.

Sie vernahm Schritte, gedämpft von dem weichen Erdboden. Jemand keuchte leise.

Ein Mann.

Doch da war noch ein anderes Geräusch. Etwas wurde über den Boden geschleift, Stoff auf Erde. Holprig.

Eva versuchte, so leise wie möglich auf der Rückseite ihres Strohbergs hinunterzukriechen. Sie musste hier raus. Sie konnte zwar nichts sehen, aber sie spürte es:

Etwas stimmte nicht.

Furchtbare Angst stieg in ihr hoch. Eine Ur-Angst, die sich vermutlich nur mit alten Instinkten erklären ließ. Sie musste an ihren Bruder denken. Wäre er doch bloß hier!

Sie robbte auf den Ellbogen vorwärts. Das Stroh raschelte.

Sie hielt inne, um zu lauschen.

In diesem Moment ertönte die schnarrende Stimme hinter ihr.

»Na, wo willst du denn hin, Schätzchen?«

# 14

## Aschmann sieht doppelt

Plötzlich stand Billa Schimmelpfeng neben Ruth. Sie sah wie aus dem Ei gepellt aus, obwohl es mitten in der Nacht war und sie sicher tief und fest geschlafen hatte, als Bechts klingelndes Handy sie aus ihren Träumen gerissen hatte. Es sei denn, sie und ihr neuer Freund hatten noch gar nicht geschlafen –

Ruth konnte den Gedanken nicht weiterdenken.

»Guten Morgen«, sagte Billa und nickte Ruth dabei zu.

Ihre Stimme war ruhig und voll. Sie trug ein wadenlanges blaues Kleid. Es war ganz schlicht und gerade geschnitten, und doch konnte jeder sehen, dass Billa Schimmelpfeng für ihr Alter noch immer eine hervorragende Figur hatte, rank und schlank und hochgewachsen. Um ihren Hals schimmerten bleiche Perlen.

Ruth betrachtete die Kette. In diesem Moment wünschte sie sich, auch so viel Stil zu haben. Aber wozu eigentlich? Um einen Mann wie Becht herumzubekommen?

Der stand neben Helene Maletta und betrachtete mit zunehmend entsetztem Gesichtsausdruck, was sie und Aschmann nach und nach aus dem Brunnenloch zutage beförderten. Auf einer Plastikplane neben Aschmann lagen jetzt bereits mehrere Knochen und ein komplettes Brustskelett.

Ein menschlicher Leichnam.

»Guten Morgen, Frau Schimmelpfeng.«

»Becht hat mich gebeten, mir die Autos in der Straße anzusehen und zu überlegen, ob mir vielleicht irgendetwas merkwürdig vorkommt«, begann Billa. »Ich finde es merkwürdig, dass um diese Uhrzeit ein Taxi am oberen Ende der Butterstraße steht.«

Ruth riss die Augen auf.

»Da steht ein Taxi?«

Sie machte auf dem Absatz kehrt.

»Becht! Komm schnell!«, rief sie über die Schulter.

Sie lief um das Haus herum zur Straße. Tatsächlich! In vielleicht zweihundert Meter Entfernung parkte ein Taxi am Straßenrand. Die Schnauze des Wagens wies in ihre Richtung, das Taxischild war nicht eingeschaltet.

Ruth ging im Stechschritt auf das Fahrzeug zu. Als sie sich ihm bis auf zwanzig Meter genähert hatte, erkannte sie die Umrisse eines Mannes auf dem Fahrersitz. Er hatte die Rückenlehne nach hinten geklappt und schlief. Eine aufgeschlagene Zeitung ruhte auf seiner Brust. Ein Getränkebecher stand gefährlich auf der Kippe.

Ruth klopfte resolut an die Seitenscheibe.

Der Mann fuhr ruckartig in die Höhe, so dass die Zeitung zur Seite wegrutschte und der Becher umfiel. Der Fahrer hielt verdattert seine Arme hoch, um das Malheur eingehend zu betrachten. Ruth konnte es nicht abwarten; sie riss die Tür auf.

»Was machen Sie hier?«, fragte sie streng.

Der Mann zuckte zusammen.

»Wer sind Sie? Und was wollen Sie von mir?«

Aus der geöffneten Fahrzeugtür entwich ein unangenehmer Geruch.

»Ich habe mir vor Schreck Tee über die gesamte Hose

gekippt«, fügte der Mann vorwurfsvoll hinzu und deutete auf sein rechtes Hosenbein.

Becht und Billa waren Ruth gefolgt und standen nun neben ihr. Becht schnaufte.

»Wir sind von der Polizei«, erklärte Ruth barsch.

Der Taxifahrer richtete sich auf.

»Ich hab mir doch gedacht, dass da was nicht stimmt«, sagte er, mehr zu sich selbst. »Er ist schon viel zu lange weg.«

»Der Clown?«, half ihm Ruth auf die Sprünge. »Sie haben den Clown hierhergefahren?«

Der Mann nickte.

»Wann war das?«

»So gegen 1 Uhr. Er hat gesagt, dass er etwa eine Stunde braucht und dass ich hier auf ihn warten soll.«

»Und gestern?«, fuhr Ruth fort.

»Dasselbe. Wobei – gestern war es ein bisschen früher, so um Mitternacht herum.«

»Und das ist Ihnen nicht komisch vorgekommen?«

Der Mann zog einen Mundwinkel hoch.

»Klar fand ich das komisch. War ja auch ein Clown.«

Unter normalen Umständen hätte Ruth vielleicht gelacht, doch jetzt hatte sie eher das Gefühl, vor Wut gleich zu platzen.

»Wo ist er eingestiegen?«

»Na, in Fels. Am Zirkus.«

»Hat er die Zentrale angerufen, und Sie waren gerade in der Nähe?«

»Nein. Gestern Abend lief er die Friesenstraße runter, ich bin an ihm vorbei. Da hat er angefangen zu winken. Er wollte in die Butterstraße. Gestern hab ich ungefähr fünfzehn Minuten auf ihn gewartet, vielleicht zwanzig. Allerdings nicht hier, sondern im Langen Graben. Er wollte das letzte Stück zu Fuß gehen.«

»Und heute?«

»Für heute Abend haben wir uns verabredet. Er hat gesagt, er müsste nachts noch mal hier hoch, ob ich ihn um Viertel vor eins am Zirkus abholen könnte. Er hat mir hundert Euro gegeben.«

»Was hat er gesagt?«

»Wann?«

»Während der Fahrt.«

Der Taxifahrer zuckte die Achseln.

»Nichts Besonderes. Ich hab die meiste Zeit gesprochen.«

Ruth runzelte die Stirn.

»Na, ich war am Donnerstag mit meinen Kindern in dem Zirkus! Ich hab ihn doch sofort wiedererkannt!«, fügte der Mann hinzu.

Ruth schnaubte wie ein Pferd.

»Ja und was haben Sie sich gedacht, als Sie ihn hier oben abgesetzt haben?«

Der Taxifahrer sah Ruth an, als hätte sie ihm gerade die dümmste Frage aller Zeiten gestellt.

»Na, was wohl. Dass er eine Affäre hat natürlich.«

Ruth hatte das Gefühl, in gestrecktem Galopp gegen eine Glastür gerannt zu sein. Sie schaute irritiert zu Becht, der sofort Billas Hand losließ, als er es bemerkte.

»Wir brauchen Ihre Aussage, Herr ...«

»Demir.«

»Sie müssen mit aufs Präsidium kommen.«

»Jetzt?«

Der Mann machte große Augen.

»Na ja, ich versichere Ihnen, dass Ihr Fahrgast nicht zurückkommen wird«, meinte Ruth sarkastisch.

»Was hat er denn angestellt?«

Jetzt klang Herr Demir verunsichert.

Gute Frage, dachte Ruth. Was hat er angestellt? Der Clown hat an zwei Nächten hintereinander die Brunnen in zwei unterschiedlichen Gärten inspiziert. Und in dem zweiten ist er offenbar fündig geworden. Besser gesagt, wäre er fündig geworden, wenn ihn Imina Kern nicht gestört hätte.

Der Clown weiß noch gar nicht, was sich in dem Brunnen befindet, dachte Ruth auf einmal. Es sei denn, *er* war derjenige, der den Körper in den Brunnen geworfen beziehungsweise die Knochen dort verscharrt hatte.

Sie hatte vergessen, dass sie dem Taxifahrer noch eine Antwort schuldig war. Becht sprang für sie ein.

»Das wissen wir selbst noch nicht so genau. Fakt ist, dass er sowohl gestern Nacht als auch gerade eben Hausfriedensbruch begangen hat.«

»Na, solange es nichts Schlimmeres ist«, murmelte Herr Demir. »Der Kerl hat einen netten Eindruck gemacht.«

»Warten Sie kurz hier, Herr Demir«, sagte Becht, »wir müssen noch einmal zurück zum Haus. Anschließend würde ich Sie bitten, mich und meine Freundin in die Alte Brunnenstraße zu fahren, dort steht mein Wagen.«

Meine Freundin, dachte Ruth und verkniff sich einen bissigen Kommentar.

Sie gingen zurück zum Haus der Kerns, als Ruth herausrutschte:

»Das ist ein Tatort. Frau Schimmelpfeng sollte nicht dort sein.«

Becht verzog keine Miene.

»Ruth hat recht, Billa. Warte bitte hier auf mich«, erklärte er mit ruhiger Stimme.

»Ich gehe zu Fuß. Und direkt wieder ins Bett«, erwiderte Billa.

Auch ihre Stimme klang unaufgeregt. War Ruth wirklich die Einzige, die die Situation merkwürdig fand? Und warum war sie so mit Billa und Becht beschäftigt, wenn sie sich doch eigentlich komplett auf die Leiche in dem Brunnen und Beppo, den Clown, konzentrieren sollte?

Sie konnte nicht hinsehen, aber sie hörte, dass Becht Billa zum Abschied einen Kuss gab.

»Auf Wiedersehen, Frau Winterscheidt.«

»Nacht«, brummelte Ruth missmutig und kehrte zum Haus zurück.

Becht folgte ihr mit einigem Abstand.

Auf der Terrasse traf Ruth auf eine aufgelöste Imina Kern.

»Eine Leiche im Brunnen? Aber von wem denn? Wieso ist da eine Leiche? Das kann doch nicht sein! Wer ist das?«, stammelte sie.

»Sagen Sie's mir«, gab Ruth zurück.

Das hätte sie wohl nicht sagen dürfen. Imina Kern bekam urplötzlich einen hysterischen Anfall. Die Rettungssanitäterin versuchte, sie wieder zu beruhigen.

Jetzt ging im Nachbarhaus zur Linken das Licht an.

Das hat ja gedauert, dachte Ruth verblüfft. Die schliefen hier oben anscheinend den Schlaf der Gerechten. Ruth lief weiter zum Brunnen. Aschmann hatte die freigelegten Knochen so auf der Plastikplane angeordnet, dass sie ein beinahe vollständiges Skelett ergaben. Helene Maletta hielt den Schädel in den Händen und besah ihn sich von allen Seiten.

»Da«, murmelte sie gerade, als Ruth hinter Aschmann stehen blieb.

Helene deutete auf eine Stelle auf der Schädeldecke.

»Eingedellt. Könnte von einem Schlag herrühren.«

»Was haben wir?«, erkundigte sich Ruth.

Helene hob den Kopf.

»Das ziemlich gut erhaltene, fast vollständige Skelett einer Frau. Ich bin mir sicher, dass wir die restlichen Knochen auch noch finden, wenn wir gründlich genug suchen.«

Wahnsinn, dachte Ruth. Und Beppo hatte sie zu der Leiche geführt.

»Guck mal, da ist noch was«, sagte Helene, an Aschmann gewandt.

Sie reichte ihm einen Knochen. Aschmann hielt ihn einen Moment in die Höhe, dann ließ er ihn langsam sinken.

Helene starrte ihn an.

»Ist dir schlecht?«

Ruth konnte nicht in Aschmanns Gesicht blicken, doch auch von hinten war zu erkennen, dass irgendetwas nicht mit ihm stimmte.

»Den hier hatten wir schon mal«, sagte er tonlos.

Helene blieb der Mund offen stehen.

»Du lieber Gott«, rutschte es ihr heraus.

# 15

## Ruth beschäftigt sich allein

Um 9 Uhr morgens versammelte sich das gesamte Team in Saal A. Helene Maletta, Aschmann und Ilkay gähnten immer wieder herzhaft, Becht wirkte erstaunlich ruhig. Normalerweise war er vor Pressekonferenzen immer furchtbar schlecht gelaunt und angespannt, brüllte ohne Grund in der Gegend herum und rannte anschließend von Büro zu Büro, um sich für sein Benehmen zu entschuldigen. Doch heute wirkte er konzentriert und munter.

Das muss Liebe sein, dachte Ruth ironisch.

Sie selbst hatte am Morgen etwas getan, was sie nur in äußersten Notfällen tat: kalt duschen. Ihr Jaulen, als der eiskalte Wasserstrahl die Kopfhaut traf, hatte Lina zum Bellen gebracht, aber immerhin war Ruth danach halbwegs frisch im Kopf. Sie hatte sich von Simon verabschiedet, der mittags abreisen wollte, und war auf direktem Weg zum Präsidium gefahren.

Becht ergriff das Wort.

»Guten Morgen. Heute Nacht hat es eine interessante Wendung im Fall Wilhelmine Tomtschuk gegeben. Das heißt, sofern diese Wendung eine Wendung und nicht ein komplett neuer Fall ist. Der Clown hat uns zu einem ehemaligen Brunnen im Garten der Familie Kern, Butterstraße 45 in Töpferrad, geführt. Dort haben Helene, Aschmann und Ilkay in den frühen Morgenstunden zwei weibliche Skelette ausgegraben. Wencke untersucht sie zur Stunde.«

Becht befeuchtete seine Lippen.

»Ein Schnellabgleich der Fingerabdrücke an der Schippe, die am Fundort im Rasen steckte und von Imina Kern als das Werkzeug identifiziert wurde, das der Eindringling benutzt hat, um den Brunnen auszuheben, hat ergeben, dass es sich bei dem Mann tatsächlich um Beppo, den Clown, handelt. Von ihm fehlt gegenwärtig jede Spur.

Er hat sich an zwei aufeinanderfolgenden Abenden zu später Stunde von dem Taxifahrer Emre Demir nach Töpferrad bringen lassen. Gestern wurde er beim Buddeln im Garten von Imina Kern überrascht. Es hat den Anschein, als wenn der Clown daraufhin zu Fuß aus der Butterstraße getürmt sei. Das bedeutet vielleicht, dass er sich noch in der Nähe von Töpferrad aufhält, vielleicht wurde er aber auch von jemandem mitgenommen.

Wir haben eine Großfahndung eingeleitet und warten jetzt auf erste Hinweise aus der Bevölkerung. Das Besondere an dieser Fahndung ist, dass niemand von uns wirklich weiß, wie Beppo, der Clown, ohne Kostüm und Schminke aussieht. Bei dem Verhör hier auf dem Präsidium hat er einen Ausweis mit einem sehr alten Foto vorgelegt; das habe ich an die zuständigen Kollegen weitergeleitet. Ich könnte mir aber vorstellen, dass sich Beppo seither stark verändert hat, und bezweifle, dass die Fahndung auf Basis dieses Bildes erfolgreich sein wird. Wir brauchen dringend ein aktuelleres Foto.

Ferdinand hat sich im Wohnwagen von Beppo umgesehen, aber nichts Zweckdienliches gefunden. Keine Hinweise, keine Fotos, nichts, was uns weiterhelfen könnte.

Wir müssen uns überlegen, wo Beppo in dieser Situation am ehesten untertauchen würde. Hat er vor, in seine Heimat, nach Sizilien, zu fahren? Oder würde er versuchen, noch einmal in die Butterstraße zurückzukehren, um das zu Ende zu bringen, was auch immer er dort tun wollte?

Die Gespräche mit den Nachbarn von Imina Kern waren unbefriedigend. Niemand hat irgendetwas gesehen. Was ich – ganz im Übrigen – für Töpferrad sehr eigenartig finde. Ich habe daraufhin ein paar Erkundigungen eingeholt. Anscheinend sind die Kerns in der Butterstraße nicht sehr gut gelitten. Vielleicht hat also irgendjemand etwas gesehen und behält es trotzdem lieber für sich, aus Bockigkeit.«

Das wäre – ganz im Übrigen – normal für Töpferrad, dachte Ruth zynisch.

»Ich persönlich stelle mir noch die Frage, warum der Clown weggelaufen ist, nachdem Imina Kern in Ohnmacht gefallen war«, fuhr Becht fort. »Hatte er vielleicht schon gefunden, was er gesucht hatte? Oder hat er einfach Angst bekommen, dass jeden Moment einer der Nachbarn nach dem Rechten sehen würde?

Was mich nicht loslässt, ist, dass der Clown nicht so wirklich wusste, *wo* er suchen muss. Er wusste anscheinend, dass er in einem Brunnen buddeln musste, in einem Brunnen in Töpferrad. Aber er brauchte zwei Anläufe. Deshalb könnte ich mir vorstellen, dass er die Leichen nicht selbst vergraben hat. Seht ihr das auch so?«

Ruth und ihre Kollegen tauschten fragende Blicke aus. Niemand sagte etwas, auch wenn es Ferdinand in den Fingern zu jucken schien.

»Ferdinand«, meinte Becht, »ich seh dir doch an, dass du was sagen willst.«

Ferdinand wand sich etwas, ehe er mit der Sprache herausrückte.

»Vielleicht war das nur ein Ablenkungsmanöver. Ich finde, wir dürfen uns nicht auf irgendetwas festlegen, solange wir nicht wissen, seit wann die Leichen im Brunnen liegen, und solange wir nicht mit dem Clown gesprochen haben.«

Ruth stimmte Ferdinand zu. Ungern, aber es war so.

»Du hast recht«, lenkte Becht ein, »ich bin vorgeprescht. Ich befürchte auch, dass wir jetzt erst einmal wenig tun können, außer zu warten. Ich schlage Folgendes vor: Um 11 Uhr werden Anne Bernd und ich wie angekündigt die Pressekonferenz abhalten. Dafür brauche ich noch die restlichen Ergebnisse der KTU. Die Untersuchung der Skelette wird bis dahin nicht abgeschlossen sein. Was ist bei der Durchsuchung des Wohnwagens herausgekommen?«

Ilkay meldete sich zu Wort. Er sah erschöpft aus.

»Wir haben ja gestern Fingerabdrücke von dem engeren Kreis der Verdächtigen genommen«, begann er. »Die habe ich mit den Abdrücken in Tomtschuks Wohnwagen verglichen. Die Übereinstimmungen decken sich mit den Aussagen der Verdächtigen. Der Direktor, Beppo und Gil waren alle bei Minka ... zu Besuch.«

Ilkay wurde rot.

»Im Bett haben wir Haare des Opfers und einer weiteren Person gefunden«, fuhr er fort. »Die Haarfarbe würde zum Zirkusdirektor passen. Aber wer weiß, vielleicht gibt es ja noch mehr Männer.«

Den letzten Satz hatte Ilkay mehr zu sich selbst gesagt, doch nun bemerkte er viele neugierige Augen auf sich ruhen. Das machte ihn nervös.

»Die Frau schien ja nun mal ... recht aktiv zu sein. Und ich meine das ganz ohne Wertung.«

Mariechen schnaubte, und Helene Maletta entfuhr ein kurzes tiefes Baritonlachen.

»Danke, Ilkay«, sagte Becht.

Er klang enttäuscht. Das waren insgesamt recht magere Ergebnisse. Für die Pressekonferenz hätte er noch etwas mit mehr Substanz gebrauchen können.

»Mariechen, du solltest Recherchen zu unserem engeren Verdächtigenkreis anstellen.«

Mariechen nickte eifrig.

»Was hast du über den Clown herausgefunden?«

»Ich habe eine Datei erstellt und an euch alle geschickt. Alle gesehen? Gut. Nun, der Clown Beppo heißt gebürtig Gianni Lanfranconi und wurde am 29. 10. 1988 in Catania, Sizilien, geboren. Eltern tot, keine Geschwister, ein Halbbruder der Mutter, Bruno Pirlo, lebt in Mailand. Gianni war von 2008 bis 2010 verheiratet. Seine Exfrau heißt Sofia und lebt im Tessin. Sonst keine Familie. 2009 kam er ins Gefängnis. Er hat in Neapel eingesessen wegen Einbruchdiebstahls. Entlassung bereits nach einem Jahr wegen guter Führung. Danach verliert sich seine Spur. 2013 hat er beim *Zirkus Träume* angefangen, zuerst nur als Aufbauhelfer, dann hat ihn der Direktor befördert. Seit 2014 hat er seine eigene Nummer.«

Becht nickte Mariechen anerkennend zu.

»Ich nehme an, wir sind uns einig, dass wir den Clown zumindest vorübergehend in den Fokus unserer Ermittlungen rücken sollten. Eine Frage steht dabei im Vordergrund: Hängt der Mord an Minka Tomtschuk mit dem Fund der Skelette zusammen? Dazu müssen wir die Identität der beiden Toten klären. Vielleicht finden wir sie in der Vermisstendatei. Ansgar?«

Ansgar nickte.

»Davon abgesehen, hat Ruth gestern noch etwas erfahren, was näher untersucht werden sollte. Offenbar sind Lai Lai und Gil am Tag des Mordes zu spät zu der Teambesprechung gekommen, die um 17 Uhr angefangen hat. Da alle anderen Zirkusangestellten zu diesem Zeitpunkt außerhalb der Manege versammelt waren, wäre dies ein guter Moment gewesen, das Trapezseil unbemerkt anzuschneiden. Ich würde den beiden gern noch einmal auf den Zahn fühlen.«

Becht unterbrach sich selbst:

»Aber, ganz ehrlich, bevor wir nicht die Ergebnisse von der Rohloff haben, können wir nicht weitermachen.«

»Die Hundestaffel aus Rädtingen ist bereit«, warf Ferdinand ein, »Treffpunkt im Garten der Kerns in einer Stunde.«

»Gut, das ist deine Aufgabe«, meinte Becht. »Du gehst mit und koordinierst den Einsatz.«

Ferdinands Augen leuchteten.

»Ich werde mich jetzt auf die Pressekonferenz vorbereiten. Gibt es noch irgendetwas von eurer Seite?«

»Ja«, meldete sich Ansgar zu Wort. »Was hat das Mädchen zu den beiden Leichen gesagt?«

»Imina Kern? Die hat keine Ahnung, da bin ich mir ziemlich sicher. Sie stand sowieso schon unter Schock und jetzt ist sie komplett mit den Nerven am Ende. Ihr

Vater kehrt heute Nachmittag vorzeitig aus dem Urlaub zurück. Je nachdem, wie lang die Skelette schon in dem Brunnenschacht lagen, wird Gabriel Kern nicht in Erklärungsnot geraten; Imina hat zu Protokoll gegeben, dass er das Haus erst vor drei Jahren hat bauen lassen.«

»Und davor?«, wollte Mariechen wissen.

»Davor gehörte das Grundstück der Familie Bernauer. Michel hat das Haus verkauft, nachdem sein Vater gestorben war. Er hat erst seine Mutter, dann den Vater gepflegt. Die beiden sind kurz hintereinander gestorben, üble Geschichte. Michel wohnt immer noch in Töpferrad, soweit ich weiß. Ich meine, er hat sich von dem Erlös des Grundstückverkaufs eine Eigentumswohnung in den schicken Neubauten auf dem Keil gekauft.«

»Michel Bernauer? Das ist doch der Briefträger, oder?«, warf Ansgar ein.

»Genau. Die Kerns haben das alte Wohnhaus der Bernauers abgerissen und ein neues draufgesetzt.«

So, wie die beiden Skelette ausgesehen hatten, waren sie sicher lange vor dem Umzug der Kerns verscharrt worden, deshalb machte sich Ruth gedanklich eine kleine Notiz. *Michel Bernauer.*

»Soooo«, meinte Becht gedehnt, »und jetzt würde ich dann langsam mal –«

Ruth hob die Hand.

»Ja, Ruth?«

Hatte sie sich wirklich gerade gemeldet? Ruth errötete.

»Was soll ich tun?«, fragte sie.

Becht starrte sie verständnislos an. Auch die versammelten Kollegen blickten irritiert zu ihr hinüber, und Ruth konnte ihre Gedanken beinahe hören: *Hast du etwa nichts zu tun?* Doch Ruth fand ihre Frage durchaus berechtigt. Sie versuchte es anders.

»Ferdinand hat die Hundestaffel, du die Konferenz, Helene ihre Proben, die Rohloff zwei Leichen. Was ist mit mir?«

Ihr Chef zog unvermittelt die Schultern hoch.

»Ruf die Rohloff an, wenn du dich langweilst«, schlug er vor. »Oder fahr mit Ferdinand mit.«

Auf den zweiten Satz folgte der Hauch eines Augenzwinkerns. Ruths Miene verfinsterte sich. Eher würde sie in der Asservatenkammer Staub wischen.

Becht erklärte die Teambesprechung für beendet. Die Anwesenden stoben hurtig in alle Richtungen davon, einzig Ruth blieb sitzen und starrte vor sich hin. Von allen Verdächtigen war ihr der Clown am wenigsten verdächtig gewesen. Sie war überzeugt davon, dass er nichts mit dem Tod von Minka Tomtschuk zu tun hatte. Und jetzt grub ausgerechnet er zwei Leichen aus. Er hatte Ruth becirct und um den Finger gewickelt mit seiner aufgemalten Träne, seinem Orangenherz und seiner freimütigen Ehrlichkeit.

Gar nicht übel für einen albernen Clown, dachte sie.

Wencke Rohloff hatte sich die Haare geschnitten, und so wie es aussah ohne professionelle Hilfe. Davon abgesehen, stand ihr das kürzere Haar aber gut, fand Ruth.

Die Gerichtsmedizinerin war ein Rotschopf samt den typischen Begleiterscheinungen: helle Haut, helle Wimpern, Sommersprossen. Sie hatte ein ungewöhnliches Gesicht: ein kräftiges Kinn, volle Lippen, Grübchen. Auffallend war aber auch ihre Größe. Sie überragte Ruth um mehr als einen Kopf.

Die Maletta war auch so riesig, wirkte aber plump. Die Rohloff hingegen erinnerte Ruth an Marmorstatuen von stolzen römischen Göttinnen, die in Museen vor sich hin glänzten.

»Ruth!«, rief Wencke aus, als sie sie im Türrahmen des Kellerraums entdeckte, »schön, dass du mal wieder bei mir vorbeischaust.«

Ruth musste lachen. Das klang fast, als wenn sie überraschend bei Wencke zu Hause reingeschneit wäre, dabei war dies der Keller der Felsner Rechtsmedizin – die Gruft, wie Wencke zu sagen pflegte.

»Hallo, Wencke. Geht's dir gut?«

Wencke deutete mit einem behandschuhten Zeigefinger auf ihre Frisur.

»Fragst du wegen der Haare?«

»Nein, weil es höflich ist.«

»Ach so.«

Jetzt war es an Wencke loszukichern.

»Wie geht es denn voran mit unseren beiden Leichen?«, wollte Ruth wissen.

Wencke machte ein betretenes Gesicht.

»Ja, ich wollte gerade das Kehrblech holen.«

Ruth hob die Augenbrauen.

»Ich bin im Tran gegen die eine Bahre gerannt, eine Hand ist auf den Boden gefallen und ich bin aus Versehen draufgetreten. Ein Mittelhandknochen ist durch«, gestand Wencke zerknirscht.

»Das tut ihm jetzt nicht mehr weh«, bemerkte Ruth nüchtern.

»Ihr«, korrigierte ihre Kollegin sie. »*Ihr* tut es nicht mehr weh. Erzähl das bitte keinem!«

Ruth verstand nicht. Dass es sich um eine Frau handelte, sollte sie für sich behalten?

»Dass ich die Hand runtergeworfen hab, meine ich«, erläuterte Wencke als Reaktion auf Ruths ratloses Gesicht. »Komm mit, ich zeig dir alles.«

Ruth folgte ihr.

»Ich muss ja sagen, dass mir so was zur Abwechslung richtig Spaß macht«, verkündete Wencke im Gehen, »Datierungen von Knochen, Altersbestimmungen, das ist eine spannende Sache. Wobei ich mit der Ausrüstung hier an meine Grenzen stoße. Um das postmortale Intervall, also die Leichenliegezeit, besser einzugrenzen, muss ich mich doch an ein Labor in München wenden, die schauen sich auch die Zusammensetzung des Erdreichs, in dem die Körper gelegen haben, noch mal genauer an. Die Proben sind schon raus, wir bekommen die Ergebnisse so schnell wie möglich.«

Sie blieben zwischen den Edelstahltischen stehen, auf denen die beiden Skelette ruhten.

»Zwei Frauen in einem ähnlichen Alter«, begann Wencke. »Ich habe die Knochen mit Referenzaufnahmen verglichen. Beide waren Anfang zwanzig, als sie gestorben sind. Ich würde sagen, zwischen zwanzig und fünfundzwanzig. Interessant für die Suche nach Vermisstenanzeigen ist vielleicht, dass diese hier« – Wencke deutete auf das Skelett auf der Bahre zu ihrer Linken – »Mutter war. Das erkennt man an der Stellung der Beckenknochen und der Symphyse, siehst du?«

Ruth folgte Wenckes Finger mit großen Augen. Sie sah keinen Unterschied zu dem anderen Skelett, machte aber zustimmend »Mmmh«.

»Die Schambeinfuge weitet sich in der Schwangerschaft, hormonell bedingt. Dadurch wird Platz geschaffen fürs Baby. Ein paar Monate nach der Geburt verringert sich der Abstand zwischen den Schambeinen wieder. An diesem Skelett ist der Spalt vergleichsweise groß, und an einer Stelle ist ein Riss. Unter der Geburt kommt es schon mal zu Symphysenrupturen, wenn das Baby zum Beispiel sehr groß, das Becken der Frau aber eng ist. Mir ist an diesem Skelett aber noch etwas anderes aufgefallen. Auch das sollte hilfreich für eure Ermittlungen sein.«

Wencke trat nun näher an das Skelett mit dem (anscheinend) ausgeprägteren Becken heran.

»Schau, hier. Der Schädel ist etwas breiter, flächiger. Und die Augenhöhlen sind anders geformt als bei dem anderen Schädel. Sie gehen etwas steiler nach oben.«

Ruth gab sich wirklich Mühe, entdeckte aber erneut keinen Unterschied.

»Es sind nur Nuancen«, meinte Wencke diplomatisch.

»Die dich zu welcher Feststellung bewogen haben?«

Wencke verschränkte die Arme vor der Brust.

»Dass es sich bei dieser Frau um eine Asiatin handelt«, erklärte sie, »die kurz vor ihrem Tod ein Kind zur Welt gebracht hat.«

Ruth nickte langsam.

»Wenn das stimmt, würde das unsere Suche tatsächlich vereinfachen«, stimmte sie zu, »aber was ist mit der zweiten Frau?«

»Kaukasische Schädelform. Größer gewachsen als die Asiatin, zehn Zentimeter ungefähr. Groß waren sie aber beide nicht. Die Asiatin um die 1,55 Meter, die andere Frau 1,65 Meter.«

Die Aussage, dass 1,65 Meter nicht groß war, konnte nur von einer Riesin wie Wencke Rohloff kommen.

Ruth fiel etwas ein:

»Die Maletta hat angedeutet, dass ein Schädel wohl eine Kopfverletzung aufweist.«

Wencke schlug sich ziemlich fest mit der Hand vor die Stirn.

»Ja, natürlich! Das ist die größere Frau. Die hat eine Art Kerbe im Schädel. Könnte eine Axt gewesen sein.«

»Eine Axt?«

»Ja, könnte«, meinte Wencke ungerührt, »irgendwas mit einer langen, scharfen Kante.«

Ruth würde wohl nie verstehen können, was in dem Rechtsmedizinerinnenhirn vor sich ging, ihr selbst wurde jedenfalls bei dem Gedanken an einen Axtmörder flau im Magen. Wahrscheinlich auch, weil sie an der Front kämpfte, während Wencke in der Gruft in Fels Rotbuschtee trank und zersplitterte Knochen vom Boden aufkehrte.

»Was ist mit der Asiatin?«

»Keine Spuren, die auf ein gewaltsames Ableben hindeuten.«

»Aber sie könnte erstickt worden sein«, mutmaßte Ruth.

»Klar! Oder man hat ihr ein Messer in den Bauch gestoßen, alles möglich. Am Skelett sieht man jedenfalls nichts, was ihren Tod erklären würde. Ach so. Die andere hatte anscheinend mal irgendwann den Ellbogen gebrochen. Der ist geschraubt worden. Guck, hier.«

Ruth ließ sich die Schrauben von Wencke zeigen.

»Geben die Aufschluss darüber, wann sich der Bruch ereignet hat?«

»Ja, also ich kann definitiv sagen, dass das schon was länger her ist. Was mich zur Datierung der Knochen führt. Die meisten waren blank, wie abgekaut, aber an den Torsos der Skelette habe ich Gewebespuren gefunden und untersucht. Angesichts der Tiefe des Grabs und der Beschaffenheit des Erdreichs würde ich sagen, die beiden liegen da schon mindestens vier, fünf Jahre. Ärgerlich, dass wir keine Kleiderreste gefunden haben, die hätten uns bei einer genaueren Bestimmung der Liegezeit geholfen. Ich vermute, die Frauen wurden nackt begraben.«

Ruth kaute auf einem Fingernagel herum. Vier bis fünf Jahre. Falls Wencke recht behielt, war Imina Kerns Familie höchstwahrscheinlich aus dem Schneider.

»Und wie alt sind die Skelette höchstens?«

»Meinen Untersuchungen zufolge nicht älter als zehn Jahre, ich kann mich aber auch irren. Lass uns besser auf das Ergebnis aus München warten.«

Ruth rief Becht an, um ihm die neuesten Erkenntnisse mitzuteilen. Er hörte aufmerksam zu, dann sagte er:

»Die Konferenz fängt in ein paar Minuten an, deshalb habe ich nicht so viel Zeit. Ihr könnt vielleicht schon ohne einen genaueren Todeszeitpunkt anfangen, nach einer jungen Asiatin zu suchen, die vermisst gemeldet wurde. Wer weiß? Vielleicht ist die Anzahl der Frauen, die in Frage kommt, überschaubar.«

»Ja, das hatte ich auch schon überlegt. Ich setze Ansgar drauf an.«

»Gut. Bis später.«

Becht legte auf, bevor sich Ruth verabschieden konnte. Sie sah ihr Handy an, als wenn es persönlich für diese unhöfliche Behandlung verantwortlich wäre, dann wählte sie Ansgars Nummer und bat ihn, nach Vermisstenanzeigen Ausschau zu halten, die älter als vier Jahre, aber nicht älter als zehn Jahre waren.

»Wir suchen eine Asiatin Anfang zwanzig, um die 1,55 Meter groß, die ein kleines Baby hatte«, bläute sie ihrem Kollegen ein.

Sie konnte hören, dass Ansgar die relevanten Details mitschrieb; das Kratzen seines Stifts auf der Unterlage verursachte Ruth ein Kitzeln im Ohr. Sie beendete das Gespräch.

Und nun?

Ruth saß in ihrem Büro am Schreibtisch und betrachtete die Digitalanzeige auf ihrem Bildschirm. 10.59 Uhr. Spätestens jetzt brach Becht der Angstschweiß aus, denn in einer Minute hieß es_ *Showtime!* – und Becht hasste nichts mehr als Kameras und Fotoapparate.

Ruth ließ sich gegen die Lehne ihres Bürostuhls fallen und knetete ihre Unterlippe. Sie saß so weit nach hinten gelehnt, dass ihre Füße kaum noch den Boden berührten. Sie wippte mit ihrem Stuhl hin und her.

Nach ein paar Minuten sprang Ruth urplötzlich auf und schnappte sich ihre Handtasche. Auf dem Flur bog sie zu Mariechens Büro ab und steckte den Kopf durch die Tür, ohne vorher anzuklopfen.

»Wo wohnt Michel Bernauer?«, fragte sie.

Mariechen legte den Kopf schief wie ein Vögelchen.

»Auf dem Keil in Töpferrad. Hausnummer 1.«

»Was ist der Keil?«

»Du Zugezogene!«

Mariechen lachte.

»Der alte Wall am hinteren Ende von Töpferrad. Du fährst einfach die Hauptstraße ganz bis zum Ende durch.«

Ruth bedankte sich und lief zu ihrem Wagen. Heute brauchte sie etwas länger, um nach Töpferrad zu kommen, es war ungewöhnlich viel Verkehr für die Tageszeit.

Ruths Kopf war leer. Sie versuchte mehrfach, ihre Gedanken auf Beppo und die Frage zu richten, warum er wohl nach den zwei Leichen gesucht hatte, aber sie merkte, dass ihr Hirn sich verweigerte. Hoffentlich blieb das kein Dauerzustand.

Der Keil in Töpferrad ließ Ruth an einen halben Schinkenwurstring denken, ein erhöhter Erdaufwurf, gebogen wie ein Halbmond. Darauf standen drei minimalistisch-schicke Häuser mit Flachdächern, schlichten, weiß gestrichenen Wänden und großen, modernen Fenstern. Sie waren baugleich; Drillinge, die sich eine Schinkenwurst teilten. In der Kuhle vor dem Keil hatte man einen Spielplatz angelegt, der ähnlich minimalistisch war wie die Häuser. Die Wippe, die Schaukel und das Schaukeltier mit den großen blauen Augen sahen aus wie aus einem Designerkatalog und erweckten den Anschein, noch nie benutzt worden zu sein. Hinter den Häusern ragten die Baumkronen des Hakenforsts auf. Zimmer mit Aussicht? Pustekuchen. Auf der Rückseite blickte man auf einen dichten dunkelgrün-schwarzen Vorhang aus Fichten.

Ruth parkte den Peugeot und hängte sich ihre Tasche um die Schulter. Langsam schritt sie auf das Haus mit der Nummer 1 zu. Die Sonne stand schon fast lotrecht über ihr und tauchte die drei Häuser in warmes Licht. In Töpferrad war es um einiges kühler als in Fels, und die Luft war nicht so drückend.

Ruth prüfte die Klingelschilder am Eingang und betätigte den Knopf neben dem Namenszug *Bernauer/Mapote.*

Die Gegensprechanlage knisterte.

»Ja?«, ertönte eine Frauenstimme.

»Ruth Winterscheidt, Kriminalpolizei Fels. Ist Michel Bernauer zu Hause?«

»Oh, nein, Michel arbeitet. Kommt erst am Nachmittag zu Hause.«

Die Stimme klang jetzt heller, aufgeregt. Ruth überlegte.

»Sind Sie die Frau von Herrn Bernauer?«

»Jaaa«, antwortete die Frau gedehnt.

»Haben Sie kurz Zeit?«

Statt einer Antwort surrte die Eingangstür.

»Zweite Stock«, kam es aus der Gegensprechanlage.

Ruth drückte die Tür auf und ging durch einen kühlen Flur mit Steinboden zur Treppe. Edel, dachte sie. Der Hausverkauf musste sich gelohnt haben, denn als Briefträger verdiente man sicher nicht übermäßig viel.

Die Frau von Bernauer war jung und bildhübsch. Sie hatte strahlend weiße Zähne, hohe Wangenknochen und einen schönen Mund. Ihre dunkle Haut sah samtweich aus und glänzte, die schwarzen Haare waren zu vielen kleinen Zöpfen geflochten und schmiegten sich an ihren wohlgeformten Kopf. Dazu hatte sie lange, schlanke Gliedmaßen wie eine Gazelle.

»Guten Tag«, sagte Ruth und reichte der Frau die Hand, »Ruth Winterscheidt.«

»Hallo«, sagte die Frau und schüttelte ihr fest die Hand, »Judy Mapote. Kommen Sie rein, sich setzen.«

Ruth schaute sich neugierig um. So elegant das Haus

von außen wirkte, so chaotisch und wenig stilvoll war die Wohnung von Michel Bernauer und Judy Mapote eingerichtet. Die Möbel waren billig und passten nicht zusammen. Manches schien vorm Sperrmüll gerettet worden zu sein, anderes erinnerte an die Einrichtung eines Jugendzimmers aus den Siebzigern. Die Couch hatte mehrere dunkle, undefinierbare Flecken auf dem Sitzpolster. Ruth gab darauf acht, *zwischen* zwei dieser Flecken Platz zu nehmen. Man wusste ja nie.

»Wollen Sie eine Kaffee?«, fragte ihre Gastgeberin.

Ruth nickte.

»Gern.«

Judy verschwand in der Küche. Ruth beugte sich vor, um in die Ecken des Raums zu spähen. Sie entdeckte eine weitere Zimmertür und verstreut herumliegendes Kinderspielzeug. Ein Feuerwehrauto, LEGO, mehrere Playmobil-Krieger, bunte Kindersocken, ein Plastikschwert. Frau Mapote hatte offenbar einen kleinen Jungen.

Judy kehrte aus der Küche mit einem Tablett zurück, auf dem eine Kanne Kaffee, ein Kännchen Milch und zwei Tassen standen. Sie begann zu lachen.

»Es tut mir leid, hier ist ein so große Chaos! Ich wollte aufräumen, als Sie klingelt.«

Ruth winkte ab.

»Das ist nicht schlimm. Mir tut leid, dass ich hier so unangekündigt reinplatze. Ich verspreche, dass es nicht lange dauert. Ich habe nur ein paar Fragen.«

Judy stellte das Tablett umständlich vor Ruth auf dem niedrigen Wohnzimmertisch ab und nahm Platz. Dann faltete sie brav die Hände im Schoß. Sie saß sehr aufrecht, wirkte aber nicht angespannt.

»Oh, einschenken!«, rief sie plötzlich aus und sprang wieder auf die Füße.

Ruth beobachtete Judy Mapote mit einer Mischung aus Verwunderung und einem unguten Gefühl, das sie nicht genauer beschreiben konnte. Irgendetwas stimmte nicht mit der jungen, hübschen Frau. Oder vielleicht auch hier, in diesem Raum.

»Sie sind die Frau von Herrn Bernauer?«

Judy nickte eifrig.

»Wie lang sind Sie und Herr Bernauer denn schon verheiratet?«

»Seit vier Jahren.«

Judy strahlte.

»Dann kennen Sie das Haus noch, in dem Michels Eltern gewohnt haben?«

Jetzt verdunkelte sich die Miene der Frau.

»Ja. Wir waren dort einmal. Michel wollte mir zeigen die Haus. Seine Eltern sind tot.«

Ruth runzelte die Stirn. Becht hatte gesagt, dass Michel Bernauer seine Eltern gepflegt hatte, bis sie gestorben waren, und dann erst das Haus verkauft hatte.

»Wo haben Sie denn gewohnt, bevor Michel die Wohnung hier gekauft hat?«

»In Kenia. Ich bin erst gekommen nach Deutschland, als Michels Eltern tot.«

»Und Michel hat bis zum Tod seiner Eltern in dem Haus in der Butterstraße gewohnt?«

»Genau. Dann hat er die Wohnung hier gekauft für mich und unseren Sohn.«

»Wie alt ist Ihr Sohn denn?«, wollte Ruth wissen.

»Er ist jetzt drei. Er geht schon in der Kindergarten!«

Ruth nickte langsam. Judy würde ihr nicht weiterhelfen können. Sie musste persönlich mit Michel Bernauer sprechen. Aber irgendetwas hielt sie auf dem Sofa.

»Die Eltern von Michel, was hatten sie denn?«

Judy machte ein trauriges Gesicht.

»Krebs, beide. Sind kurz nacheinander gestorben. Erst Mutter, dann Vater. Waren nur drei Monate ... Pause.«

Ruth trank ihren Kaffee aus und stand auf.

»Wann kommt Ihr Mann denn nach Hause, Frau Mapote?«

»So 16 Uhr.«

»In Ordnung. Danke für den Kaffee.«

Als Ruth schon fast im Flur war, kam ihr plötzlich ein Gedanke. Sie drehte sich noch einmal um.

»Waren Sie eigentlich schon im Zirkus in Fels?«, fragte sie.

Judy verstand zwar nicht, warum Ruth sie das fragte, aber ihre Augen leuchteten dennoch.

»Ja, die ganze Familie. Am Freitag. War toll! Gehen Sie auch!«

# 16

## Ruth schießt ins Blaue

Zurück im Präsidium, lief Ruth auf dem Gang Ansgar in die Arme. Er stopfte sich gerade das Hemd ordentlich in die Hose und wäre fast mit Ruth zusammengestoßen.

»Ruth!«, rief er aus, »gut, dass ich dich sehe. Ich habe etwas für dich.«

Ruth folgte ihm in sein Büro. Als sie Platz genommen hatten, schob Ansgar einen Stapel Ausdrucke quer über den Tisch.

»Hier. Ich habe mich in der Vermisstendatei umgesehen. Das sind die ersten neun Profile, die in unser Raster passen würden.«

»Nur neun?«

»Fürs Erste. Ist dir das nicht genug Auswahl?«

Ansgar grinste schief.

»Ich hätte gedacht, dass der Computer mehr Treffer ausspuckt.«

»Na ja. Das sind neun junge Frauen, die verschwunden und nie wieder aufgetaucht sind – ich finde die Zahl, ehrlich gesagt, erschreckend. Die armen Angehörigen! Oft ›verschwinden‹ die Leute ja nur für eine Nacht oder eine Woche, aber wenn sie *jahrelang* verschollen bleiben …«

»Du hast recht«, lenkte Ruth ein. »Wenn man es so betrachtet, ist das eine hohe Zahl.«

Ruth las sich die Dokumente sorgfältig durch und betrachtete die Fotos eingehend. Sämtliche Suchkriterien stimmten überein.

Wobei, dachte sie dann und stutzte. Sie blätterte noch einmal vor und zurück.

»Die hier können alle raus. Keine Babys.«

Ansgar zog die Stirn kraus und blickte auf das oberste Blatt, das Ruth ihm entgegenhielt.

»Du musst anders rangehen, Ruth«, erklärte er. »Diese Frau, zum Beispiel, ist 2006 im Alter von zwanzig Jahren als vermisst gemeldet worden. Wenn sie jetzt, sagen wir mal, 2010 verbuddelt wurde, kann sie doch in der Zwischenzeit schwanger geworden sein und kurz vor ihrem Tod ein Kind bekommen haben.«

Ruth blinzelte mehrmals hintereinander.

»Stimmt«, sagte sie mit hohler Stimme, »ich hab überhaupt nicht mitgedacht.«

»Das ist ungünstig«, bemerkte ihr Kollege schmunzelnd, »ist aber nicht schlimm, denn für so was hast du ja mich.«

Ruth wurde rot. Sie nahm sich die Dokumente noch einmal vor. Die älteste Vermisstenanzeige war von 2005. Eine Vietnamesin, Nam Phuong Tran, war an einem Abend nach der Rückbildungsgymnastik nicht nach Hause zurückgekehrt. Sie war zum damaligen Zeitpunkt dreiundzwanzig Jahre alt und Mutter eines drei Monate alten Mädchens. Sie hatte in Hamburg gewohnt. Bei dem jüngsten Vermisstenfall handelte es sich um eine Japanerin namens Sakura Ito. Sie war Mutter eines inzwischen Neunjährigen und wurde seit 2011 vermisst. Ruth runzelte die Stirn.

»Bei der hier müsste ich wissen, ob zum Zeitpunkt des Verschwindens eine Schwangerschaft vorgelegen hat.

Falls nicht, passt sie zeitlich nicht in unser Raster – ihr Verschwinden liegt noch nicht lang genug zurück«, bemerkte sie.

»Gib her, ich kümmer mich drum«, entgegnete Ansgar.

Als Nächstes nahm Ruth einen der Ausdrucke zur Hand, die sie zuvor hatte aussortieren wollen. Sonnarong, Chutima. Vermisst seit 2006, damals zwanzig Jahre alt. Kinderlos. Chutima kam gebürtig aus Thailand. Ihre Schwester hatte sie als vermisst gemeldet.

Chantira Schmidt, las Ruth. Wohnhaft in Ludwigshafen.

»Gibt es zu diesen beiden noch mehr Infos?«

Ruth tippte auf die Gesichter von Chutima und Nam Phuong Tran. Ansgar beugte sich vor.

»Was ist mit den anderen? Fallen die raus?«

»Nein, aber irgendwo müssen wir ja anfangen. Wir werden die Vermisstenanzeigen der Reihe nach abarbeiten.«

Ansgar griff nach seiner Computer-Maus und begann, auf seinem Bildschirm herumzuklicken.

»Also. Die Vietnamesin, Nam Phuong, wurde am 23. 8. 2005 in Hamburg von ihrem Mann als vermisst gemeldet. Sein Name ist Karl-Heinz Flehe. Soll ich die Adresse und Telefonnummer herausfinden?«

Ruth nickte. Ansgar schrieb etwas auf einen Zettel und fuhr fort:

»Der nächste Fall, Chutima Sonnarong. Sie ist die jüngere Schwester von Chantira Schmidt. Chantira hat Chutimas Verschwinden am 4. 7. 2006 bei der Polizei in München gemeldet, die offizielle Vermisstenanzeige erfolgte zwei Tage später in Ludwigshafen. Die beiden hatten einen Ausflug nach München unternommen und in einem

Hotel übernachtet. Als Chantira am Morgen des 4. 7. aufwachte, war ihre Schwester spurlos verschwunden.«

Ansgar drehte sich zu Ruth um.

»München?«, meinte er fragend.

Ruth zuckte die Achseln.

»Es erscheint einem vielleicht plausibler, weil es nicht so weit weg ist, aber auch von Hamburg kommt man mit dem Zug hier runter. Oder mit dem Auto. Wie dem auch sei, gibt es eine Adresse und eine Telefonnummer?«

»Finde ich raus. Gib mir ein paar Minuten.«

Ruth erhob sich.

»Ich bin in meinem Büro.«

Becht und Anne Bernd waren noch nicht von der Pressekonferenz zurückgekehrt. Auch Ferdinands Büro lag verwaist da. Ruth ging in die Küche und holte sich einen Kaffee. Die Uhr an der Wand über der Spüle zeigte 13.11 Uhr an.

Warum verging die Zeit heute nicht?

Als sie an ihrer Tasse nippte, fiel ihr Judy Mapote wieder ein. Sie war im Zirkus gewesen. Am darauffolgenden Abend war Wilhelmine Tomtschuk vom Trapez gestürzt. Und im Garten von Judy Mapotes Schwiegereltern hatte man zwei Skelette gefunden, die dort schon eine ganze Zeit herumlagen, wie es den Anschein hatte.

Plötzlich hatte Ruth ein Bild vor Augen. Minka Tomtschuk war gestorben, weil sie etwas über die beiden Frauenleichen im Brunnen wusste. Irgendwie hatte sie ihr Wissen noch an Beppo weitergeben können, bevor sie starb. Und Beppo hatte in ihrem Auftrag gehandelt. Er hatte etwas gesucht, aber er wusste nicht genau, was.

Konnte das sein?

Beppo hatte weder mit Minkas Tod noch mit dem Tod der beiden anderen Frauen etwas zu tun. Er machte sich aus schierer Dummheit verdächtig. Dafür würde Ruth ihm beizeiten die Ohren langziehen. Auch die Kerns waren raus; zu dem Zeitpunkt, als die beiden Leichen in dem Brunnen verscharrt wurden, war das Grundstück in der Butterstraße noch gar nicht in ihrem Besitz. Es hatte den Bernauers gehört.

Die älteren Bernauers waren seit drei Jahren tot, aber Michel Bernauer lebte noch und wohnte mit seiner bildhübschen Frau und dem gemeinsamen Sohn auf dem Keil in Töpferrad.

Ruth musste sich bremsen. Sie wusste noch nicht genug über die beiden Leichen im Brunnen – vielleicht hatte sich Wencke geirrt, und die Skelette lagen tatsächlich schon seit einer Ewigkeit dort, viel länger als zehn Jahre. Möglicherweise hatte Ansgar auch ein paar Vermisstenmeldungen übersehen, zum Beispiel aus dem Ausland, und bei dem einen Skelett handelte es sich um keine der neun Frauen, die Ansgar bislang in der Vermisstendatei recherchiert hatte. Sie musste sich gedulden.

Dennoch. Ihre Überlegungen fühlten sich merkwürdig stimmig an.

Als sie die Tür zu ihrem Büro aufstieß, klingelte ihr Telefon. Ansgar.

»Hast du was zum Schreiben?«

Ruth notierte zwei Rufnummern. Die eine gehörte Karl-Heinz Flehe, die andere Chantira Schmidt. Ansgar versprach, bei den zuständigen Polizeidienststellen anzurufen, um weitere Informationen über die restlichen Vermissten anzufordern.

Ruth legte auf und betrachtete die beiden Telefonnummern auf ihrer Schreibtischunterlage. Eine Stimme in ihrem Kopf mahnte sie zur Besonnenheit, doch ihr Jagdinstinkt war stärker. Einem Impuls folgend, wählte sie die zweite Nummer. Eine Frau hob ab.

»Schmidt?«

»Guten Tag, mein Name ist Ruth Winterscheidt. Ich bin Kriminaloberkommissarin im Polizeipräsidium von Fels. Spreche ich mit Chantira Schmidt?«

»Ja.«

Die Stimme klang sehr jung und sehr besorgt.

Bevor Ruth etwas Einleitendes sagen konnte, kam die Frau ihr zuvor.

»Geht es um meine Schwester?«

Angst. Hoffnung. Aufregung, eine Mischung aus all diesen Gefühlen schwang in der jugendlichen Stimme mit, auch nach all diesen Jahren. Ruth wollte keine alten Wunden aufreißen, aber das war vielleicht unvermeidlich. Sie fasste sich ein Herz.

»Folgendes ist geschehen: Wir sind im Zusammenhang mit einem Fall, den wir bearbeiten, auf die Vermisstenanzeige gestoßen, die Sie vor einigen Jahren aufgegeben haben. In Ludwigshafen.«

»Ja, aber verschwunden ist Chu in München. Was ist das für ein Fall?«

Chantiras Stimme überschlug sich fast.

»Darüber darf ich zum gegenwärtigen Zeitpunkt leider nicht mit Ihnen reden«, gab Ruth zurück und dachte, dass es am Abend sowieso in den Zeitungen stehen würde.

Spätestens dann wüsste Chantira Schmidt Bescheid.

»Ich habe nur ein paar kurze Fragen. Sagt Ihnen der Name Wilhelmine Tomtschuk etwas?«

Es war ein Schuss ins Blaue. Sie rechnete nicht damit, unverhofft ins Schwarze zu treffen, dennoch war sie enttäuscht, als die Antwort negativ ausfiel.

»Nein, nie gehört.«

Ruth biss sich auf die Unterlippe.

»Was ist mit Michel Bernauer? Oder einfach nur Bernauer?«

Die Frau am anderen Ende der Leitung verneinte erneut.

»Sagt Ihnen der Ortsname Töpferrad zufällig etwas?«

»Auch nicht. Wo ist das? Und wer sind diese Leute?«

Ruth wollte so ehrlich wie möglich sein.

»Ich trete bei den Ermittlungen in einem Mordfall auf der Stelle und habe nach einem Strohhalm gegriffen, Frau Schmidt«, erwiderte sie zerknirscht. »Es tut mir furchtbar leid, dass ich Ihnen keine Antworten auf Ihre Fragen geben kann, weil die Ermittlungen noch laufen. Aber ich musste Sie anrufen, es hat mir einfach keine Ruhe gelassen.«

»Dass meine kleine Schwester seit fast zehn Jahren verschwunden ist, lässt mir auch keine Ruhe, Frau Winterscheidt«, konterte die junge Frau bitter.

»Ich werde mich bei Ihnen melden, wenn ich mehr weiß«, versprach Ruth.

Auf der anderen Seite erklang ein sarkastisches Lachen.

»Ja, klar.«

Damit legte Chantira Schmidt auf.

Das nächste Gespräch mit dem Ehemann von Nam Phuong Tran verlief ähnlich. Auch er klang im ersten Moment hoffnungsvoll, dann verstimmt und zuletzt feindselig. Und auch er hatte noch nie von Minka, Töpferrad und Michel Bernauer gehört.

Nachdem sie das Telefonat beendet hatte, starrte Ruth eine Weile aus dem Fenster. Die Angespanntheit und Verbitterung der Angehörigen machte sie betroffen, und sie sah ein, dass es wenig Sinn hatte, noch mehr Personen aufzuschrecken, nur weil sie nicht die Geduld besaß, auf die Ergebnisse der DNA-Abgleiche zu warten.

Ihr Telefon klingelte. Es war Hugo vom Empfang.

»Besuch für dich.«

»Besuch?«

»Der Clown hat sich gerade bei mir angemeldet und gefragt, ob du da bist.«

»Er ist hier?«, rief Ruth aus.

»Ja. Ich habe ihn für dich festnehmen lassen.«

Stolz sprach aus Hugos Stimme.

Ruth hätte sich am liebsten die Augen gerieben.

»Kannst du ihn denn auch für mich hochbringen lassen?«, fragte sie, als sie sich wieder einigermaßen gefasst hatte.

»Klar!«

»Verhörzimmer A, bitte«, sagte sie.

Sie drückte das Gespräch weg, um sogleich die Handynummer von Ferdinand zu wählen. Er meldete sich erst nach einer ganzen Weile und klang außer Atem, als er antwortete.

»Was gibt's?«

»Pfeif die Hunde zurück«, meinte Ruth tonlos, »wir haben ihn.«

»*Commissaria!*«

Beppo strahlte über das ganze Gesicht, doch seine Augen strahlten nicht mit.

Es war eigenartig, ihn ungeschminkt und nicht kostümiert zu sehen. Er hatte auch ohne weiße Schminke ein recht blasses Gesicht. Auf der linken Wange befand sich unterhalb des Wangenknochens eine feine Narbe, die Ruth zuvor nicht aufgefallen war. Seine dunklen Haare waren dicht und strubbelig und fielen ihm in die Stirn. Er trug ein schwarzes, enganliegendes T-Shirt und eine schwarze Jeans.

»Wo ist denn Ihr Kostüm?«

»Ich habe es ausgezogen, als ich weggerannt bin.«

»Sie leugnen also nicht, dass Sie im Garten der Kerns gegraben haben?«

»Nein, das leugne ich nicht. Warum auch?«

»In meinem Job habe ich oft mit Leuten zu tun, die leugnen würden, nachts auf einem fremden Grundstück herumgeschlichen zu sein. Was hofften Sie denn dort zu finden?«

»Gute Frage. Ich wusste ja nicht einmal, wonach ich suchen musste.«

»Das nehme ich Ihnen nicht ab, Herr Clown. Wenn Sie gar nichts gewusst hätten, hätten Sie doch nicht den Brunnen von Frau Goldbacher und dann den Brunnen der Kerns inspiziert.«

Beppo neigte den Kopf zur Seite und schlug ein Bein über das andere.

»Stimmt.«

»Vielleicht erzählen Sie mir einfach, was Sie wissen«, schlug Ruth vor.

In diesem Moment klopfte es an der Tür. Ruth, die mit dem Rücken zur Tür saß, drehte sich mit fragendem Blick um.

»Ja?«

Becht betrat den Raum, ohne etwas zu sagen, und setzte sich neben Ruth an den Tisch. Mit der Hand bedeutete er Ruth weiterzumachen.

»Bitte, Herr Clown«, meinte sie aufmunternd.

»Am Freitagabend habe ich nach der Vorstellung zufällig gehört, wie ein Mann mit Minka gesprochen hat. Gesehen habe ich ihn leider nicht. Die beiden waren hinter der Bühne. Minka hatte schon angefangen aufzuräumen. Keine Ahnung, wie der Mann dort hingekommen ist. Ich kam von der Rückseite; ich hatte etwas aus meinem Wohnwagen geholt, und auf dem Weg zur Bühne ist mir mein Schlüssel runtergefallen. Ich habe mich hingehockt, um den Schlüssel aus dem Metallgitter rauszufischen, als ich plötzlich eine Männerstimme hörte. Der Kerl war aufgebracht. Ich hörte ihn sagen: ›Sag mir nicht, dass du dich nicht erinnerst! Im Brunnen, in der Butterstraße.‹ Minka wusste nicht, wovon er redete. Sie klang überrascht. Und er blaffte sie an. Sie solle bloß nicht so tun, sie wüsste ganz genau, wovon er spricht! Da ist Minka ernster geworden und hat ihn aufgefordert zu gehen. ›Gehen Sie jetzt bitte, sonst muss ich meine Kollegen holen. Sie dürfen gar nicht hier sein, dieser Teil der Manege ist nur für Zirkusmitarbeiter‹, hat sie gesagt. Ihr Tonfall war komisch, deshalb habe ich beschlossen, nach ihr zu sehen und mich später um meinen Schlüssel zu kümmern. Als ich bei ihr angelangt war, war sie allerdings allein. Sie blickte in Richtung der Ränge. ›Wer war das?‹, habe ich sie gefragt, aber sie hat nur den Kopf geschüttelt. Niemand.«

»Gab es noch andere Zeugen für diese Unterredung zwischen Minka und dem Unbekannten?«

»Wir waren allein. Also, die beiden waren allein.«

»Hat irgendjemand diesen fremden Mann nach der Vorstellung in der Manege oder hinter der Bühne bemerkt?«

Beppo zuckte die Achseln.

»Ich glaube nicht. Es hat zumindest keiner etwas gesagt.«

»Warum haben Sie uns am Samstag nichts davon erzählt?«, wollte Ruth wissen.

Beppo zuckte die Achseln.

»Ich wollte mich erst vergewissern, dass Minka wirklich nicht wusste, wovon der Typ gesprochen hat. Ich hatte Angst, dass sie vielleicht in etwas Illegales verwickelt war.«

»Und da haben Sie also beschlossen, uns diese wichtige Information vorzuenthalten?«

Ruth funkelte den Clown böse an.

»Ich bin doch hier«, erwiderte er kleinlaut.

Ruth und Becht tauschten einen Blick aus.

»Warum sind Sie geflohen, als Imina Kern Sie im Garten entdeckt hat?«

»Warum wohl? Ich hatte Angst. Sie ist vor mir weggelaufen und dann einfach zusammengeklappt. Ich habe mich über sie gebeugt und sie gefragt, ob alles okay ist, aber sie war ohnmächtig. Außerdem dachte ich, dass die Nachbarn jeden Moment rüberkommen oder die Polizei anrufen würden.«

»Hatten Sie da schon begriffen, was Sie in dem Brunnen finden würden?«

Beppo zögerte kurz, dann nickte er.

»Ja, ich habe es geahnt. Ich habe nämlich das hier gefunden.«

Beppo zog eine Kette mit einem kleinen Anhänger aus seiner Hosentasche. Der Anhänger pendelte vor Ruth und Becht in der Luft. Er war aus Gold und herzförmig.

»Ist eine Gravur auf dem Herz?«, meldete sich Becht zum ersten Mal zu Wort.

»Nein. Er ist ganz glatt. Als ich den gefunden hatte, war mir klar, dass da etwas Schlimmes passiert sein muss. Was war denn nun in dem Brunnen? Eine Leiche, oder?«

Ruth musterte Beppo skeptisch. Versuchte er vielleicht doch, sie und Becht zum Narren zu halten?

»Zwei«, entgegnete sie schließlich.

Beppo riss die Augen weit auf.

»Zwei«, hauchte er und sank auf seinem Stuhl in sich zusammen.

Ruth versuchte, in seinem Gesicht und in seiner Körperhaltung zu lesen. Sie fand nichts Falsches, Unaufrichtiges, seine Sprachlosigkeit wirkte echt.

»Glauben Sie, dass Minka etwas mit den beiden Leichen zu tun hat?«, fragte sie.

»Auf keinen Fall! Ich bin mir hundertprozentig sicher, dass sie den Mann, der sie im Zirkuszelt angesprochen hat, nicht gekannt hat und keine Ahnung hatte, wovon er spricht.«

»Und Sie selbst haben ebenfalls nichts mit den beiden Toten in dem Brunnenschacht zu tun. Deshalb haben Sie beschlossen, sich zu stellen«, fasste Ruth zusammen.

Beppo zog die Augenbrauen hoch.

»Zu stellen? Stehe ich denn unter Verdacht?«

Und wie, dachte Ruth.

»Na ja. Selbst wenn das mit dem geheimnisvollen Fremden stimmt, haben Sie trotzdem zweimal Hausfriedensbruch begangen, eine junge Frau fast zu Tode erschreckt und ein Beweismittel entwendet«, meinte Becht.

»Und so geholfen, zwei Leichen ans Tageslicht zu befördern. Oder denken Sie, Sie hätten sie gefunden, wenn ich nicht zufällig das Gespräch zwischen Minka und dem Mann belauscht hätte?«, gab Beppo zu bedenken.

»Nein. Das hätten wir nicht«, gab Ruth zu.

Die Leichen hätten bis zum Sankt-Nimmerleins-Tag im Brunnen hinter dem Haus der Kerns gelegen. Es sei denn, Herr Kern hätte sich irgendwann überlegt, den Brunnen auszuheben, um den Garten umzugestalten.

»Die Stimme von diesem unbekannten Mann. Können Sie die beschreiben?«, fragte Becht jetzt.

Beppo schloss die Augen und atmete tief ein.

»Sie war komisch. Irgendwie kehlig.«

»Rau?«

»Nein. Eher gepresst. Gequält.«

»Und Minka hat den Mann danach mit keinem Wort mehr erwähnt?«

»Nein.«

Ruth trommelte mit den Fingerspitzen auf die Tischplatte.

»Darf ich jetzt gehen?«, wollte der Clown wissen.

Die Frage überraschte Ruth, und auch Becht wusste nicht, was er sagen sollte. Ruth räusperte sich:

»Es ist so, Herr Clown. Sie waren derjenige, der Minka

Tomtschuk am Abend ihres Sturzes vom Trapez gefunden hat. Sie sind der Letzte, der sie lebend gesehen hat. Und außer Ihnen hat niemand den geheimnisvollen Fremden in der Manege gesehen oder gehört. Aber Sie wurden gestern Nacht am Fundort zweier Leichen beobachtet. Sie haben ein Beweismittel aus dem Brunnen gestohlen und sind anschließend geflüchtet. Und Sie sind vorbestraft.«

Der letzte Satz überraschte Beppo sichtlich, doch er fing sich rasch.

»Wegen Einbruchs«, schnaubte er verächtlich, »nicht wegen Mordes.«

Er sah Ruth direkt in die Augen.

»Sie wissen doch, dass ich es nicht war, *commissaria*.«

Seine Stimme klang eindringlich.

»Vielleicht sind Sie einfach nur ausgesprochen gerissen. Ich traue mir selbst nicht so ganz, wenn ich mit Ihnen rede. Ihr Charme zieht bei mir. Ich lasse mich von Ihnen bequatschen, wenn ich nicht aufpasse«, gab Ruth ehrlich zu.

»Und was denken Sie, wohin ich gehe, wenn Sie mich gehen lassen?«, fragte Beppo.

Sie antwortete nicht.

»Wo soll ich schon hin? Ich habe nur den Zirkus!«

»Es tut mir leid«, sagte Ruth schließlich und meinte es so, »ich kann Sie dieses Mal nicht gehen lassen.«

Beppo wurde von einem Beamten abgeführt und warf Ruth einen so verletzten Blick zu, als er sich verabschiedete, dass sie schnell wegschauen musste. Nachdem die Tür ins Schloss gefallen war, blieben Ruth und Becht ruhig nebeneinander sitzen.

»Ich glaube ihm«, sagte Ruth nach einer Weile.

»Ich auch.«

Bechts Bekräftigung kam wie aus der Pistole geschossen.

»Dann ermitteln wir also so weiter, als wenn es diese Unterhaltung zwischen der Tomtschuk und dem geheimnisvollen Mann tatsächlich gegeben hätte?«

Becht überlegte und nickte.

»Wir sollten die Möglichkeit auf jeden Fall in Betracht ziehen. Wenn Beppo die Wahrheit sagt, müssen wir festhalten, dass Minka offensichtlich keine Ahnung hatte, wovon der Unbekannte im Zirkuszelt redete. Und sie hat ihn gesiezt, sie kannte den Mann nicht.«

»Na ja. Vielleicht hat sie nur so getan hat, als wenn sie nichts wüsste, ganz wie der Unbekannte es ihr vorgeworfen hat«, gab Ruth zu bedenken.

»Du glaubst, sie hat was mit den beiden Leichen zu tun?«

Ruth nickte.

»Wäre doch möglich. Es würde erklären, warum Minka mit niemandem über die merkwürdige Begegnung gesprochen hat. In dem Fall könnten wir vielleicht noch ein paar Vermisstenanzeigen aussortieren. Der Fall mit der verschwundenen Vietnamesin, den Ansgar herausgesucht hat, läge zum Beispiel zu weit zurück, da war die Tomtschuk noch zu klein.«

Becht konnte ihr nicht folgen.

»Wovon redest du?«

»Ansgar hat bislang neun Vermisstenanzeigen herausgefischt, die auf das asiatische Opfer zutreffen könnten. Der älteste Fall ist von 2005; die Tomtschuk ist Jahrgang 1993. Das meine ich mit ›zu klein‹.«

»Aber sie könnte doch auch als Kind oder Jugendliche irgendetwas beobachtet haben, was ihr später zum Verhängnis geworden ist?«, warf Becht ein.

Ruth stülpte die Unterlippe vor.

»Ja. Möglich wäre das.«

»Was ist denn mit den übrigen Vermissten? Hast du dich da schon weiter mit befasst?«

»Ich wollte mir die Anzeigen häppchenweise vornehmen. Außer dem Fall von 2005 habe ich mir noch eine Vermisstenmeldung von 2006 genauer angesehen. Eine Thailänderin. Die Schwester hat ihr Verschwinden gemeldet.«

Ruth beschloss, ihr Telefonat mit Chantira Schmidt erst einmal nicht zu erwähnen.

»Wie war überhaupt die Pressekonferenz?«, wechselte sie das Thema.

»Genauso scheiße wie immer.«

Ruth musste über Bechts bodenständige Ausdrucksweise lachen.

»Ich war derweil bei Michel Bernauers Frau. Sie war am Freitagabend im Zirkus.«

Becht zog die Stirn kraus.

»Mit oder ohne Michel?«

»Mit. Er ist ab 16 Uhr zu Hause.«

»Dann fahren wir da nachher hin«, bestimmte Becht. Er packte seine geöffnete Jacke an den unteren Enden des Reißverschlusses und zog die beiden Teile auseinander, als breitete er seine Flügel aus, die gelüftet werden mussten.

»Wir ändern den Kurs«, meinte er nachdenklich, »zwei Tote mehr, und auf einmal scheint alles wieder offen zu sein. All die Verdächtigen, die wir im Zirkus befragt haben ... Meinst du, das war umsonst? Haben wir das Pferd von hinten aufgezäumt?«

Ruth dachte an Simon und den Schokohasen.

»Wir haben den Arsch vom Hasen zuerst gegessen«, sagte sie ernst.

Becht starrte sie entgeistert an. Ruth machte sich nicht die Mühe, ihn aufzuklären.

»Sollen wir was essen gehen? Mir knurrt der Magen.«

Becht willigte ein.

# 17

## Michel Bernauer braust auf

Der Mann war eigenartig, war das Erste, was Ruth dachte, nachdem sie ihn eine Weile beobachtet hatte. Er besaß ein blasses Gesicht und buschige Brauen, unter denen sich kleine Augen versteckten. Er schien sie beständig zusammenzukneifen, wie um besser sehen zu können. Seine Figur war schmächtig, und auf seinen entblößten Unterarmen kräuselte sich rötliches Haar. Auf dem Kopf bot sich ein anderes Bild. Michel Bernauers hellbraunes Haar war weiß gescheckt und sah aus wie von Mehltau befallen.

Sein Alter war schwer zu schätzen, alles zwischen dreißig und fünfundvierzig Jahren wäre denkbar gewesen. Ruth beobachtete den Übergang von heller zu gebräunter Haut an seinen Oberarmen und Oberschenkeln. Bernauer war ein Mensch, der im Freien arbeitete.

Er redete mit einer leicht schnarrenden Stimme, als wenn er den Mund beim Sprechen nicht weit genug aufbekäme. Ruth überlegte, ob man sie auch als kehlig beschreiben konnte. Ihre Antwort lautete Ja.

»Weshalb wollen Sie denn mit mir sprechen?«, fragte er nun.

Sie saßen im Wohnzimmer. Judy Mapote war in der Küche zugange. Teller klapperten und Schubladen wurden geöffnet.

Als Bernauer auf dem Sofa Platz genommen hatte,

kletterte sein kleiner Sohn auf seinen Schoß und steckte sich einen Daumen in den Mund. Der Kleine war sehr niedlich. Mit großen, dunklen Augen betrachtete er Becht staunend (ja, vor allem Becht hatte es ihm angetan), seine schwarzen, gekräuselten Haare klebten an seinem runden Köpfchen. Er war verschwitzt vom Schlafen.

Bernauer schlang seine Arme um das Kind und drückte ihm einen Kuss auf den Hinterkopf. Der Junge lächelte und drehte sich kurz zu seinem Vater um, bevor er seine Konzentration erneut auf Becht richtete.

Eine kleine, heile Familie.

Ruth und Becht hatten sich auf dem Weg nach Töpferrad eine Strategie überlegt. Dieses Mal wollte Becht die Befragung übernehmen. Außerdem hatten sie beschlossen, vorerst nicht preiszugeben, dass sie bereits eine verheißungsvolle Spur verfolgten, was die Identität von einer der beiden Leichen betraf.

»Michel«, begann Becht, »es geht um das alte Haus.«

Bernauer reagierte nicht.

»In der Butterstraße.«

Jetzt zuckten Michel Bernauers Mundwinkel, als wenn er lachen müsste.

»Ach ja. Das Haus«, seufzte er, »was ist damit?«

Becht musterte sein Gegenüber aufmerksam. Ruth konnte sich ungefähr vorstellen, was er gerade dachte: Warum tat Michel Bernauer so, als wüsste er noch nicht, dass die Polizei auf dem Grundstück seiner Eltern zwei Skelette aus dem Brunnen geborgen hatte? In Töpferrad verbreiteten sich Neuigkeiten schneller als der Schall. Noch dazu redete er als Briefträger Tag für Tag mit unzähligen mitteilsamen Dorfbewohnern.

»Wir haben gestern Nacht zwei Frauenskelette aus dem Brunnen hinterm Haus geborgen.«

Keine Gemütsregung, dachte Ruth. Er trägt sein Maulwurfgesicht wie eine Maske.

Becht rutschte bis zur Sofakante vor, so dass sein gewaltiger Bauch der Tasse und dem Milchkännchen auf dem Tisch gefährlich nahe kam.

»Wie lange haben deine Eltern in dem Haus gewohnt?«

Becht pirschte sich von der anderen Seite heran. Mit Worten konnte er das. Immerhin.

»Sie haben es in den Sechzigern gebaut. Im Oktober 2011 ist meine Mutter gestorben, mein Vater im Januar 2012. Im April 2012 habe ich es verkauft. An Gabriel Kern.«

»Du hast deine Eltern gepflegt, nicht wahr?«

Bernauer nickte.

»Wann haben sie den Brunnen zugeschüttet?«

»Ich weiß nicht mehr.«

»Hat in all dieser Zeit irgendjemand außer euch in dem Haus gewohnt? Hattet ihr zum Beispiel mal einen Untermieter oder so was?«

Kopfschütteln.

»Und wart ihr irgendwann mal über einen längeren Zeitraum alle zusammen verreist?«

Michel sah Becht direkt an.

»Du meinst, ob sich mal irgendwann jemand ungesehen in den Garten gestohlen und zwei Leichen in unserem Brunnen entsorgt haben könnte? Klar. Da gab es massig Gelegenheiten. Wir sind immer ein- bis zweimal im Jahr in Urlaub gefahren, bis meine Eltern krank wurden. Es kommt also darauf an, *wann* diese Leichen vergraben wurden.«

Schnell ist er, dachte Ruth. Dieses staubige Äußere trügt.

»Das wissen wir noch nicht«, gab Becht zu, »wir warten noch auf die Ergebnisse der Laboruntersuchung.«

Judy Mapote stand plötzlich neben dem Sofa und streckte die Arme nach ihrem kleinen Sohn aus.

»Das ist nicht Unterhaltung für Kinder«, sagte sie streng.

Bernauer schaute sofort weg. Offensichtlich hatte Judy Mapote hier die Hosen an.

Jetzt, da sein kleiner Sohn nicht mehr auf seinem Schoß hockte, wirkte Bernauer etwas verloren. Er drückte die Oberschenkel aneinander und hielt seine Arme und Hände leicht verkrampft neben dem Körper.

»Wer waren die beiden denn?«, fragte er.

»Auch das wissen wir noch nicht.«

Bernauers Schweinsäuglein musterten Becht.

»Wenn ihr mir nichts sagt, kann ich euch nicht helfen«, bemerkte er spitz.

In diesem Augenblick begriff Ruth etwas. Auch wenn Michel Bernauer derjenige war, der unentspannt und verkrampft vor ihr saß, so war doch sie selbst es, die sich nicht wohl fühlte. Und das lag an Michel Bernauer. Er war ihr unangenehm. Diese merkwürdig verklemmte, verschüchterte Art war nicht ganz koscher. Sie hatte das Gefühl, als spielte er mit ihnen.

Becht ging nicht auf Bernauers Bemerkung ein.

»Wann sind deine Eltern erkrankt?«

»Bei Mama hat es 2007 angefangen. Der Darm. Papa hat die Diagnose 2010 bekommen.«

»Du hast die ganze Zeit über noch hier gewohnt, bei deinen Eltern, meine ich?«

»Ja. Na und?«

»Es war nur eine Frage, Michel«, erläuterte Becht sanft.

»Es gibt gar nicht so wenige Männer, die mit Anfang dreißig noch bei ihren Eltern wohnen. Ist das so schlecht? Und vor allem, geht das irgendjemanden etwas an? Warum hätte ich mir allein eine Wohnung nehmen sollen? Mama und Papa waren doch froh, dass ich da war – auch bevor sie krank wurden. Wir haben uns gut verstanden. Ich habe gern bei ihnen gelebt. Nicht, weil ich faul bin, sondern weil es schön war! Ich kann kochen und waschen und putzen, fragen Sie meine Frau! Ich habe mich nicht faul zurückgelehnt und Mutti mal machen lassen …«

»Wann hast du deine Frau kennengelernt?«

Wenn Becht nicht dazwischengegangen wäre, hätte Michel sicherlich noch eine ganze Weile weitergeschimpft. Er hatte einen roten Kopf bekommen. Offenbar hatte Bernauer darunter gelitten, mit Anfang dreißig noch unverheiratet zu sein. Und es klang so, als wenn sich Leute darüber lustig gemacht hatten. Ohne zu zielen, hatte Becht einen wunden Punkt getroffen.

Menschen mit verletztem Stolz waren gefährlich, dachte Ruth.

»Ich bin im Februar 2011 nach Kenia geflogen«, antwortete Bernauer, »dort habe ich Judy kennengelernt. Wieso stellst du mir all diese Fragen? Was hat das mit den Leichen im Brunnen zu tun? Frag mich doch einfach, ob ich die da verbuddelt habe!«

Ruth bewunderte Becht für seine stoische Ruhe. Er war unerschütterlich. Auch in dieser Situation ließ er sich nicht beirren, sondern stellte weiter gleichmütig seine Fragen.

»Weißt du, wer die Frauen im Brunnen sein könnten?«

Bernauer schüttelte stumm den Kopf.

»Hast du etwas damit zu tun?«

Kopfschütteln.

»Hatten deine Eltern etwas damit zu tun?«

Kopfschütteln.

»Du warst am Freitagabend in der Vorstellung des *Zirkus Träume*?«

Ein kurzes Zucken, die Brauen trafen in der Mitte über Bernauers Nasenspitze zusammen.

»Ja.«

»Kennst du Wilhelmine Tomtschuk?«

»Wen?«

»Die Trapezkünstlerin, die am vergangenen Samstagabend gestorben ist.«

»Was hat die mit den Leichen im Garten meiner Eltern zu tun? Ach so, lass mich raten: Das wisst ihr noch nicht.«

Jetzt war Bernauer bis zum Rand des Sofas vorgerutscht und wirkte erstaunlich bedrohlich für jemanden seiner Statur.

»Warum kommt ihr nicht einfach wieder, wenn ihr etwas wisst?«, schlug er vor.

»Antworte bitte auf meine Frage. Kennst du Wilhelmine Tomtschuk?«

»Nein.«

»Hast du an dem Abend nach der Vorstellung mit ihr geredet?«

»Wieso hätte ich mit ihr reden sollen, wenn ich sie nicht kenne?«

Bernauer wurde immer ungehaltener, aber Becht ließ nicht locker.

»Was habt ihr nach der Vorstellung gemacht?«

»Wir sind nach Hause gefahren.«

»Ohne Umschweife?«

Unvermittelt beruhigte sich Bernauer wieder, als wenn jemand den Hebel umgelegt und das Atomkraftwerk heruntergefahren hätte.

»Ja, ohne Umschweife«, sagte er und lächelte, »der Kleine musste ins Bett.«

»Aus dem kriegen wir so nichts raus«, rief Becht Ruth über das Dach seines Mercedes zu, bevor er sich ans Steuer setzte.

Er klang frustriert.

Ruth nahm auf dem Beifahrersitz Platz und schnallte sich mühsam an. Hatte sie etwa schon wieder zugenommen?

»Ein eigenartiger Typ ist das«, bemerkte sie nachdenklich, »richtiggehend unangenehm.«

Becht lenkte den Wagen auf die Hauptstraße.

»Ich habe gestern Nacht noch kurz mit Billa über ihn gesprochen. Sie kennt Michel, seit er ein kleiner Junge ist.«

»Und?«

»Er war wohl immer schon ein Außenseiter, nicht sehr beliebt. Er wurde viel gehänselt als Kind, weil er schwächlich war und sich gern hinter seiner Mutter versteckt hat.«

Das überraschte Ruth nicht.

»Er ist unterschwellig aggressiv«, sagte sie.

»Ja. Ist mir auch aufgefallen. Jederzeit zum Absprung bereit, um dem Gegenüber an die Kehle zu gehen. Dabei sieht er gar nicht aus, als wenn er körperlich irgendetwas ausrichten könnte. Na ja. Interessant sind vielleicht auch die Gerüchte, dass er seine Braut gekauft hat.«

Ruths Miene verdüsterte sich.

»Im Dritte-Welt-Katalog ausgesucht und bestellt, oder wie?«

Becht nickte.

»Genau so. Ich hätte es anders ausgedrückt als du, aber es trifft den Kern der Sache. Judy Mapote kommt ursprünglich aus Ruanda. Sie hat in einem Flüchtlingslager in Kenia gelebt. Dort hat Michel sie dann wohl gefunden und mit nach Deutschland genommen.«

Ruth überlegte kurz.

»Und das Kind?«

Becht zuckte die Achseln.

»Ist vielleicht seins, vielleicht auch nicht. Er sagt natürlich, dass es sein Sohn ist, aber so genau wissen tut das keiner.«

»Seine Frau würde ihm sicher nicht in den Rücken fallen«, vermutete Ruth.

»Das denke ich auch. Und falls Michel derjenige war, der Minka am Abend vor ihrem Tod hinter der Bühne angesprochen hat, würde Judy Mapote ihren Mann sicherlich decken. Selbst wenn Michel das Zirkuszelt nach der Vorstellung nicht zusammen mit ihr und dem Kleinen verlassen hätte, würde sie uns das nicht auf die Nase binden«, merkte Becht an.

Ruth dachte nach.

»Okay. Weiter. Welche Verbindung könnte zwischen Minka und Michel Bernauer bestehen? Wir müssen herausfinden, ob Minka schon mal hier war, in Fels oder in

Töpferrad. Vielleicht hat sie ihren Kollegen gegenüber mal irgendetwas erwähnt? Oder gegenüber ihrer Oma?«

Becht nickte.

»Gut. Wir sprechen also noch mal mit den Zirkusmitarbeitern und mit Oma Tomtschuk. Was, wenn dabei herauskommt, dass sie noch nie hier war?«

Ruth schmeckte Eisen und legte den Zeigefinger auf ihre Unterlippe. Sie hatte so heftig nachgedacht, dass sie sich die Lippe blutig gebissen hatte.

»Für mich klingt es nach einer spontanen Begegnung«, begann sie, »unverhofft. Bernauer geht mit seiner Frau und seinem Sohn in den Zirkus, da sieht er die Tomtschuk. Er erkennt sie wieder und geht nach der Vorstellung zu ihr, spricht sie auf den Brunnen in der Butterstraße an. Sie reagiert nicht darauf. Und erzählt anschließend auch niemandem von der Begegnung mit dem Mann. Eine Erklärung ist, dass sie Dreck am Stecken hat. Die andere Erklärung ist, dass sie wirklich keine Ahnung hat, weil ...«

»... es sich möglicherweise um eine Verwechslung handelt«, vervollständigte Becht den Satz.

Unabsichtlich trat er zu fest aufs Gaspedal, und Ruth wurde in den Sitz gedrückt. Den breitgesessenen, gemütlichen Ledersitz hätte sie gern als Bürostuhl gehabt, das Gefühl in ihrer Magengrube war jedoch unangenehm.

So unangenehm wie die Gegenwart von Michel Bernauer.

»Da habe ich wohl zu doll auf die Tube gedrückt«, meinte Becht.

Manchmal benutzte er Ausdrücke, die völlig aus der Mode gekommen waren.

Auf der Rückfahrt erhielt Ruth einen Anruf von Ansgar.

»Ansgar hat noch weitere acht Frauen in der Vermisstendatei gefunden, die unsere Suchkriterien erfüllen, und alle DNA-Profile ans Labor weitergegeben. Mal sehen, ob ein Treffer dabei ist«, erstattete Ruth Bericht.

»Gut. Ich setze dich am Präsidium ab und fahre direkt weiter zum Zirkus, in Ordnung?«

Becht wollte versuchen herauszufinden, ob Minka früher schon einmal in Töpferrad oder Fels gewesen war. Ruth hatte sich bereit erklärt, derweil mit Oma Tomtschuk zu telefonieren.

Auf dem Flur vor ihrem Büro kam ihr ein völlig verdreckter Ferdinand entgegen. Anscheinend war er beim Durchstreifen des Hakenforsts in ein Erdloch gefallen. Seine Hose war bis zu den Knien voller Matsch und in seinen Haaren machte Ruth ein paar Fichtennadeln aus.

»Tja, das war so richtig für die Katz«, sagte er und lächelte müde.

Er tat Ruth fast ein bisschen leid. Sie brachte ihn mit knappen Worten auf den neuesten Stand der Ermittlungen. Ferdinand hörte aufmerksam zu. Dabei legte sich seine Stirn mehr und mehr in Falten.

»Vielleicht hat Bernauer vor seiner jetzigen Frau ja eine Asiatin ausprobiert, war unzufrieden mit ihr und hat sie umgebracht, weil er nicht wusste, wie er sie sonst wieder loswerden soll«, meinte er abfällig.

Ruth sah ihn staunend an. Boshafter hätte sie es nicht formulieren können.

»Wencke hat angerufen. Die restlichen Ergebnisse aus dem Labor kommen erst morgen früh«, fügte er hinzu.

Ruth war enttäuscht. Mit hängenden Schultern setzte

sie sich an ihren Schreibtisch und führte ein kurzes, unergiebiges Telefonat mit Minkas Großmutter. Minka hatte ihr gegenüber nichts erwähnt, was darauf schließen ließ, dass sie schon jemals zuvor in Fels gewesen war. Ruth hatte nicht vergessen, dass sie Oma Tomtschuk nach Minkas Sachen fragen wollte, nach alten Tagebüchern und Ähnlichem, aber dies schien ihr nicht der geeignete Zeitpunkt zu sein. Deshalb beließ sie es dabei, kurz zu berichten, dass sie noch im Dunkeln tappten, aber mehrere heiße Spuren verfolgten.

Bei dem Wort »heiß« schnaubte Oma Tomtschuk in den Hörer. Sie beendeten das Gespräch.

Ruth stützte die Ellbogen auf die Tischplatte und dachte nach. Was Ferdinand zuvor auf dem Flur gesagt hatte, beschäftigte sie. Sie öffnete den Webbrowser und begann, verschiedene Schlagworte in die Suchleiste einzugeben.

Wie fand man hübsche Frauen aus armen Ländern?

Nach fünf Minuten wusste sie es. Es gab zig Partnerbörsen für die unterschiedlichsten Bedürfnisse und Vorlieben sowie spezielle Länderplattformen. Man konnte nach Alter und anderen Merkmalen suchen und sich die Frau basteln, die einem am besten in den Kram passte. Anschließend musste man sie nur noch in den Warenkorb legen und zur Kasse gehen.

Ganz so einfach war es natürlich nicht, aber Ruth war dennoch erstaunt und auch ein wenig schockiert. Es gab Videos und Ratgeber zum Thema Heirat und Visum für die Angebetete aus dem exotischen Ausland. Der Markt war riesig. Unzählige heiratswillige Frauen und Unmengen von Männern, die auf Freiersfüßen wandelten. Ruth klickte ein paar Profile von Frauen an, die auf der Suche nach einem Europäer waren. Ihre Ansprüche waren meist bescheiden. *Er soll nicht so viel trinken*, las sie ein paar Mal.

Ruth stellte sich vor, wie sie selbst ein Profil für sich erstellen würde. Suche: Mann. Alter: fünfzig bis fünfundsechzig. Nichtraucher bevorzugt. Kinder: egal. Charakterliche Eigenschaften: dickes Fell. Das war wichtig. Wer kein dickes Fell hatte, konnte es mit Ruth keine vierundzwanzig Stunden aushalten. Maui hatte oft gesagt, dass ihm wegen Ruth Hornhaut auf der Seele gewachsen war. Er hatte es stolz gesagt, aber Ruth verstand es doch als Vorwurf.

Was wünschte sie sich sonst noch? Humor, mit Vorliebe trockenen. Und es sollte jemand sein, der seinen Beruf liebte. Das war wichtig, denn der Mann an Ruths Seite musste nachvollziehen können, mit welcher Leidenschaft sie ihrem Beruf nachging.

Verständnis.

Vertrauen.

War ihre Liste etwa schon zu lang? Vielleicht erwartete sie zu viel. Sie seufzte. Das Gute an ihrer Situation war, dass sie nicht darauf *angewiesen* war, einen Partner zu finden; sie kam auch allein zurecht. Das war vermutlich der entscheidende Unterschied zwischen ihr und den vielen Frauen aus den armen Ländern dieser Welt, die im Internet nach einem »reichen« Mann aus dem wohlhabenden Westen suchten: Ruth hatte eine Wahl.

# 18

## Ruth und Becht fahren in die Pfalz

Der Wecker hatte noch nicht geklingelt, aber Ruth lag schon lange wach. Draußen wurde es langsam hell. Irgendwo vor ihrem Schlafzimmerfenster zwitscherte eine Amsel. Wahrscheinlich saß sie in dem Apfelbaum, den ihre Mutter gepflanzt hatte, als sie in das Haus eingezogen war, als Symbol für ihren Neuanfang fernab von Österreich.

Es gab ein schönes Foto von Agnes Winterscheidt. Darauf lachte sie und schaute ein wenig verträumt in die Kamera. Ihr Haar war bereits ergraut und ihr Gesicht von feinen Fältchen durchzogen. Das Bild lag in der obersten Schublade von Ruths Wäschekommode. Sie hatte schon einige Male überlegt, dass sie es aufstellen sollte. Aber wenn sie das Bild ein paar Sekunden in der Hand gehalten und betrachtet hatte, war sie so traurig geworden, dass es ihr die Kehle zuschnürte. Sie war offensichtlich noch nicht so weit.

Ruth lag da, die Augen an die dunkle Balkendecke gerichtet, und überlegte, warum sie gerade an das Foto gedacht hatte. Sie musste nur zwei Schlagworte zurückdenken: Amsel. Apfelbaum. Und schon hatte sie den Faden wiedergefunden.

Sie schlug die Bettdecke zurück und stellte fest, dass sie in der Nacht stark geschwitzt hatte. Ihr Nachthemd klebte an ihrem Rücken fest. Sie zog es aus und ging unter die Dusche. Dort fiel ihr der Traum von letzter Nacht wieder ein. Darin war Michel Bernauer vorgekommen, aber er hatte anders ausgesehen. Dennoch wusste Ruth, dass er es war. Der schnarrende Klang seiner Stimme hatte ihn verraten.

Ob der Clown Bernauer anhand seiner Stimme erkennen könnte? Aber vielleicht hatte Beppo auch gelogen und einen mysteriösen Fremden erfunden, um seine eigene Haut zu retten. Um sie auf eine falsche Fährte zu führen.

Ruth kochte Kaffee und füllte ihn in einen Becher mit Deckel. Dann ging sie in den Flur und zog die Leine von der Ablage. Lina stand sofort wedelnd neben ihr. Ruth drehte mit ihr eine große Runde um die Felder. Als sie in einen Hundehaufen trat, freute sie sich darüber, dass sie sich für die Gummistiefel entschieden hatte. Die Luft war frisch, in der Nacht hatte es geregnet. Der Hund lief durch das hohe, nasse Gras und reckte die Nase in die Höhe. Ruth war die einzige Spaziergängerin weit und breit.

Manchmal kamen ihr gute Gedanken, wenn sie mit Lina Gassi ging. Neulich war ihr zum Beispiel der noch fehlende Begriff aus einem Kreuzworträtsel eingefallen, als sie eine Runde um den See gedreht hatte. Das Lösungswort hatte sie längst herausgefunden, aber eine Ecke des Kreuzworträtsels blieb leer. Diese Stelle ohne Buchstaben störte sie. Und dann war das Wort urplötzlich in ihrem Kopf aufgeploppt, ihr war das sprichwörtliche Lichtlein aufgegangen, und sie ärgerte sich darüber, warum sie nicht schon viel eher darauf gekommen war. Denn es war zu simpel.

Ungefähr so stellte es sich Ruth auch bei dem Mordfall Minka Tomtschuk vor. Die Lösung war ganz einfach, und sie war auch schon da – Ruth kannte sie! Aber sie kam nicht drauf, weil sie ein Brett vorm Kopf hatte.

Tief in Gedanken kehrte sie nach Hause zurück. Erst im Flur fiel ihr wieder ein, dass sie in den Haufen getreten war. Sie blieb abrupt stehen, drehte sich um und entdeckte die feuchten Fußabdrücke, die sie von der Haustür bis zur Garderobe auf dem Dielenboden hinterlassen hatte. Sie zog die Gummistiefel aus und ging auf Socken zur Tür.

Hinter ihr klingelte das alte schwarze Telefon mit der Drehscheibe. Es war Becht.

»Die Ergebnisse sind da«, sagte er. »Die beiden Skelette liegen seit ca. sieben bis neun Jahren in der Erde. Und bei einer der Toten handelt es sich um Chutima Sonnarong. Der DNA-Abgleich war positiv.«

Ruth hielt den Hörer in der Hand wie erstarrt. Das Opfer war die Schwester der Frau, mit der sie gestern telefoniert hatte. Das war kein kurioser Zufall – die Vermisstenanzeige von Chutima hatte Ruth nur deshalb mit als Erstes bearbeitet, weil sie sie zuvor beinahe *aussortiert* hätte! Sie spürte, wie ihr die Schamesröte ins Gesicht schoss.

»Ruth? Bist du noch dran?«

»Ja! Ja, ich bin hier.«

»Ich werde jetzt bei Chantira Schmidt, der älteren Schwester der Toten, anrufen.«

»Nein. Mach das nicht«, sagte sie schnell

Becht wartete offensichtlich auf eine Erklärung.

»Ich hab schon mit ihr telefoniert«, beichtete Ruth kleinlaut.

»Ah ja? Wann denn das?«

Er klang beherrscht, aber Ruth wusste, dass er sich ärgerte. Er hasste Alleingänge.

»Gestern. Chutima Sonnarong war die Erste auf meinem Stapel.«

»Und?«

»Ich habe sie gefragt, ob sie den Namen Michel Bernauer schon einmal gehört hat.«

Lautstarkes Ausatmen am anderen Ende der Leitung. Ruth sah Becht vor sich, wie er auf seinen Fersen vor- und zurückwippte und Atemyoga machte, um nicht auszuflippen. Dann antwortete er mit ruhiger Stimme.

»Gut, in dem Fall ist es wohl am besten, wenn du sie anrufst.«

»Ich mache mich sofort –«

Weiter kam sie nicht, Becht hatte bereits aufgelegt.

Bevor Ruth die Nummer von Chantira Schmidt wählte, ging sie noch einmal kurz in sich. Becht saß auf ihrem Besucherstuhl. Seine Anwesenheit machte sie nervös.

»Es tut mir leid«, sagte sie vorsichtig, doch Becht schüttelte unwirsch den Kopf.

Blumen, dachte sie unvermittelt. Bei Frauen halfen Blumen.

Sie nahm den Hörer in die Hand.

»Guten Morgen, Frau Schmidt. Hier ist Ruth Winterscheidt.«

Ruth musste sich nicht in Erinnerung rufen. Obwohl Chantira Schmidt nichts erwiderte, konnte Ruth ihre Anspannung bis nach Fels spüren. Nervosität am Telefon und Zorn auf dem Besucherstuhl. Das war ein bisschen viel für diese Uhrzeit.

»Sie haben sie gefunden«, flüsterte Chantira, »Sie haben sie endlich gefunden.«

Sie klang nicht traurig oder schockiert, sondern erleichtert.

»Ja. Wir haben sie gefunden.«

»Sind Sie sich ganz sicher?«

»Der Abgleich mit der DNA-Probe, die Sie 2006 in Ludwigshafen abgegeben haben, war positiv.«

»Was ist mit ihr …«, begann Chantira. »Wo haben Sie sie gefunden? Wer hat sie …?«

Ruth unterbrach sie.

»Wir haben bei der –«

Bevor Ruth das Wort Leiche herausrutschte, konnte sie sich gerade noch auf die Zunge beißen. Sie klang viel zu abgeklärt. Immerhin hatte Chantira Schmidt gerade erfahren, dass ihre kleine Schwester nicht bloß vermisst, sondern tot war. Ruth musste behutsamer vorgehen.

»– *Frau* einen Gegenstand gefunden, den ich Ihnen gern beschreiben würde. Hat Ihre Schwester zufällig ein zierliches Goldkettchen mit einem kleinen, herzförmigen Anhänger besessen?«

Schweigen. Dann:

»Ja, so einen Anhänger habe ich Chu zum 14. Geburtstag geschenkt. Sie hat ihn immer getragen. Immer.«

Chantira Schmidt machte ein paar eigenartige Geräusche, die Ruth im Nachhinein als trockenes Schlucken deutete. Die Frau kämpfte gegen die Tränen an.

»Wir müssen mit Ihnen reden, persönlich«, sagte Ruth sanft.

Chantira putzte sich die Nase und entgegnete verweint:

»Ich verstehe. Ich habe aber kein Auto.«

»Das macht nichts. Wir kommen zu Ihnen.«

Sie fuhren mit Bechts Mercedes. Als sie in Speyer auf die B9 in Richtung Ludwigshafen fuhren, begann es zu nieseln. Ruth las die Namen der Ortschaften (Dudenhofen, Otterstadt, Mutterstadt) und dachte, dass die Pfalz sicher auch ihr Töpferrad hatte. So kleine, beschauliche Gemeinden, in denen sich die Nachbarn noch beim Namen kannten, gab es überall. Auf der ganzen Welt.

Als sie die Stadtgrenze von Ludwigshafen gegen 14 Uhr erreichten, war es mit der Beschaulichkeit vorbei. Mehrgeschossige Häuser mit fleckigen Fassaden drängten sich an den Straßen. Die meisten schienen von demselben Architekten zu stammen. Selbst die Versuche, mit Blumenkästen an den Balkons etwas Farbe in den Stadtwald zu bringen, schlugen fehl. Das graue Wetter trug das Seinige dazu bei.

»Wieso zieht man nach Ludwigshafen?«, murmelte Ruth und betrachtete die eintönigen Mietshäuser.

»Wieso zieht man nach Katzbach?«, gab Becht zurück.

Er schmunzelte. Er hatte das ideale Gesicht dazu, fand Ruth, fleischig und rund.

Davon abgesehen, hatte ihr Chef recht. Ludwigshafen war genauso gut oder schlecht wie jede andere Stadt. Es kam wahrscheinlich darauf an, wo man vorher gewesen war.

Chantira Schmidt wohnte mit ihrem Mann in der Schanzstraße. Becht fand einen Parkplatz direkt vor der Haustür. Als Ruth ausstieg, fiel ihr sofort auf, dass wenig Licht in die Straße drang; sie war zu schmal. Gemeinsam suchten sie nach dem Klingelschild.

»Dritter Stock«, drang die inzwischen vertraute Stimme der Frau aus der Gegensprechanlage.

Chantira Schmidt stand im Türrahmen, als Becht und Ruth die letzte Kehre der Treppe ins dritte Geschoss genommen hatten. Sie trug kurze weiße Sportsocken, eine schlabberige Jogginghose und ein weites Sweatshirt. Gut möglich, dass sie eben erst aufgestanden war. Ihre langen schwarzen Haare hatte sie zu einem lockeren Zopf gebunden. Sie besaß ein ovales Gesicht mit hohen Wangenknochen und mandelförmige Augen. Die weite Kleidung konnte nicht verbergen, dass sie feingliedrig und zierlich war.

Becht gab ihr die Hand.

»Kriminalhauptkommissar Becht, das ist meine Kollegin Ruth Winterscheidt.«

»Wir haben miteinander gesprochen«, meinte Ruth, obwohl sie wusste, dass das unnötig war.

Chantira Schmidt würde Ruths Namen ihr Lebtag nicht mehr vergessen.

»Kommen Sie rein.«

Sie folgten der jungen Frau in ein großzügig geschnittenes Wohnzimmer, das mit altmodischen Möbeln eingerichtet war.

»Setzen Sie sich«, bat Chantira und wies auf eine durchgesessene Ledercouch. »Ich hole uns etwas zu trinken.«

Sie verschwand im Flur.

Ruth sah sich um. Kein Kinderspielzeug. Chantira Schmidt hatte entweder sofort angefangen aufzuräumen, als Ruth und Becht am Vormittag ihren Besuch angekündigt hatten, oder sie war generell ein ordentlicher Mensch. Drei Bücher waren sorgsam auf dem Glastisch vor der Couch gestapelt, die Kuscheldecke auf der Armlehne des Sessels war Ecke auf Ecke gefaltet.

Chantira kehrte mit einem Tablett ins Wohnzimmer zurück, stellte zwei Gläser vor Becht und Ruth ab und schenkte ihnen ein, bevor sie im Schneidersitz auf dem Sessel Platz nahm.

»Das ist die Kette«, sagte Ruth ohne Einleitung und reichte ihr eine durchsichtige Plastiktüte.

Die Frau warf nur einen kurzen Blick auf die zierliche Kette mit dem Goldanhänger.

»Ja, das ist sie.«

Sie nahm die Tüte nicht entgegen.

»Sind Sie sicher? Sie haben sie ja nicht mal richtig angesehen«, meinte Ruth.

Da griff Chantira an ihren Hals und zog eine Goldkette hervor, an der ein kleiner Anhänger in Form eines Herzens baumelte. Sie hielt sie in die Höhe wie eine Trophäe.

»Sehen Sie?«, sagte sie.

Ruth nickte.

»Ja. Verstehe.«

»Was ist mit ihr passiert?«

Becht ergriff das Wort.

»In der Nacht von Sonntag und Montag hat uns ein Verdächtiger in einem Mordfall, an dem wir seit Samstag arbeiten, zu dem Fundort von zwei weiblichen Skeletten geführt. Die beiden Frauen sind offenbar vor sieben bis neun Jahren in einem ungenutzten Brunnen im Garten eines Privathauses in Töpferrad vergraben worden. Eine dieser Frauen ist allem Anschein nach Ihre Schwester Chutima.«

Chantira hing an Bechts Lippen.

»Wem gehört dieses Haus?«, wollte sie wissen. »Diesem Michel Bernauer, nach dem mich Ihre Kollegin gefragt hat?«

Ruth zuckte zusammen, Becht blinzelte irritiert.

»Es hat früher einmal *den Eltern* von Herrn Bernauer gehört«, konkretisierte er.

»Und vor sieben bis neun Jahren? Als die Leichen vergraben wurden? Hat er da noch in dem Haus gewohnt?«

»Ja«, antwortete Becht schlicht.

»Haben Sie ein Foto von ihm?«

Ruth hatte mit dieser Frage gerechnet und Mariechen deshalb vor der Abfahrt nach Ludwigshafen damit beauftragt, ein aktuelles Bild von Bernauer aufzutreiben.

»Die Qualität ist leider nicht sehr gut«, meinte Ruth entschuldigend.

Sie reichte Chantira Schmidt die Kopie eines Zeitungsfotos von der Felsner Briefträgerolympiade aus dem Vorjahr. Darauf stand Michel in der zweiten Reihe und starrte mit ernster Miene in die Kamera. Chantira starrte reglos auf das Blatt Papier in ihren Händen. In ihrem Gesicht zeichnete sich keinerlei Spur eines Wiedererkennens ab.

»Und Sie glauben, dass dieser Mann meine Schwester getötet hat?«

Becht schüttelte den Kopf.

»Wir wissen es nicht. Und ich möchte Sie herzlich bitten, seinen Namen vorerst niemandem zu nennen. Wir stecken noch mitten in den Ermittlungen. Wenn er merkt, dass wir ihn verdächtigen, flüchtet er vielleicht.«

Chantira nickte kaum merklich.

»Ich kann ja sowieso nichts ausrichten«, sagte sie bitter.

»Frau Schmidt, können Sie sich vorstellen, wer die andere Frau sein könnte? Sie war etwa in demselben Alter wie Ihre Schwester, als sie ... als man sie ...«

»Umgebracht hat, ich verstehe. Nein. Ich habe keine Ahnung, wer das sein könnte. Meine Schwester kannte außer mir und meinem Mann niemanden in Deutschland.«

Becht zog die Augenbrauen hoch.

»Sie hat mich hier besucht. Das hatte ich aber auch damals zu Protokoll gegeben.«

Ruth verzog das Gesicht. Das Protokoll! Ansgar hatte gar nichts dazu gesagt. Allerdings gehörte es auch nicht zu seinen Aufgaben, den werten Kollegen die Ergebnisse seiner Recherchen auch noch hinterherzutragen und vorzukauen.

»Ich fürchte, Sie müssen uns das alles noch einmal der Reihe nach erzählen«, meinte Becht und machte ein schuldbewusstes Gesicht.

Chantira ließ sich nicht anmerken, was sie dachte.

»Ich komme aus Karon, das ist ein Badeort auf Phuket in Thailand. Als ich sechzehn war, bin ich nach Phuket-Stadt gegangen, um dort zu arbeiten. Ich weiß nicht, wie viel sie über Phuket wissen, aber auf meiner Heimatinsel gibt es sehr viele Touristen. Ich habe in einer Bar gekellnert. Dort habe ich 2003 meinen Mann kennengelernt, ein paar Monate später haben wir geheiratet. 2004 bin ich nach Deutschland gekommen.

Zwei Jahre später besuchte mich meine kleine Schwester zum ersten Mal. Sie hatte Geld gespart, wir haben ihr den Flug bezahlt. Ich wollte ihr meine neue Heimat zeigen. Wir haben zusammen Chus zwanzigsten Geburtstag gefeiert. Ich habe ihr einen Ausflug nach München geschenkt. Am 3. 7. 2006 haben wir uns in den Zug gesetzt. Wir haben den Nachmittag in der Stadt verbracht, waren im Englischen Garten spazieren und haben uns das Deutsche Museum angesehen. Am Abend waren wir essen und sind anschließend in unser Hotel in der Luisenstraße zurückgekehrt. Am nächsten Morgen war Chu weg.«

»Und sie hat keine Nachricht hinterlassen, und an der Rezeption konnte sich auch niemand daran erinnern, wie sie weggegangen ist?«

»Genau. Sie war einfach weg. Sie hat auch nichts mitgenommen, außer ihren Hasen.«

Becht kniff die Augen zusammen.

»Ein Stofftier?«

»Ja. Ich habe ihr den Hasen geschickt, nachdem ich nach Deutschland gezogen war. Sie hat ihn immer dabeigehabt. Er sah schon ganz mitgenommen aus. Ihm fehlte ein Ohr.«

Bei der Erinnerung daran stiegen Chantira Tränen in die Augen. Becht wartete einen Moment, bevor er weiterfragte.

»Ihre Tasche war also noch da?«

Chantira nickte.

»Ihr Koffer, ja. Er steht im Keller.«

»Hier?«

»Ja.«

»Könnten wir ihn uns ansehen?«

»Natürlich. Aber ich habe ihn schon tausendmal durchsucht. Ich habe nichts gefunden, was darauf hindeutet, wo sie hingegangen sein könnte.«

»Ich würde ihn mir trotzdem gern einmal ansehen«, beharrte Becht.

Chantira erhob sich.

»Ich brauche ein paar Minuten.«

Sie verließ den Raum. Als die Wohnungstür ins Schloss gefallen war, sagte Ruth:

»Vielleicht hat sie einen Kontakt gehabt, hier in Deutschland.«

»Das habe ich auch eben überlegt.«

»Da müssen wir noch mal nachhaken.«

»Ja, das müssen wir.«

Bechts Stimme schien von weit her zu kommen. Er wirkte betrübt.

»Was ist los mit dir?«, fragte Ruth.

»Wenn Chantira sagt, dass sie in Phuket als Kellnerin gearbeitet hat, meinst du, dass sie wirklich gekellnert hat? Und dass sie ihren Mann aus Liebe geheiratet hat?«

Ruth verzog keine Miene.

»Chantira Schmidt ist nicht Gegenstand unserer Ermittlungen.«

»Nein, eigentlich geht es um Wilhelmine Tomtschuk. Aber ich weiß gar nicht, wann ich das letzte Mal an Minka gedacht habe.«

Ruth ging es ähnlich. Durch den Fund der beiden Skelette war Minka ins Abseits geraten.

»Sie ist Teil des Ganzen«, flüsterte Ruth. »Vielleicht kannte sie das andere Opfer?«

Vor ihrer Abfahrt hatte Becht Ansgar damit beauftragt, sich schon einmal die bundesweiten Vermisstenmeldungen von 2005 bis 2008 vorzunehmen. Eigentlich wussten sie noch viel zu wenig über das zweite Opfer. Junge Frau Anfang zwanzig, circa 1,65 Meter groß, Ellbogenfraktur. Es war ein Fass ohne Boden, aber irgendwo mussten sie schließlich anfangen. Ansgar hatte nicht gemurrt, sondern darum gebeten, Mariechen ins Boot zu holen und gegebenenfalls auch Ferdinand. Becht hatte ihm freie Hand gelassen.

Becht hob an, etwas zu sagen, da wurde die Wohnungstür aufgeschlossen. Etwas rumpelte über den Parkettboden: ein Ziehkoffer auf Rollen. Chantira Schmidt stellte ihn in der Mitte des Wohnzimmers ab. Er war von einem feinen Staubfilm bedeckt.

Ruth stand auf und besah ihn sich von allen Seiten. Dann legte sie den Koffer hin und zog die Reißverschlüsse auf. Chutima hatte bunte Kleidung gemocht und für milde Temperaturen gepackt. Eine lange Jeans, ein Kleid, kurze Hose, Tops.

Sie nahm die Kleidungsstücke einzeln aus dem Koffer und fuhr mit den Fingern durch sämtliche Furchen und Rillen im Innenfutter. Sie öffnete weitere Reißverschlüsse und schüttelte die T-Shirts aus.

Nichts.

Wo nichts ist, kann nichts werden, hatte ihre Mutter zu sagen gepflegt. Sie hatte sich dabei auf eine Ecke des Gartens bezogen, in der beharrlich nichts wachsen wollte.

»Hatte Chu ein Telefon?«, wollte Ruth wissen.

»Ja. Aber das hat sie auf ihrem Nachttisch liegenlassen.«

Ruth biss sich auf die Unterlippe.

»Wie hat sich Ihre Schwester hier eigentlich verständigt?«

»Sie hat ein bisschen Englisch gesprochen.«

»Und Deutsch?«

»Nein. Sie konnte nur ein paar Wörter und Sätze sagen, die ich ihr beigebracht habe. Danke, bitte, ich heiße Chu und so was.«

»Aber sie wäre schon in der Lage gewesen, auf Englisch mit einem Taxifahrer zu reden, nach dem Weg zu fragen, sich ein Busticket zu kaufen et cetera?«

Chantira nickte.

»Wie war denn Ihr Verhältnis zu Ihrer Schwester?«, wollte Becht wissen.

»Wir hatten ein gutes Verhältnis. Ich bin fünf Jahre älter als sie, ich habe als Kind immer auf sie aufgepasst und mit ihr gespielt. Sie war furchtbar traurig, als ich ihr gesagt habe, dass ich nach Deutschland gehen würde. Gleichzeitig platzte sie fast vor Stolz und hat vor ihren Freundinnen mit mir angegeben. In Chus Augen hatte ich es geschafft: Ich verließ Thailand und machte etwas aus meinem Leben. Chu fand das erstrebenswert. Sie war ein bisschen naiv, wissen Sie. Egal, was ich gemacht habe, Chu fand alles toll und beeindruckend und hat mir nachgeeifert.«

»Wollte sie auch einen deutschen Mann kennenlernen wie Sie? Oh ... Verzeihung, das kam anders heraus, als ich wollte. Das war unhöflich.«

Ruth wusste, was Becht tat. Er versuchte, Chantira Schmidt aus der Reserve zu locken. *Ups*, *Ui* und *Huch* wären Becht niemals einfach so herausgerutscht.

Chantira Schmidts Gesichtsausdruck veränderte sich, und jeder Muskel in ihrem zarten Körper schien sich anzuspannen.

»Oh, Sie haben das genauso gemeint, wie Sie es gesagt haben! Sie sehen eine wie mich und denken gleich, die hat den erstbesten alten Sack angemacht, der ihr über den Weg gelaufen ist, damit sie nach Deutschland kommen kann. Aber mein Mann ist kein alter Sack, und wenn ich ihn nur aus Kalkül geheiratet hätte, wären wir inzwischen längst nicht mehr zusammen. Ich hätte drei Jahre gewartet, meinen Regelanspruch auf eine frühzeitige Einbürgerung geltend gemacht und auf Wiedersehen. So ist es aber nicht. Ich habe mich auf den ersten Blick in meinen Mann verliebt, und er sich in mich. Und wir sind immer noch zusammen und sehr glücklich, obwohl Chus Verschwinden uns beide furchtbar mitgenommen und unsere Beziehung sehr belastet hat.«

Becht sah sie nicht an, als er sagte:

»Ich habe aber nach Ihrer Schwester gefragt.«

So nahm Becht ihr den Wind aus den Segeln. Die eben noch geballten Fäuste lockerten sich.

»Ja. Chu hat sich das auch gewünscht. Aber ich habe ihr gesagt, dass sie lieber in Thailand bleiben soll. Mein Mann und ich haben meine Familie unterstützt. Nachdem ich ein Jahr lang Deutsch gelernt hatte, habe ich angefangen zu arbeiten. Das Geld hat gereicht. Ich konnte meiner Mutter und meiner Schwester genug geben, damit sie ein gutes Leben führen konnten.«

»Warum wollten Sie nicht, dass Chu es Ihnen gleichtut?«, hakte Becht nach.

Chantiras Augen füllten sich mit Tränen.

»Weil einen das Heimweh auffrisst. Weil kein Tag vergeht, an dem man sich nicht wieder in die Wärme zurücksehnt und ans Meer. Weil man die Berührung der Mutter vermisst. Weil man sich so sehr nach ihrer Umarmung sehnt, dass man sich die Augen ausheult. Außerdem wäre unsere Mutter dann ganz allein gewesen. Das ging nicht.«

Ruth dachte an ihre eigene Mutter. Sie hatte sich nie nach einer Umarmung von ihr gesehnt, aber sie war schließlich auch Ruth Winterscheidt.

Ruth Winterscheidt war nicht knuddelig.

»Das heißt also, Sie haben Ihrer Schwester ausgeredet, Ihrem Beispiel zu folgen und sich einen deutschen Mann zu suchen? Oder irgendeinen anderen Ausländer?«, fasste Becht zusammen.

»Ja.«

»Ist es nicht vielleicht denkbar, dass sie es trotzdem getan hat? Ohne dass Sie davon wussten?«

Chantira stand mit hängenden Armen vor dem Couchtisch.

»Ja, es ist denkbar«, quetschte sie widerwillig zwischen zusammengebissenen Zähnen hervor.

»Hat Sie vielleicht eher mit Ihrer Mutter darüber gesprochen als mit Ihnen? Wo sie doch wusste, dass Sie so eine Geschichte nicht billigen und vermutlich versuchen würden, ihr eine Liebelei mit einem Ausländer madig zu machen?«

»Ja, gut möglich. Aber meine Mutter können Sie leider nicht mehr dazu befragen.«

Ruth schluckte. Offenbar hatte Chantira Schmidt außer ihrem Mann keine engen Familienangehörigen mehr.

»Was ist mit Freundinnen? Hatte Chutima eine beste Freundin, der sie alles erzählt hat?«

Chantira zuckte die Achseln.

»Sie hatte viele Freundinnen. Ich habe versucht herauszufinden, ob sie sich vielleicht nach ihrem Verschwinden bei einer von ihnen gemeldet hat, aber niemand zu Hause wusste irgendetwas. Chu war wie vom Erdboden verschluckt.«

Ruth dachte darüber nach, wie makaber diese Formulierung angesichts des Fundorts der Leiche war.

Becht wechselte das Thema.

»War Ihre Schwester schwanger, als sie Sie besuchte?«

»Was?«

Chantira Schmidt wirkte überrumpelt. Die Verwunderung war ihr deutlich ins Gesicht geschrieben.

»Nein!«

»Und sie hatte auch noch kein Kind entbunden? In Thailand, meine ich.«

Die junge Frau schüttelte heftig den Kopf.

»Wie kommen Sie darauf?«

»Die Tote, die wir gefunden haben, war definitiv Mutter«, erklärte Becht, »das kann man am Skelett ablesen.«

Chantira schüttelte noch immer den Kopf.

»Nein, das ist unmöglich. Dann muss es sich doch um eine Verwechslung handeln.«

»Was ist daran so abwegig?«, wollte Becht wissen.

»Was daran abwegig ist? Chu war doch selbst noch ein Kind! Ich meine, sie war zwanzig Jahre alt, aber völlig unreif. Sie war wie ein kleines Mädchen. Als ich nach Deutschland gegangen bin, hatte sie noch nie etwas mit einem Mann gehabt, da bin ich mir ganz sicher. Und wenn sie schwanger gewesen wäre, hätte sie das auf keinen Fall vor Mama verbergen können.«

Chantira Schmidt schien nach Worten zu suchen.

»Das hätte sie auch vor *mir* nicht verheimlichen können. Egal, ob der Mann Ausländer war oder nicht.«

»Es gab also keine Anzeichen einer Schwangerschaft, als sie hier in Deutschland war und sie besucht hat?«, schaltete sich Ruth in das Gespräch ein.

»Nein! Wie oft denn noch?«

Wie lange konnte man eine Schwangerschaft verbergen? überlegte Ruth. Vier Monate? Fünf? Wenn Chutima schwanger nach Deutschland gereist war, hätte sie irgendwann Ende 2006 oder in der ersten Jahreshälfte 2007 ein

Baby zur Welt gebracht, wenn sie sich nicht verrechnete. Und danach hatte ihr Mörder sie in dem Brunnen verbuddelt. Zwischen Ende 2006 und 2008. Sieben bis neun Jahre, hatte das Labor festgelegt. Zeitlich passte es selbst dann noch, wenn Chutima erst in Deutschland schwanger geworden wäre.

Von Michel Bernauer zum Beispiel.

Ruth verspürte ein Stechen in der Magengrube.

Was war mit dem Baby passiert?

Becht erhob sich.

»Wir danken Ihnen, Frau Schmidt. Wir melden uns natürlich sofort bei Ihnen, wenn wir mehr wissen.«

Chantira Schmidt geleitete sie zur Wohnungstür.

»Herzliches Beileid«, sagte Becht, bevor er auf den Flur trat.

Chantira Schmidt sah aus, als wäre sie innerlich zerbrochen.

»Du hattest es plötzlich ganz schön eilig. Warum?«, fragte Ruth, als sie wieder im Auto saßen.

»Ich denke, wir sollten jetzt ganz fix herausfinden, ob Michel Bernauer im Zeitraum zwischen 2004 und 2006 Urlaub in Thailand gemacht hat. Er scheint doch ein Faible für exotische Frauen zu haben, meinst du nicht?«

»Weil er mit einer Afrikanerin verheiratet ist? Ich weiß nicht, ob man da schon von einem Faible sprechen kann. Aber ich finde den Ansatz richtig – lass ihn uns so richtig auseinandernehmen«, erwiderte Ruth.

»Einverstanden. Und jetzt stell dir mal Folgendes vor: Michel Bernauer begibt sich in Thailand auf Brautschau. Chutima verliebt sich in ihn, Gott weiß, warum und worin! Dann reist sie zu ihrer großen Schwester nach Deutschland. Sie weiß, dass Chantira es nicht billigen würde, wenn auch sie einen Deutschen heiraten und Thailand verlassen würde, ihrer Schwester kann sich Chu also nicht anvertrauen. Aber sie weiß, wo sie ihren Liebsten finden kann. Er wohnt gar nicht so weit von München entfernt. Als sie dort mit ihrer Schwester Urlaub macht, setzt sie sich mitten in der Nacht ab.«

Ruth machte mit: »Aber Töpferrad ist ein kleines Kaff, und die Eltern von Michel Bernauer leben noch. Wenn eine junge Asiatin plötzlich dort auftauchen würde, würde das nicht für Gerede sorgen?«

»Das stimmt. Vielleicht hat er sie direkt umgebracht?«, mutmaßte Becht.

»Das Baby«, gab Ruth zu bedenken, »das muss doch auch noch irgendwo sein.«

Becht knetete seine Unterlippe.

»Scheiße«, murmelte er.

»Wie ist Chu überhaupt aus München weggekommen? Sie muss Geld gehabt haben«, gab Ruth zu bedenken.

»Nicht, wenn er sie in München abgeholt hat. Finde ich persönlich plausibler.«

»Bevor wir von plausibel sprechen, sollten wir das mit dem Reisepass klären«, entgegnete Ruth.

»Sehr umsichtig«, feixte Becht.

Er ist gut drauf, der Becht, dachte Ruth. Wenn er in Fahrt ist und einen guten Gedanken hat, blüht er auf.

»Ist was ins Rollen gekommen?«, fragte sie.

Becht grinste von einem Ohr zum anderen.

»Zumindest vom Gefühl her.«

Ruth musste lächeln.

# 19

## Ruth steht auf der Leitung

Als sie aufwachte, saß sie noch immer auf Bechts Beifahrersitz. Durch die beschlagene Scheibe neben ihrem Gesicht erspähte sie ein Auto.

Nein. Das war *ihr* Auto.

Das war der Präsidiumsparkplatz. Sie war in Fels.

Ruth richtete sich auf. Ihr tat jeder Knochen weh.

Der Fahrersitz war leer. Becht hatte sie schlafen lassen. Sie warf einen Blick aufs Armaturenbrett. 20.35 Uhr. Gott, schon so spät!

Ruth stieß die Wagentür auf und stolperte ins Freie. Becht hatte sogar daran gedacht, sie abzuschnallen, dachte Ruth verblüfft. Und sie hatte so fest geschlafen, dass sie nichts davon gemerkt hatte.

Sie taumelte in Richtung Eingang. Der Empfangsbereich lag verwaist da, Hugo hatte längst Feierabend. Als sie im dritten Stock anlangte, bemerkte sie sofort, dass irgendetwas anders war als sonst. Vor Mariechens Büro herrschte Hektik. Sie sah Ferdinand durch den Gang huschen, dann erspähte sie Ansgars Kopf, der kurz in den Flur hinausragte und sich wieder zurückzog.

Sie beschleunigte ihren Schritt.

Die Stimmen kamen aus Mariechens Büro und redeten wild durcheinander. Neugierig stellte sich Ruth in die Tür. In dem kleinen Raum drängten sich Ansgar, Becht, Ferdinand, Anne Bernd und natürlich Mariechen. Mariechen war die Einzige, die saß. Sie deutete aufgeregt auf ihren Bildschirm und wedelte dabei mit einem DIN-A-4-Blatt.

»Hallo«, sagte Ruth.

Fünf Köpfe fuhren zu ihr herum.

»Ruth! Ich wollte dich gerade holen gehen. Du glaubst nie, was Mariechen und Ansgar gefunden haben.«

Becht riss Mariechen das Blatt aus der Hand und streckte es Ruth entgegen. Sie trat näher heran. Es handelte sich um einen Farbausdruck.

»Das ist ein Foto von Minka«, meinte sie.

Die Gesichtsausdrücke ihrer Kollegen schwankten zwischen triumphierend (Becht), belustigt (Mariechen), neugierig (Ferdinand und Ansgar) und ernst (Anne Bernd).

»Was denn?«

Ruth begriff nicht.

»Das ist nicht Minka Tomtschuk«, klärte Becht sie endlich auf, »das ist Eva Ellen Schneider. Am 1. 5. 2006 hat ihr Bruder Jakob bei der Polizei eine Vermisstenanzeige aufgegeben.«

Ruth verstand immer noch nicht. Das Foto auf dem Ausdruck war nicht gestochen scharf, doch die wesentlichen Gesichtszüge konnte man gut erkennen. Die junge Frau auf dem Bild hatte ein breites Gesicht und hohe Wangenknochen, ein spitzes Kinn, das nicht so recht zu der Gesichtsform passen wollte, eine schmale Stupsnase mit einem feinen Sattel aus blassen Sommersprossen, volle Lippen und fein geschwungene Augenbrauen. Sie hatte eine flächige Stirn und langes, dünnes Haar.

Das war Minka.

Nein, Moment. Etwas war anders. Ruth kramte in ihrer Erinnerung.

Das Muttermal. Minka Tomtschuk hatte ein Muttermal über dem linken Mundwinkel. Davon abgesehen, waren die beiden Damen zumindest vom Gesicht her nahezu baugleich.

Ruth ließ das Blatt sinken. Ihr Kopf war leer. Sie war immer noch müde.

»Das heißt, dass Minka Tomtschuk Eva Schneider ist?«

Becht verdrehte die Augen, und Ferdinand fing sogar an zu lachen. Anne Bernd legte Ruth eine Hand auf den Unterarm.

»Es heißt vielleicht, dass Minka Tomtschuk eine Doppelgängerin hatte.«

»Ach so.«

Ruth schämte sich in Grund und Boden. Wenn die Bernd nur schnell die Hand wegnähme! Sie fühlte sich wie eine demente Oma.

»Leider erreichen wir den Bruder von Eva Schneider nicht unter der Nummer, die Ansgar ermittelt hat«, meldete sich Mariechen zu Wort.

»Wenn seine Schwester schon mal eine Fraktur am Ellbogen hatte, können wir wohl von einem kleinen Durchbruch sprechen«, verkündete Becht.

Ruth konnte sich nicht freuen, sie schämte sich noch zu sehr.

»Es war ein Zufall. Mariechen und ich haben so viele Datensätze durchgesehen. Es ist einfach unfassbar, wie viele junge Menschen verschwinden«, berichtete Ansgar. »Wir haben schon gedacht, das wird nie was, wir suchen die Nadel im Heuhaufen. Und dann bin ich über dieses Bild gestolpert. Eva Schneider kommt gebürtig aus Mannheim. Sie war vierundzwanzig Jahre alt, als sie verschwand, und ist laut Anzeige 1,65 Meter groß. Sie lebte allein. Eines Tages war sie weg. Ihre Wohnung sah aus, als würde sie jeden Moment zurückkommen. Keine Nachricht, nichts. Einfach weg. Die Polizei hat eine Weile nach ihr gesucht, weil der Bruder darauf bestanden hat, dass ihr etwas Schlimmes passiert sein müsste. Andernfalls hätte sie doch eine Tasche gepackt, Geld vom Konto abgehoben und so weiter. Dann kam jedoch heraus, dass Eva Schneider immer mal wieder abgehauen ist. Sie hatte wiederholt davon gesprochen, dass sie aussteigen wollte. Die Suche wurde eingestellt, weil man davon ausging, dass sie schon von allein wieder auftauchen würde. Eine DNA-Probe wurde nicht hinterlegt.«

Die verantwortlichen Polizisten hatten recht behalten, dachte Ruth bitter. Eva Schneider war wieder aufgetaucht. Ihre Leiche zumindest.

»Das ist eine ziemlich traurige Welt, in der wir leben«, seufzte sie.

Sie hatte es nicht laut sagen wollen, doch jetzt, da es raus war, schien sich eine eigentümliche Schwere über den Raum zu legen. Die Freude darüber, dass sie auf etwas gestoßen waren, schien wie weggeblasen.

Ruth-Spielverderber-Winterscheidt, dachte Ruth.

Sie durchbrach das betretene Schweigen selbst.

»Ich fahre jetzt nach Hause. Und morgen früh werde ich noch einmal mit Judy Mapote reden. Ich glaube zwar nicht, dass sie uns die Wahrheit sagt, aber ich will trotzdem versuchen herauszubekommen, ob ihr Mann sich am letzten Freitagabend nach der Vorstellung für ein paar Minuten entschuldigt hat, bevor er wieder zu ihr und dem Kind gestoßen ist.«

Becht nickte.

»Gute Idee«, sagte er, »wir sollten jetzt alle Feierabend machen und uns ausruhen. Morgen ist auch noch ein Tag.«

# 20

## Ruth zählt Zufälle

Judy Mapote staunte nicht schlecht, als Ruth am Mittwochmorgen erneut bei ihr auf der Matte stand. Es war kurz vor neun Uhr und offensichtlich, dass sie der Kommissarin die Tür am liebsten vor der Nase zugeknallt hätte.

Ruth hatte vorsichtshalber bei einer Nachbarin geklingelt und sich unter einem Vorwand ins Haus gemogelt, da sie befürchtet hatte, dass Judy sie vielleicht nicht hereinlassen, sondern abwimmeln würde.

Ruths zweite Befürchtung war gewesen, dass Michel Bernauer zu Hause sein könnte. Diese Befürchtung zerstreute Judy Mapote aber bereits mit dem ersten Satz.

»Mein Mann ist nicht hier.«

Die Begrüßung ließ Judy dieses Mal aus.

»Ich wollte auch nicht mit Ihrem Mann sprechen, sondern mit Ihnen.«

»Mit mir?«

Judy Mapotes Stimme zeugte von Verwunderung. Im Hintergrund quäkte das Kind.

»Ich habe keine Zeit«, sagte sie. »Wir mussen zu Kindergarten.«

»Es dauert nicht lang. Versprochen.«

Judy war sichtlich genervt. Sie schloss die Augen und legte den Kopf in den Nacken.

»Fünf Minuten«, seufzte sie.

»Die brauche ich gar nicht«, konterte Ruth lächelnd.

Judy Mapotes Sohn hatte sein Spielzeug über den gesamten Wohnzimmerfußboden verteilt. Ruth stolperte auf dem Weg zur Couch über ein paar Matchbox-Autos. Der kleine Junge verzog sofort das Gesicht und begann zu weinen.

Auch das noch.

Judy nahm ihn auf den Arm und tröstete ihn. Sie sprach Englisch mit dem Kind.

»Ich habe gar nicht gefragt, wie Ihr Sohn heißt?«, versuchte es Ruth mit ein wenig harmloser Konversation.

»Joseph. Aber wir sagen nur Joe.«

»Ein niedlicher Kerl.«

»Was wollen Sie fragen?«

Dieses Mal wurde Ruth kein Sitzplatz angeboten.

Nun gut.

»Wie sind Sie am Abend nach der Zirkusvorstellung nach Hause gekommen?«

Judy Mapote hörte auf, ihr Kind in den Armen zu wiegen.

»Mit Auto. Wieso?«

Diese dämlichen Gegenfragen, dachte Ruth.

»Wo stand denn Ihr Wagen?«

»In der Garage von Rathaus.«

»Wann sind Sie zum Auto gegangen?«

»Gleich nach Ende«, antwortete Judy.

Joe strampelte auf ihrem Arm, und sie setzte den Jungen wieder ab.

»Wer ist gefahren?«

»Mein Mann. Warum Sie fragen?«

Judy wurde unruhig.

»Und Sie haben das Zirkuszelt gemeinsam verlassen?«

»Ja.«

»Ist Ihr Mann vielleicht noch mal kurz auf die Toilette abgebogen?«

Judy runzelte die Stirn.

»Wie abgebogen? Ich verstehe nicht.«

Ruth formulierte es anders.

»Ist er auf die Toilette gegangen?«

»Nein, direkt zu Auto«, antwortete Judy bestimmt.

Ruth betrachtete sie eingehend.

Direkt zum Auto, dachte sie. Das hat er ihr eingebläut.

»Ich weiß, dass Sie Ihren Mann schützen wollen. Ich verstehe das auch. Aber es ist wirklich sehr wichtig, dass Sie mir die Wahrheit sagen.«

Judys Gesichtsausdruck veränderte sich. Sie war entschlossen, ihren Mann zu decken.

»Direkt zu Auto. Michel, Joe und ich. Und jetzt gehen Sie.«

Ruth hoffte, dass der letzte Satz einer sprachlichen Unsicherheit geschuldet war. Sie fand nicht, dass sie einen Rauswurf verdient hatte.

»Gut. Ich musste es versuchen. Es wird sowieso früher oder später herauskommen. Wir werden herausfinden, was passiert ist.«

Judy Mapote ließ sich nicht beeindrucken.

»Gehen Sie. Jetzt. Bitte.«

Ruth seufzte.

»Wie Sie wollen. Auf Wiedersehen, Joe.«

Ruth beugte sich vor, um dem Kind besser ins Gesicht blicken zu können. Der Junge stand in seiner Spielecke und schaute sie mit großen Augen an. Er hielt einen kleinen Stoffhasen in der Hand, der schon ziemlich ramponiert war. Ein Ohr fehlte und das Fell war an einigen Stellen abgewetzt. Nacktgekuschelt, hätte Simon gesagt.

Joe hob die Hand und winkte.

»Tschüss«, sagte er mit seiner kleinen, hohen Kinderstimme.

Aber Ruth hörte ihn gar nicht richtig. Sie sah nur den Hasen.

Ihr wurde heiß. Sie musste sich irgendetwas einfallen lassen.

»Was hast du denn da? Darf ich das mal sehen?«

Ruth beugte sich vor und streckte ihre Hand nach dem Jungen aus. Er beäugte sie zunächst misstrauisch, dann lächelte er und machte einen Schritt auf Ruth zu. Sie konnte hören, wie Judy hinter ihr scharf die Luft zwischen den Zähnen nach innen sog.

Joe gab Ruth den Hasen. Sie starrte das Stofftier an, nicht viel größer als ihre Handfläche, und richtete sich auf. Judy Mapote wollte gerade etwas sagen, da klingelte ihr Handy. Sie wandte sich von Ruth ab, doch bevor sie das Telefon vom Esstisch nehmen konnte, brüllte Joe:

»Ich will, ich will, ich will!«

Er rannte zu seiner Mutter hinüber. Beide waren abgelenkt. Ruth ließ den Hasen in ihre Manteltasche gleiten.

Judy nahm das Gespräch entgegen, obwohl Joe an ihrem linken Bein hochsprang und weiter »Ich will« brüllte. Dann fing er an zu weinen. Judy Mapote versuchte, ihr Kind zu trösten. Ruth ging an den beiden vorbei.

»Ich finde den Weg.«

Judy drehte sich kurz zu Ruth um und nickte flüchtig. Sie wirkte erleichtert.

Als Ruth die Tür hinter sich ins Schloss gezogen hatte, begann ihr Herz zu wummern. Sie atmete einmal tief durch, dann spurtete sie los, so schnell es ihre Figur zuließ. Sie hastete die Treppenstufen ins Erdgeschoss hinunter, riss die Haustür auf und lief zu ihrem Wagen. Ihr Herz raste, ihr Atem überschlug sich.

Sie fuhr los, bevor sie sich angeschnallt hatte. Dabei dachte sie: Ich bin die Polizei. Ich darf das. Damit meinte sie nicht nur das Nicht-Anschnallen, sondern auch den Hasen in ihrer Jackentasche.

Vor der Dorfkirche lenkte sie ihren Peugeot auf den Parkstreifen vor der Bushaltestelle. Mit zitternden Händen zog sie das Stofftier aus ihrer Tasche und legte es auf ihren Oberschenkel. Dann zückte sie ihr Handy und machte ein Foto. Es war verwackelt.

Beruhig dich, ermahnte sie sich selbst.

Sie versuchte es erneut. Dieses Mal war das Ergebnis gestochen scharf und auch hell genug. Sie rief auf dem Präsidium an und ließ sich zu Mariechen durchstellen.

»Ja?«

»Die Handynummer von der Schmidt, schnell«, sagte sie atemlos.

Mariechen stellte keine Fragen. Sie konnte hören, dass es wichtig war.

»Kommt sofort.«

Ruth legte auf und wartete. Sie hatte das Gefühl, als käme ihr Herzschlag aus den Lautsprechern in den Wagentüren. Padumm, padumm, padumm.

Ihr Handy surrte.

Sie schickte das Foto an die Handynummer von Chantira Schmidt mit der kurzen Frage: »Ist er das?«

Dann wartete sie erneut. Padumm, padumm, padumm.

Chantira Schmidt antwortete vier Minuten später. Ruth betrachtete das Wort auf ihrem Display und fing hysterisch an zu kichern.

»Ja« stand da.

Eine Mitarbeiterin der Töpferräder Postfiliale hatte ihnen am Telefon mitgeteilt, dass sich Bernauer den Tag spontan freigenommen hatte. Sie fanden ihn in der *Amsel*, der größten Kneipe in Töpferrad. Er saß allein an der Theke vor einem Bier, das ganz offensichtlich nicht sein erstes war.

Becht hatte vorgeschlagen, dort nach ihm zu suchen.

»Billa hat mir erzählt, dass sich Michel dort oft nach der Arbeit und wenn er freihat betrinkt.«

Ruth erwiderte nichts darauf, sondern fragte sich im Stillen, was Billa Schimmelpfeng noch alles über die Töpferräder und ihre Geheimnisse wusste.

»Gibt es etwas zu feiern oder warum sitzt du um diese Uhrzeit hier und trinkst Bier?«, fragte Becht.

Bernauer antwortete nicht.

Es war kurz nach elf. Eine ungewöhnliche Zeit, um sich zu betrinken, zumindest für Ruth, die kein Alkoholproblem hatte. Der Bierdunst, der Bernauers Kopf umgab, verursachte ihr Übelkeit.

Bernauer weigerte sich, mitzukommen und wurde schließlich laut. Becht musste erst mit Handschellen drohen, bevor sich der Mann maulend erhob. Als er von seinem Barhocker stieg, schwankte er leicht. Ruth nahm zur Kenntnis, dass er zu keinem Zeitpunkt Blickkontakt zu ihr oder Becht oder sonst irgendjemandem aufnahm. Er wirkte in sich gekehrt, wie in seiner eigenen kleinen Welt versunken, was vielleicht dem Alkohol geschuldet war.

Während der Fahrt zum Präsidium wechselten sie kein Wort. Bernauer starrte aus dem Fenster. Kurz hinterm Hakenforst rülpste er laut und verfiel darauf wieder in undurchdringliches Schweigen.

Jetzt saß Ruth in ihrem Büro am Schreibtisch und betrachtete ihre von Adern durchzogenen Handrücken. Sie hatte die Handflächen auf ihre Schreibtischunterlage gelegt, links und rechts von dem einohrigen Stoffhasen. Er hatte ein niedliches Stofftiergrinsen.

Manchmal musste man auch Glück haben, dachte sie dabei.

Dass Chantira Schmidt den Hasen erwähnt hatte, war Zufall Nummer eins gewesen.

Dass sie ihn genauer beschrieb und auf das fehlende Ohr hinwies, Nummer zwei.

Dass der kleine Joe mit ihm spielte, als Ruth dem Jungen Aufmerksamkeit schenkte, war Zufall Nummer drei.

Aller guten Dinge sind drei, dachte Ruth. Das war sogar *unverschämtes* Glück. Wie viele Verbrechen ungesühnt blieben, weil sich Zufall eins, zwei und drei nicht ereigneten, wollte sie sich lieber nicht ausmalen. Aber egal auf welche Weise, sie hatten ihn.

Jetzt mussten sie ihn nur noch zum Reden bringen.

Bloß wie? Die Beweislage war oblatendünn, sie hatten nichts in der Hand. Bernauer würde alles leugnen. Er würde behaupten, dass Joe den Hasen vor ein paar Jahren zum Geburtstag von seinem Patenonkel geschenkt bekommen hatte. Er würde sagen, dass er nie mit Minka

Tomtschuk gesprochen hatte. Es gab keine Zeugen für das Gespräch, nur die Ohren eines vorbestraften Clowns, der durch sein dämliches Verhalten selbst unter Verdacht stand. Bernauer würde darauf beharren, dass er direkt nach der Zirkusvorstellung nach Hause gefahren war und seine Frau das bezeugen konnte, und dass er keine Ahnung hatte, wie die Skelette der beiden Frauen in den Brunnen gekommen waren.

Eva Schneider? Nie gehört.

Chu Wer?

Das war Ruths größte Angst: zu wissen, wer der Mörder war, und ihn dennoch nicht überführen zu können. Das war schlimmer, als im Dunkeln zu tappen. Ein cleverer Mörder, der seine Spuren geschickt verwischt hatte, war eine Sache. Aber einen Mörder zu kennen, dem die Schuld ins Gesicht geschrieben stand und dem man trotzdem nichts anhaben konnte, das war zermürbend. Und für die Familienangehörigen unverzeihlich.

Sie hatten Michel Bernauer über seine Rechte aufgeklärt. Er begriff wahrscheinlich auch, dass es in seiner Situation sinnvoll war, einen Anwalt zu Rate zu ziehen. Doch er hatte davon abgesehen, jemanden anzurufen. Nicht mal mit seiner Frau wollte er sprechen.

In Ruth regte sich ein Fünkchen Hoffnung. Vielleicht wollte er reden. Das war gar nicht so ungewöhnlich bei Verbrechen, die lange Zeit zurücklagen. Wer sich jahrzehntelang mit einem schlechten Gewissen herumgeplagt hatte, verspürte manchmal nichts als Erleichterung, wenn er doch noch erwischt wurde. Vielleicht, wenn es ihr gelang, ihn in die Ecke zu treiben –?

Sie verwarf den Gedanken wieder. Sie konnte sich

nicht vorstellen, dass Michel Bernauer zu dieser Kategorie Mörder gehörte.

Wie brachte man einen kalten Fisch zum Reden? Im Zweifel gar nicht. Auch das war eine Möglichkeit, mit der sie sich anfreunden musste.

Sie wartete auf Becht. Er wollte, dass Ruth die Befragung durchführte.

»Sofern du es dir zutraust«, hatte er gesagt.

Ruth traute sich das zu. Das einzige Problem war ihr Zorn. Sie war stinkwütend.

Auf die Männer. Alle Männer.

Auf den widerlichen Zauberer, den Großen Voltano.

Auf den Zirkusdirektor, der nach Alkohol stank und seine Machtposition ausgenutzt hatte, um Minka ins Bett zu bekommen.

Auf Becht, der seine langjährige Ehefrau verlassen hatte.

Auf Simon, der ihr nie die ganze Wahrheit erzählte.

Auf Maui, der sie im Stich gelassen hatte.

Na ja. Im Prinzip hatte sie sich von ihm getrennt, aber nur, weil er sie betrogen hatte. Genaugenommen schien er gar nicht so traurig darüber. Keine drei Monate später stellte er Simon bereits seine neue Freundin vor. Sie war wesentlich jünger, dünner und hübscher als Ruth.

Das war kein Kunststück.

Ruths Miene verfinsterte sich.

Natürlich war sie vor allem und in erster Linie zornig auf Michel Bernauer. In diesem Zustand konnte sie ihn auf keinen Fall vernehmen. Sie musste irgendwie abkühlen und zog ernsthaft in Erwägung, ihren Kopf einen Moment lang in der Küche unter den Wasserhahn zu halten.

Sie dachte an Minka Tomtschuk, die mit Männern geschlafen hatte, die sie verabscheute, um ihre Ruhe zu haben. Die keine andere Möglichkeit gesehen hatte, ihr Leben weiterzuleben und das zu tun, was sie liebte, als sich zu erniedrigen und ausnutzen zu lassen. Sie dachte an Minka Tomtschuks Mutter, die von einer besseren Zukunft geträumt hatte und dann von skrupellosen Menschen in die Abhängigkeit und Prostitution gezwungen worden war, und deren Körper so darunter gelitten hatte, dass sie an den Folgen ihrer Misshandlungen gestorben war. Sie dachte an Chutima Sonnarong, ein junges Mädchen, das sich ebenfalls eine bessere Zukunft erhofft hatte. Und auf welchem Wege auch immer an Michel Bernauer geraten und zuletzt in einem dunklen Loch in der Erde gelandet war, wo sie bis in alle Ewigkeit gelegen hätte, von der Welt vergessen, wenn sich nicht ein eigenartiger Zufall ereignet hätte.

Stimmt, dachte Ruth jetzt. *Das* war Zufall Nummer eins gewesen: dass der Clown das Gespräch zwischen Michel Bernauer und Minka mit angehört hatte.

Nein, genau genommen hatte es noch früher angefangen: mit der unheimlichen Ähnlichkeit zwischen Minka Tomtschuk und einer jungen Frau namens Eva Schneider.

Bechts dicker Körper erschien hinter der Glastür zu ihrem Büro. Bei jedem seiner Schritte wogte sein Bauch auf und ab. Er winkte Ruth zu und trat ein.

»Volltreffer«, sagte er, »Michel Bernauer war 2004 und 2005 in Thailand, jeweils drei Wochen im Sommer, Ankunfts- und Abflughafen war Phuket.«

Ruth verspürte eine geradezu irrsinnige Genugtuung. Sie spürte, dass es Becht ähnlich ging.

»Es gibt noch mehr. Die Rohloff hat noch mal mit den Spezialisten in München gesprochen. Sie konnten den Zeitraum, in dem die Leichen vergraben wurden, noch etwas genauer eingrenzen. Mindestens acht, höchstens neun Jahre.«

»2006 oder 2007.«

Becht nickte.

»Gut.«

»Außerdem haben wir den Bruder von Eva Schneider erreicht, Jakob Schneider. Seine Schwester hat sich beim Schlittschuhlaufen den Ellbogen gebrochen, als sie zwölf war. Er wohnt in Kassel und will am Nachmittag hier sein.«

Puzzleteile. Viele kleine Puzzleteile, dachte Ruth.

»Bist du bereit?«, fragte Becht.

Sie schüttelte den Kopf.

»Nein, ich bin zu wütend. Mir rauscht das Blut in den Ohren.«

Bechts Augenbrauen schnellten nach oben.

»Und nun?«

»Ich brauche noch ein paar Minuten.«

Ihr Chef nickte und ließ sie allein.

Ruth starrte aus dem Fenster in den wolkenverhangenen Himmel.

# TEIL III

# 21

## Michel Bernauer hat Oberwasser

Sie saßen sich an dem weißen Tisch gegenüber, alle Hände lagen auf dem Tisch. Keine Waffen, keine versteckten Überraschungen. Nur Blicke.

Bernauer hatte sofort verstanden, dass Ruth das Gespräch führen würde, und konzentrierte sich deshalb auf sie. Auch Ruth vergaß für einen Moment, dass Becht neben ihr saß. Sie fühlte sich wie losgelöst. Der Raum verschwand, all das sterile Weiß und Grau, der PVC-Belag auf dem Boden, die grau gestrichene Metalltür, der Spiegel an der Langseite des Verhörraums, hinter dem Beppo, der Clown, zusammen mit Ansgar saß, um sich die Stimme von Bernauer anzuhören. Das Einzige, was sich bewegte, waren die Kohlensäurebläschen in Michel Bernauers Wasserglas.

Und sein Kehlkopf. Der wanderte in regelmäßigen Abständen beim Schlucken kurz den Hals hinab, als wollte er sich aus dem Staub machen und in Bernauers Polohemd verstecken.

Seine kleinen Schweinsäuglein ruhten auf Ruths Gesicht. Sie hatte befürchtet, er könnte vielleicht zu betrunken sein für ein Verhör, aber Bernauer hatte von sich aus gesagt, dass er bereit sei.

Bereit wofür? Ein Geständnis? Oder die Lüge seines Lebens? Warum hatte er es abgelehnt, sich einen Anwalt zu nehmen? War er unschuldig? Oder wollte er dadurch den Eindruck erwecken, unschuldig zu sein? Wer die Wahrheit sagte, brauchte keinen Schutz.

Zu gern hätte ihm Ruth hinter die Stirn geblickt, nur einen winzig kleinen Moment, obwohl sie seine Gedanken wohl nicht ertragen hätte. Michel Bernauer war aller Wahrscheinlichkeit nach das, was man simpel, aber zutreffend als einen schlechten Menschen bezeichnet hätte. Er war böse.

Ruth durfte sich nicht anmerken lassen, wie voreingenommen sie war. Sie räusperte sich.

»Herr Bernauer ...«, begann sie und kam nicht weiter, denn ihr Gegenüber sagte schnell:

»Ja?«

Schnell und vor allem unerwartet laut. Ruth blinzelte irritiert.

»Was glauben Sie, warum Sie hier sind?«, fragte sie kühl.

Bernauers schnarrende Stimme durchschnitt den Raum:

»Es geht um die Skelette, die im Brunnen hinter Gabriel Kerns Haus gefunden wurden, und um die Trapezkünstlerin aus dem Zirkus, die am Samstag verunfallt ist.«

Verunfallt. Ruth bekam eine Gänsehaut.

»Und warum bin ich *wirklich* hier?«

»Wie meinen Sie das, Herr Bernauer?«

»Was haben Sie für Beweise, die mich mit der Zirkustante und den beiden anderen Leichen in Verbindung bringen?«

»Als die Leichen in dem Brunnen verscharrt wurden, haben Sie noch mit Ihren Eltern zusammen in dem Haus in der Butterstraße gewohnt.«

»Ich habe nichts damit zu tun. Keine Ahnung, wie die

da reingekommen sind. Wer waren die überhaupt? Wissen Sie das jetzt endlich?«

»Immer schön der Reihe nach, Herr Bernauer. Sie waren am vergangenen Freitag im *Zirkus Träume*, nicht wahr?«

»Ja. In der Abendvorstellung.«

»Ihre Frau und Ihr Sohn haben Sie begleitet?«

»Ja.«

»Ist Joseph eigentlich Ihr Sohn?«

»Was tut das zur Sache?«

Ruth lächelte freundlich.

»Nichts. Reine Neugier.«

Sie wartete einen Moment, bevor sie weitersprach.

»Er sieht Ihnen nicht besonders ähnlich.«

Bernauers Augen funkelten, aber er erwiderte nichts. Vielleicht musste Ruth ihn einfach noch ein wenig provozieren, um ihn aus der Reserve zu locken. Wie sie das anstellen sollte, bereitete ihr keine großen Sorgen – darin war sie gut. Zunächst wollte sie es jedoch anders versuchen.

»Was haben Sie nach der Vorstellung gemacht?«

»Wir sind nach Hause gefahren, Joe musste ins Bett. Das habe ich Ihnen bei unserer letzten Begegnung bereits erzählt.«

Ruth lächelte weiter.

»Stimmt, Sie müssen mich entschuldigen. Ich bin manchmal etwas vergesslich. Die Trapezkünstlerin, die verstorben ist, Frau Tomtschuk. Kam die Ihnen bekannt vor?«

Bernauer schüttelte den Kopf.

»Nein.«

»Soll ich Ihnen noch mal ein Foto von ihr zeigen?«

»Nein.«

Michel Bernauers Stimme klang energischer.

»Nein?«

»Ich erinnere mich wohl noch an ihre Nummer am Trapez, aber sie kam mir nicht bekannt vor. Wieso glauben Sie mir das nicht?«

Ruth ging nicht auf seine Frage ein. Sie beugte sich zur Seite, um die Mappe, die am Tischbein links neben ihrem Fuß lehnte, zu öffnen. Sie zog drei Fotos hervor. Zunächst legte sie Bernauer ein hübsches Portrait von Minka Tomtschuk vor die Nase. Er zeigte keinerlei Gefühlsregung. Er sah sich das Bild nicht wirklich an, er fixierte nur einen einzelnen Punkt. Das ärgerte Ruth.

»Und?«

»Ja, das ist die Trapezkünstlerin.«

»Unterhalten haben Sie sich nicht mit ihr?«

»Nein. Auch darüber haben wir schon geredet, wenn ich Ihr Gedächtnis auffrischen darf.«

»Nur zu, das dürfen Sie. Ich bin für jede Hilfe dankbar.«

Ruth machte Becht ein Handzeichen. Wie verabredet erhob sich ihr Chef und verließ den Raum, um herauszufinden, ob Beppo die Stimme von Bernauer bekannt vorkam. Ruth und Bernauer blieben allein zurück. Sie schob das zweite Foto über den Tisch. Jetzt zog ihr Gegenüber die Stirn kraus.

»Von der haben Sie mir doch grad schon ein Bild gezeigt.«

»Das ist nicht die Trapezkünstlerin, das ist eine der Frauen aus dem Brunnen.«

Bernauer wirkte nur den Bruchteil einer Sekunde abwesend.

»Die sehen sich aber ähnlich«, bemerkte er dann, »Schwestern?«

»Nein, eine Laune der Natur. Eva Schneider wäre heute Anfang dreißig.«

Bernauer verlor das Interesse an dem Foto.

»Was soll ich mir als Nächstes angucken?«

Ruth reichte ihm das letzte Foto über den Tisch.

»Wer ist das?«

»Ihr Name ist Chutima Sonnarong.«

»Ungewöhnlicher Name. Hätte ich mir wahrscheinlich nicht merken können, selbst wenn wir uns schon mal begegnet wären«, bemerkte Bernauer trocken.

»Sie ist Thailänderin. Sie stammt aus der Nähe von Phuket. Sie waren doch schon mal in Phuket, nicht wahr?«

»Ja.«

»Wie oft waren Sie dort?«

»Zweimal.«

»Wann war das?

Bernauer zögerte.

»Ich weiß nicht mehr. Ist schon eine Weile her.«

»Zehn Jahre, um genau zu sein. Was haben Sie 2004 in Phuket gemacht?«

»Urlaub.«

»Und 2005?«

»Auch.«

»Waren Sie allein dort?«

»Ja.«

Bernauers Antworten kamen schnell und sicher. Ruth machte sich einen mentalen Merkzettel. Sie mussten seine Aussagen überprüfen.

»Waren Sie auf der Suche nach einer Frau?«

»Nach einem Abenteuer, meinen Sie?«

»Ja, zum Beispiel. Oder auch nach einer Partnerin, die Sie mit nach Deutschland nehmen können.«

»Nein. Ich habe am Strand gelegen und gelesen.«

Ruth schlug die Beine übereinander und stieß mit dem Knie an die Tischplatte. Das Wasser aus Bernauers Glas schwappte über den Rand.

»Wie ist Ihr kleiner Sohn Joe in den Besitz eines Stofftiers gelangt, das Chutima Sonnarong gehörte, deren sterbliche Überreste im Brunnen Ihres Elternhauses gefunden worden sind?«

Ruth hätte wetten können, dass diese Frage Bernauer irgendeine Reaktion abringen würde, doch der Mann entgegnete nur gleichmütig:

»Diese Thailänderin war auch im Brunnen?«

*Diese Thailänderin*. Ruth schluckte.

»Ja, war sie.«

»Und was soll das für ein Stofftier sein?«, wollte Bernauer wissen.

Ruth drehte den Kopf in Richtung des venezianischen Spiegels. Keine fünf Sekunden später öffnete sich die Metalltür und Becht trat ein, den in einer Plastiktüte eingepackten Stoffhasen in der Hand. Als er auf Ruth zuging, nickte er kaum merklich; das bedeutete, dass Beppo glaubte, Bernauers Stimme wiedererkannt zu haben. Ruths Puls beschleunigte sich.

Sie waren ganz nah dran!

Becht legte den Stoffhasen zwischen Bernauers ausgestreckten Handflächen auf den Tisch. Der blasse Mann betrachtete das Spielzeug einen Augenblick, dann begann er zu grinsen.

Es war ein hämisches Grinsen.

»Das ist alles, Frau Kommissarin? Ein alter Stoffhase? *Made in Thailand*, oder was? Damit wollen Sie mir einen Mord anhängen?«

»Nein, drei«, erwiderte Ruth.

Bernauer gab der Tüte einen Schubs, so dass sie zwischen Ruths Händen zum Liegen kam.

»Die Schwester der Toten hat dieses Stofftier als den Talisman ihrer kleinen Schwester identifiziert«, hörte sich Ruth sagen, wusste aber, wie albern es klang.

Bernauer quittierte ihren Kommentar mit einem überlegenen Lachen.

»Solange der Name der Toten nicht am Arsch des Hasen eintätowiert ist und ihre DNA-Spuren über das abgewetzte Fell verteilt sind, würde ich sagen, ist Ihre Beweislage ziemlich dünn, oder?«

Bernauer ließ den Satz einen Moment wirken, dann änderten sich seine Tonlage und seine Haltung.

»Ich kann natürlich verstehen, dass Sie jeder Spur nachgehen und auch ein wenig verzweifelt sind. Immerhin haben Sie mehrere Mordfälle aufzuklären und tappen ganz offensichtlich im Dunkeln. Aber ehrlich gesagt, kann ich Ihnen einfach nicht weiterhelfen, Frau Kommissarin. Ich weiß nicht, wie diese beiden Damen in den Brunnen geraten sind. Wenn meine Eltern noch leben würden, würde ich ja vorschlagen, unterhalten Sie sich mal mit ihnen. Aber das geht ja leider nicht mehr.«

Bernauer hob die Schultern, eine ergebene Geste. Ruth spürte Wut in sich aufkeimen, doch es half nichts. Bernauer hatte recht. Sie hatten keine stichhaltigen Beweise. Nur Vermutungen und ein ungutes Gefühl im Bauch.

»Ja, leider«, stimmte Ruth zu, »es tut mir leid, dass wir Sie vom Trinken abgehalten haben, noch dazu an Ihrem freien Tag. Ich danke Ihnen für Ihre Kooperation, Herr Bernauer.«

Sie erhob sich und sah Bechts verwunderten Gesichtsausdruck aus dem Augenwinkel. »Wie, das war's schon?«, schien er sie stumm zu fragen.

Bernauer wies auf den Hasen in der Plastiktüte.

»Gehe ich recht in der Annahme, dass Sie den Hasen ohne Zustimmung meines Sohnes aus meiner Wohnung entwendet haben?«

Ruth betrachtete Bernauers Hand.

»Er hat aber genau genommen auch nicht nein gesagt«, bemerkte sie trocken.

Zwar regte sich Bernauer nicht, doch Ruth wusste, dass er sie am liebsten erwürgt hätte.

Sie seufzte.

»Er bekommt ihn zurück, wenn die Untersuchung abgeschlossen ist, versprochen. Wir müssen ja noch nach dem Namen der Toten im Fell suchen.«

»Klingt wie die Suche nach der sprichwörtlichen Nadel im Heuhaufen.«

Bernauers überlegenes Grinsen gab Ruth den Rest. Als sie den Verhörraum verlassen hatte und auf dem ruhigen Flur stand, murmelte sie:

»Der ist uns einen Schritt voraus.«

# 22

## Ruth fährt nach Töpferrad

»Was machen wir jetzt?«, fragte Ferdinand.

Er saß am Tisch und hatte seine Wange in die Hand gestützt, seine Haare quollen in dicken Büscheln zwischen seinen Fingern hervor. Ruth erwiderte nichts. Seit dem Verhör hatte sie dumpf vor sich hin gebrütet.

Sie hatten Michel Bernauer gehen lassen und Beppo zurück in seine Zelle gebracht. »Es reicht nicht«, hatte die Staatsanwältin gesagt, obwohl Beppo Bernauers Stimme wiedererkannt hatte – er war sich hundertprozentig sicher.

»*Commissaria*, er war's! Ich weiß es«, beteuerte er, und seine Augen glänzten wie im Fieber. »Bitte bringen Sie mich nicht wieder in die Zelle. Ich werde verrückt dort!«

Er tat Ruth leid, aber sie konnte ihm nicht helfen. Die Bernd hatte recht. Ein Clown, der Hausfriedensbruch begangen hatte und meinte, eine Stimme wiederzuerkennen von einem Mann, den niemand, einschließlich Beppo, am Tatort gesehen hatte. Der fernmündliche Bericht einer verzweifelten Frau, die unbedingt wissen wollte, was ihrer kleinen Schwester zugestoßen war, und glaubte, ein Stofftier von einem Handyfoto wiederzuerkennen.

Es reichte einfach nicht.

Nun saßen Ruth und ihre Kollegen in Saal B, dem kleineren Versammlungsraum, und bliesen gemeinsam Trübsal. Die Stimmung war auf dem Tiefpunkt angelangt. Ansgar kritzelte wütend und deutlich hörbar auf einem

Schreibblock herum. Mariechen blickte apathisch auf ihre künstlichen Fingernägel, Becht hatte die Hände auf seinem großen Bauch gefaltet und sah aus, als wenn ihm schlecht wäre.

»Wir müssen ihn an den Tatort bringen«, meinte ihr Chef jetzt. »Helene, Ilkay und Aschmann müssen noch mal ins Zirkuszelt und nach Bernauers Fingerabdrücken suchen. Hinten, an dem Riss in der Zirkuszeltwand, den Ruth gefunden hat, zum Beispiel.«

Viel Spaß, dachte Ruth. *Das* war sie, die Suche nach der Nadel im Heuhaufen, die Bernauer zitiert hatte.

»Außerdem sollten wir den Zirkusmitarbeitern Fotos von Bernauer vorlegen. Vielleicht hat ihn doch irgendjemand an dem Abend des Mordes oder tags zuvor auf dem Gelände gesehen«, fügte Ferdinand hinzu.

»Ruth, sag doch auch mal was. Mensch, Ruth!«

Becht schlug mit der flachen Hand auf den Tisch. Ruth zuckte zusammen. Sie hatte gerade an Michel Bernauers boshaftes Grinsen gedacht.

»Das sind zwei gute Ansätze«, murmelte sie.

»Das ist alles? *Das* ist dein Beitrag?«

Becht konnte seine Enttäuschung schlecht verbergen. Ruth andererseits mochte es nicht, wenn ihr Chef emotional war.

»Haben wir genug für eine Wohnungsdurchsuchung?«

Ruth versuchte sich aufzuraffen.

»Wir bräuchten irgendetwas, das unmissverständlich zeigt, dass das Stofftier von Joe Mapote tatsächlich Chutima gehörte. Wenn Chantira ein Foto hätte, auf dem ihre kleine Schwester mit dem Hasen zu sehen ist …«, begann Ferdinand.

»Wir müssen Judy Mapote dazu bringen, mit uns zu reden«, warf Ansgar ein. »Deckt sie ihren Mann aus Liebe oder weil sie Angst hat, ihren Aufenthaltstitel zu verlieren? Wenn es Letzteres ist, könnten wir ihr vielleicht etwas anbieten.«

Ruth horchte auf. Das war ein guter Gedanke.

»Vielleicht kannst du da mal nachhaken«, bemerkte Becht.

Dann wandte er sich an Ruth:

»Ruth, du hast dich vorhin gut geschlagen da drin. Lass dich von dem Kerl nicht –«

Sie schnitt ihrem Chef das Wort ab. Sie hatte keine Lust auf Mitleid, schon gar nicht im Beisein all ihrer Kollegen.

»Ich möchte alles über Michel Bernauer wissen. Alles. Mariechen, kannst du dich da reinknien? Kontobewegungen, Mitgliedschaften in Vereinen, soziale Netzwerke. Wenn wir Judy Mapote nicht auf unsere Seite ziehen können, müssen wir es anders hinbekommen.«

Mariechen nickte und stand auf.

»Ich mache mit«, verkündete Ferdinand unvermittelt.

Ansgar, Mariechen und Ferdinand verließen den Raum, Becht blieb allein mit Ruth zurück.

»Was ist los?«, wollte er wissen.

»Ich fühle mich wie vor den Bus gerannt. Der Kerl hat mich auflaufen lassen, und ich war nicht in der Lage, das Ruder herumzureißen.«

»Aber davon lässt du dich doch nicht unterkriegen«, meinte Becht verwundert. »So kenne ich dich gar nicht.«

Ruth verzog das Gesicht.

»Außerdem bist du viel zu selbstkritisch. Du hast ihn provoziert. Zweimal dachte ich, er springt gleich über den

Tisch und kratzt dir die Augen aus! Du weißt, welche Knöpfe du bei ihm drücken musst. Das war gut!«

Ruth ignorierte Bechts Lob.

»Normalerweise hättest du das Gespräch geführt, nicht ich.«

Becht faltete die Hände auf dem Tisch.

»Ach, daher weht der Wind. Du denkst, ich hätte dich vorgeschickt, weil ich wusste, dass der Schuss nach hinten losgehen würde, mir aber keine Blöße geben wollte.«

Ruth traute sich nicht, Becht anzusehen.

»Ja.«

Stille.

Ruths Puls legte einen Zahn zu. Ihr Ja war wie das Hackebeil einer Guillotine hinabgeschnellt, hatte im Handumdrehen Schaden angerichtet und wurde gefolgt von einer unsäglichen Stille. Ruth stellte sich vor, wie sie verzweifelt versuchte, die Messerklinge wieder hochzuziehen, aber es war zu spät dafür.

Becht erwiderte kühl:

»Es tut mir leid, dass du so von mir denkst.«

Damit erhob sich ihr Chef und verließ den Raum ohne ein weiteres Wort. Ruth blieb sitzen. Unglücklich betrachtete sie ihre Hände.

Was hatte sie da bloß wieder angerichtet?

Sie hatte es nicht mehr ausgehalten auf dem Präsidium. Die dicke Luft zwischen Becht und ihr schien sich überall auf dem Flur und bis in die Büros ihrer Kollegen auszubreiten. Sie brauchte dringend einen Szenenwechsel.

Ohne sich abzumelden, war sie in ihren alten Peugeot gestiegen und losgefahren, dabei wusste sie nicht recht, was sie tun sollte. Den Weg nach Töpferrad hatte sie automatisch eingeschlagen. Als sie die Serpentinenstraße auf den Töpferberg hinaufkroch, machte sie in Gedanken Ene, mene, muh: Sie schwankte zwischen einem Besuch bei Billa Schimmelpfeng und Heidemarie, der Wirtin der *Amsel*. »Und raus bist du.« Der Zufall hatte entschieden.

Ruth bog im ersten Töpferräder Kreisel links ab, um in die Alte Brunnenstraße zu gelangen. Dort wohnte Billa Schimmelpfeng. Wenn Bechts Freundin wusste, wo sich Michel Bernauer an seinen freien Tagen betrank, wusste sie sicher auch etwas über seine Familie.

Sie stellte den Wagen vor dem kleinen umzäunten Acker ab, an dem die Straße endete, und ging die Treppenstufen zu Billa Schimmelpfengs Holzhaus hinauf. Sie klingelte, und schon nach wenigen Sekunden schwang die Eingangstür auf.

»Frau Winterscheidt«, sagte Billa schlicht und machte sogleich einen Schritt zur Seite, um Ruth einzulassen.

Was ihr die Ehre eines Polizeibesuchs verschaffte, schien die Herrin des Hauses nicht weiter zu interessieren. Während sich Ruth noch darüber wunderte, blieb sie mit der Tasche ihres Anoraks am Türknauf hängen und fluchte leise. Billa überhörte es geflissentlich.

»Wohin?«, fragte Ruth knapp.

»Geradeaus durch ins Wohnzimmer. Sie erinnern sich bestimmt.«

Ruth erinnerte sich tatsächlich gut. Ein Haus wie dieses vergaß man nicht so schnell. Es war vollständig mit hellem Holz ausgekleidet, verwinkelt und kurios. Und in einer riesigen Vogelvoliere mit schallisoliertem Glas hüpften und flatterten Kanarienvögel und bunte Finken umher. Als Ruth das riesige Portraitfoto von Therese Schimmelpfeng an der Wand entdeckte, verspürte sie ein kurzes, heftiges Stechen in der Magengegend.

»Bleiben wir doch diesmal hier«, sagte Billa und wies mit der Hand auf das cremefarbene Sofa unter dem Bild von Therese.

Diesmal. Wie viele Male es wohl noch geben würde?

Sie wollte gerade ihre erste Frage stellen, doch Billa kam ihr zuvor.

»Als wir uns neulich nachts in der Butterstraße begegnet sind, schienen Sie nicht sehr glücklich darüber, mich zu sehen.«

Das traf zu. Das so platt zuzugeben hätte Ruth zwar ähnlich gesehen, aber es gehörte sich nicht. Also verkniff sie sich die ehrliche, unhöfliche Antwort.

»Ich bin nicht hier, um mit Ihnen über private Befindlichkeiten zu reden. Ich möchte Sie bitten, mir alles über Michel Bernauer zu erzählen, was Ihnen einfällt.«

Billa runzelte die Stirn.

»Michel? Wegen der Leichen? Aber ich habe doch schon mit Ernst ...?«

Ernst. Das war Bechts Vorname, den Ruth noch so gut wie nie ausgesprochen und höchstens drei- oder viermal gehört hatte – aus dem Mund seiner Noch-Ehefrau, Hannelore.

»Ich würde Sie bitten, mir das alles auch noch mal zu erzählen.«

»Was wollen Sie denn genau wissen?«

»Erzählen Sie mir etwas über seine Familie. Kannten Sie seine Eltern?«

Billa Schimmelpfeng wirkte ratlos.

»Na ja, kennen ist relativ. Natürlich kannte ich sie vom Sehen. Im Dorf *kennt* man schließlich alle. Aber dass ich näheren Kontakt zu ihnen gehabt hätte, wäre übertrieben. Man hat sich gegrüßt und zwischendurch ein paar Worte gewechselt, wenn sich die Gelegenheit bot.«

»Und was hatten Sie für einen Eindruck von den Bernauers?«

»Sie waren nett, eine ganz normale Familie, soweit ich das beurteilen kann. Freundlich, zuvorkommend. Bestenfalls langweilig.«

»Was haben Michel Bernauers Eltern beruflich gemacht?«

»Egon war Landwirt. Ihm gehörten die vier riesigen Äcker unten in Katzbach, da wo Sie wohnen. Wo die alte Scheune steht.«

Ruth wusste sofort, von welcher Scheune Billa Schimmelpfeng sprach. Sie spazierte jeden Tag mit Lina an dem baufälligen Schuppen vorbei.

»Michel hat alles bis auf die Scheune an den Ottmar aus Bellmannsfort verkauft, nachdem sein Vater gestorben ist. Egon hätte es das Herz gebrochen, wenn er das noch miterlebt hätte. Er hat hart gearbeitet, um sich eine Existenz als Landwirt aufzubauen. Die Parzellen waren nicht geerbt, das war Egons Lebenswerk.«

»Was hat er denn angebaut?«

»Weizen und Gerste, meine ich. Ich kann mich aber irren.«

»Und die Mutter?«

»Die hat nicht gearbeitet. Sie hat sich um das Haus und den Jungen gekümmert. Sie wirkte ein bisschen schüchtern, hat oft eher zugehört als selbst geredet. Ein rundliches und trotzdem irgendwie zartes Persönchen.«

Billas Blick wanderte in die Ferne, während sie in ihren Erinnerungen grub.

»Waren sie gut in die Gemeinde integriert?«

»Ob sie viele Freunde hatten und sich engagiert haben, meinen Sie? Nein, das kann man nicht sagen. Sie sind unter sich geblieben. Ich kann mich nicht daran erinnern, ob sie überhaupt mit irgendeiner Familie etwas mehr zu tun hatten.«

»Und der Michel?«

Billa betrachtete Ruth nachdenklich.

»Das hat mich Ernst selbstverständlich auch schon gefragt. Und bei ihm ist mir die Antwort ebenfalls schwergefallen.«

»Warum?«

»Wissen Sie, ich kann wirklich nichts Schlechtes über die Bernauers sagen. Niemand kann das. Michel war ein freundlicher, höflicher Junge, seine Mutter hat immer nett gegrüßt, der Egon war ein gutmütiger Kerl. Keine Skandale, alles absolut gewöhnlich. Aber irgendwie ist niemand so richtig warm mit ihnen geworden.«

»Hat der Michel als Jugendlicher oder junger Mann mal eine Freundin gehabt?«, wollte Ruth wissen.

Billa schüttelte den Kopf.

»Nein. Stimmt, darüber wurde tatsächlich eine Zeitlang gesprochen! Irgendwer äußerte die Vermutung, dass Michel schwul sein könnte, aber das ist Blödsinn. Dummes Dorfgewäsch. Er war einfach nur wahnsinnig schüchtern.«

»Hat Michel darunter gelitten?«

»Das weiß ich nicht. Dazu habe ich nicht genug Kontakt zu ihm gehabt. Aber ich weiß noch, dass er vor Stolz beinahe geplatzt ist, als er seine Judy zum ersten Mal im Dorf herumgeführt hat. Endlich konnte er es allen zeigen. Ich glaube, das war für ihn eine große Erleichterung und Genugtuung gleichermaßen.«

Ruth versuchte, sich Michel Bernauers Gesicht vorzustellen. Stolz, überlegen, hochnäsig. *Seht her, ihr, die ihr euch das Maul über mich zerrissen habt, was ich für eine schöne Frau habe. Ihr Arschlöcher.*

Ein gedemütigter Mann, der jahrelang alles runtergeschluckt hatte. Ein Pulverfass.

»Judy war die erste Frau an Michels Seite?«

»Die erste offizielle Freundin, ja. Es ist gewiss möglich, dass er davor irgendwelche Affären hatte. Wenn es so war, hat es sich allerdings nicht herumgesprochen.«

Ruth dachte nach.

»Wurde im Dorf auch darüber getratscht, dass Michel im Alter von dreißig Jahren noch bei seinen Eltern gewohnt hat?«

Billa lächelte.

»Was denken Sie?«

Ruth verstand es als ein Ja.

»Aber er hat doch seine kranken Eltern gepflegt? Hat das den Leuten keinen Respekt abgenötigt?«

Billa grunzte, so abrupt überfiel sie das Bedürfnis zu lachen.

»Respekt? Von Töpferrädern? Das müssen Sie nicht glauben, Frau Winterscheidt.«

Ruth nahm den abfälligen Unterton in der Stimme ihrer Gastgeberin ungerührt zur Kenntnis. Sie hatte selbst keine allzu hohe Meinung von den Bewohnern der »Gemeinde auf dem Berg«.

»Gab es irgendwelche Gerüchte im Zusammenhang mit seinen beiden Thailandreisen?«

»Thailandreisen? Da weiß ich nichts von.«

»Und als Judy Mapote aufgetaucht ist?«

»Na, das können Sie sich doch vorstellen, Frau Winterscheidt! Da wurde getuschelt, dass er sich eine arme Frau aus der Dritten Welt gekauft hat, weil es auf normalem Wege nicht geklappt hat. Ich könnte mir auch gut vorstellen, dass sie ihn verlässt, sobald die Einbürgerung durch ist.«

Ruth horchte auf.

»Wie kommen Sie darauf?«

Billa zuckte die Achseln.

»Jeder weiß, dass es nicht gut läuft zwischen den beiden. Ich meine, Michel sitzt in seiner Freizeit immer in der *Amsel* und lässt sich volllaufen, und dass das Kind nicht von ihm ist, ist auch kein Geheimnis. Kann gut sein, dass sie noch einen anderen hat. Vielleicht schickt sie ihrem Freund oder Mann in Kenia Geld.«

»Ruanda«, korrigierte Ruth.

»Oder das.«

»Und was ist mit ihm?«

»Mit Michel? Schwer zu sagen. Ich glaube nicht, dass er eine andere hat, und er liebt den Kleinen, das steht außer Frage. Es hält sich ein hartnäckiges Gerücht, dass er keine Kinder zeugen kann, vielleicht hält ihn Judy aber auch einfach auf Abstand. Oder es ist alles insgesamt völliger Humbug und wirklich nichts weiter als dummes Geschwätz. Davon abgesehen, bin ich mir ziemlich sicher, dass Michel Probleme hat.«

»Was für Probleme?«

Billa hob ihren Zeigefinger an die Schläfe und beschrieb einen Kreis in der Luft.

»Sie meinen, er …?«, sagte Ruth und ahmte Billas Geste nach.

»Hat ein kleines Vögelchen, ja.«

»Wie kommen Sie darauf?«

Billa suchte nach den richtigen Worten.

»Das ist mehr ein Gefühl, wissen Sie.«

Ruth ermunterte sie nickend weiterzusprechen.

»Ich sehe Michel ja jeden Tag, sommers wie winters, wenn er die Briefe austrägt. Oft wechseln wir ein paar Worte miteinander, reden übers Wetter, er erzählt mir von dem kleinen Joseph, ich erzähle von meinen Finken und Bienen. Michel ist immer freundlich und zuvorkommend, redet mit den Leuten, hört zu, lacht. Aber manchmal, wenn er sich unbeobachtet fühlt, dann spricht er laut mit sich selbst. Und seine Stimme klingt dann immer so aggressiv, als wenn er sich selbst ausschimpfen würde. Das ist manchmal etwas unheimlich. Ich habe es immer auf sein Alkoholproblem zurückgeführt. Bis Ernst mir erzählt hat, was passiert ist.«

Ernst. Erneut stolperte Ruth über den Namen.

»Und seither?«

»Unterhalte ich mich nicht mehr ganz so gern mit ihm.«

Billa lächelte ironisch.

»Ich danke Ihnen für Ihre Hilfe«, sagte Ruth und erhob sich.

»Das kommt aber plötzlich. Wollen Sie nicht noch eine Tasse Tee trinken?«

»Das ist sehr nett, aber nein, danke«, entgegnete Ruth. »Ich muss jetzt erst mal ein bisschen nachdenken.«

# 23

## Ruth steckt in der Patsche

Es war schon nach 16 Uhr. Ruth startete den Motor ihres Peugeots und wendete den Wagen umständlich auf der Straße. Danach war sie schweißgebadet. Sie beschloss, das Gespräch mit der Wirtin der *Amsel* zu vertagen, und schlug den Weg nach Hause ein. Der Hund stürzte sich förmlich auf sie, als sie die Tür aufschloss.

»Ist ja gut«, murmelte Ruth.

Es entspannte sie, Lina zu streicheln und zwei Minuten lang an etwas anderes zu denken als an den schwierigen Fall. Ihr Magen knurrte. Sie ging in die Küche, schmierte sich ein Brot mit Leberwurst und fischte zwei Gewürzgurken mit den Fingern aus dem Glas. Sie konnte sich nicht erinnern, wann sie zuletzt in Ruhe und bewusst etwas gegessen hatte. Am Morgen hatte sie sich beim Anziehen zwei Kekse in den Mund geschoben und später auf dem Präsidium mit einem halben Apfel begnügt.

Während sie auf der Eckbank neben dem Fenster saß, zog Lina unruhige Kreise auf dem Fliesenboden und warf ihr herzerweichende Blicke zu.

»Musst du schon wieder raus?«, fragte Ruth in die Stille hinein.

Lina begann zu wedeln.

»Also gut.«

Ruth schob sich das letzte Stück Brot in den Mund und

wischte sich anschließend die Hände an ihrer Jeans ab. Das wäre einer Billa Schimmelpfeng sicher im Traum nicht eingefallen. Der Gedanke verstimmte Ruth. Trotzig holte sie sich noch eine Gewürzgurke aus dem Kühlschrank.

Als sie die Leine vom Garderobenschrank nahm, flippte Lina völlig aus, winselte und hüpfte um ihre Beine, so dass Ruth ihr versehentlich auf die Pfote trat. Sie fragte sich, ob sie die morgendliche Gassirunde vergessen hatte.

Armes Tier.

Sie nahmen den gewohnten Weg über die Felder. Der Boden war weich, aber nicht mehr matschig wie am Abend zuvor. Lina zog so stark an der Leine, dass Ruth nach wenigen Metern aufgab und sie laufen ließ.

Da stand die alte Scheune.

Ruth blieb stehen.

*Er hat alles verkauft, bis auf die Scheune,* hallte es in ihrem Kopf wider.

Ruth kürzte ab; statt brav auf dem grasbewachsenen Weg zu bleiben, der um den Acker herum zu dem großen Holzgebäude führte, marschierte sie beherzt mitten durch die braunen Ackerfurchen. Weizen und Gerste? Müsste das Getreide um diese Jahreszeit nicht schon viel höher stehen? Der Ottmar hatte vielleicht irgendetwas anderes gepflanzt.

Lina überholte Ruth, die Nase auf dem Boden, und schlug allenthalben merkwürdige zackige Haken. Sie hatte eine Fährte aufgenommen.

Ruth stand jetzt vor dem großen Tor zur Scheune und legte den Kopf in den Nacken. Das Gebäude war baufällig, das Holz war ausgebleicht, das Braun hatte sich mit der

Zeit in ein Grau verwandelt. Sie löste den rostigen Metallriegel und gab dem Tor einen Schubser. Es schob sich zur Seite.

Das Halbdunkel dahinter war Ruth unheimlich. Sie brauchte eine Weile, um sich davon zu überzeugen, dass das ein irrationales Gefühl war. Es handelte sich um eine ganz normale Scheune. Was sollte schon passieren?

Sie drehte sich um. Lina war ein paar Meter von ihr entfernt damit beschäftigt, ein Mäuseloch auszuheben. Die war erst mal versorgt.

Ruth fasste sich ein Herz und trat ein. Der große Raum war leer bis auf eine Leiter an der hinteren Wand. Sie lehnte an einem Zwischenboden. Ruth schätzte, wie hoch dieser wohl ungefähr lag. Sicher fünf Meter, eher mehr. Sie hatte ein schlechtes Augenmaß.

Auf jeden Fall viel zu hoch, dachte sie.

Ruth war in ihrer Jugend genau einmal vom Dreimeterbrett gesprungen, das reichte ihr für ihr gesamtes restliches Leben.

Wenn sie bloß nicht so neugierig wäre ...

Widerwillig machte sie sich an den Aufstieg. Die Sprossen der Holzleiter knarzten und ächzten unter ihrem Gewicht, während Ruth wegen der ungewohnten Anstrengung schnaufte. Als sie die Empore erreicht hatte und über den Rand geklettert war, wagte sie zum ersten Mal, nach unten zu sehen. Ihr blieb beinahe das Herz stehen.

»Jesus, Maria und ...«, stammelte sie.

War das hoch! Da würde sie im Leben nicht mehr allein runterkommen!

In Panik ließ sie ihre Hand in die Jackentasche gleiten. Ihr Handy. Hatte sie ihr Handy etwa zu Hause liegenlassen? Nein, da war es. Gott sei Dank! Ihre Finger schlossen sich haltsuchend um das kalte Rechteck. Wenn es gar nicht ging, konnte sie Becht anrufen, ihn bitten vorbeizukommen und – ja, was dann? Sie mit einem Einsatzwagen der Feuerwehr zu retten?

»Scheiße«, fluchte sie laut.

Sie durfte überhaupt nicht hier sein! Und das Tor hatte sie auch nicht hinter sich zugezogen; so konnte jeder schon von weitem sehen, dass jemand die Scheune betreten hatte. Sie fluchte noch ein wenig mehr. Erst dann drehte sie sich um.

Nichts. Da war nichts. Das hatte sich ja richtig gelohnt!

Ruth verdrehte die Augen. Am liebsten hätte sie laut gebrüllt. Stattdessen nahm sie ihr Handy zur Hand und wählte Bechts Telefonnummer. Er meldete sich mit einem knurrigen Ja.

»Ich weiß, dass du sauer bist, und du hast auch allen Grund dazu, aber ich brauche deine Hilfe, und zwar schnell«, stieß Ruth hektisch hervor.

»Wo steckst du denn?«

»Ich bin in der Scheune vom Bernauer, bei mir hinterm Haus, weißt du? Oh Gott, warte ... Mist, verdammter! Da kommt jemand!«

Ruth nahm das Handy vom Ohr und duckte sich. Sie hatte eine Stimme gehört, ganz deutlich. Und ganz nah. Das musste Bernauer sein!

Ruth versuchte, sich so leise wie möglich auf den Boden zu legen, und robbte langsam zum Rand des Heubodens vor. Da war jemand an der Tür. Ein großer, breiter Schatten fiel über den Boden.

»Ruth? Bist du da drin?«

Ruth blinzelte verwirrt.

»Becht?«

»Ja.«

Ruth beugte sich weit nach vorn und blickte in die Tiefe. Himmel, war das hoch. Aber tatsächlich. Da stand Becht und sah zu ihr hinauf.

»Was machst du denn hier?«

Becht redete immer noch in sein Handy, als er antwortete:

»Ich bin bei dir vorbeigefahren, weil ich mit dir über eben reden wollte. Da habe ich den Hund entdeckt, der mutterseelenallein vor der Scheune gesessen hat. Ich wollte dich gerade anrufen und fragen, wo du steckst, da hast du *mich* angerufen.«

Ruth richtete sich auf.

»Ich komm hier nicht mehr runter.«

»Was?«

»Ich komm hier nicht mehr runter. Das ist mir viel zu hoch.«

Erst jetzt steckte Becht sein Handy ein.

»Aber du bist doch auch raufgekommen.«

Ruth schnaubte genervt.

»Das ist nicht das Gleiche«, gab sie zurück.

»Ich kann dich da nicht runterholen. Wie denn?«

»Dann hol bitte jemanden, der es kann.«

»Jetzt stell dich nicht so an und komm da runter.«

Ruth stülpte die Unterlippe vor. Anstellen?

»Was machst du überhaupt hier?«

»Die Scheune gehörte Egon Bernauer.«

»Na und? Michel hat doch alles längst an den Ottmar verkauft.«

»Deine Freundin sagt, dass er die Scheune nicht verkauft hat.«

Becht stutzte.

»Du hast mit Billa gesprochen?«

Ruth antwortete nicht.

»Wann?«, bohrte Becht.

»Jetzt gerade, aber das tut doch gar nichts zur Sache. Würdest du mir jetzt bitte helfen?«

Becht seufzte.

»Mensch, Ruth, du machst mich fertig. Ich halte die Leiter fest, aber runterklettern musst du allein.«

Becht umfasste die Leiter mit seinen riesigen Händen.

»Dass die Sprossen dich überhaupt gehalten haben«, bemerkte er verwundert.

»Ich hab das gehört, Becht.«

»Na, jetzt aber mal ernsthaft, Ruth. Die Leiter ist das Problem, nicht die Höhe! Dass du da nicht drüber nachgedacht hast! Ich kann dich nicht auffangen, wenn eine der Sprossen bricht.«

»Und was machst du dann? Einen Schritt zur Seite, oder was?«

Becht grunzte, ein verunglücktes Lachen.

Ruth machte sich an den Abstieg. Ein paar Mal knirschten die Sprossen gewaltig, so dass sie in der Bewegung erstarrte und sich darauf einstellte, dass das Holz brechen und sie in die Tiefe sausen würde. Sie brauchte fünf Minuten, bis sie wieder festen Boden unter den Füßen hatte. Schweißgebadet und außer Atem stand sie neben Becht und fächelte sich Luft zu.

»Was für eine Schnapsidee«, entfuhr es ihr dabei.

Sie hätte Becht gern in den Arm genommen, so erleichtert war sie, doch sie wusste, dass sie sich erst einmal für ihren gemeinen Kommentar nach Bernauers Verhör entschuldigen musste. Nur leider kamen ihr Entschuldigungen nicht leicht über die Lippen.

»Ich werde nicht mehr lange dabei sein«, sagte Becht plötzlich, »und ich möchte, dass du meine Nachfolge übernimmst. Deshalb versuche ich, dich so oft wie möglich in die Pflicht zu nehmen und mich selbst bedeckt zu halten. Das ist der Grund, weshalb ich dir die Vernehmung von Bernauer übertragen habe.«

Ruth vermied es, Becht in die Augen zu schauen. Er hatte schon öfter davon gesprochen, dass es Zeit für ihn war, in Rente zu gehen, aber niemand schien ihn ernst zu nehmen. Die Kollegen nicht und Ruth noch viel weniger.

»Ich weiß. Ich war frustriert. Ich hätte das nicht ... das war nicht ... Ich habe mich nicht richtig ...«, stammelte sie.

Becht lächelte.

»Ist schon gut. Ich weiß, was du sagen willst.«

»Entschuldigung.«

Becht hob amüsiert die Augenbrauen.

»Ist dir schlecht?«

»Nein. Wieso?«

»Du klingst, als müsstest du würgen.«

Ruth verzog den Mund.

»Witzig.«

Sie ging in Richtung Tür, um nach Lina zu sehen. Plötzlich stolperte sie über etwas.

»Hoppla!«

Sie konnte sich gerade noch rechtzeitig fangen.

Die Hündin wedelte freudig mit dem Schwanz, als sie ihr Frauchen erblickte. Ruth leinte das Tier an und rief:

»Becht? Kommst du?«

»Nein«, ertönte Bechts gedämpfte Stimme hinter ihr, »komm *du* mal bitte. Ich glaube, ich habe was gefunden.«

Hellhörig geworden, nahm Ruth Linas Leine kurz, als sie mit dem Tier in die Scheune hineinging.

»Was hast du gefunden?«

Becht kniete auf dem Boden. Das war ungefähr genauso verrückt, wie eine lange, morsche Leiter hinaufzuklettern und nicht über den Rückweg nachzudenken. Wie wollte Becht aus dieser Position ohne fremde Hilfe wieder auf die Füße kommen?

»Das, worüber du gerade gestolpert bist, ist ein Metallring. Und der gehört zu einer Metallklappe, die im Boden eingelassen ist.«

»Metall? Das klang überhaupt nicht nach Metall.«

»Ist ja auch Erde drüber. Entweder hat die schon seit Urzeiten niemand mehr geöffnet oder sorgfältig versteckt.«

Ruth sah Becht aufmerksam dabei zu, wie er die Ränder der Metallklappe mit den Handflächen freiwischte.

»Hilf mir, das Ding hochzuziehen.«

Das ließ sie sich nicht zweimal sagen. Die Klappe ließ sich mühelos öffnen.

»Sieh mal einer an«, brummte Becht und klatschte sich den Staub von den Händen.

Becht und Ruth und sogar Lina blickten in ein düsteres Loch. Eine Metalltreppe führte hinab in die Dunkelheit. Ruth hob den Kopf.

»Dir ist schon klar, dass wir gar nicht hier sein dürfen?«

»Absolut klar.«

Ruth öffnete die Brusttasche ihrer Jacke und zog eine Taschenlampe hervor.

»Du trägst eine Taschenlampe am Körper? Ich bin beeindruckt!«

»Das ist meine Hundejacke«, gab Ruth zurück. »Wenn man nachts Gassi geht, braucht man schon mal eine Taschenlampe.«

»Was ist mit Lina?«, wollte Becht wissen.

»Sitz«, befahl Ruth.

Lina setzte sich.

»Und bleib.«

Lina wedelte.

»Und das reicht?«, fragte Becht zweifelnd.

Ruth zuckte die Achseln.

»Wahrscheinlich nicht, aber ich will sie auch nicht irgendwo festbinden.«

Becht machte eine einladende Geste.

»Nach dir, Frau Kollegin.«

Die Metalltreppe hatte acht Stufen, Ruth zählte beim Hinabsteigen leise mit. Unten angekommen, ließ sie den Strahl der Taschenlampe über den Boden und die Wände gleiten. Der Raum war rundum betoniert, ein regelrechter Bunker, etwa fünf mal fünf Meter groß und leer. Die Decke war recht niedrig, aber Becht konnte noch ohne Probleme aufrecht stehen.

Mindestens 2,10 Meter, dachte Ruth.

»Was ist das?«, fragte sie leise.

Der Hall ihrer Stimme klang dumpf.

»Vielleicht hat Egon hier irgendwelche Gerätschaften aufbewahrt«, mutmaßte Becht.

Ruth trat näher an eine Wand heran und suchte im

Licht der Taschenlampe sorgfältig alles ab, erst auf Augenhöhe, dann tiefer. So bewegte sie sich langsam vorwärts und leuchtete in jeden Winkel des Raums. Kein Lichtschalter. Weiße Farbe, sonst nichts.

»Hast du auch ein komisches Gefühl, Ruth?«, fragte Becht in die Stille hinein.

Ruth nickte, obwohl sie sich nicht sicher war, dass Becht sie sehen konnte; die Taschenlampe spendete nur wenig Licht.

»Ich hätte jetzt gern Helene oder Ilkay hier«, meinte sie zögernd.

»Wir brauchen einen Durchsuchungsbeschluss. Und den kriegen wir nur, wenn wir etwas bei Bernauer finden«, gab Becht zu bedenken.

Ruth biss sich auf die Unterlippe.

»Wir könnten irgendetwas bei ihm platzieren.«

Ruth hörte, wie Becht die Luft scharf zwischen den Zähnen einzog.

»Das hast du nicht wirklich gesagt gerade, oder?«

»Nein, natürlich nicht. Ich habe nur laut gedacht.«

Ruth ließ sich auf ein Knie nieder und streckte die Hand nach einer Wollmaus aus. Vielleicht war da ja ein Haar dabei, zufällig? Eine Hautschuppe, irgendetwas.

»Becht, ich werde jetzt einfach auf Verdacht ein paar Sachen mitnehmen. Aschmann soll sich damit hinsetzen und sie analysieren, und wenn wir Glück haben ...«

»Aber da ist doch gar nichts, Ruth! Du kannst mir nicht erzählen, dass du da irgendetwas erkennen kannst!«

Ruth nahm einen winzigen, dunklen Fleck auf dem Betonboden wahr. Sie musste zweimal hinsehen, um ihn wiederzufinden. Aber da war er, ganz ohne Zweifel.

»Becht, ist mir scheißegal, ob die uns eine Strafe aufbrummen, aber ich muss diesen Raum untersuchen lassen. Wir brauchen große Strahler, viel Licht. Und Helene.«

»Okay«, sagte Becht, »ich rufe sie an.«

Becht ging die Treppenstufen hinauf und entfernte sich ein paar Schritte. Dann rief er aus:

»Wahnsinn, Ruth, Lina sitzt immer noch hier!«

Ruth grinste.

Helene war allein gekommen. Sie hatte ihren Wagen vor Ruths Haustür geparkt und zog einen kleinen Ziehkoffer hinter sich her. Unter ihrem Arm klemmte eine Aufhängevorrichtung für eine große Lampe.

»Könnt ihr mir die Stange abnehmen?«, schnaufte sie.

Ruth half ihr. Becht war so schlecht zu Fuß auf dem unebenen Weg, dass sie ihm nicht zumuten wollte, etwas anderes zu schleppen als sich selbst.

»Wie läuft die Spurensuche im Zirkuszelt?«, wollte Becht wissen.

Die Kriminaltechnikerin hob genervt die Hand.

»Ach, frag lieber nicht. Eine absolute Sisyphos-Arbeit ist das! Ilkay hat total schlechte Laune bekommen, als ich mich eben verabschiedet habe, und sogar Aschmann war zickig und hat mich richtig angeranzt.«

Das konnte sich Ruth kaum vorstellen. Der blasse Aschmann war viel zu wechselwarm, um bei diesen eigenartig kühlen und nassen Temperaturen aus der Haut zu fahren.

»Was ist mit den Zirkusmitarbeitern? Habt ihr denen das Foto von Bernauer gezeigt?«

»Ja, aber Fehlanzeige. Niemand hat ihn wiedererkannt.«

Mist, dachte Ruth.

»Vielleicht sollten wir den anderen mitteilen, wo wir sind«, merkte Becht an.

»Würden die sich nicht melden, wenn sie uns vermissten?«, entgegnete Ruth.

Helene lachte ihr schallendes Baritonlachen.

»Ruth verfolgt da einen pragmatischeren Ansatz als du, Becht.«

Sie erreichten die Scheune.

»Hoffentlich beobachtet uns keiner, sonst kriegen wir mächtigen Ärger«, meinte Helene, bevor sie das Tor zur Scheune durchschritt.

»Nicht, wenn wir so drei Morde aufklären können«, gab Ruth zu bedenken.

»Hoffentlich findet sie etwas«, raunte Becht ihr zu.

Becht und Ruth ließen Helene in dem Bunker fuhrwerken und stellten sich an dem Scheunentor auf, um die Umgebung im Auge zu behalten.

»Wenn jemand kommen sollte, nehme ich Lina und lass mir ein Ablenkungsmanöver einfallen. Dann kannst du Helene warnen. Oder ihr versteckt euch einfach.«

»Ruhig Blut, Ruth. Wer sollte hier schon langkommen?«

»Spaziergänger, Jogger, Hundebesitzer. Du hast keine Ahnung, wie viel Volk hier manchmal unterwegs ist.«

Ruth sah konzentriert in Richtung der Straße und ihres Hauses. Alles war ruhig.

Zwanzig Minuten vergingen.

»So, das hätten wir«, sagte plötzlich eine Stimme hinter ihnen.

Ruth und Becht zuckten heftig zusammen und fuhren

herum. Einer Frau von Helene Malettas Statur traute man nicht zu, dass sie sich leise bewegen und anschleichen konnte.

»Was hast du gefunden?«, fragte Becht.

»Lasst uns erst mal verschwinden«, meinte Helene, »ich erzähle es euch beim Gehen.«

»Hast du unsere Spuren verwischt und Erde auf der Bodenklappe verteilt? Bernauer darf auf keinen Fall merken, dass wir hier waren.«

Helene bedachte Ruth mit einem beleidigten Blick.

»Sag mal, für wie doof hältst du mich?«

Ruth wurde rot.

»Für alles andere als doof«, erwiderte sie kleinlaut.

Sie zogen das Tor zur Scheune hinter sich zu und schoben den Riegel vor. Lina hob ihr Bein und pinkelte gegen die Scheunenwand.

»Die pinkelt ja wie ein Rüde«, bemerkte die Maletta irritiert.

Dann fasste sie sich und begann zu erzählen:

»Also, in der einen Ecke habe ich einen kleinen Fleck auf dem Boden entdeckt, der von Blut herrühren könnte. Und darüber, an der Wand, war auch noch so eine kleine dunkle Stelle. Da habe ich ein paar Partikeln abgekratzt und eingetütet. Wer weiß, vielleicht haben wir ja Glück?«

In diesem Fall hatten sie schon so viel Glück gehabt, dass Ruth statistisch gesehen nur noch mit Pech rechnen durfte, aber sie entschied sich, diesen Gedanken nicht mit ihren beiden Kollegen zu teilen.

»Außerdem waren da einige Haare. Lange Haare.«

»Frauenhaare, meinst du?«

»Möglicherweise. Wenn ich sie genauer untersucht und mit den Referenzproben von unseren Opfern abgeglichen habe, wissen wir mehr.«

# 24

## Ruth und Becht räumen auf

Der Donnerstagmorgen versprach ein schöner, sonniger Tag zu werden. Ein paar vereinzelte Wölkchen trieben gemächlich über den blassblauen Himmel, als Ruth ihren Peugeot neben Bechts Wagen auf dem Präsidiumsparkplatz abstellte. Der Motor des mintgrünen Mercedes gab noch leise Knackgeräusche von sich, Becht war offenbar kurz vor ihr in Fels eingetroffen.

Ruth begab sich ohne Umschweife in Mariechens Zimmer.

»Hey, Ruth«, sagte ihre junge Kollegin gedankenverloren.

Sie kaute Kaugummi und konzentrierte sich auf den Bildschirm ihres Computers. Ferdinand saß auf einem Hocker in der Ecke. Er sah müde aus. Ein Blatt der Bananenstaude auf dem Fensterbrett lag auf seiner Schulter wie eine trostspendende Hand.

Ferdinand hatte sich tags zuvor mit dem Bruder der zweiten Toten aus dem Brunnen unterhalten. Jakob Schneider hatte ein paar Gegenstände von seiner Schwester Eva für den DNA-Abgleich mitgebracht.

»Ein netter Kerl«, berichtete Ferdinand und rieb sich dabei die Augen, »der Tod seiner Schwester geht ihm sehr nah. Sie war wohl schon als kleines Kind depressiv und hätte Schwierigkeiten damit gehabt, sich einzufügen. Sie hatte kaum Freunde und brachte schlechte Noten nach Hause. Im Teenageralter hat sie sich tagelang in ihrem

Zimmer eingeschlossen und Musik gehört, wollte mit niemandem reden. Der Hausarzt schrieb schließlich eine Überweisung zum Psychotherapeuten, aber Eva wollte keine Therapie machen. Da ist sie zum ersten Mal weggerannt und war zwei Tage unauffindbar. In den folgenden Jahren ist sie immer wieder abgehauen. Ihrem Bruder zufolge wollte sie einfach nur weg, raus aus dem ›System‹, kein 8-bis-17-Uhr-Sklave werden. Jakob Schneider meinte, er hätte immer wieder versucht, sie davon zu überzeugen, dass das Leben doch nicht so schlecht sei und dass sie nicht so schnell aufgeben dürfe, aber Eva hat nicht auf ihn gehört. Eines Tages war sie dann wirklich weg. Hat ihre Wohnung in Mannheim verlassen und verschwand. Sie hat sich nicht mal von ihrem Bruder verabschiedet. Anscheinend hatten sie bei ihrem letzten Treffen einen üblen Streit. Traurig.«

Und dann dauerte es fast zehn Jahre, bis Jakob Schneider herausfand, dass er keine Gelegenheit mehr haben würde, sich mit seiner Schwester auszusprechen. Das musste niederschmetternd sein, dachte Ruth.

Mariechen meldete sich zu Wort.

»Chantira Schmidt hat eben zurückgerufen. Sie besitzt leider kein Foto, auf dem ihre Schwester mit dem Hasen zu sehen ist.«

Dieser Scheiß-Hase, dachte Ruth genervt. Ein Beweisstück ohne Wert.

»Was hat Ansgar über Judy Mapotes Aufenthaltstitel herausgefunden?«

»Dass sie sich noch nicht um eine vorgezogene Einbürgerung gekümmert hat, dem Amt in Fels liegt jedenfalls noch kein Antrag vor.«

»Das heißt, dass sie nicht hierbleiben dürfte, wenn sie sich jetzt schon von Michel trennt?«

»Wenn das Kind von ihm wäre, sähe es für sie rosiger aus. Hinzu kommt, dass sie die Sprache ziemlich gut spricht und bereits eine Weile hier lebt. Aber wirklich sicher ist es nicht.«

Von Bernauers Frau war demnach wohl keine Hilfe zu erwarten, dachte Ruth. Unwahrscheinlich, dass sie bereit wäre, ein Risiko einzugehen, und wenn es noch so gering war. Nicht mit einem kleinen Kind.

Sie seufzte.

»Wo ist Becht?«

Mariechen zuckte die Achseln.

»Irgendwo im Haus unterwegs.«

»Wie geht es Beppo überhaupt?«, fragte Ruth unvermittelt.

Der Clown war immer noch in Untersuchungshaft.

»Nicht gut«, meldete sich Ferdinand zu Wort, »er will zurück in den Zirkus. Er schläft schlecht und sagt, dass er noch vor Langeweile stirbt.«

Ruth überlegte, dass sie sich gern mal wieder zur Abwechslung so richtig mordsmäßig langweilen würde.

»Wenn er Bernauer nach der Zirkusvorstellung *gesehen* hätte, wäre alles so viel einfacher«, merkte sie an. »Was ist überhaupt mit dem Zirkus?«

»Gestern sollte es nach Innsbruck weitergehen, aber da die KTU ihre Untersuchung noch nicht abgeschlossen hat, wird erst mal nichts daraus. Vielleicht gibt es ein paar Zusatzvorstellungen.«

Ohne Minka und Beppo, dachte Ruth.

»Hat irgendwer mit Ilkay und Aschmann gesprochen?«

»Ja, ich. Gestern Abend«, sagte Mariechen. »Mann, war der Ilkay schlecht gelaunt! Bislang keine Übereinstimmungen mit Bernauers Fingerabdrücken.«

Ruth erzählte ihren beiden Kollegen von Michel Bernauers Scheune und dem Bunker, den Becht entdeckt hatte. Mariechen machte große Augen.

»Und was machen wir nun?«, fragte sie, als Ruth geendet hatte.

»Warten.«

»Diese ewige Warterei!«

Ferdinand stöhnte laut auf und schlug sich dabei versehentlich den Kopf am Fenstersims an. Ruth versuchte, nicht zu lachen.

»Ich bin in meinem Büro«, verkündete sie.

Ein bisschen die Füße hochlegen.

Sie musste nicht lang auf Helenes Anruf warten. Gegen halb zehn meldete sich die Kriminaltechnikerin bei Ruth und bestätigte, dass es sich bei den Partikeln, die sie auf dem Boden und an der Wand des Bunkers gefunden hatte, tatsächlich um altes Blut handelte.

Menschliches Blut.

»Fehlt nur noch der DNA-Abgleich mit den Brunnenleichen«, berichtete Helene abschließend.

Die Brunnenleichen. Ruth schauderte.

»Gut, dass dich die Journalisten nicht so reden hören. Das wäre ein gefundenes Fressen für die Boulevardpresse«, bemerkte sie.

Helene lachte.

»Dass die da nicht von selbst draufgekommen sind.«

Ruth rief bei Anne Bernd an und erzählte von ihrem

Ausflug in Michel Bernauers Scheune am Vortag. Die Staatsanwältin hörte aufmerksam zu. Sie war skeptisch.

»Ein alter Blutfleck? Was, wenn sich der gute Egon Bernauer einfach nur in seinem Bunker in den Finger geschnitten hat? Und überhaupt – ihr habt euch unrechtmäßig Zugang zu der Scheune verschafft.«

Ruth hatte das Gefühl, vor Anspannung platzen zu müssen.

»Ich bin mir sicher, dass Bernauer unser Mann ist! Wir brauchen dringend einen Durchsuchungsbeschluss, sonst kommen wir nicht weiter«, sagte sie eindringlich.

Anne Bernd zögerte.

»Was, wenn du dich irrst und wir nichts finden? Lass uns doch wenigstens abwarten, bis Helene das Blut genauer untersucht hat.«

Ruth ließ nicht locker.

»Er war's, Anne«, erklärte sie mit Nachdruck.

Anne Bernd atmete geräuschvoll aus.

»In Ordnung«, meinte sie endlich, »du bekommst deinen Durchsuchungsbeschluss. Ich lass mir was einfallen. Trommel deine Leute zusammen.«

Ruth war erleichtert.

»Danke.«

»Du musst mir nicht danken. Ich hoffe bloß, dass du den richtigen Riecher hast.«

Die Staatsanwältin legte auf.

Becht parkte den Mercedes auf dem Keil in Töpferrad.

»Bereit?«, fragte er Ruth.

»Immer.«

Sie stiegen aus und schlossen sich Ferdinand und den

übrigen Beamten an, die bereits vor der Haustür warteten. Judy Mapote war sprachlos, als sie das sechsköpfige Polizeiteam anrücken sah. Sie hielt den kleinen Joe auf dem Arm, dessen Augen sofort zu leuchten begannen.

»Na, kleiner Mann«, sagte Ruth freundlich, »vielleicht kann deine Mama ja ein Foto von dir mit einem der Männer in Uniform machen.«

Judy wirkte alarmiert.

»Was wollen Sie wieder hier?«

Sie klang aufgebracht.

»Wohnung ist totale Chaos, Michel nicht zu Haus.«

»Das mit dem Chaos ist nicht schlimm, Frau Mapote, wir räumen jetzt mal so richtig auf.«

»Ruth!«

Es kam nicht mehr so oft vor, dass Becht sie anbellte. Vielleicht war sie deshalb umso erschrockener, wenn er es dann doch einmal tat.

»Hier ist der richterliche Beschluss, Frau Mapote. Ich würde sagen, wir teilen uns auf. Zwei ins Wohnzimmer, zwei ins Schlafzimmer, einer ins Bad und einer ins Kinderzimmer. Gibt es einen Kellerraum?«

Judy Mapote nickte lahm. Sie wusste nicht, wie ihr geschah.

»Ich rufe Michel an«, sagte sie.

»Ja, gute Idee, ich wollte gerade fragen, wo er ist.«

»Auf Arbeit natürlich!«

»Da wäre ich mir an Ihrer Stelle nicht so sicher«, brummte Ruth.

Sie dachte an Bernauers Sitzplatz an der Theke der *Amsel*, machte auf dem Absatz kehrt und wollte ins Bad gehen (bei Wohnungsdurchsuchungen fing sie immer im

Badezimmer an), doch da hatte bereits die junge Kollegin Stellung bezogen. Ruth verzog den Mund und betrat stattdessen das Schlafzimmer der Bernauers. Lange blieb sie vor der Wand gegenüber dem Fußende des Bettes stehen. Dort hingen zahlreiche Fotos von Judy und Michel. Die meisten waren in Afrika aufgenommen worden, das konnte man bereits am Licht erkennen. Sie zeigten das Paar Arm in Arm, in die Kamera strahlend, vor dem Hintergrund typischer Safarilandschaften und Holzlodges.

Ein hübsches Paar, dachte Ruth sarkastisch.

Sie trat an den Wäscheschrank heran, vor dem ein dunkelhaariger Kollege kniete. Er wühlte in einer großen Kiste.

»Was ist das?«

»Das sind alte Briefe, glaube ich.«

Ruth trat neugierig näher, da ertönte die Stimme der Polizistin aus dem Bad.

»Frau Winterscheidt, Becht! Kommt mal bitte gerade.«

Die beiden eilten herbei.

»Schauen Sie mal, was ich im Spiegelschrank gefunden habe.«

Die junge Frau reichte Ruth ein paar Pillendöschen. Ruth las die Schriftzüge. Diazepam, Lorazepam, Perazin, Perphenazin. Sie hob den Blick.

»Lorazepam habe ich schon mal gegen meine Flugangst bekommen«, erklärte die Polizistin, »das ist ein Angstblocker. Wenn man das einschmeißt, fühlt man sich anschließend wie in Watte gehüllt. Und hat vor nichts mehr Angst.«

Ruth versuchte zu verstehen, was das bedeutete. Hatte Bernauer Angstzustände?

»Frau Mapote?«, rief sie, »die Tabletten im Spiegelschrank, sind das Ihre oder gehören die Ihrem Mann?«

Judy Mapotes Augen wanderten von Ruths Gesicht zu den Pillendöschen.

»Ich weiß nicht«, sagte sie verunsichert.

»Sie wissen nicht, ob das Ihre Tabletten sind? In dem Fall würde ich davon ausgehen wollen, dass es *nicht* Ihre sind«, erklärte Ruth barsch.

Judy schüttelte schnell den Kopf.

»Ich kann doch nicht ...«, stammelte sie und begann zu weinen.

Es dauerte keine fünf Sekunden, da fiel Joe mit ein.

Du liebes Lieschen, dachte Ruth.

»Jetzt beruhigen Sie sich doch bitte, Frau Mapote«, warf Becht ein. »Wir haben Ihnen doch nur eine einfache Frage gestellt! Wir erwarten gar nicht, dass Sie Ihren Mann belasten.«

Judy wischte sich die Tränen mit dem T-Shirt-Ärmel ab.

»Michels«, sagte sie, »aber er nimmt sie lange nicht!«

»Wogegen sind die denn?«, wollte Ruth wissen.

Judy antwortete nicht. Ruth dachte an Billa Schimmelpfeng, die mit ihrem Zeigefinger einen Kreis in die Luft neben ihrer Schläfe gemalt hatte.

»Hat Ihr Mann Depressionen?«, fragte sie.

Ein vorsichtiges Nicken.

»Aber lange nicht!«

»Und Angst?«

Judy ließ den Kopf hängen.

»Michel ist ein guter Mann«, sagte sie, kaum hörbar.

»Aber manchmal geht es ihm nicht gut. Und dann nimmt er diese Tabletten hier, nicht wahr?«

Ruth deutete auf eins der Pillendöschen.

Judy Mapote nickte.

Mariechen hob bereits nach dem ersten Klingeln ab.

»Und? Habt ihr was gefunden?«

»Ja, vielleicht«, erteilte Ruth Auskunft, »einen Haufen Medikamente. Frau Mapote sagt, ihr Mann leidet manchmal unter Depressionen und hat eine Angststörung, deshalb auch meine Bitte. Würdest du herausfinden, wer Michel Bernauers Hausarzt ist? Und ich möchte gern wissen, ob er vielleicht schon mal wegen seiner Alkoholprobleme therapiert worden ist oder es sonst irgendwelche Auffälligkeiten in der Krankenakte gibt.«

»Ich versuch's. Ich wollte euch übrigens auch gerade anrufen. Es gibt Neuigkeiten: Die zweite Leiche ist definitiv Eva Schneider.«

Ruth hatte keine Sekunde daran gezweifelt.

»Hat sich die Maletta schon wegen der Proben aus der Scheune gemeldet?«

»Leider nicht.«

Sie beendeten das Gespräch. Ruth kehrte ins Wohnzimmer zurück und erstattete Bericht.

»Was ist mit Bernauer?«

»Nicht zu erreichen«, antwortete Becht knapp, »hoffentlich hat er sich nicht abgesetzt.«

Dann stellten sie die Wohnung der Bernauers weiter auf den Kopf.

Sie hatten eine Kiste mit Gegenständen vollgepackt, die sie zur genaueren Untersuchung mit aufs Präsidium nehmen würden, darunter war auch Michel Bernauers Tablet.

Da es nicht passwortgeschützt war, erhoffte sich Ruth allerdings nicht allzu viel von seinem Inhalt.

Als sie sich von Judy Mapote verabschiedeten, hob die junge Frau nicht mal den Kopf. Der kleine Joe saß neben ihr auf dem Boden und hielt einige seiner Spielzeuge im Arm. Er sagte keinen Ton und musterte die Polizisten misstrauisch. Wahrscheinlich hatte er Angst, dass ihm wieder jemand etwas wegnehmen würde.

»Ein süßes Kind«, bemerkte Becht auf dem Weg hinaus.

»Ja. Nur leider wird er von jetzt an immer denken, dass Polizisten Spielzeug klauen.«

Ruths Handy klingelte.

»Ich habe eine Telefonnummer für dich«, sagte Mariechen, »von Frau Dr. Monheim. Hat eine Praxis in Fels.«

»Das ist die Hausärztin?«

»Psychotherapeutin.«

»Bernauer ist in Therapie?«

»Ja, schon seit Ewigkeiten.«

»Danke, Mariechen. Schickst du mir die Nummer?«

»Klar. Kommt sofort.«

Ruth legte auf. *Schon seit Ewigkeiten* schloss vielleicht den Zeitraum mit ein, in dem Eva Schneider und Chutima Sonnarong im Brunnen verscharrt wurden. Und jemand das Trapez von Minka Tomtschuk manipulierte.

Ruth informierte Becht über Mariechens Anruf.

»Ach, Dr. Monheim. Die kenne ich«, entfuhr es Becht. »Die ist mit meinem Ältesten zusammen zur Schule gegangen. Die Lydia.«

»Möchtest du dann vielleicht mit ihr sprechen?«

Becht überlegte kurz.

»Nein. Ist vielleicht besser, wenn du fährst, sonst wird das am Ende noch zu privat. Benjamin und sie waren mal zusammen, aber dann hat Benjamin die Lisa kennengelernt. Ich glaube, da hat Lydia lange dran geknabbert.«

»Und um sich davon abzulenken, hört sie sich jetzt den Mist von anderen Leuten an«, versetzte Ruth.

Sie hielt nicht viel von Psychotherapeuten. Ihrer Meinung nach waren sie Quacksalber, die ihren Patienten Namen für Probleme eintrichterten, die sie gar nicht hatten. Wenn es einem nicht gut ging, machte man sich eine Flasche Wein auf, aß einen Liter Vanilleeis und war tags drauf wieder wie neu. Bis auf den Kater und die Plauze natürlich.

»Vielleicht unterschätzt du sie da«, meinte Becht, und ein wissendes Lächeln umspielte seine Lippen.

# 25

## Ruth führt ein aufschlussreiches Gespräch

»Guten Tag, Frau Winterscheidt, setzen Sie sich doch bitte.«

Ruth zögerte. Im Rahmen der Ermittlungen im Fall Schimmelpfeng hatte sie schon mal ein Gespräch mit einem Psychologen geführt, doch als Wilke Jacobi ihr damals einen Sitzplatz anbot, hatte sie dankend abgelehnt. Es kam ihr falsch vor, dort zu sitzen, wo sonst nur Leute saßen, die ihr Leben und sich selbst nicht im Griff hatten. Zudem waren bestimmt schon unzählige Tränen auf diese Armlehnen gefallen; das erschien Ruth unhygienisch.

»Nur, weil Sie auf meinem Patientenstuhl sitzen, heißt das nicht, dass ich Sie wie eine Patientin behandeln werde«, sagte Frau Monheim, als hätte sie Ruths Gedanken erraten.

Sie war überrascht.

»Ich hätte jetzt eher mit so was wie ›der Stuhl beißt nicht‹ gerechnet«, gestand sie.

»Ich tue und sage selten, was die Leute von mir erwarten.«

Lydia Monheim lächelte liebenswürdig.

Da sind wir ja schon zu zweit, dachte Ruth.

»Ihre Kollegin hat mir erzählt, dass einer meiner Patienten im Zusammenhang mit dem Mord im Zirkus und den beiden Skelettfunden in Töpferrad steht.«

»Ja, das ist richtig.«

Die Psychotherapeutin grinste schief.

»Na, da habe ich dann wohl irgendetwas falsch gemacht, oder?«

Ruth glaubte zu verstehen, was Becht damit gemeint hatte, dass Lydia Monheim nicht zu unterschätzen sei. Doch mit dem nächsten Satz offenbarte sie Ruth bereits ihre Schwachstelle.

»Glauben Sie, dass ich mit meiner Selbstironie Ihre Sympathie gewinnen will?«

Die Therapeutin war offensichtlich ziemlich von sich selbst eingenommen. Ruth schüttelte den Kopf.

»Ich will nicht unhöflich sein, aber es geht mir weniger um Sie als um meinen Fall. Ich möchte ein paar Dinge über Michel Bernauer wissen.«

Frau Monheim lächelte unbeeindruckt weiter. Alles an ihr strahlte Selbstbewusstsein aus. Wahrscheinlich fuhr sie Motorrad und kletterte in ihrer Freizeit auf hohe Berge, sprang aus Flugzeugen und konnte Schafe auf der Weide mit der bloßen Hand einfangen. Kein Wunder, dass Benjamin Becht das Weite gesucht hatte.

»Ich bin vermutlich aufgeregter, als ich es mir selbst eingestehen möchte. Es ist das erste Mal, dass ich mittelbar mit der Polizei zu tun habe.«

In welcher Form mochte Frau Dr. Monheim wohl schon einmal *unmittelbar* mit der Polizei in Berührung gekommen sein, überlegte Ruth. In Form von Benjamin?

»Sie müssen entschuldigen, Frau Winterscheidt. Ich bin ein sehr egozentrischer Mensch. Aber diese Wesenszüge sind Ihnen als Kommissarin sicherlich nicht fremd.«

»Mir ist überhaupt nichts fremd«, gab Ruth trocken zurück. »Wie lange behandeln Sie Michel Bernauer schon?«

»Seit 2008. Er war einer meiner ersten Patienten. Ich habe ihn von meinem Vorgänger, Herrn Dr. Jahn, übernommen.«

»Wie lange war er bei Herrn Jahn in Behandlung?«

»Mit Unterbrechungen seit 2001. Ich habe eben noch einmal in der Akte nachgesehen.«

»Das ist eine lange Zeit«, bemerkte Ruth schlicht.

»Ja. Er ist ein labiler Mensch.«

»Was meinen Sie mit labil?«

Dr. Monheims Stimme nahm einen fachmännischen, dozierenden Ton an.

»Nun, wie kann man das am besten beschreiben, ohne dass sich dem Zuhörer Wörter wie ›gaga‹ aufdrängen? Er schwankte. Das fasst seinen seelischen Zustand knapp und treffend zusammen. Er hatte gute Phasen, dann wieder schlechte. Mal war er der König der Welt, dann ist er abgestürzt, von einer Sekunde auf die andere und so tief, dass er nicht mehr allein auf die Füße kam. Leider hing seine psychische Stabilität stark von seinem Umfeld ab. Die soziale Komponente spielt bei Herrn Bernauer eine ausgeprägte Rolle. Er war gut drauf, dann hat ihn zum Beispiel ein Fußgänger auf der Straße wegen irgendetwas angemotzt, und er hat es sofort persönlich genommen und sein gesamtes Weltbild ist ins Wanken geraten. Er hat sich in richtige Grübelschleifen hineingedacht und sich von seinen eigenen Gedanken runterziehen lassen, bis er schließlich zu dem Urteil kam, dass er es verdient hatte, von dem Fußgänger beschimpft zu werden, und dass er überhaupt völlig unwürdig sei, eine einzige große Enttäuschung, ein Reinfall, ein Versager.«

»Sie meinen, er hatte Depressionen?«

Frau Dr. Monheim musste lachen.

»Das ist eine sehr vereinfachte Sichtweise, Frau Winterscheidt. Herr Bernauer hatte *auch* Depressionen, das stimmt, aber das war nur ein Teil seines Krankheitsbildes. Er hatte bisweilen ausgewachsene Psychosen und musste medikamentös behandelt werden.«

»Mit diesen Medikamenten hier?«

Ruth reichte der Therapeutin einen Zettel, auf dem die Namen der Medikamente aus Michel Bernauers Badezimmer standen. Lydia Monheim überflog sie und nickte.

»Ja, genau. Das sind ein paar der Präparate, die ich ihm im Laufe seiner Therapie verschrieben habe.«

»Erklären Sie mir das mit der Psychose bitte genauer«, bat Ruth.

»Herr Bernauer litt unter Verfolgungswahn. Das lässt sich einerseits aus seiner Vita erklären. Er ist als Junge in der Schule gehänselt worden, die Kinder haben ihn ausgegrenzt, er war isoliert. Oft haben sie ihm nach der Schule aufgelauert und ihn verprügelt. Weil er sich einsam fühlte, hat er sich in eine Traumwelt hineingedacht, in der er beliebt, stark, schön und angesehen war. Manchmal ist es ihm schwergefallen, Phantasie und Wirklichkeit auseinanderzuhalten, zumal die Phasen, in denen er sich in seiner erdachten Parallelwelt aufhielt, immer länger wurden, je größer der emotionale Druck war.

Hinzu kam der Einfluss einer sehr dominanten Mutter, die hohe Erwartungen an ihren Sohn gestellt hat. Du musst gut in der Schule sein, du musst einen guten Beruf haben, du musst selbständig sein und Geld verdienen, heiraten und eine Familie gründen, dich um uns kümmern, wenn wir alt sind, denn du verdankst uns alles. Wie

Sie vermutlich wissen, sind sowohl der Vater als auch die Mutter von Michel Bernauer an Krebs erkrankt und einige Jahre später verstorben. Michel Bernauer hat sie gepflegt und litt sehr unter dem psychischen Druck. Die Verantwortung, der Stress. Das ist die psychosoziale Komponente seiner Erkrankung. Diese wird bei ihm jedoch auch noch durch eine physische Unregelmäßigkeit ergänzt, die möglicherweise durch seinen langjährigen Alkoholabusus ausgelöst wurde. Er hat eine Stoffwechselstörung im Gehirn, die behandelt werden musste.«

»Seit wann trinkt Michel Bernauer?«

»Mir hat er erzählt, es hat erst mit dem Tod seiner Mutter wieder angefangen. Wieder angefangen, verstehen Sie? Wenn es darum ging, einen konkreten Zeitpunkt zu nennen, ist er sehr vage geworden in seinen Ausführungen und hat mehrfach unterschiedliche Daten angegeben. Er hat sich offenbar dafür geschämt. Ich vermute, dass er schon als sehr junger Mann zu viel getrunken hat, regelmäßig und heimlich.«

Ruth nickte.

»Und die Behandlung dieser Stoffwechselstörung haben Sie durchgeführt?«

»Ja. In Zusammenarbeit mit einem Neurologen aus Rädtingen, Dr. Heiner Wewering.«

»Was muss ich mir darunter vorstellen?«

Lydia Monheim schlug das andere Bein über.

»Sie müssen sich vorstellen, dass Michel Bernauer absolut normal funktionierte, solange er seine Medikamente eingenommen hat, und ausgeflippt ist, wenn er sie nicht genommen hat.«

»Ausgeflippt?«

Ruth zog die Augenbrauen hoch.

»Ja. Dann dachte er, dass er vom Geist seiner verstorbenen Mutter verfolgt würde, weil er nicht gut genug für sie gesorgt hatte. Solche Dinge. Er hat Alpträume mitten am Tag gehabt, Stimmen gehört, Schritte hinter seinem Rücken. Er fühlte sich beobachtet. Er konnte nicht schlafen. Er redete mit sich selbst. Es dauerte auch eine ganze Weile, bis wir ihn medikamentös richtig eingestellt hatten. Danach ging es ihm gut.«

»Wann haben Sie ihn denn richtig eingestellt?«

»2008. Kurz nachdem ich die Praxis eröffnet hatte, habe ich die Angelegenheit in die Hand genommen und Dr. Wewering mit ins Boot geholt.«

»Warum haben Sie die Angelegenheit in die Hand genommen, wie Sie sich ausdrücken?«

Frau Dr. Monheim zögerte.

»Weil ich mir Sorgen gemacht habe.«

»Wieso?«

»2007 wurde bei Frau Bernauer, der Mutter, Darmkrebs diagnostiziert. Das hat Michel Bernauer aus der Bahn geworfen. Ich unterhielt mich lange mit meinem Vorgänger, Dr. Jahn, und wir kamen zu dem Schluss, dass Michel noch nie eine ähnlich schlimme Episode gehabt hatte. Es bestand Handlungsbedarf.«

»Moment, nur, damit ich das richtig verstehe, Frau Doktor. Weil er gefährlich war, bestand Handlungsbedarf?«

»Ja, wobei ich im Hinblick auf ihr Hiersein heute wohl differenzierter antworten muss. Die Gefahr bestand nur für Herrn Bernauer selbst, nicht für andere. Ich habe ihm angeraten, sich für ein paar Wochen in eine geschlossene Einrichtung zu begeben und behandeln zu lassen, aber er wollte das natürlich nicht wegen seiner Mutter. Also haben wir uns darauf geeinigt, dass er vier Wochen in einer Tagesklinik verbringt, medikamentös eingestellt wird und sich somit gleichzeitig um sich selbst *und* seine kranke Mutter kümmern kann.«

»Das heißt, er war Ihrer Meinung nach selbstmordgefährdet?«, hakte Ruth nach.

»Ja. Sehr sogar.«

»Wie verhielt er sich nach dem Aufenthalt in der Tagesklinik?«

»Es ging ihm gut. Er war wieder auf dem Damm.«

Ruth dachte nach.

»Gibt es in den Unterlagen von Ihrem Vorgänger Aufzeichnungen aus den Jahren 2005 bis 2007?«

Dr. Monheim schüttelte sofort den Kopf.

»Das ist der Zeitraum, in dem Bernauer nicht psychologisch betreut wurde. Er suchte Dr. Jahn im Februar 2008 auf, doch der hat seine Praxis zum April 2008 an mich übergeben.«

Ruth kaute auf ihrer Unterlippe herum.

»Erzählen Sie mir doch bitte, was Sie persönlich für einen Eindruck von Michel Bernauer hatten?«

»Persönlich?«

Die Formulierung amüsierte Lydia Monheim sichtlich. Ruth spürte Ärger in sich aufkeimen.

»Bitte konzentrieren Sie sich, Frau Dr. Monheim. Ich habe keine Zeit zu verlieren«, bat sie ungehalten.

»Gut, Frau Winterscheidt, dann antworte ich mal so auf die Frage, wie ich sie verstanden habe. Michel Bernauer wirkt auf mich nicht besonders attraktiv, sondern eher farblos. Sein Selbstbewusstsein ist aufgesetzt, seine Souveränität Fassade. Er ist ein zutiefst verunsicherter Mann, was sich in einer ausgeprägten Reizbarkeit niederschlägt, die er jedoch nicht offen auslebt. Ich könnte mir vorstellen, dass er jemand ist, der kleinen Hunden einen Tritt in den Bauch gibt, wenn er sich sicher ist, dass niemand zusieht. Und das ist ein ganz entscheidender Aspekt, Frau Winterscheidt! Er zeigt sich erst, wenn keiner guckt. Er verheimlicht und verbirgt. Er bewegt sich innerhalb der sozialen Normen, denn nichts ist für ihn schlimmer als der Gesichtsverlust, die Ächtung. Scham ist das Stichwort, verstehen Sie? Dieser Teil bezieht sich jedoch nur auf den Michel Bernauer, der regelmäßig brav seine Medikamente nimmt. Der Michel Bernauer, der sich in einem akuten psychotischen Zustand befindet und *keine* Medikamente nimmt, ist meiner Meinung nach schwer einzuschätzen. Instinktgetrieben vielleicht. Panisch.«

»Wenn ich mir das so anhöre, erscheint es mir beinahe unverantwortlich, so jemanden frei herumlaufen zu lassen«, bemerkte Ruth.

»Ja, ja, Frau Winterscheidt. Es ist natürlich alles meine Schuld. Aber mal im Ernst: So eine psychische Erkrankung ist mitunter gar nicht so leicht zu diagnostizieren. Phasenweise verhalten sich Menschen trotz ihrer psychischen Störung völlig normal. Und man kann ja nicht jeden Menschen wegsperren, nur weil er mal am Rad dreht.«

Eine eigenartige Formulierung, so wie »gaga« zuvor, dachte Ruth, aber sie wusste, dass die Therapeutin recht hatte.

»Wann haben Sie Herrn Bernauer zuletzt gesehen?«, wollte Ruth wissen.

»Er war vor vier Wochen zum letzten Mal hier. Wir treffen uns momentan etwa einmal im Monat. Der nächste Termin ist am kommenden Montag.«

»Worüber reden Sie derzeit?«

Die Therapeutin lächelte.

»Darüber möchte ich Ihnen keine Auskunft erteilen, da ich weiß, dass es mit Ihrem Fall nichts zu tun hat.«

Ruth kniff die Augen zusammen.

»Das kann ich besser beurteilen als Sie.«

Lydia Monheim seufzte.

»Also gut. Es geht um Eheprobleme. Seine Frau will seit geraumer Zeit nicht mehr mit ihm schlafen.«

Ruth nickte langsam.

»Trauen Sie Herrn Bernauer einen Mord zu?«

»Weil seine Frau ihn nicht mehr ranlässt und er Druck hat?«

»Frau Monheim, es mag Ihre Art sein, provozierende Fragen zu stellen, mir gehen sie jedoch, gelinde gesagt, auf die Nerven. Äh. Also, die Fragen.«

Ruth kam kurz ins Schlingern, dann fand sie zurück auf ihre Gedankenspur.

»Vielleicht sollen Ihre Kommentare auch lustig oder geistreich wirken. Seien Sie sich versichert, dass weder das eine noch das andere zutrifft. Also. Antworten Sie bitte einfach auf meine Fragen.«

»Aber Ihre Frage war schlichtweg dumm«, erwiderte die Therapeutin ruhig.

»Wie …?«

»*Jeder* ist fähig, einen Mord zu begehen. Das wissen Sie doch noch viel besser als ich!«

Lydia Monheims Augen funkelten wütend. Jetzt war es an Ruth zu lächeln.

»Verstehen Sie das bitte nicht falsch, Frau Doktor, aber so gefallen Sie mir besser.«

Das Funkeln verblasste wieder.

»Wie geht es eigentlich Herrn Becht?«

Die unvermittelte Frage rührte Ruth wenig.

»Benjamin ist verheiratet und hat Kinder.«

Lydia Monheim betrachtete sie schmallippig.

»Danke für die Information, aber meine Frage galt seinem Vater.«

Na klar, dachte Ruth.

»Ich wollte den Weg zu der Frage nach seinem Sohn etwas abkürzen. Die Zeit, wissen Sie«, gab Ruth zurück und versuchte, genauso schief zu grinsen wie Dr. Monheim.

»Ich verstehe«, versetzte diese, »wenn Sie keine weiteren Fragen haben, Frau Winterscheidt – meine nächste Patientin wartet.«

Ruth stand auf und verabschiedete sich. Auch Lydia Monheim erhob sich. Ruth stellte überrascht fest, dass die Frau trotz hoher Absätze gerade mal so groß war wie sie selbst. Ihr Ego hatte sie sitzend größer wirken lassen.

»Einen Aspekt möchte ich noch einmal hervorheben, da er sicher nicht unerheblich ist für Ihre Ermittlungen, insbesondere für Ihre Verhöre.«

»Ich höre.«

»Ich weiß nicht, ob ich eben deutlich genug geworden bin, aber Michel Bernauer lügt. Viel und gut. Er kann das einfach.«

*Er kann das einfach*, diesen Satz hatte Ruth doch schon einmal gehört. Nein. Das war »Die kann das einfach« gewesen, im Zusammenhang mit Minka Tomtschuks Fähigkeiten am Trapez.

So unterschiedlich verteilten sich die Fertigkeiten. Der eine konnte sich in fünfzehn Metern Höhe den Unterschenkel in den Nacken klemmen, der andere glaubhaft vermitteln, dass er Bugs Bunny war.

»Ist mir schon aufgefallen«, erwiderte Ruth.

Lydia Monheim schenkte ihr ein letztes windschiefes Grinsen.

»Ein sympathisches Kerlchen, nicht wahr?«

Ruth zuckte die Achseln.

»Ich habe in meinem Beruf vermehrt mit unsympathischen Menschen zu tun.«

Sie fragte sich, ob Lydia Monheim den Satz wohl auf sich beziehen würde, während sie fortfuhr:

»Aber aus Sicht einer Therapeutin ist ein Patient wie Bernauer wahrscheinlich nicht uninteressant, oder?«

Ruth machte Anstalten zu gehen. Als sie ihre Hand auf die Klinke legte, sagte Lydia Monheim hinter ihr:

»Sollten Sie jemals therapeutischen Beistand benötigen, kommen Sie hoffentlich zu mir, Frau Winterscheidt.«

»Sicher nicht«, erklärte Ruth kühl und verließ den Raum.

Als sie das Wartezimmer passierte, erhaschte sie einen Blick auf eine Frau mit schwarzen Locken, die in die Lektüre einer Zeitschrift vertieft war. Als sie Ruths Schritte hörte, hob sie den Kopf, sah Ruth für den Bruchteil einer Sekunde in die Augen und wandte sich dann rasch ab. Sie wollte offensichtlich nicht erkannt werden.

Was hatte Frau Monheim noch über Scham gesagt? Dass sie ein starkes Handlungsmotiv war?

Erst als sie im Aufzug stand, begriff Ruth, dass sie die Frau aus dem Wartezimmer kannte. Das war Mira Kaltemeister gewesen. Ruth konnte sich denken, warum die Frau des ehemaligen Bürgermeisters von Töpferrad es vorgezogen hatte, sie zu ignorieren.

Sie verließ die Praxis von Lydia Monheim und fuhr zurück zum Präsidium.

# 26

## Ruth macht einen verhängnisvollen Fehler

»Michel Bernauer hat also eine psychische Erkrankung«, fasste Becht zusammen, nachdem Ruth von ihrem Besuch bei Lydia Monheim berichtet hatte.

Er hatte eine Besprechung des Teams in seinem Büro anberaumt, auch wenn es dort an Sitzgelegenheiten für die sechsköpfige Truppe mangelte. Ruth stand zwischen Ferdinand und Mariechen, Ilkay Bossert atmete auf ihren Scheitel, vor ihr saß Ansgar auf Bechts Besucherstuhl. Sie kam sich vor wie in einer überfüllten S-Bahn im Feierabendverkehr.

»Michel Bernauer lügt, sagt seine Therapeutin«, fügte Ruth hinzu.

Ihr Chef nickte gedankenverloren.

»Die Daten auf Bernauers Computer sind meiner Meinung nach uninteressant«, meldete sich Ansgar zu Wort.

»In der Kiste waren doch noch mehr Dinge«, meinte Ruth. »Gibt es da schon irgendetwas Neues?«

»Ja.«

Ilkays Stimme war so nah an Ruths Kopf, dass sie zusammenzuckte.

»Die junge Polizistin, Angelina Tauber, hat etwas aus der Wohnung der Bernauers mitgebracht und bei uns auf den Tisch gelegt, das vielleicht den Durchbruch bringen wird.«

Stille legte sich über den Raum.

»In dem Einbauschrank im Schlafzimmer standen zwei Perückenhalter auf dem oberen Regal. Und die Perücken darauf sind aus Echthaar. Das hat die Polizistin wohl gleich erkannt. Es handelt sich um zwei Kurzhaarperücken, einmal glatt und schwarz, einmal etwa kinnlang und dunkelblond.«

Ruth stellte sich das seidig glänzende schwarze Haar einer jungen Thailänderin vor. Dann dachte sie an die blutgetränkten Haare, die das leblose Gesicht von Minka Tomtschuk umkränzt hatten. Was für eine Haarfarbe hatte Eva Schneider gehabt? Ruth schluckte.

»Wenn die Haare den beiden Opfern gehören, haben wir ihn.«

Ilkays Bemerkung war überflüssig. Sie alle hatten denselben Gedanken gehabt.

»Und wenn er nun alles auf seine Eltern schiebt?«

Ferdinands Stimme zerschnitt die gespannte, hoffnungsvolle Atmosphäre in Bechts Büro. Schnippschnapp, alles kaputt.

»Darüber habe ich mir auch schon Gedanken gemacht«, bemerkte Becht mit düsterer Miene. »Wenn er ein geübter Lügner ist, müssen wir uns wohl darauf einstellen, dass er seine Eltern beschuldigen wird.«

Helene Maletta hatte Vollgas gegeben, wie sie sich ausdrückte. Die Haare, die sie im Bunker unter Michel Bernauers Scheune gefunden hatten, waren nicht zuzuordnen, doch das Blut war eindeutig von Eva Schneider.

»Sie hat also blutend in diesem Loch gelegen. Ob sie zu diesem Zeitpunkt schon tot war?«, hatte sie durchs Telefon gefragt.

Helenes Frage hallte noch lange in Ruths Ohr nach. Die Leiterin der KTU konnte ihre Bestürzung nicht verbergen, immerhin hatte sie den dunklen, kalten Bunker selbst gesehen. Die niedrigen Decken, die erdrückenden Wände.

Hatte Bernauer Eva Schneider dort unten eingesperrt?

Ohne Licht.

Ohne Hoffnung.

Ruth schloss die Augen und versuchte sich vorzustellen, wie sie sich verhalten hätte, eingeschlossen in einem dunklen Kellerloch ohne Aussicht, von irgendjemandem gehört und gerettet zu werden.

Sie öffnete die Augen wieder, griff zum Telefonhörer und rief Becht an.

»Irgendwas von Bernauer?«, platzte sie ohne Einleitung heraus.

»Nein. Er ist wie vom Erdboden verschluckt. Nicht in der *Amsel*, nicht zu Hause. Keine Krankmeldung auf der Arbeit. Zack und weg.«

Ruth vernahm ein kurzes, peitschendes Geräusch am anderen Ende der Leitung. Becht hatte mit den Fingern geschnippt, um seinen letzten Satz zu unterstreichen.

Ruth dachte an den Großen Voltano. Der konnte Dinge verschwinden lassen, Hokuspokus Verschwindibus, doch sie tauchten für gewöhnlich irgendwo wieder auf. Nicht unbedingt da, wo man sie erwartete – plötzlich steckten die bunten Taschentücher im Ärmel, und ein mümmelndes Kaninchen hockte im Zylinder –, aber immerhin.

Nichts verschwand für immer. Vermisst gemeldete Menschen tauchten zum Beispiel im Brunnen wieder auf.

»Ich will mir die Scheune noch mal genauer ansehen«, verkündete Ruth, einer plötzlichen Eingebung folgend.

»Mach das. Ich bleibe hier, wenn das für dich in Ordnung ist. Ich will da sein, wenn die Perücken fertig untersucht sind.«

Ruth wäre es lieber gewesen, wenn Becht sie begleitet hätte, aber sie wollte nicht unselbständig erscheinen. Nachdem sie das Gespräch beendet hatten, stand Ruth auf und nahm ihre Jacke von der Stuhllehne. Dann eilte sie aus dem Büro.

Als Ruth erneut vor Michel Bernauers Scheune stand, erschien sie ihr noch größer und bedrohlicher als zuvor. Das lag vielleicht unter anderem daran, dass sich der Himmel zugezogen hatte. Es roch nach Gewitter, und die dunklen Wolkenhaufen vermittelten den Eindruck, dass es bereits dämmerte, dabei war es nicht mal 16 Uhr. Wie um sich zu beruhigen, tastete Ruth nach ihrer Brusttasche; ihre Taschenlampe befand sich an Ort und Stelle.

Ruth schob das Scheunentor auf und betrat den hohen Raum. Sie blickte rasch in alle Ecken. Niemand da. Sie war allein.

Ich hätte den Hund mitnehmen sollen, schoss es ihr durch den Kopf.

Sollte sie noch mal zum Haus zurückgehen? Sie zögerte. Dann beschloss sie, dass sie ein albernes, kleines Hühnchen war, und machte sich auf die Suche nach der Metallplatte im Boden.

Im Halbdunkel waren deren Umrisse kaum auszumachen. Sie fand den Metallring, über den sie am Vortag gestolpert war, und zog die Bodenklappe lautlos hoch. Sie nahm die Taschenlampe aus der Innentasche ihrer Jacke und beleuchtete ihre Füße, als sie die Treppenstufen hinunterstieg. Sofort legte sich ein eigenartiger Druck auf ihre Ohren, und das Gefühl von Enge schickte Stresshormone auf den Weg. Sie begann zu schwitzen.

Auf der vorletzten Stufe blieb sie stehen. Sie hatte urplötzlich eine Gänsehaut bekommen. Was zum Teufel wollte sie hier eigentlich, allein in einer Dunkelheit, die so finster war, dass man die Hand nicht vor Augen sehen konnte. Ein Alptraum.

Nein, ein Bärenarsch, hätte Becht gefrotzelt.

Reiß dich zusammen, Ruth Winterscheidt, ermahnte sie sich und ging weiter.

Beherzt richtete sie den Strahl der Taschenlampe auf die gegenüberliegende Seite des Raumes. Und erstarrte.

Oh Gott. Das waren ja –

Schuhsohlen.

Ruth gefror das Blut in den Adern und sie kreischte so laut, dass es sicherlich bis auf den Töpferberg zu hören war.

Als die Taschenlampe auf dem Boden aufschlug, hörte Ruth das Glas splittern. Das Licht erlosch.

Sie machte zwei hastige Schritte nach hinten, stolperte rücklings über die unterste Metallstufe und landete im nächsten Moment auf ihrem Hinterteil. Sie konnte sich gerade noch mit den Handflächen auf der Treppe abstützen. Automatisch griff sie an ihre linke Seite, wo normalerweise die Dienstwaffe im Schulterholster ruhte. Normalerweise.

Ruth überlegte panisch. Sie hatte ihre Dienstwaffe auf dem Präsidium vergessen. Das Holster hing an der Lehne ihres Schreibtischstuhls.

»Guten Abend, Frau Winterscheidt.«

Michel Bernauers Stimme war ruhig, kalt und tonlos. Ruth konnte sie nicht zufriedenstellend lokalisieren, aber sie schien von unten zu ihr aufzusteigen. Eben hatte sie die Sohlen seiner Turnschuhe für den Bruchteil einer Sekunde im Lichtkreis der Taschenlampe gesehen, in der Ecke, in der Helene Eva Schneiders Blut gefunden hatte. Anscheinend lehnte er mit dem Rücken an der Wand, die Beine lang vor sich ausgestreckt. Oder aber der merkwürdig erstickte Hall in dem niedrigen Raum und ihre Aufregung spielten ihr einen Streich, und er pirschte sich an sie heran. Ruth zog rasch die Füße an und schob ihr Hinterteil gegen die nächsthöhere Stufe. Ihr Herz raste. Sie konnte nichts sehen, sosehr sie sich auch anstrengte.

»Haben Sie mein Versteck also gefunden, ja?«, ertönte die unheimliche, körperlose Stimme erneut.

Ruth schluckte.

»Ihr Versteck? Was verstecken Sie denn hier?«

»Die Seelen«, hauchte Bernauer, »aber manchmal auch einfach nur mich.«

Ruth kramte vorsichtig in ihren Taschen auf der Suche nach einem Gegenstand, mit dem sie sich im Notfall gegen Bernauer verteidigen konnte. Das Einzige, was sie fand, war ihr Haustürschlüssel. Sie klemmte den Schlüsselkopf zwischen Zeige- und Mittelfinger, so dass der Bart wie ein zu lang geratener Extrafinger vorragte.

Was für eine erbärmliche Waffe, dachte sie.

Bernauer schien zu ahnen, was in ihr vorging.

»Sie müssen sich keine Sorgen machen, Frau Winterscheidt«, sagte er, »ich bin nicht bewaffnet. Ich habe auch nicht vor, Sie anzugreifen. Ich war noch nie ein besonders, nun, sagen wir mal *körperlicher* Typ.«

Ruths Muskeln entspannten sich, doch ihr Geist rief sie zur Ordnung. Es gab keinen Grund zur Entwarnung. Michel Bernauer war gefährlich, er hatte aller Wahrscheinlichkeit nach drei Menschen getötet und ihm war nicht zu trauen.

»Verstärkung ist bereits unterwegs«, log Ruth.

Sie ärgerte sich darüber, wie sehr ihre Stimme dabei zitterte.

In der Schwärze vor ihr erscholl ein heiseres Lachen.

»Sie glauben mir nicht, und ich glaube Ihnen nicht. So wird das nichts mit uns beiden.«

Ruth schob ihr Hinterteil noch eine Stufe höher und hoffte, dass Bernauer genauso wenig sehen konnte wie sie selbst. Doch sie zweifelte daran. In der Scheune über ihr herrschte Zwielicht. Wahrscheinlich hob sich ihre dunkle Silhouette von dem grauschwarzen Hintergrund ab, und Bernauer wusste ganz genau, was sie vorhatte: die letzten Stufen hinaufkriechen und die Metallklappe über ihm zuschlagen.

Dabei war der Plan von vornherein zum Scheitern verurteilt. Ruth war zu unfit und zu langsam. Falls Bernauer ihr etwas antun wollte, hätte er leichtes Spiel mit ihr.

Ruth hob resigniert die Hände und seufzte.

»Also gut. Was jetzt?«

»Sie wollen etwas von mir, und ich will etwas von Ihnen.«

»Was wollen Sie denn von mir?«, fragte Ruth zweifelnd.

»Es ist ganz einfach. Ich möchte Ihnen eine Geschichte erzählen, und Sie sollen zuhören. Ich möchte *gehört* werden.«

»Was für eine Geschichte?«

»Na, die Geschichte, auf die Sie schon seit Tagen brennen! Alles andere würde Sie doch nur grausam langweilen.«

»Sie hatten doch schon ausreichend Gelegenheit dazu. Auf dem Präsidium hätten Ihnen sogar noch mehr Menschen zugehört. Warum ausgerechnet jetzt? Hier?«

»Weil dies der geeignetere Rahmen ist als ein steriles Verhörzimmer, finden Sie nicht? Dies ist gewissermaßen die Quelle. Der Ursprung!«

Wahnsinn schwang in Bernauers Stimme mit.

»Was ist das für ein Ort, Herr Bernauer?«

Bernauers Stimme senkte sich zu einem dumpfen Murmeln:

»Es ist der Ort des Geschehens. Hier treffe ich mich mit ihren Geistern.«

»Wessen Geister?«

»Na, ihre! Sie sind alle hier! Scccchhhhht! Ganz leise jetzt! Hören Sie sie nicht?«, zischte Bernauer.

Sein Zischen ging Ruth durch Mark und Bein.

»Eva Schneider? Minka Tomtschuk?«, zählte Ruth auf.

»Ich kenne keine Eva Schneider«, unterbrach sie Bernauer barsch, »und auch keine Minka. Das ist ein Name für eine Katze, nicht für eine Frau. Aber dass ich keine Minka kenne, habe ich Ihnen schon gesagt. Das habe ich vorhin gemeint, als ich sagte, dass Sie mir *zuhören* sollen.«

»Dann formuliere ich es anders, Herr Bernauer. Die Obdachlose. Und die Trapezkünstlerin.«

Bernauer begann laut zu lachen.

»Ha! Jetzt tun Sie *auch* so, als ob es sich um zwei verschiedene Personen handelt! Aber das stimmt nicht! Die kleine Hure lügt! Ich habe sie im Zirkus gesehen und gleich gewusst, dass sie sich irgendwie aus dem Brunnen befreit haben musste. Und dann ist sie dumm genug, hierher zurückzukehren. Welcher halbwegs normale Mensch würde freiwillig an den Ort zurückkehren, an dem er fast umgebracht worden ist? Können Sie mir das mal verraten? Ich würde mir ja denken: Wo ich einmal eins übergebraten bekommen habe und dann bei lebendigem Leib in einen Brunnen geworfen wurde, lasse ich mich nie wieder blicken. Man kann doch sein Schicksal nicht so herausfordern! Und wenn man es doch tut, muss man sich nicht wundern – sie sollte schließlich tot sein. Sie ist dem Tod von der Schippe gesprungen, aber der lässt sich nicht gern verarschen.«

Bernauer geierte, als wenn er nach drei oder vier Bier einen versauten Witz in der Wirtschaft gehört hätte.

»Tja. Die Alte war einfach unterbelichtet, schätze ich. Selbst schuld. War doch klar, dass ich sie kriegen würde. Sie hat es zwar geleugnet, aber ich habe gesagt: Mich verarschst du nicht, du Fotze. Ich kenne dich.«

Ruth ignorierte das derbe Schimpfwort, aber es hinterließ einen Abdruck in ihrer Erinnerung.

»Sie haben die junge Obdachlose bei lebendigem Leibe begraben, Herr Bernauer?«, fragte Ruth so beherrscht wie möglich.

Keine Antwort.

»Sie haben der Obdachlosen mit einem Gegenstand den Schädel eingeschlagen, aber sie lebte noch?«, versuchte Ruth es noch einmal.

»Ich will nicht darüber reden, das ist doch schon so lange her. Außerdem hat es ja ganz offensichtlich nicht geklappt, die dumme Kuh lebte ja noch! Da baumelt die unter der Decke wie ein Äffchen an einem Ast, als wenn's das Normalste von der Welt wäre.«

Bernauer klang entrüstet.

»Sie haben das Trapezseil angeschnitten«, stellte Ruth fest.

»Klar! Ich bin ja nicht so doof, die Tante vor den ganzen anderen Leuten kaputtzumachen. Ich bin nachts noch mal wiedergekommen.«

»Wie haben Sie sich Zugang zum Zelt verschafft?«

»Das möchten Sie gern wissen, was? Knobeln Sie ruhig noch ein bisschen, vielleicht kommen Sie ja irgendwann drauf. Und wenn nicht, ist auch egal! Ihren Schuldigen haben Sie ja jetzt, nicht wahr? Das war es doch, was Sie sich die ganze Zeit so dringend gewünscht haben, Frau Kommissarin. Einen Schuldigen.«

»Ich bin auf der Suche nach dem Täter, Herr Bernauer. Mir ist klar, dass der Schuldige nicht zwangsläufig der Täter ist. Ihnen auch?«

Bernauer schwieg.

»War Ihnen bewusst, dass es auch jemand anderen hätte treffen können? Minka war nicht die einzige Trapezkünstlerin. Sie hatte zwei Kollegen, die ebenfalls an dem Trapez trainiert haben.«

Bernauers geierndes Lachen ertönte erneut.

»Ja, wäre das nicht lustig gewesen? Wenn der Falsche draufgegangen wäre und ich noch einen zweiten Anlauf hätte unternehmen müssen? Nachher wäre ja niemand mehr in den Zirkus gegangen, weil er als verflucht gegolten hätte … Halt! Stopp! Warten Sie! Oh Gott! Haben Sie das gerade gehört? Oh Gott!«

Bernauer verstummte abrupt. Ruths Nerven waren

zum Zerreißen gespannt. Sie nahm weiterhin keinerlei Bewegung in dem dunklen Raum zu ihren Füßen wahr. Ob Bernauer noch immer hinten in der Ecke reglos an der Wand lehnte? Oder hatte er sich vielleicht doch bewegt?

»Ich höre nichts, Herr Bernauer. Was hören Sie denn?«

»Sie ist jetzt ganz nah.«

Bernauers Stimme war nicht viel mehr als ein Flüstern. Als Nächstes vernahm Ruth ein leises Wimmern, das sie an ein verwundetes Tier erinnerte.

Bernauer weinte.

Ruth war so überrascht, dass sie für einen Moment ihre Angst vergaß. Sie befeuchtete die Lippen mit der Zunge und wartete. Bernauer steigerte sich Schritt für Schritt in ein heftiges Schluchzen hinein und sagte immer wieder »Aua, aua, aua«. Zuletzt hauchte er »Ach Mama« in die Tiefe des Raums hinein.

Dann wurde es still.

Nach einer Ewigkeit, wie es Ruth schien, fragte Bernauer:

»Erzählen Sie mir von Ihrer Mutter, Frau Winterscheidt. Mein Vater hat sie oft beim Gärtnern beobachtet. Er hat mir erzählt, dass sie sehr große Brüste hatte.«

Die Vorstellung, dass ihre Mutter von Egon Bernauer beobachtet worden war, ließ Ruth zusammenzucken. Die zusätzliche Information über die Qualität der mütterlichen Brüste verursachte mehrere starke Gefühle in ihr: Angst, Wut und Ekel. Angst und Ekel vor der Vorstellung, dass es überall auf der Welt Menschen gab, die ahnungslosen Personen auflauerten, nachstellten und heimlich in ihre Privatsphäre eindrangen, und Wut darüber, dass es keine Möglichkeit gab, sich davor zu schützen.

»Warum sollte ich Ihnen von meiner Mutter erzählen?«, fragte Ruth kühl.

»Weil ich Ihnen sonst nichts mehr erzähle.«

Ruth konnte sich nicht daran erinnern, jemals zuvor jemanden auf ähnliche Weise verabscheut zu haben.

»Ich könnte Ihnen natürlich gern irgendeine beliebige Märchengeschichte auftischen«, begann sie. »Sie könnten ihren Wahrheitsgehalt ja doch nicht nachprüfen. Abgesehen davon, dass Sie in dem Moment, in dem ich von den kleinen Brüsten meiner Mutter erzähle, selbstverständlich sofort wüssten, was Sache ist.«

Das röchelnde Geräusch aus der Dunkelheit deutete Ruth als Lachen.

»Sie sind gut, Frau Winterscheidt, wirklich gut. Aber das wusste ich ja bereits. So sitzen wir also in einem Boot – Sie können schließlich ebenfalls in keiner Form nachprüfen, ob ich die Wahrheit sage oder einfach nur das Blaue vom Himmel lüge.«

»Tun Sie das denn?«

»Der Raum ist so voller Stimmen, dass ich manchmal gar nicht weiß, wer spricht: ich oder sie«, gab Bernauer zurück.

Von all den Dingen, die er bis zu diesem Zeitpunkt gesagt hatte, erschien Ruth dieser Satz am aufrichtigsten.

»Es ist kalt hier drin und dunkel. Wie lang haben Sie Eva Schneider hier eingesperrt?«, wechselte sie das Thema.

»Wen?«

»Die Obdachlose. Wie lang war sie in dem Bunker?«

»Ich weiß nicht mehr, das war ja nur das eine Mal. Das Thailänder-Mädchen war öfter hier. Die brauchte kein

Licht. Wir haben ihr einfach jede Menge Beruhigungsmittel gegeben und sie dann auf den Boden gelegt. In eine Decke gehüllt und geknebelt natürlich. Wenn die Luft bei uns zu Hause rein war, haben wir sie wieder abgeholt. Meistens hat sie gar nicht mitbekommen, dass sie zwischendurch woanders war. Sie hat immer viel geschlafen.«

Der letzte Satz klang ein wenig versonnen, als würde Bernauer in einer süßen Erinnerung schwelgen. Eine grimmige Kälte machte sich in Ruths Brustkorb breit.

»Sie sprechen von Chutima Sonnarong.«

»Sie war ein faules Miststück. Ein Drecksluder«, brauste Bernauer urplötzlich auf. »Chutima-Fuck-You! Wir hatten andere Namen für sie.«

»Was für Namen?«

»Meine Mutter hat sie meistens Schlampe genannt. Mein Vater hat sie nie angesprochen, sondern nur getreten.«

Ruth wollte schlucken, aber es ging nicht. Ein saurer Geschmack machte sich in ihrem Mund breit. Log er? Was war wahr und was nicht?

»Wie oft war sie hier?«, fragte Ruth vorsichtig.

»Viermal vielleicht? Und nie lang, wir sind schließlich keine Unmenschen.«

Michel Bernauer lachte heiser. Ruth lief ein eisiger Schauer den Rücken hinunter. Ob sie es schaffen würde, heimlich in ihrer Jackentasche eine SMS mit der Botschaft »SOS« an Becht zu senden? Es war ein verzweifelter Gedanke.

Völlig unmöglich.

»Haben Sie Chutima in München abgeholt?«

»Ja. Sie hat mit ihrer Schwester in einem Hotel übernachtet. Das Ding hat sich rausgeschlichen, als ihre Schwester schlief, und mich angerufen. Ich war schon in München. Wir hatten das alles so geplant.«

»Wie haben Sie es geplant?«

»Wir haben uns E-Mails geschrieben. Ihre Schwester durfte nicht spitzkriegen, dass das Ding Kontakt zu einem Mann hat. Die Schwester war eine richtige Bitch.«

Das Wort »Bitch« spuckte Bernauer förmlich aus.

»Und als Nächstes haben Sie Chu zu Ihren Eltern nach Töpferrad gebracht, ja?«

»Ja, genau. Meine Mutter meinte, dass so ein kleines Thai-Mädchen gut zum Putzen sei, und mein Vater, na ja, der hatte andere Interessen. »

Ruth spürte Übelkeit in der Kehle aufsteigen.

»Interessen?«

»Stellen Sie sich nicht dumm, Frau Winterscheidt, Sie wissen genau, was ich damit meine. Aber das kannte das Ding ja schon von dem Mann ihrer Schwester. Der hat sie regelmäßig missbraucht. Die Schwester hat so getan, als bekäme sie es nicht mit.«

Ruth brauchte einen Augenblick, bevor sie weiterreden konnte.

»Damit ich das richtig verstehe, Herr Bernauer. Sie haben Chutimas Entführung gemeinsam mit Ihren Eltern geplant?«

Bernauer gab ein verächtliches Schnauben von sich. Plötzlich veränderte sich sein Tonfall wieder.

»Ich habe überhaupt nichts geplant, Frau Winterscheidt, das ist ja die Scheiße! Deshalb sitze ich ja jetzt so tief in der Gülle! Die haben mich doch genauso benutzt wie alle anderen!«

Da war er, der Punkt, den Ferdinand angesprochen hatte. Bernauer würde alles auf seine Eltern schieben, weil niemand mehr da war, der das Gegenteil beweisen konnte. Er versuchte sich freizulügen.

Wie kriege ich ihn? fragte sich Ruth.

Ihr Verstand lief auf Hochtouren.

»Ich verstehe das nicht ganz, Herr Bernauer. Sie sind doch nach Thailand geflogen und haben dort Chutima kennengelernt.«

»Ja, aber es geschah auf Geheiß meiner Eltern. Sie haben mir den Flug bezahlt und gesagt, ich solle ihnen was Hübsches mitbringen. Genau so. Was Hübsches. Mein Vater hatte vorher wochenlang im Internet nach jungen Frauen gesucht, meine Mutter freute sich darauf, eine billige Putzhilfe und einen Fußabtreter zu bekommen, an dem sie ihre schlechte Laune auslassen konnte. Meine Eltern waren Sadisten, Frau Winterscheidt. Wissen Sie, wie das ist, von solchen Leuten großgezogen zu werden? Mein Vater hat die brutalsten Fallen gebaut und auf seinen Feldern unten in Katzbach ausgelegt und sich dann immer diebisch gefreut, wenn er mir abends einen verstümmelten Hasen vors Gesicht halten konnte. Einmal hat er meinem Kater ein Bein abgerissen, weil ich eine schlechte Note geschrieben hatte! Er hat ihn in mein Bett gelegt, alles war voller Blut. Joe ist in meinen Armen gestorben. Da war ich acht Jahre alt. Acht!«

Joe, dachte Ruth. Wieso Joe? Wie das Kind? Da stimmte doch was nicht.

Michel Bernauers Stimme klang zunehmend aufgebrachter. Ruth spürte, wie seine Erregung auf sie übersprang.

»Gibt es dafür irgendwelche Beweise, Herr Bernauer?«

Bernauer kicherte hysterisch.

»Beweise? Glauben Sie, meine Eltern wären einfältige Dilettanten, die sich erwischen lassen? Da kennen Sie sie aber schlecht! Die beiden waren gerissen. Es gibt nichts, keine Spur, keine Zeugen, keine Beweise. Ihnen wäre niemals jemand auf die Schliche gekommen, wenn nicht dieser Typ aus dem Zirkus auf den Brunnen im Garten gestoßen wäre!«

Ruth ging in die Offensive.

»Der Clown hat Sie belauscht, als Sie sich am Freitagabend mit der Trapezkünstlerin unterhalten haben. Es ist Ihre Schuld, dass alles herausgekommen ist – Sie waren unvorsichtig. *Sie* haben sich dilettantisch verhalten.«

»Kann sein. Ist mir auch egal. Ich geb's zu. Ich war's. Ich hab das Seil angeschnitten. Und mich gefreut, dass es die Richtige getroffen hat. Manche Leute müssen zweimal sterben. Doppelt hält besser«, erwiderte Bernauer trotzig.

»Die junge Frau ist aber nicht zweimal gestorben, Herr Bernauer. Sie haben zwei unterschiedliche Frauen getötet«, erwiderte Ruth sanft.

»Und wenn schon«, schnaubte Bernauer, »Hauptsache, sie sind weg, und ich hab meine Ruhe.«

»Wann haben Sie aufgehört, Ihre Medikamente zu nehmen«, schob Ruth ein. »Als wir das letzte Mal miteinander gesprochen haben, wirkten Sie noch klarer auf mich.«

Weniger geistesgestört, fügte Ruth in Gedanken hinzu.

Die Frage schien Bernauer eine Weile zu beschäftigen.

»Ach so!«, rief er irgendwann aus, »das haben Sie natürlich von Judy. Die kann auch nicht das Maul halten. Na, die kann sich auf was gefasst machen.«

»Ich denke nicht, dass Sie noch einmal die Gelegenheit haben werden, irgendjemandem etwas zuleide zu tun«, bemerkte Ruth trocken.

Bernauer lachte.

»Wenn Sie wüssten, wie recht Sie haben, Frau Kommissarin.«

Ruth nahm eine Veränderung in Bernauers Stimme wahr. Seine Zunge klang jetzt schwerer, die Worte tönten schleppender, als wenn er kurz davor wäre, einzunicken.

»Herr Bernauer, ich möchte auf den Abend zurückkommen, an dem Sie Chutima umgebracht haben. Das muss irgendwann 2006 oder 2007 gewesen sein.«

»Ich habe sie nicht umgebracht, das war ein Unfall. Nachdem sie das Baby bekommen hatte, ist alles den Bach runtergegangen.«

Ruth stockte der Atem.

»Das Baby?«

»Ja. Sie war ja schwanger, als sie hier ankam.«

»Von wem?«

»Was weiß denn ich. Von irgendeinem Phuket-Bumser. Jedenfalls hat sie bei uns im Haus im Keller ein Baby bekommen. Das war vielleicht eine Sauerei. Meine Mutter hat sich fürchterlich aufgeregt. Mir hat die Kleine fast ein wenig leidgetan. Hat rumgeschrien und geheult. Papa hat das Kind entsorgt. Das Thai-Mädchen ist danach nicht mehr richtig auf die Füße gekommen. Hatte dauernd Fieber, kränkelte. Und irgendwann ist sie die Kellertreppe runtergefallen und bewusstlos geworden. Als sie drei Stunden später immer noch nicht wieder aufgestanden war, hat Papa nach dem Puls gesucht und gesagt, dass sie tot ist. Ich habe ihm dann nachts geholfen, sie in den Kofferraum zu stopfen. Papa wollte sie erst mal hier abladen, in der Scheune, bevor ihm was Besseres einfiel.«

Wenn das, was Bernauer erzählte, der Wahrheit entsprach, war das die so ziemlich abscheulichste und grausamste Geschichte, die Ruth jemals gehört hatte.

»Ich muss kurz auf Ihre Formulierung ›das Kind entsorgt‹ zurückkommen. Heißt das, dass er das Kind umgebracht hat?«

Keine Reaktion.

»Herr Bernauer?«, fragte Ruth in die Stille hinein.

»Ach, Scheiße, Sie können mich ja gar nicht sehen.«

Bernauer geierte wieder einen Moment vor sich hin.

»Ich habe die Achseln gezuckt, aber das können Sie ja gar nicht sehen! Er hat es mir nicht erzählt. Kann sein, dass das Balg noch lebt.«

»Wann ist es auf die Welt gekommen?«

»Im September. Viel zu früh. Es war noch gar nicht fertig.«

Ruth machte sich eine gedankliche Notiz. Außerdem registrierte sie erneut eine Veränderung in Bernauers Stimme: Sie wurde leiser.

»Sind Sie müde, Herr Bernauer? Sie klingen erschöpft.«

»Müde, ja. Sehr müde, Frau Winterscheidt. Aber jetzt dauert es ja nicht mehr lang.«

Ruth hob den Kopf.

»Was dauert nicht mehr lang?«

Bernauer antwortete nicht.

»Herr Bernauer?«

Stille.

Widerwillig richtete sich Ruth auf. Das Blut war aus ihrem linken Fuß gewichen, er kribbelte, als sie auftrat und sich erneut in die Dunkelheit des Bunkers vorwagte. Sie zückte ihr Handy und hielt es vor die Brust. Das fahle Licht des Displays erfasste Bernauers Körper, der in der Ecke saß. Sein Kinn war auf die Brust gesackt.

Ruths Herz begann zu rasen.

»Bernauer – was zum Teufel …? BERNAUER!«, schrie sie.

Sie ging neben Bernauer auf die Knie und riss seinen Kopf am Haupthaar nach hinten. Er hatte die Augen geschlossen, der Mund stand ein Stück offen.

»Verdammte Scheiße, das geht nicht! Du kannst jetzt nicht sterben, du Arschloch!«, brüllte Ruth, verzweifelt und zornig zugleich. »Was ist mit Eva Schneider! Was hast du mit Eva Schneider gemacht! Oder dein Vater? Oder waren das nichts als Lügen, die du mir erzählt hast?«

Ruth begann, wie von Sinnen mit der linken Faust auf Bernauers Oberkörper einzuhämmern, in der anderen Hand hielt sie immer noch ihr Handy. Das Display wurde dunkel, Stand-by-Modus. Mit unkoordinierten Handbewegungen hob Ruth die Sperre auf, um das Gerät wieder zu aktivieren. Sie brauchte dringend Licht! Da griff Bernauer plötzlich nach ihrem Bein.

Sie schlug panisch nach seiner Hand und wich zur Seite, doch dann begriff sie, dass es keine aggressive Geste seinerseits war; er wollte sich offenbar nur an ihr festhalten. Sie ließ ihn gewähren, obwohl sich alles in ihr gegen die Berührung sträubte.

Ruth dachte an Becht. Sie wünschte sich nichts sehnlicher, als seine Stimme zu hören, so wie gestern, als sie oben auf dem Heuboden festgesteckt hatte. Aber da war kein Becht, sie war allein. Allein mit einem sterbenden

Mörder. Hatte er Schlaftabletten geschluckt? Sich vergiftet?

Ruth wog ab, ob sie erst den Notruf wählen oder rasch versuchen sollte, noch zwei oder drei weitere Fragen zu stellen.

Sie entschied sich für Letzteres.

»Was ist mit der Obdachlosen? Sag mir wenigstens noch, was mit der Obdachlosen ist?«

Sie wusste, dass ihre Stimme verzweifelt klang.

Nach einer kleinen Ewigkeit löste sich ein leises Röcheln aus Bernauers Kehle.

»Du weißt doch schon alles. Was willst du noch? Lass mich in Frieden.«

»Nein! Nein, das stimmt nicht! Ich möchte Jakob Schneider sagen können, was mit seiner Schwester passiert ist. Sag es mir!«

Wieder dauerte es eine gefühlte Ewigkeit, bis Bernauer sprach.

»Sie lag im Stroh. Ich habe ihr den Schädel eingeschlagen. Und dann war sie hier unten. Ich kann sie hören. Hörst du sie auch?«

Das »auch« war nur noch ein Hauch, vielleicht sein letzter Atemzug. Ruth nahm Bernauers Hand von ihrem Knie und warf sie weg wie einen dreckigen Lappen. Dann drückte sie sich an der Wand des Bunkers hoch auf die Füße und fand den Weg zurück zur Treppe. So schnell es ging, stieg sie in die Scheune hinauf und wählte die Nummer des Notrufs. Sie wusste, dass der Krankenwagen zu spät kommen würde – ein Blick auf ihre Hose, und sie verstand, dass sich Michel Bernauer während ihres Gesprächs im Schutz der Dunkelheit die Pulsadern oder sonst irgendeine wichtige Arterie durchtrennt hatte. Ihre Hand war voller Blut, das im Gewitterzwielicht schwarz aussah.

Mit zitternden Fingern wählte sie Bechts Nummer.

»Ihr müsst sofort kommen. Ihr alle. Zur Scheune. Bernauer hat sich umgebracht.«

Sie hörte, wie Becht anhob, etwas zu sagen, aber sie legte sofort wieder auf.

Nicht jetzt, dachte sie.

Gleich.

Sie trat durch die Tür ins Freie und legte den Kopf in den Nacken. Die Wolken bildeten üppige schwarzblaue Sahnehaufen, ein paar Vögel kreisten über der Scheune. Sie tanzten im Wind, nicht mehr als schwarze Schokostreusel auf der Schlagsahne. Jenseits des Ackers erkannte sie die Umrisse ihres Hauses. Sie stellte sich vor, wie Egon Bernauer mit dem Feldstecher an ebendieser Stelle gestanden und ihre Mutter bei der Gartenarbeit beobachtet hatte. Erneut wurde Ruth von einer sauren Übelkeit geschüttelt.

Ihr Herz raste noch immer. Sie hob die Hand vors Gesicht und drehte sie. Das war Bernauers Blut. Das Blut eines irren Mörders. Sie hatte sich nicht auf den Patientenstuhl in der Praxis von Lydia Monheim setzen wollen, weil sie Angst hatte, sich anzustecken. Und jetzt so etwas.

Warum hatte sie nicht früher begriffen, dass er sich die Pulsadern aufgeschnitten hatte? Das würde sie sich nie verzeihen!

Die Furcht hatte sie geleitet und ihre Sinne vernebelt, weil sie ihre Dienstwaffe vergessen hatte. Was für ein verhängnisvoller Fehler!

Fast so verhängnisvoll wie der Fehler einer unschuldigen Obdachlosen, die nachts in einer vermeintlich ungenutzten Scheune Zuflucht gesucht hatte und dort von einem Mann – Egon oder Michel Bernauer – überrascht wurde.

Bernauer hatte gesagt, dass er sie niedergeschlagen hatte, nicht sein Vater. Und dass er Eva Schneider bei lebendigem Leibe begraben hatte. Er hatte die Schuld auf sich genommen. Er war der Mörder. Falls nicht alles eine einzige große Lüge war.

Die Erkenntnis, dass sie es nie sicher wissen würden, schnürte Ruth förmlich die Kehle zu.

# 27

## Becht zieht ein Fazit

»*Commissaria!*«

Beppo strahlte über das ganze Gesicht. Er hatte einen Orangensaft bestellt, die umgeknickte Spitze des Strohhalms deutete nach links oben, auf das Ohr des Clowns. Der im Übrigen ohne Kostümierung wie ein ganz durchschnittlicher dreißigjähriger Mann aussah, nicht richtig groß, nicht richtig klein, dunkelhaarig, dunkeläugig, verschmitzt grinsend. Er bedeutete Ruth mit einer Geste, Platz zu nehmen.

»Beim letzten Mal waren Sie ziemlich blass um die Nase«, bemerkte sie sachlich.

»Beim letzten Mal haben Sie mich im Neonlicht eines Verhörraums gesehen. Da hätte auch Roberto Blanco blass ausgesehen.«

Beppo deutete Ruths Gesichtsausdruck richtig.

»Ich darf solche Dinge sagen. Ich bin ein Clown.«

Ruth verzog keine Miene.

»Das muss nett sein, wenn man alles sagen kann.«

»Oh ja. Sie sollten es mal versuchen! Ich glaube, es täte Ihnen gut!«

»Wollen Sie damit etwa sagen, dass ich unausgeglichen wirke?«

»Ja.«

Mit so viel Ehrlichkeit konnte selbst Ruth Winterscheidt nicht umgehen.

Die Kellnerin trat an den Tisch und nahm Ruths Bestellung auf. Beppos Blick haftete an dem Gesäß der jungen Frau, als diese mit wiegenden Schritten ins Café zurückkehrte.

»Wie geht es jetzt weiter bei Ihnen?«, fragte Ruth, um Beppos Aufmerksamkeit zurückzugewinnen.

»Na ja, dass der Zirkus ohne mich weitergereist ist, haben Sie ja wahrscheinlich schon festgestellt.«

Ruth nickte.

»Der Burkhard hat mich rausgeschmissen.«

»Das tut mir leid.«

»Das muss es nicht. Ich bin froh, dass es so gekommen ist. Wenn ich nicht in dem Brunnen gegraben hätte, wären Sie diesem Typen nie auf die Spur gekommen. Ich *musste* ins Gefängnis, so gesehen. Aber dass das einen Imageschaden nach sich zieht und nicht besonders gut für den Lebenslauf ist, versteht sich auch von selbst. Ganz davon abgesehen, dass mich der Burkhard noch nie leiden konnte. Wie geht es Ihnen überhaupt?«

Die Frage überraschte Ruth.

»Gut«, meinte sie ausweichend.

Beppo grinste.

»Sie reden wohl nicht so gern über sich selbst, was?«

»Das stimmt, aber in diesem Fall liegt mein Unwillen eher daran, dass ich die Frage unnötig finde.«

»Warum?«

»Ich habe letzte Woche einen dreifachen Mörder überführt, der sich in meinem Beisein umgebracht und mich mit einer Unmenge unbeantworteter Fragen zurückgelassen hat. Wie soll es mir gehen?«

Ruths Stimme klang gleichmütig, aber in ihrem Inneren tobte es, wenn sie daran dachte, wie ihr Bernauer plötzlich entglitten war. Und dass sie so lang gebraucht hatte, um zu verstehen, was geschah.

Beppo betrachtete sie mit einem nachdenklichen Nicken.

»Das muss schlimm gewesen sein. Aber gibt es nicht einen Teil in Ihnen, der stolz ist und sagt: gut gemacht, ohne mich wäre dieser Typ nie gefunden worden?«

»Rational betrachtet schon. Aber ich bin einfach noch nicht so weit. Und auch noch nicht bereit, den Fall loszulassen.«

»Was fehlt denn noch?«

Ruths Antwort kam wie aus der Pistole geschossen:

»Eine belastbare Geschichte. Hat wirklich er die Obdachlose, Eva Ellen Schneider, umgebracht? Oder war es sein Vater? Und was ist mit Chutima? War es ein Unfall oder hat irgendjemand aus der Familie nachgeholfen? Vielleicht sogar die Mutter? Ich brauche Beweise für die Dinge, die Bernauer mir erzählt hat! Und überhaupt – warum haben die Bernauers das getan? Warum haben sie ein junges Mädchen misshandelt und gequält, falls Michel kein Märchen erzählt hat. Wie wird man so?«

»Wenn irgendjemand das Zeug hat, das alles herauszufinden, dann Sie, *commissaria*!«

Ruth wusste, dass Beppo es ernst meinte, aber sein offenherziges, freundliches Lob war ihr unangenehm.

»Eins ist klar«, fuhr Beppo fort. »Das ist keine nette Familie gewesen. Jetzt sind sie alle tot. Darin liegt doch eine gewisse Gerechtigkeit.«

Ruth war sich da nicht so sicher. Sie vermutete nach wie vor, dass Michel das schwarze Schaf gewesen war und seine Eltern nur in Verruf gebracht hatte, weil er nicht mit seiner Schuld umgehen konnte.

Die Kellnerin stellte zwei Obstler vor Beppo und Ruth ab.

»Auf drei«, sagte Ruth, »und Nase zuhalten.«

Beppo gehorchte.

»Aaaah«, machte Beppo und schüttelte sich.

Ruth plusterte die Backen auf. Rosalies selbstgebrannter Pflaumenschnaps konnte was.

»Das machen Sie also, wenn Sie einen Fall aufgeklärt haben.«

Beppo musste lachen.

Nachdem sich Ruth von Beppo verabschiedet hatte, begab sie sich mit Kurvenschuhen auf den Weg ins Präsidium. Die zwei weiteren Obstler waren definitiv zu viel gewesen. Jetzt hatte sie das Gefühl, eine Runde in der Wäschetrommel mitgefahren zu sein.

Becht saß vor seinem PC; eigentlich lag er. Er hatte die Lehne des Schreibtischstuhls so weit nach hinten geklappt wie möglich und seine Beine unter dem Tisch auf einen kleinen Hocker gelegt. Mit einem Blick zur Tür stellte Ruth fest, dass ihr Chef sich sogar die Schuhe ausgezogen hatte.

»Dabei trägst du schon bequeme Gesundheitsschuhe«, stieß sie anstelle einer Begrüßung hervor.

Becht musterte sie über den Rand seiner Lesebrille hinweg.

»Ach, Ruthchen, gut, dass du kommst. Ich feile gerade an dem Bericht.«

Ruth setzte sich auf den Besucherstuhl.

»Wie geht es dir?«, wollte Becht wissen.

Ruth verdrehte die Augen.

»Das hat mich der Clown gerade auch schon gefragt.«

»Na ja, wäre auch zu viel verlangt, zweimal auf dieselbe Frage zu antworten, nicht wahr?«

Becht grinste von einem Ohr zum anderen.

»Ganz ehrlich wäre es mir lieber, wenn mich in der nächsten Zeit niemand fragen würde, wie es mir geht.«

»Gut. Angekommen.«

»Wie war dein Gespräch mit der Mapote?«

Becht hatte sich am Vortag mit Judy Mapote getroffen, um mit etwas zeitlichem Abstand noch einmal in Ruhe mit ihr über die Geschehnisse und ihren Mann zu sprechen. Die Nachricht von Michel Bernauers Selbstmord hatte sie sehr mitgenommen, obwohl sie immer wieder beteuerte, dass sie ihn nie richtig geliebt hatte.

Becht nahm die Beine von dem Hocker und richtete seinen Oberkörper auf. Sein Schreibtischstuhl ächzte.

»Sie hat erst einmal nur geweint«, begann Becht. »Dann habe ich sie auf die Perücken im Schrank angesprochen. Sie konnte nicht glauben, dass es sich dabei um das Haar der beiden Leichen aus dem Brunnen handelte.«

Helene Maletta hatte inzwischen bestätigt, was Ruth gleichermaßen gehofft und befürchtet hatte.

»Als sie sich beruhigt hatte, erzählte sie mir, dass Michel sie früher manchmal gebeten hat, die Perücken anzuziehen, wenn sie intim miteinander waren. Es hat ihn angemacht, sagte sie. Dann ist sie plötzlich aufgesprungen und ins Bad gerannt. Der Gedanke hat einen solchen Ekel in ihr ausgelöst, dass sie sich übergeben musste.«

Ruth war froh, dass sie nicht dabei gewesen war. Zum einen, weil sie sicher nicht angemessen verständnisvoll reagiert hätte, zum anderen, weil ihr wahrscheinlich auch übel geworden wäre.

»Was wird aus ihr?«

»Ich glaube nicht, dass man sie ausweisen wird.«

»Glaubst du ihr, dass sie keine Ahnung davon hatte, wie krank ihr Mann war?«

Becht zuckte die Achseln.

»Ich weiß nicht. Ich könnte mir vorstellen, dass so etwas nicht unbemerkt an einem vorübergeht. Ich denke allerdings auch, dass man viele Dinge nicht sieht, wenn man sich dazu entschließt, sie nicht zu sehen.«

»Hat sie eigentlich im Nachhinein zugegeben, dass Bernauer nach der Zirkusvorstellung nicht gemeinsam mit ihr und Joe zum Wagen zurückgegangen ist?«

»Oh ja. Er hat gesagt, sie und Joe sollen schon mal vorgehen, er habe etwas in der Manege vergessen. Und als er zehn Minuten später in den Wagen gestiegen ist, war er wohl völlig neben der Spur.«

»Wenn sie nicht gelogen hätte, wären wir Bernauer eher auf die Schliche gekommen«, murmelte Ruth gedankenverloren.

»Das dürfen wir ihr aber nicht übelnehmen, Ruth. Sie hatte einfach Angst.«

»Ja«, stimmte Ruth zu.

Sie nahm es Judy Mapote trotzdem übel.

»Hat sie etwas über den Stoffhasen gesagt? Mit dem fehlenden Ohr?«

»Michel hat ihn dem Jungen geschenkt und gesagt, damit hätte er als Kind schon gespielt.«

Ruth gruselte es bei der Vorstellung, dass der kleine Joseph völlig ahnungslos mit Chutimas Hasen gespielt hatte.

»Und wie war das Telefonat mit Chantira Schmidt?«

»Sie klang sehr gefasst. Sie wird in den nächsten Tagen herkommen. Anscheinend hat sie das Bedürfnis, den Ort zu sehen, an dem ihre Schwester gestorben ist.«

Ruth bezweifelte, ob das eine gute Idee war und der Frau helfen würde, das Geschehene zu verarbeiten.

»Hast du ihr erzählt, was Bernauer über ihren Mann und den wiederholten Missbrauch an Chutima gesagt hat?«, wollte sie wissen.

»Nein. Dafür gibt es keine Beweise.«

»Was, wenn Chutima von ihm schwanger war?«

»Ja. Der Gedanke ist mir auch schon gekommen. Aber wer weiß, ob Michel die Wahrheit gesagt hat.«

»Tja. Das ist überhaupt das größte Problem und die größte Schwachstelle in diesem Fall. Der Täter und sein Geständnis.«

Becht bekräftigte Ruths Feststellung durch ein Nicken.

»Ja. Schon komisch, oder? Dass er zwischendurch ein bisschen neben der Spur war, hat ja der eine oder andere gewusst. Aber dass er so irre ist, das hätte wirklich niemand ahnen können.«

»Ich frage mich ja immer noch, warum er aufgehört hat, seine Medikamente zu nehmen.«

»Vielleicht konnte er einfach nicht mehr mit der Schuld leben. Oder der Anblick von Minka Tomtschuk hat ihn so durchgeschüttelt, dass er durchgedreht ist. Was würdest du machen, wenn der Mensch, den du umgebracht hast, plötzlich vor dir steht, quietschfidel, und mit dir spricht?«

Eine Weile schwiegen sie einträchtig. Zunächst gingen Ruth viele dunkle Gedanken durch den Kopf, Wortfetzen, die sie in den vergangenen Tagen aufgeschnappt hatte, Bilder, die sich festgesetzt hatten, Stimmen. Sie dachte an Ungerechtigkeit und daran, wie manche Menschen die Macht, die sie über andere hatten, schamlos ausnutzten. Darüber kam sie auf das Gefühl von Ohnmacht. Wie war es, handlungsunfähig zu sein, aus welchem Grund auch immer? Was machte das aus einem Menschen? Hinterließ das nicht tiefe, schwere Wunden in der Seele und zerstörte das Selbstwertgefühl?

Becht holte sie zurück in die Wirklichkeit.

»Weißt du, was das Erschreckendste an diesem Fall ist? Dass man noch so offensichtliche Spuren und Motive feststellen kann und trotzdem falschliegt. Ich meine, wie viele Stunden sind wir den Zirkusmitarbeitern auf die Pelle gerückt und haben versucht, ihnen Informationen aus der Nase zu ziehen und daraus eine Geschichte zu stricken, die es gar nicht gab. Nur in unseren Köpfen. Weil wir voreingenommen waren. Weil wir gedacht haben: Hier, im Zirkus, ist der Mord passiert, also müssen die Leute, die hier sind, auch dafür verantwortlich sein. Dabei ist nichts gewiss. Pustekuchen!«

»Du hast recht. Wir haben uns in die Irre führen lassen. Und trotzdem sind wir auf Böses gestoßen. Es hatte nichts mit unserem Fall zu tun, aber wir haben dennoch durch die Gespräche mit den Zirkusleuten jede Menge Ungerechtigkeiten aufgedeckt. Und das macht mich wirklich nachdenklich, Becht. Wir haben ja so schon genug zu tun mit den Fällen, die zur Anzeige gebracht werden, aber wie viele furchtbare Dinge geschehen, von denen niemand erfährt? Wie viele Menschen tun anderen Gewalt an und werden niemals zur Rechenschaft gezogen?«

Becht kniff die Augen zusammen und betrachtete Ruth aufmerksam.

»Du meinst die Geschichte mit Minkas Mutter?«

»Unter anderem.«

»Du wirst dem aber nicht nachgehen, oder?«

Wenn Ruth nein gesagt hätte, hätte sie gelogen, deshalb entschied sie sich für eine neutralere Aussage.

»Ich werde es nicht vergessen.«

Natürlich ahnte Becht, was Ruth tatsächlich dachte. Ihr Chef kannte sie mittlerweile ganz gut.

»Wir haben hier genug zu tun«, meinte er sanft.

»Ja, wirklich? Was denn?«

Becht erhob sich.

»Das erzähle ich dir gleich. Beim Mittagessen.«

Ruth grinste.

»So viel Zeit muss sein?«

»Na ja. Die Kuh ist ja zunächst vom Eis«, erwiderte Becht.

Berühmte letzte Worte, dachte Ruth.

## Dies und das

Ganz herzlich danke ich meinen wunderbaren Lektorinnen Linda Vogt und Heike Clemens, die dieses Buch wie auch den ersten Teil der »Ruth-und-Becht«-Reihe betreut haben.

Auch dieses Mal hatte ich zwei Experten an der Hand, deren Hilfe Gold wert war. Günter Staggenborg hat all meine Fragen zur Polizeiarbeit geduldig (und prompt!) beantwortet, wofür ich sehr dankbar bin, und Dr. Erich Krämer hat mich sein medizinisches Fachwissen anzapfen lassen – ich danke Ihnen herzlich für Ihre herrlich knappen, präzisen Antworten!

Überdies danke ich meinen Freunden und meiner Familie, die eine Quelle der Inspiration sind und wieder für allerlei Denkanstöße gesorgt und mitgefiebert und mitermittelt haben.

Diese Geschichte und alle darin vorkommenden Figuren sowie das Rädtinger Land mit all seinen größeren und kleineren Ortschaften sind frei erfunden. Diese fiktive Welt fußt auf einem Wort: Töpferrad. Einmal unterhielt ich mich mit einer Freundin über den Film *Ghost – Nachricht von Sam*. Darin will Demi Moore eine Vase oder etwas in der Art töpfern, wird dabei aber von Patrick Swayze »gestört«. Das Gerät, an dem Demi Moore saß, bezeichnete ich als Töpferrad – und dachte mir noch in dem Moment, als ich das Wort aussprach, dass es nach einem beschaulichen Nest klingt, in dem jeder jeden kennt und sich Fuchs und Hase gute Nacht sagen. Ich konnte das Dorf sofort vor mir sehen, wie es auf einem Hügel in einem dunklen Wald thronte. Rund um Töpferrad ist nach und nach in meiner Phantasie eine kleine Welt mit reichlich interessanten Bewohnern entstanden …